普通高等学校少数民族预科教材

# 文学作品选读 下

孙海军　冯诗涵 ◇ 主编

WENXUE ZUOPIN XUANDU

北京邮电大学出版社
www.buptpress.com

## 内 容 简 介

本教材针对母语非汉语的中国少数民族学生设计，目的在于进一步提高学生的汉语言应用能力，养成良好的阅读习惯，培养文学审美情趣，开拓视野，增长知识，陶冶情操，传承人文精神。教材分上、下两册，共五编。主要内容包括中国少数民族语汉译作品、中国当代文学、中国现代文学、外国文学汉译作品和中国古典文学的作品选编。

本教材是供母语非汉语的中国少数民族学生在普通高校两年制预科班使用的选修教材。它主要供汉语水平达到一定程度、开始阅读与鉴赏文学作品的学习者使用，也可以作为文学爱好者的入门读物。

#### 图书在版编目（CIP）数据

文学作品选读.下册/ 孙海军，冯诗涵主编. -- 北京：北京邮电大学出版社，2015.8（2024.8 重印）

ISBN 978-7-5635-4510-0

Ⅰ.①文… Ⅱ.①孙… ②冯… Ⅲ.①世界文学—文学欣赏—高等学校—教材 Ⅳ.①I106

中国版本图书馆 CIP 数据核字（2015）第 199249 号

| | |
|---|---|
| 书　　名： | 文学作品选读（下） |
| 主　　编： | 孙海军　冯诗涵 |
| 责任编辑： | 王丹丹 |
| 出版发行： | 北京邮电大学出版社 |
| 社　　址： | 北京市海淀区西土城路10号（邮编：100876） |
| 发 行 部： | 电话：010-62282185　传真：010-62283578 |
| E-mail： | publish@bupt.edu.cn |
| 经　　销： | 各地新华书店 |
| 印　　刷： | 河北虎彩印刷有限公司 |
| 开　　本： | 787 mm×1 092 mm　1/16 |
| 印　　张： | 15.25 |
| 字　　数： | 368 千字 |
| 版　　次： | 2015 年 8 月第 1 版　2024 年 8 月第 5 次印刷 |

ISBN 978-7-5635-4510-0　　　　　　　　　　　　　　　定　价：30.00 元

· 如有印装质量问题，请与北京邮电大学出版社发行部联系 ·

# 编 写 说 明

《文学作品选读》（上、下）是供母语非汉语的中国少数民族学生在普通高校两年制预科班使用的选修教材。它主要供汉语水平达到一定程度，开始阅读与鉴赏文学作品的学习者使用，也可以作为文学爱好者的入门读物。

"文学是人学"。在某种程度上，文学与医学有相似之处，前者关注人的精神领域，后者研究人的肉体机理。阅读文学作品，既是提高语言能力的重要手段，同时，对于提高文学鉴赏能力、陶冶道德情操、培养人文素质、塑造健全人格、传承人文精神等方面也具有非常重要的意义。

母语非汉语的中国少数民族学生具备一定的汉语言能力后，必然要阅读汉语文学作品。阅读文学作品有助于使学生的语言学习得到深化，有助于养成良好的阅读习惯，培养文学审美情趣，开拓视野，增长见识，丰富人生体验，促成思想境界的升华，感受更为精彩的人生。这就是我们设置"文学作品选读"课的出发点和归宿。

本教材在编写上注重了以下几方面。

## 一、编写原则

**1. 体现针对性和思想性**

我们针对少数民族预科学生的母语文化背景、思想水平和心理发展特点进行选材，注重所选作品的思想性。我们本着篇篇是经典的原则，在本套教材中既选有经典的汉语文学作品，也选有经典的民族语汉译作品。入选作品将民族文化与多元文化、民族认同与国家认同正确统一，从而培养学生综合性的民族文化素质和高尚的爱国主义情感。

**2. 突出科学性和文学性**

我们依据循序渐进的原则，由浅入深、由易到难地编选作品，先编选民族语汉译作品，然后是现代汉语作品，最后是外国文学译作和中国古典文学。考虑到学生初次接触古汉语文学作品，我们在古典文学部分均选用较浅易的篇目，部分篇目甚至是内地学生在中学阶段学过的，这符合"补、预"相结合的原则。所选内容涉及诗歌、小说、散文、戏剧。古典文学部分注重选用各时代具有代表性的不同体裁的作品。

**3. 讲求系统性和文化性**

我们注重教材的系统性。以"题解"为导引，以"正文（选文）"为重点，以培养能力为主线，结合练习题，从而提高学生对文学作品的阅读理解能力，力争陶冶学生的美好情操，传播人文精神，提高学生的审美情趣和人文素养。

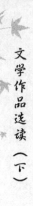

**4. 增强知识性和趣味性**

教材通过题解、正文(选文)、赏析、练习等进一步拓宽学生的文学知识。在增加学生阅读量的同时,注重增强教材的趣味性,培养学生阅读文学作品的兴趣,从而使学生能从课内阅读延伸到课外阅读。

## 二、教材内容与体例

《文学作品选读》按不同文体特点分课编排。每课中的每一节大体分成三部分:题解、正文(选文)和赏析。其中古典文学部分加有注释和参考译文。古今中外,文学名家名篇不胜枚举,限于篇幅,还有许多经典作品无法选入我们的教材,这不得不有赖于学生从课内阅读延伸到课外阅读。

教材共五编,分上、下两册。

**1.《文学作品选读》上册**

上册内容主要依据学生学习汉语言的层次性和渐进性特点来设计。包括三编内容:第一编是中国少数民族语汉译作品选读;第二编是中国当代文学作品选读;第三编是中国现代文学作品选读。

中国少数民族语汉译作品全部选择母语非汉语的少数民族文学作品。我们在选材时考虑了两年制预科学生的实际情况,尽量使作品来自不同的民族文学经典。但考虑到民族语文学本身的特点、作品汉译情况以及教学适用性,甚至体裁、篇幅等因素,我们不得不在众多的少数民族语经典作品中有所取舍,忍痛割爱了。

中国当代文学作品主要选择新中国成立以来公认的当代汉语文学作品中的经典名篇。根据不同的文学体裁分设课节。

中国现代文学作品主要选取自"五四"新文化运动至新中国成立这一时期的汉语文学作品,当然也是经典名篇。这样就能与下册中国古典文学从时间上接续了。学完两册教材,学生能对中国文学的发展概况有一个整体的了解。

**2.《文学作品选读》下册**

下册针对学生初次接触古代汉语作品的特点,结合古典文学发展历史来设计,同时兼顾外国文学。包括两编内容:第四编是外国文学汉译作品选读;第五编是中国古典文学作品选读。

外国文学汉译作品按不同文体选取十篇经典之作。在篇目选择上,我们主要考虑作品的思想性、艺术性、经典性、教学适用性等因素。

中国古典文学作品按历史发展顺序编排,选取各个时代最具典型性的体裁和篇目划分课节。我们首先对这一时代的社会、尤其是文学发展概况作一简要叙述,使学生对这一阶段的文学有个大致的了解,然后再去阅读具体作品。考虑到少数民族学生实际情况,这一编中,我们一方面作了较为详细的注释,提供了文言诗文的参考译文。另一方面也尽量选取浅易的古诗文,部分内容为内地学生在中学阶段所学。这样做的目的,既是为了"补",也为了使学生有一定的文言诗文阅读理解能力,进入本科后能够达到目标学校对"语文"的基本要求。

教材中的每一节又分为题解、正文(选文)和赏析。古典文学部分还包括注释和参考译文。

**题解**：主要是简要地解释说明课题。包括作家作品等文学常识、作品的相关背景、主要内容和艺术特点的简介等。

**正文**(选文)：这是作品的原文，或者是原文的节选。

**赏析**：主要是对正文(选文)的理解与鉴赏。包括作品情节及主题、艺术特色、作品影响等。

**注释和参考译文**：这部分内容只针对下册第五编中国古典文学部分设计。注释是对正文(选文)中重要字词的解释；参考译文是对正文(选文)的翻译。

**练习**：针对本课的内容设计，力求突出重点、形式多样。练习是对文学常识、阅读赏析等重点内容的强化。

### 三、教学建议及其他

两册教材共五编，是依据所选作品本身特点设计课节的。这门课程，建议每周不少于三学时。结合教材，教师可以根据学生汉语实际确定精读、略读和自读内容。另外，建议教师在教学实践中，鼓励学生课内外结合，课内学过的选文，力争课外去阅读全文或其相关作品。课内是导引，课外做延伸，从而养成良好的阅读习惯。

教材中的正文(选文)，都注明了出处。对于作家作品等文学常识，也注明了参考书目。赏析部分，是编者采用学界较为公认的一致说法对正文(选文)进行的解读与鉴赏。

教材吸收了目前中学和大学语文教材的一些长处，提炼了编者一线教学的经验，努力使其在教学引导方面有所突破。但由于水平有限，时间仓促，问题在所难免。相信它投入使用之后，将会在教学实践中多方面地接受老师和同学们的检验，不断地融入使用者的智慧和新思路，使之更加完善。同时，敬请各位教师、读者不吝赐教，并予以斧正。

这套《文学作品选读》教材，并非突然诞生的，之前经过编者在一线教学中的摸索、总结与试用。这一过程中，得到了北京邮电大学民族教育学院乌丽亚·米吉提教授的指导；在教材编写之际，北京邮电大学民族教育学院的朱建平、刘成群两位副院长给予大力的支持；可以说，这套《文学作品选读》教材的编写，离不开专家的指导，离不开领导的支持，在此一并致以真挚的谢意！

编　者

2015年8月，北京

# 目 录

## 第四编　外国文学作品选

第一课　诗歌三首 ········· 2
　　第一节　当你老了 ········· 2
　　第二节　乌云 ········· 4
　　※第三节　豹 ········· 5
　　练习 ········· 6

第二课　外国小说选读 ········· 8
　　第一节　《变形记》节选 ········· 8
　　第二节　热爱生命 ········· 11
　　※第三节　《巴黎圣母院》节选 ········· 23
　　练习 ········· 27

第三课　散文三篇 ········· 28
　　第一节　雄心勃勃的紫罗兰 ········· 28
　　第二节　谈学养 ········· 31
　　※第三节　《瓦尔登湖》节选 ········· 33
　　练习 ········· 36

第四课　《哈姆莱特》节选 ········· 38
　　练习 ········· 48

## 第五编　中国古典文学作品选

**先秦文学作品选读**
概　说 ········· 50

第五课　《诗经》三首 ········· 52
　　第一节　关雎 ········· 52

第二节　摽有梅 ································· 53
　　※第三节　蒹葭 ··································· 54
　　练习 ············································· 56

### 第六课　神话二则 ································· 58
　　第一节　女娲补天 ································· 58
　　第二节　夸父逐日 ································· 59
　　练习 ············································· 60

### 第七课　诸子散文 ··································· 62
　　第一节　《论语》十则 ····························· 62
　　第二节　生于忧患　死于安乐 ······················· 64
　　※第三节　劝学（节选） ··························· 66
　　练习 ············································· 68

### 第八课　历史散文 ··································· 71
　　第一节　曹刿论战 ································· 71
　　※第二节　邹忌讽齐王纳谏 ························· 73
　　练习 ············································· 75

## 秦汉文学作品选读
概　说 ··············································· 79

### 第九课　史传文学 ··································· 81
　　练习 ············································· 85

### 第十课　汉乐府二首 ································· 88
　　第一节　上邪 ····································· 88
　　第二节　长歌行 ··································· 89
　　练习 ············································· 90

### 第十一课　《古诗十九首》其十 ······················· 92
　　练习 ············································· 93

## 魏晋南北朝文学作品选读
概　说 ··············································· 95

### 第十二课　诗三首 ··································· 97
　　第一节　观沧海 ··································· 97
　　※第二节　短歌行 ································· 98
　　第三节　饮酒（其五） ···························· 100
　　练习 ············································ 102

| 第十三课　散文两篇 | 105 |
| --- | --- |
| ※第一节　答谢中书书 | 105 |
| ※第二节　三峡 | 106 |
| 练习 | 108 |

| 第十四课　《世说新语》三则 | 110 |
| --- | --- |
| 练习 | 113 |

| 第十五课　北朝民歌 | 114 |
| --- | --- |
| 第一节　敕勒歌 | 114 |
| 第二节　木兰诗 | 115 |
| 练习 | 118 |

## 隋唐五代文学作品选读

| 概　说 | 120 |
| --- | --- |

| 第十六课　唐诗 | 123 |
| --- | --- |
| 第一节　登幽州台歌 | 123 |
| 第二节　送元二使安西 | 124 |
| 第三节　芙蓉楼送辛渐 | 125 |
| 第四节　登鹳雀楼 | 126 |
| 第五节　黄鹤楼送孟浩然之广陵 | 127 |
| 第六节　宿五松山下荀媪家 | 128 |
| ※第七节　宣州谢朓楼饯别校书叔云 | 130 |
| 第八节　春望 | 131 |
| 第九节　春夜喜雨 | 133 |
| ※第十节　石壕吏 | 134 |
| 第十一节　游子吟 | 137 |
| 第十二节　赋得古原草送别 | 138 |
| 第十三节　买花 | 139 |
| ※第十四节　无题 | 141 |
| 第十五节　泊秦淮 | 143 |
| 练习 | 144 |

| 第十七课　唐代散文 | 147 |
| --- | --- |
| 第一节　马说 | 147 |
| ※第二节　小石潭记 | 149 |
| 练习 | 151 |

| 第十八课　陋室铭 | 154 |
| --- | --- |
| 练习 | 155 |

第十九课　虞美人 ································································ 157
　　练习 ······································································· 158

## 宋辽金元文学作品选读

概　说 ············································································ 160

第二十课　诗四首 ····························································· 165
　　第一节　泊船瓜洲 ······················································· 165
　　第二节　晓出净慈寺送林子方 ······································· 166
　　第三节　芦花被　并序 ················································· 167
　※第四节　临安春雨初霁 ················································· 169
　　练习 ········································································ 170

第二十一课　宋代散文 ······················································ 172
　　第一节　伤仲永 ·························································· 172
　　第二节　记承天寺夜游 ················································· 174
　　练习 ········································································ 175

第二十二课　宋词 ····························································· 177
　　第一节　浣溪沙 ·························································· 177
　　第二节　水调歌头 ······················································· 178
　※第三节　念奴娇　赤壁怀古 ··········································· 180
　※第四节　鹊桥仙 ························································· 181
　　第五节　如梦令 ·························································· 183
　　第六节　一剪梅 ·························································· 184
　　第七节　西江月　夜行黄沙道中 ····································· 185
　　第八节　卜算子　咏梅 ················································· 186
　　练习 ········································································ 187

第二十三课　散曲二首 ······················································ 189
　　第一节　天净沙　秋思 ················································· 189
　　第二节　山坡羊　潼关怀古 ··········································· 190
　　练习 ········································································ 191

※第二十四课　《窦娥冤》节选 ·············································· 192
　　练习 ········································································ 197

## 明清近代文学作品选读

概　说 ············································································ 198

第二十五课　"四大古典名著"选读 ······································ 202
　　第一节　用奇谋孔明借箭 ·············································· 202

第二节　吴用智取生辰纲 …………………………………………… 206
　　第三节　乱蟠桃大圣偷丹 …………………………………………… 211
　　第四节　林黛玉抛父进京都 ………………………………………… 216
　　练习 ……………………………………………………………………… 222

第二十六课　诗词文三篇 ……………………………………………………… 224
　　第一节　长相思 ……………………………………………………… 224
　　※第二节　己亥杂诗 …………………………………………………… 225
　　※第三节　《少年中国说》节选 ……………………………………… 226
　　练习 ……………………………………………………………………… 227

※第二十七课　《牡丹亭》节选 ………………………………………………… 229
　　练习 ……………………………………………………………………… 232

# 第四编 外国文学作品选

**本编参考书目：**

1. 朱维之，赵澧，崔宝衡.外国文学史〔欧美卷〕（第三版）.天津：南开大学出版社，2004.
2. 辜正坤.中西诗比较鉴赏与翻译理论（第二版）.北京：清华大学出版社，2010.
3. 徐葆耕.西方文学：心灵的历史.北京：清华大学出版社，1990.

# 第一课 诗歌三首

## 第一节 当你老了①

叶芝【爱尔兰】

### 题解

威廉·勃特莱·叶芝(William Butler Yeats,1865—1939年),爱尔兰著名的抒情诗人和剧作家。出生于都柏林画师家庭。他是"爱尔兰文艺复兴运动"的领袖,也是艾比剧院(Abbey Theatre)的创建者之一。

叶芝的诗被视为英语诗从传统到现代过渡的缩影。艾略特曾誉之为"二十世纪最伟大的英语诗人"。1923年,叶芝获得诺贝尔文学奖。代表作有诗剧《胡里痕的凯瑟琳》(1902年),《1916年的复活节》(1921年);诗作有《钟楼》(1928年),《盘旋的楼梯》(1929年)及《驶向拜占庭》等。

《当你老了》写于1893年,是叶芝献给毛特·冈妮的一首爱情诗。毛特·冈妮是爱尔兰首府都柏林的一位英国驻军上校的女儿,她天生丽质,才貌双全,同情爱尔兰人民。1889年两人相遇,叶芝即坠入爱河,但毛特·冈妮虽然欣赏叶芝但并不能产生爱情。1891年,叶芝向毛特·冈妮求婚被拒绝,叶芝痛苦不已,但却矢志不移,对毛特·冈妮仍一往情深,写下了一系列诗篇献给毛特·冈妮。《当你老了》便是其中脍炙人口的名作。

### 正文

当你老了,头白了,睡意昏沉,
炉火旁打盹,请取下这部诗歌,
慢慢读,回想你过去眼神的柔和,
回想它们昔日浓重的阴影;

---

① 选自《外国诗歌百年精华》,《世界文学》编辑部 选编,人民文学出版社,2002年1月第1版。

多少人爱你青春欢畅的时辰，
爱慕你的美丽，假意或真心，
只有一个人爱你那朝圣者的灵魂，
爱你衰老了的脸上痛苦的皱纹；

垂下头来，在红光闪耀的炉子旁，
凄然地轻轻诉说那爱情的消逝，
在头顶的山上它缓缓踱着步子，
在一群星星中间隐藏着脸庞。

（袁可嘉　译）

## 赏析

《当你老了》写于诗人感情受挫之后，诗歌成了他化解内心痛苦的方式。但诗人并没有直接抒写当时的感受，而是将时间推移到几十年以后，想象自己的恋人衰老时的情景。

第一节，时间设定在未来。诗人写恋人到了晚年，恳请她阅读他早年写下的诗篇，重新回顾年轻时的情感。大多数情况下，男子都是赞美恋人的青春与美貌，但叶芝笔下的恋人，早已年华老去，头发花白，睡思昏沉。这表明诗人眷恋的不是"你"的外貌，他的感情也不会因岁月的流逝而消退，反而历久弥坚。

炉火这个意象在诗中出现两次，具有多重含义。首先，过去的一切均已变成往事，在炉火旁打盹、阅读，这既是想象中晚年的生活，也代表人生休息时刻的来临；其次，炉火的光并不十分明亮，在它的摇曳中投射出一个朦胧的世界，加上衰老的身体、浓重的阴影、低垂的头颅，都暗示出时光的消失和记忆的模糊，从而烘托出一种恍惚、惆怅的氛围。然而，炉火虽然暗淡，它却仍"红光闪耀"，这象征了爱的激情没有熄灭，它仍在诗人的胸中燃烧。

第二节，诗人从对"你"的描绘，转向了诉说自己的心声：其他人可能只爱"你"的青春、"你"的美丽，无论出自假意还是真心。"只有一个人"——指诗人自己——爱的是"你"灵魂的高贵，是"你"的全部，甚至包括"你"的衰老、"你"的皱纹。

诗的最后一节，又回到炉火映照的场景，"你"似乎听到了"我"的心声，垂下头为爱情的逝去而感伤。最后出现的"爱情"一语，指的是"诗人"的爱，是"你"的爱，还是超越个体之上的普遍的爱？诗人似乎没有言明，但这恰恰带来了一种含蓄性、多义性。读者也不需要知道确定的答案，就能领略到"爱"的圣洁与苦楚。最后两句诗，在头顶的山上踱步的"它"，指的是上一句中消逝的"爱情"。这里，诗人让"爱情"化身为一个生命，在山顶行走，在星星中藏起自己的脸。这样结尾，一方面，"缓缓地踱步"与"隐藏的脸庞"，再一次传达了那种无限的怅惘感；另一方面，在山峦与群星之中，"爱情"似乎和广漠的自然、天宇融为一体了，一种超越性的净化效果由此产生。诗歌的抒情力量，也同样融化在这场景、意象的安排之中。

# 第二节 乌 云

普希金【俄】

## 题解

亚历山大·谢尔盖耶维奇·普希金（Александр Сергеевич Пушкин，1799—1837年）是俄国浪漫主义文学的主要代表和俄国现实主义文学的奠基人，在俄国文学史上有着光辉的地位。果戈理说普希金的作品"像一部词典，包含了我们语言全部的丰富、力量和灵魂"。高尔基赞誉普希金为"伟大的俄国人民诗人""俄国文学之始祖"。

普希金的代表作品有：抒情诗《自由颂》（1817年）、《致恰达耶夫》（1818年）、《致大海》（1824年）、《致凯恩》（1825年）、《假如生活欺骗了你》（1836年）、《纪念碑》（1836年），长篇叙事诗《叶甫盖尼·奥涅金》（1823—1831年），以及小说《上尉的女儿》（1837年）等。

《乌云》写于1835年，作者借乌云之难以常驻抒发对美好未来的憧憬与坚定信念。全诗韵律和谐，语言优美。结构上张弛有道，比喻老道自然，被别林斯基推为写景名篇，誉为"诗的彩色画""观察自然的典型例子"。

## 正文

暴风雨残剩的一片乌云！
你独自飞驰在湛蓝的天宇，
你独自投下来一片暗影，
给这欢乐的日子平添愁绪。

刚才你把苍天全遮没了，
闪电又恶狠狠地把你缠绕，
于是你发出神秘的咆哮，
用雨水使干渴的大地喝饱。

够了，你隐退吧！时候到了，
风儿抚弄着树上的枝条，
把你逐出这太平的天宇。

（陈馥　译）

---

① 选自《普希金诗选》，〔俄〕普希金 著，人民文学出版社，2003年1月第1版。

### 赏析

"乌云"与"蓝天","明亮"与"阴影","欢笑"与"忧郁",这三组对比鲜明的景色都出现在第一诗节中,为突出"乌云"这一意象提供了一种语言张力。全诗一开始就出现"暴风雨"字样,但整整四行写的都是没有暴风雨时的情景,这也形成了对比。不仅如此,第一节和整整第二节诗又构成一组更大的对比。第一节写风和日丽的景色,第二节却写暴风雨时的景象:"电闪""雷声"与"雨水"。可见第一节中的"暴风雨"字样的出现是一种巧妙的铺垫。第三节诗中的"复苏的土地""平静的天空",又与第二节诗中风暴雷霆之景象形成鲜明对比,同时呼应第一节诗中的景象,似乎共同形成了一个"否定之否定"的过程。

## ※第三节 豹[①]
### ——在巴黎动物园

里尔克【奥地利】

### 题解

赖内·马利亚·里尔克(Rainer Maria Rilke,1875—1926年),奥地利象征主义诗人,其创作深受法国象征派诗人波德莱尔等人的影响。

1897年以后,他改变了早期偏重主观抒情的浪漫风格,创作了许多以直觉形象象征人生,表现自己思想感情的"咏物诗"。这些"咏物诗"表达了作者对资本主义的"异化"现象的抗议以及对人类平等、互爱的乌托邦式的憧憬。晚年,其思想更趋悲观。

他的代表作品包括《生活与诗歌》(1894年)、《梦幻》(1897年)、《祈祷书》(1905年)、《新诗集》(1907年)、《新诗续集》(1908年)、《杜伊诺哀歌》(1923年)等。

《豹》发表于1903年,后收入《新诗集》,为"咏物诗"的代表作,堪称里尔克最负盛名的佳作。该诗描写了一只被囚禁在铁笼里的豹渴望摆脱外在束缚的深切生命感受,及其反抗失败后的无助与无奈。同时表现出作者对"人"的世界、"人"的生存处境的深刻思考以及他在探索人生意义时的迷茫和痛苦。

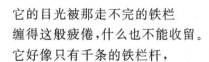

### 正文

它的目光被那走不完的铁栏
缠得这般疲倦,什么也不能收留。
它好像只有千条的铁栏杆,

---

[①] 选自《外国诗歌百年精华》,《世界文学》编辑部 选编,人民文学出版社,2002年1月第1版。

千条的铁栏后便没有宇宙。

强韧的脚步迈着柔软的步容,
步容在这极小的圈中旋转,
仿佛力之舞围绕着一个中心,
在中心一个伟大的意志昏眩。

只有时眼帘无声地撩起。——
于是有一幅图像浸入,
通过四肢紧张的静寂——
在心中化为乌有。

(冯至 译)

### 赏析

这首诗用短短的、朴素的文字表达了深奥的、迷离扑朔的意蕴。有人说"里尔克是用自己的思想歪曲了豹的感受能力,来表现它与现实世界的矛盾"。有人认为本诗的主题是"自然生存空间要么丧失,要么受到威胁"。有人认为本诗"含蓄地表达了作者在探索人生意义时的迷惘、彷徨和苦闷"等。

全诗分为三节。第一节从客观上描述了豹的生存环境,同时也是全诗的背景。第二节主要表现顽强的追求造成了意志昏眩的结果。第三节转而直接表达豹的内心情感。从结构上看,第二段是第一段的顺延和强化,第三段形成一个转折。然而对于本诗的分析向来见仁见智,袁可嘉认为本诗已经远远超出了常见的拟人化手法,是里尔克深入发掘自我的结果。

里尔克的诗歌尽管充满孤独痛苦情绪和悲观虚无思想,但艺术造诣很高。它不仅展示了诗歌的音乐美和雕塑美,而且表达了一些难以表达的内容,扩大了诗歌的艺术表现领域,对现代诗歌的发展产生了巨大影响。

### 练习

一、填空题

1. 叶芝是爱尔兰著名的_____和_____,他是"_____"的领袖,也是艾比剧院的创建者之一。艾略特曾誉之为_____。
2. 普希金是俄国_____的主要代表和俄国_____的奠基人,在俄国文学史上有着光辉的地位。
3. 《当你老了》是叶芝献给_____的一首爱情诗。
4. 里尔克是奥地利_____主义诗人,其创作深受法国_____派诗人_____等人的影响。
5. 普希金的诗《乌云》被别林斯基推为写景名篇,誉为"_____""_____"。
6. 长篇叙事诗《叶甫盖尼·奥涅金》的作者是_____。

## 二、诗歌赏析题

1. 关于《当你老了》,下列说法错误的是(　　)。

   A. 《当你老了》写于诗人感情受挫之后,诗歌成了他化解内心痛苦的方式。

   B. 诗人并没有直接抒写当时的感受,而是想象自己的恋人衰老时的情景。

   C. 最后出现的"爱情"一语,专指诗人和毛特·冈妮的爱。

   D. 最后两句诗,在头顶的山上踱步的"它",指的是上一句中消逝的"爱情"。

2. 对《乌云》篇的赏析,不正确的是(　　)。

   A. 作者借乌云之难以常驻抒发对美好未来的憧憬与坚定信念。

   B. "乌云"与"蓝天"、"明亮"与"阴影"、"欢笑"与"忧郁",这三组对比鲜明的景色都出现在第一诗节中。

   C. 全诗一开始就出现"暴风雨"字样,但整整四行写的都是没有暴风雨时的情景,这与整体诗意有所脱离。

   D. 全诗语言优美,运用多组对比,结构上张弛有道,比喻老道自然。

3. 对《豹》的赏析,不正确的是(　　)。

   A. 《豹》是里尔克"咏物诗"的代表作。

   B. 《豹》描写了一只被囚禁在铁笼里的豹渴望摆脱外在束缚的深切生命感受,及其反抗失败后的无助与无奈。

   C. 《豹》表现出作者对"人"的世界、"人"的生存处境的深刻思考以及他在探索人生意义时的迷茫和痛苦。

   D. 里尔克的诗歌充满孤独痛苦情绪和悲观虚无思想,艺术成就不高。

## 三、问答题

1. 叶芝诗《当你老了》与一般的爱情诗在表达上有什么不同?
2. 你怎样理解普希金诗《乌云》中对比手法的运用?
3. 对于《豹》这首诗表现的内容,你知道有哪些解说?你是怎样理解的?

## 四、论述题

本课三首诗歌,你喜欢哪一首?为什么?请结合作品具体分析一下。

## 五、背诵这三首诗

# 第二课　外国小说选读

## 第一节　《变形记》节选①

卡夫卡【奥地利】

### 题　解

弗兰茨·卡夫卡(Franz Kafka,1883—1924年),奥地利小说家。出生于犹太商人家庭,18岁入布拉格大学学习文学和法律,1904年开始写作。其主要作品有《地洞》(1923年)、《变形记》(1912年)、《城堡》(1926年)②、《审判》(1925年)等。

卡夫卡是西方现代主义文学的先驱。他的作品表达了"现代人的困惑",堪称20世纪上半叶的精神代表。卡夫卡以表现严酷的社会异化著称,其小说中充满了有关荒诞的哲学阐述。卢卡契认为,卡夫卡的作品在整体上的悖谬与荒诞是以细节描写的现实主义基础为前提的。整体荒诞是指中心事件的荒诞,但荒诞的事件不过是作者的一种表达手段。作者期望通过荒诞事件取得一种陌生化效果,进而达到作品的象征作用。

《变形记》中,卡夫卡描写的格里高尔·萨姆沙在生活重担的压迫下从"人"变成一只大甲虫,表面上看,似乎是荒诞无稽的。但是,通过变形这种象征的手法,却揭示出了资本主义社会中普遍而且典型的现象:异化现象。即人所创造的物,例如金钱、机器、生产方式等,作为异己的、统治人的力量同人相对立,它们操纵着人,把人变成了奴隶,并最终把人变成了"非人"。这种别具一格的描写,使《变形记》成为一篇独特的文学作品。

本文节选自《变形记》第一部分。

### 选　文

一天早晨,格里高尔·萨姆沙从不安的睡梦中醒来,发现自己躺在床上变成了一只巨大的甲虫。他仰卧着,那坚硬的像铁甲一般的背贴着床,他稍稍抬了抬头,便看见自己那穹顶似的棕色肚子分成了好多块弧形的硬片,被子几乎盖不住肚子尖,都快滑下来了。比起偌大的身躯来,他那许多只腿真是细得可怜,都在他眼前无可奈何地舞动着。

---

① 选自《变形记》,〔奥地利〕卡夫卡 著,张荣昌 译,上海译文出版社,2012年8月第1版。选入教材后略有改动。
② 《城堡》是卡夫卡晚年创作的一部长篇小说(未完成),好友布罗德于1926年整理出版。1981年出版校勘本。

"我出了什么事儿啦!"他想。这可不是梦。他的房间,一间略嫌小了些、地地道道的人住的房间,静卧在四堵熟悉的墙壁之间。在摊放着衣料样品的桌子上方——萨姆沙是旅行推销员——挂着那幅画,这是他最近从一本画报上剪下来并装在了一只漂亮的镀金镜框里的。画上画的是一位带皮帽子、围毛皮毛巾的贵妇人,她挺直身子坐着,整个前臂隐藏在厚重的皮手筒里,她以这样的形象俯视着看画人。

格里高尔接着又朝窗口望去,那阴暗的天气——人们听得见雨点打在窗格子铁皮上的声音——使他的心情变得十分忧郁。"还是再睡一会儿,把这一切晦气事统统忘掉吧。"他想,但是这件事却完全办不到,因为他习惯侧向右边睡,可是在目前这种状况下竟无法使自己摆出这个姿势来。不管他怎么使劲扑向右边,总是又摆回到仰卧的姿势。他试了大约一百次,闭上眼睛,好不必看到那些拼命挣扎的腿,到后来他开始感到腰部有一种从未感受过的隐痛,这时,他才不得不罢休。

"啊,天哪,"他想,"我挑上了一件多么累人的差事!长年累月到处奔波。在外面跑比坐办公室做生意辛苦多了。再加上还有经常出门的那些烦恼,担心各次火车的倒换,不定时劣质的饮食。而萍水相逢的人也总是些泛泛之交,不可能有深厚的交情,永远不会变成知己朋友。让这一切都见鬼去吧!"他觉得肚子上有点儿痒痒,便仰卧着慢慢向床头挪去,好让自己头抬起来更容易些,看清了发痒的地方,那儿布满了白色小斑点,他不明白这是怎么回事,想用一条腿去搔一搔,可是立刻又把腿缩了回来,因为这一碰引起他浑身一阵寒战。

他又滑下来恢复到原来的姿势。"起床这么早,"他想,"简直把人弄得痴痴呆呆的了。人必须要有足够的睡眠。别的推销员生活得像后宫里的贵妃。譬如每逢我上午回旅店领取已到达的订货单时,这帮老爷才在吃早饭。我若是对老板来这一手,我立刻就会被解雇。不过话说回来,谁知道被解雇对我来说是否就不是一件很好的事儿呢。我若不是为了父母亲的缘故而克制自己的话,早就辞职不干了,我就会走到老板面前,把我的意见一股脑儿全告诉他,他非从斜面桌上掉下来不可!他坐到那张斜面桌上,居高临下地同职员说话,由于他听力不好,人家就不得不走到他跟前来,这也真可以说是一种奇特的工作方式了。嗯,希望还没有完全破灭,只要等我攒好了钱,还清了父母欠他的债——也许还要五六年吧——我就一定把这件事办了。那时候我就会时来运转。不过眼下我必须起床,因为火车五点钟开。"

他看了看那边柜子上滴滴答答响着的闹钟。"天哪!"他想。六点半,指针正在悠悠然向前移动,甚至过了六点半了,都快六点三刻了。闹钟难道没有响过吗?从床上可以看到闹钟明明是拨到四点钟的,它一定已经闹过了。是闹过了,可是这可能吗,睡得那么安稳竟没听见这能使家具受到震动的响声?嗯,安稳,他睡得可并不安稳,但是也许睡得更沉。可是现在他该怎么办?下一班车七点钟开,要搭这一班车他就得拼命赶,可是货样还没包装好,他自己也觉得精神不佳。而且即使他赶上这班车,他也免不了要受到老板的一顿训斥,因为公司里那个听差的,已经在车站等格里高尔上的那班五点钟开的火车了,他肯定早已向上级报告格里高尔误车了。他是老板的一条走狗,没有骨气和理智。那么请病假如何呢?这可是令人极其难堪而且特别值得怀疑的事,因为他工作五年了还从来没有病过。老板一定会带着医疗保险组织的医生来,会责备他父母养了这么一个懒儿子,并凭借着那位医生断然驳回一切抗辩。在这位医生看来,他压根儿就是个完全健康却好吃懒做的人。再说,在今天这种情况下,医生的话就那么完全没有道理吗?他的情况就是睡过了头嘛,格里高尔觉得自己身体很健康,甚至有一种特别强烈的饥饿感。

他飞快地考虑着这一切,还是未能下定决心离开这张床——闹钟恰好打响六点三刻,这时,有人小心翼翼敲他床头的房门。"格里高尔,"有人喊,——是母亲在喊——"现在六点三刻。你不想出门了?"好和蔼的声音!可格里高尔听到自己的回答声时却大吃一惊。这分明是他从前的声音,但这声音中却掺和着一种从下面发出来的、无法压制下去的痛苦的虫声。这虫声只有开始的瞬间是清楚的,余音却是模糊不清了。以致他竟不知道,这是否能让别人听得真切。格里高尔本想回答得详细些,并把一切解释清楚,可是在这样的情形下他只得简单地说:"是,是,谢谢母亲,我这就起床。"隔着木门,外面大概觉察不出格里高尔声音中的变化。因为一听到这句话,母亲便放下心来,踢踢踏踏地走了。但是这场简单的对话却使其余的家里人都注意到格里高尔现在还令人失望地在家里,这时父亲已经敲响了侧边的一扇门,敲得很轻,不过用的却是拳头。"格里高尔,格里高尔,"他喊,"你怎么啦?"过了一小会儿,他又用更低沉的声音催促道:"格里高尔!格里高尔!"而在另一侧门旁边,妹妹却轻声责怪道:"格里高尔,你不舒服吗?你需要什么东西吗?"格里高尔向两边回答说:"我马上就好了。"格里高尔这次发音很仔细,并且是一字一字吐出来的,好让人听清楚。他父亲也走回去吃他的早饭了,妹妹却悄声说:"格里高尔,开开门,我求你了。"可是他却根本不想去开门,而是暗自庆幸自己由于经常旅行而养成的谨小慎微的习惯:即便在家里,他晚上也是要锁上门睡觉的。

首先他要静悄悄地、不受打扰地起床,穿衣,最要紧的是吃早饭,然后才考虑下一步的行动。因为他分明觉察到,躺在床上,他是不会考虑出什么名堂来的。他记得在床上曾经感受过某种也许是由于睡姿不好而造成的轻微的疼痛,等到起床来才知道这种疼痛纯属子虚乌有。现在他急于想知道,他今天的幻觉将会怎样渐渐消逝。声音的变化无非是一种重感冒、一种推销员职业病的前兆而已,对此他没有丝毫的怀疑。

要掀掉被子很容易:他只需把身子稍稍一抬,它自己就掉下来了。可是下一步就难了,特别是因为他的身子宽得出奇。他本来用胳膊和手就能坐起来,可是他现在没有胳膊和手,只有这众多的小腿,它们一刻不停地向四面八方挥动,而且他竟无法控制住它们。他想屈起其中的一条腿,这条腿总是先伸得笔直。他终于如愿以偿把这条腿屈起来了,这时其余所有的小腿像散了架,痛苦不堪地乱颤乱动。"可别无所事事地待在床上。"格里高尔暗自思忖。

他想先让下身离床,可是他尚未见过、也想象不出是什么模样的这个下身却实在太笨重,挪动起来十分迟缓。当他最后几乎发了狂,用尽全力、不顾一切向前冲去时,却选择错了方向,重重地撞在床腿上,一阵彻骨的痛楚使他明白,眼下他身上最敏感的地方也许恰好正是他的下身。

所以,他便试图先让上身离床,小心翼翼地把头转向床沿,这也轻易地做到了。尽管他身宽体重,他的躯体却终于慢慢跟着头部转动起来。可是等到他终于将头部悬在外边时,又害怕起来,不敢再以这样的方式向前移动。因为再这样进行下去,最终要让自己掉下去的,脑袋不摔破那才叫怪呢。这样下去是不值得的,他还是待在床上吧。

"我出了什么事儿啦!"他想。这可不是梦。他的房间,一间略嫌小了些、地地道道的人住的房间,静卧在四堵熟悉的墙壁之间。在摊放着衣料样品的桌子上方——萨姆沙是旅行推销员——挂着那幅画,这是他最近从一本画报上剪下来并装在了一只漂亮的镀金镜框里的。画上画的是一位带皮帽子、围毛皮毛巾的贵妇人,她挺直身子坐着,整个前臂隐藏在厚重的皮手筒里,她以这样的形象俯视着看画人。

格里高尔接着又朝窗口望去,那阴暗的天气——人们听得见雨点打在窗格子铁皮上的声音——使他的心情变得十分忧郁。"还是再睡一会儿,把这一切晦气事统统忘掉吧。"他想,但是这件事却完全办不到,因为他习惯侧向右边睡,可是在目前这种状况下竟无法使自己摆出这个姿势来。不管他怎么使劲扑向右边,总是又摆回到仰卧的姿势。他试了大约一百次,闭上眼睛,好不必看到那些拼命挣扎的腿,到后来他开始感到腰部有一种从未感受过的隐痛,这时,他才不得不罢休。

"啊,天哪,"他想,"我挑上了一件多么累人的差事!长年累月到处奔波。在外面跑比坐办公室做生意辛苦多了。再加上还有经常出门的那些烦恼,担心各次火车的倒换,不定时劣质的饮食。而萍水相逢的人也总是些泛泛之交,不可能有深厚的交情,永远不会变成知己朋友。让这一切都见鬼去吧!"他觉得肚子上有点儿痒痒,便仰卧着慢慢向床头挪去,好让自己头抬起来更容易些,看清了发痒的地方,那儿布满了白色小斑点,他不明白这是怎么回事,想用一条腿去搔一搔,可是立刻又把腿缩了回来,因为这一碰引起他浑身一阵寒战。

他又滑下来恢复到原来的姿势。"起床这么早,"他想,"简直把人弄得痴痴呆呆的了。人必须要有足够的睡眠。别的推销员生活得像后宫里的贵妃。譬如每逢我上午回旅店领取已到达的订货单时,这帮老爷才在吃早饭。我若是对老板来这一手,我立刻就会被解雇。不过话说回来,谁知道被解雇对我来说是否就不是一件很好的事儿呢。我若不是为了父母亲的缘故而克制自己的话,早就辞职不干了,我就会走到老板面前,把我的意见一股脑儿全告诉他,他非从斜面桌上掉下来不可!他坐到那张斜面桌上,居高临下地同职员说话,由于他听力不好,人家就不得不走到他跟前来,这也真可以说是一种奇特的工作方式了。嗯,希望还没有完全破灭,只要等我攒好了钱,还清了父母欠他的债——也许还要五六年吧——我就一定把这件事办了。那时候我就会时来运转。不过眼下我必须起床,因为火车五点钟开。"

他看了看那边柜子上滴滴答答响着的闹钟。"天哪!"他想。六点半,指针正在悠悠然向前移动,甚至过了六点半了,都快六点三刻了。闹钟难道没有响过吗?从床上可以看到闹钟明明是拨到四点钟的,它一定已经闹过了。是闹过了,可是这可能吗,睡得那么安稳竟没听见这能使家具受到震动的响声?嗯,安稳,他睡得可并不安稳,但是也许睡得更沉。可是现在他该怎么办?下一班车七点钟开,要搭这一班车他就得拼命赶,可是货样还没包装好,他自己也觉得精神不佳。而且即使他赶上这班车,他也免不了要受到老板的一顿训斥,因为公司里那个听差的已经在车站等格里高尔上的那班五点钟开的火车了,他肯定早已向上级报告格里高尔误车了。他是老板的一条走狗,没有骨气和理智。那么请病假如何呢?这可是令人极其难堪而且特别值得怀疑的事,因为他工作五年了还从来没有病过。老板一定会带着医疗保险组织的医生来,会责备他父母养了这么一个懒儿子,并凭借着那位医生断然驳回一切抗辩。在这位医生看来,他压根儿就是个完全健康却好吃懒做的人。再说,在今天这种情况下,医生的话就那么完全没有道理吗?他的情况就是睡过了头嘛,格里高尔觉得自己身体很健康,甚至有一种特别强烈的饥饿感。

  他飞快地考虑着这一切,还是未能下定决心离开这张床——闹钟恰好打响六点三刻,这时,有人小心翼翼敲他床头的房门。"格里高尔,"有人喊,——是母亲在喊——"现在六点三刻。你不想出门了?"好和蔼的声音!可格里高尔听到自己的回答声时却大吃一惊。这分明是他从前的声音,但这声音中却掺和着一种从下面发出来的、无法压制下去的痛苦的虫声。这虫声只有开始的瞬间是清楚的,余音却是模糊不清了。以致他竟不知道,这是否能让别人听得真切。格里高尔本想回答得详细些,并把一切解释清楚,可是在这样的情形下他只得简单地说:"是,是,谢谢母亲,我这就起床。"隔着木门,外面大概觉察不出格里高尔声音中的变化。因为一听到这句话,母亲便放下心来,踢踢踏踏地走了。但是这场简单的对话却使其余的家里人都注意到格里高尔现在还令人失望地在家里,这时父亲已经敲响了侧边的一扇门,敲得很轻,不过用的却是拳头。"格里高尔,格里高尔,"他喊,"你怎么啦?"过了一小会儿,他又用更低沉的声音催促道:"格里高尔!格里高尔!"而在另一侧门旁边,妹妹却轻声责怪道:"格里高尔,你不舒服吗?你需要什么东西吗?"格里高尔向两边回答说:"我马上就好了。"格里高尔这次发音很仔细,并且是一字一字吐出来的,好让人听清楚。他父亲也走回去吃他的早饭了,妹妹却悄声说:"格里高尔,开开门,我求你了。"可是他却根本不想去开门,而是暗自庆幸自己由于经常旅行而养成的谨小慎微的习惯:即便在家里,他晚上也是要锁上门睡觉的。

  首先他要静悄悄地、不受打扰地起床,穿衣,最要紧的是吃早饭,然后才考虑下一步的行动。因为他分明觉察到,躺在床上,他是不会考虑出什么名堂来的。他记得在床上曾经感受过某种也许是由于睡姿不好而造成的轻微的疼痛,等到起床来才知道这种疼痛纯属子虚乌有。现在他急于想知道,他今天的幻觉将会怎样渐渐消逝。声音的变化无非是一种重感冒、一种推销员职业病的前兆而已,对此他没有丝毫的怀疑。

  要掀掉被子很容易:他只需把身子稍稍一抬,它自己就掉下来了。可是下一步就难了,特别是因为他的身子宽得出奇。他本来用胳膊和手就能坐起来,可是他现在没有胳膊和手,只有这众多的小腿,它们一刻不停地向四面八方挥动,而且他竟无法控制住它们。他想屈起其中的一条腿,这条腿总是先伸得笔直。他终于如愿以偿把这条腿屈起来了,这时其余所有的小腿像散了架,痛苦不堪地乱颤乱动。"可别无所事事地待在床上。"格里高尔暗自思忖。

  他想先让下身离床,可是他尚未见过、也想象不出是什么模样的这个下身却实在太笨重,挪动起来十分迟缓。当他最后几乎发了狂,用尽全力、不顾一切向前冲去时,却选择错了方向,重重地撞在床腿上,一阵彻骨的痛楚使他明白,眼下他身上最敏感的地方也许恰好正是他的下身。

  所以,他便试图先让上身离床,小心翼翼地把头转向床沿,这也轻易地做到了。尽管他身宽体重,他的躯体却终于慢慢跟着头部转动起来。可是等到他终于将头部悬在外边时,又害怕起来,不敢再以这样的方式向前移动。因为再这样进行下去,最终要让自己掉下去的,脑袋不摔破那才叫怪呢。这样下去是不值得的,他还是待在床上吧。

### 赏析

《变形记》的主人公格里高尔·萨姆沙是一家公司的旅行推销员,长年累月到处奔波,挣钱养活家人。一天早晨,他从不安的睡梦中醒来,发现自己变成了一只大甲虫。他感到十分恐慌,担心失去工作,也无法见人。他的父母和妹妹见到这个情景,大为震惊。父亲不理他,母亲很悲伤,妹妹开始时怜悯他,给他送食物和打扫卫生,但后来她也感到厌倦了,格里高尔的饮食就没有保证,房间也越来越肮脏。由于少了格里高尔的工资收入,家里人只得另找门路谋生,他们出租房屋以增加收益。一天,格里高尔被妹妹的小提琴声吸引出来,暴露在房客面前,全家大乱,房客吵着要退租,妹妹表示无法忍受,要把他弄走。格里高尔就在当晚悄然死去,全家人仿佛卸掉了一个沉重的负担,从此开始新的生活。

格里高尔由"人"变"虫",预示着小人物掌握不了自己的命运。他的"变形"是身不由己,是一切倒霉人物孤独和悲哀的象征。而造成人变虫的深层原因,是严酷的社会环境和繁重、机械的劳动。人们在严酷的社会环境中逐渐变得麻木、机械、萎缩,进而成为工具,成为"非人"。作者通过"人"变"虫"这一荒诞的事件深刻而尖锐地表现了社会与人之间一种可怕的"异化"关系。在这一关系中,社会是强大的,人是被动的、软弱的。格里高尔的悲剧象征着资本主义社会中人异化为"非人"的普遍事实。

近代西方人对人的困境的揭示早已有之,但《变形记》为人们提供了一个具有高度概括的形象符号,以惊人的荒诞框架和惊人的细节真实再现了人的异化主题。作者不像巴尔扎克那样鲜明地指出造成人类沦落的社会条件,而只是深入探索被异化的内心感受。而这些感受的普遍性和真实性诱导读者进入主人公的虫体世界,读后仿佛自己也变成虫了。

卡夫卡作品的主题,不同的读者从不同的角度,会有不同的体验和理解。有人认为《变形记》的主题是表现人对自己命运的无能为力,人失去自我就处于绝境。也有人认为,格里高尔变成甲虫,无利于人,自行死亡;一家人重新工作,走向新生活。存在就是合理,生活规律是无情的。经典的作品大多是见仁见智的,或许正由于此,才长久不衰。

## 第二节 热爱生命①

杰克·伦敦【美】

### 题解

杰克·伦敦(Jack London,1876—1916年),美国作家。生于破产农民家庭,从小以出卖劳力为生,成年后当过水手、工人。曾去阿拉斯加淘金,因病而归,从此埋头读书写作,成为职业作家。1916年,他在精神极度苦闷空虚中服毒自杀②。

---

① 选自《外国中短篇小说藏本 杰克·伦敦》,〔美〕杰克·伦敦 著,万紫 等译,人民文学出版社,2010年4月第1版。
② 关于杰克·伦敦的"服毒自杀",有说法认为是其"吸毒过量"导致。

杰克·伦敦共写了十九部长篇小说，一百五十多篇短篇小说和故事，三部剧本，以及论文、特写等。早期作品有描写北方淘金者生活的短篇小说集（包括 1900—1902 年发表的《狼的儿子》等三部集子，通称"北方故事"）；特写集《深渊中的人们》（1903 年）、长篇小说《海狼》（1904 年）等。其他主要作品还包括《荒野的呼唤》（1903 年）、《白牙》（1906 年）、《热爱生命》（1906 年）、《马丁·伊登》（1909 年）等。

《热爱生命》是杰克·伦敦最为著名的短篇小说。作者通过讲述一个孤独的淘金者在荒原上陷入困境，最后克服困难，得以生存的故事，展现了人性的伟大和坚强，表达了作者对生命的热爱与敬畏。杰克·伦敦的作品是通俗的，没有华丽的辞藻。但他立足现实的态度、细腻的笔触和触及灵魂的描写，为其作品带来了超越时空的魅力。

## 正文

> 一切，总算剩下了这一点——
> 他们经历了生活的困苦颠离；
> 能做到这种地步也就是胜利，
> 尽管他们输掉了赌博的本钱。

他们两个一瘸一拐地，吃力地走下河岸，有一次，走在前面的那个还在乱石中间失足摇晃了一下。他们又累又乏，因为长期忍受苦难，都带着愁眉苦脸、咬牙苦熬的表情。他们肩上捆着用毯子包起来的沉重包袱。总算那条勒在额头上的皮带还得力，帮着吊住了包袱。他们每人拿着一支来复枪。他们弯着腰走路，肩膀冲向前面，而脑袋冲得更前，眼睛总是瞅着地面。

"我们藏在地窖里的那些子弹，我们身边要有两三发就好了，"走在后面的那个人说道。

他的声调阴沉沉的，干巴巴的，完全没有感情。他冷冷地说着这些话；前面的那个只顾一瘸一拐地向流过岩石、激起一片泡沫的白茫茫的小河里走去，一句话也不回答。

后面的那个紧跟着他。他们两个都没有脱掉鞋袜，虽然河水冰冷——冷得他们脚腕子疼痛，两脚麻木。每逢河水冲击着他们膝盖的地方，两个人都摇摇晃晃地站不稳。

跟在后面的那个在一块光滑的圆石头上滑了一下，差一点儿摔倒，但是，他猛力一挣，站稳了，同时痛苦地尖叫了一声。他仿佛有点头昏眼花，一面摇晃着，一面伸出那只闲着的手，好像打算扶着空中的什么东西。站稳之后，他再向前走去，不料又摇晃了一下，几乎摔倒了。于是，他就站着不动，瞅着前面那个一直没有回过头的人。

他这样一动不动地足足站了一分钟，好像心里在说服自己一样。接着，他就叫了起来：

"喂，比尔，我扭伤脚腕子啦。"

比尔在白茫茫的河水里一摇一晃地走着。他没有回头。后面那个人瞅着他这样走去，脸上虽然照旧没有表情，眼睛里却流露着像一头受伤的鹿一样的神色。

前面那个人一瘸一拐，登上对面的河岸，头也不回，只顾向前走去，河里的人眼睁睁地瞧着。他的嘴唇有点发抖,因此,他嘴上那丛乱鬃似的胡子也在明显地抖动。他甚至不知不觉地伸出舌头来舔了舔嘴唇。

"比尔!"他大声地喊着。

这是一个坚强的人在患难中求援的喊声,但比尔并没有回头。他的伙伴干瞧着,只见他古里古怪地一瘸一拐地走着,跌跌撞撞地前进,摇摇晃晃地登上一片不陡的斜坡,向矮山头上不十分明亮的天际走去。他一直瞧着他跨过山头,消失了踪影。于是他掉转眼光,慢慢扫过比尔走后留给他的那一圈世界。

靠近地平线的太阳,像一团快要熄灭的火球,几乎被那些混混沌沌的浓雾同蒸汽遮没了,让你觉得它好像是什么密密团团,然而轮廓模糊、不可捉摸的东西。这个人单腿立着休息,掏出了他的表。现在是四点钟,在这种七月底或者八月初的季节里——他说不出一两个星期之内的确切的日期——他知道太阳大约是在西北方。他瞧了瞧南面,知道在那些荒凉的小山后面就是大熊湖;同时,他还知道在那个方向,北极圈的禁区界线深入到加拿大冻土地带之内。他所站的地方,是铜矿河的一条支流,铜矿河本身则向北流去,通向加冕湾和北冰洋。他从来没到过那儿,但是,有一次,他在赫德森湾公司的地图上曾经瞧见过那地方。

他把周围那一圈世界重新扫了一遍。这是一片叫人看了发愁的景象。到处都是模糊的天际线。小山全是那么低低的。没有树,没有灌木,没有草——什么都没有,只有一片辽阔可怕的荒野,他的两眼露出了恐惧神色。

"比尔!"他悄悄地、一次又一次地喊道:"比尔!"

他在白茫茫的水里畏缩着,好像这片广大的世界正在用压倒一切的力量挤压着他,正在残忍地摆出得意的威风来摧毁他。他像发疟子似地抖了起来,连手里的枪都哗啦一声落到水里。这一声总算把他惊醒了。他和恐惧斗争着,尽力鼓起精神,在水里摸索着,找到了枪。他把包袱向左肩挪动了一下,以便减轻扭伤的脚腕子的负担。接着,他就慢慢地、小心谨慎地、疼得闪闪缩缩地向河岸走去。

他一步也没有停。他像发疯似的拼着命,不顾疼痛,匆匆登上斜坡,走向他的伙伴的踪影消失的那个山头——比起那个瘸着腿,一瘸一拐的伙伴来,他的样子更显得古怪可笑。可是到了山头,只看见一片死沉沉的,寸草不生的浅谷。他又和恐惧斗争着,克服了它,把包袱再往左肩挪了挪,蹒跚地走下山坡。

谷底一片潮湿,浓厚的苔藓,像海绵一样,紧贴在水面上。他走一步,水就从他脚底下溅射出来,他每次一提起脚,就会引起一种吧唧吧唧的声音,因为潮湿的苔藓总是吸住他的脚,不肯放松。他挑着好路,从一块沼地走到另一块沼地,并且顺着比尔的脚印,走过一堆一堆的、像突出在这片苔藓海里的小岛一样的岩石。

他虽然孤零零的一个人,却没有迷路。他知道,再往前去,就会走到一个小湖旁边,那儿有许多极小极细的枯死的枞树,当地的人把那儿叫作"提青尼其利"——意思是"小棍子地"。而且,还有一条小溪通到湖里,溪水不是白茫茫的。溪上有灯心草——这一点他记得很清楚——但是没有树木,他可以沿着这条小溪一直走到水源尽头的分水岭。他会翻过这道分水岭,走到另一条小溪的源头,这条溪是向西流的,他可以顺着水流走到它注入狄斯河的地方,那里,在一条翻了的独木船下面可以找到一个小坑,坑上面堆着许多石头。这个坑里有他那支空枪所需要的子弹,还有钓钩、钓丝和一张小鱼网——打猎钓鱼求食的一切工具。同时,他还会找到面粉——并不多——此外还有一块腌肉同一些豆子。

比尔会在那里等他的，他们会顺着狄斯河向南划到大熊湖。接着，他们就会在湖里朝南方划，一直朝南，直到麦肯齐河。到了那里，他们还要朝着南方，继续朝南方走去，那么冬天就怎么也赶不上他们了。让湍流结冰吧，让天气变得更凛冽吧，他们会向南走到一个暖和的哈得逊湾公司的站点，那儿不仅树木长得高大茂盛，吃的东西也多得不得了。

这个人一路向前挣扎的时候，脑子里就是这样想的。他不仅苦苦地拼着体力，也同样苦苦地绞着脑汁，他尽力想着比尔并没有抛弃他，想着比尔一定会在藏东西的地方等他。他不得不这样想，不然，他就用不着这样拼命，他早就会躺下来死掉了。当那团模糊的像圆球一样的太阳慢慢向西北方沉下去的时候，他一再盘算着在严冬追上他和比尔之前，他们向南逃去的每一英寸路。他反复地想着地窖里和哈得逊湾公司站点上的吃的东西。他已经两天没吃东西了；至于没有吃到他想吃的东西的日子，那就更不止两天了。他常常弯下腰，摘下沼地上那种灰白色的浆果，把它们放到口里，嚼一嚼，然后吞下去。这种沼地浆果只有一小粒种子，外面包着一点浆水。一进口，水就化了，种子又辣又苦。他知道这种浆果并没有养分，但是他仍然抱着希望耐心地嚼着它们，不顾及理智和常识。

走到九点钟，他在一块岩石上绊了一下，因为极端疲倦和衰弱，他摇晃了一下就栽倒了。他侧着身子、一动也不动地躺了一会儿。接着，他从捆包袱的皮带当中脱出身子，笨拙地挣扎起来，勉强坐着。这时候，天还没有完全黑，他借着流连不散的暮色，在乱石中间摸索着，想找到一些干枯的苔藓。后来，他收集了一堆，就升起一蓬火——一蓬不旺，冒着黑烟的火——并且放了一白铁罐子水在上面煮着。

他打开包袱，第一件事就是数数他的火柴。一共六十六根。为了弄清楚，他数了三遍。他把它们分成几份，用油纸包起来，一份放在他的空烟草袋里，一份放在他的破帽子的帽圈里，最后一份放在贴胸的衬衫里面。放好以后，他忽然感到一阵恐慌，于是他把它们完全拿出来打开，重新数了一遍。仍然是六十六根。

他在火边烘着潮湿的鞋袜。鹿皮鞋已经成了湿透的碎片。毡袜子有好多地方都磨穿了，两只脚皮开肉绽，都在流血。一只脚腕子胀得血管直跳，他检查了一下。它已经肿得和膝盖一样粗了。他一共有两条毯子，他从其中一条毯子上撕下一长条，把脚腕子捆紧。此外，他又撕下几条，裹在脚上，代替鹿皮鞋和袜子。接着，他喝完那罐滚烫的水，上好表的发条，就爬进两条毯子当中。

他睡得跟死人一样。午夜前后的短暂的黑暗来而复去。太阳从东北方升了起来——确切地说那个方向出现了曙光，因为太阳给乌云遮住了。

六点钟的时候，他醒了过来，静静地仰面躺着。他仰视着灰色的天空，知道肚子饿了。当他撑住胳膊肘翻身的时候，一种很大的呼噜声把他吓了一跳，他看见了一只公鹿，它正在用机警好奇的眼光瞧着他。这个牲畜离他不过五十英尺光景，他脑子里立刻出现了鹿肉排在火上烤得咝咝响、香气扑鼻的情景。他下意识地抓起了那支空枪，瞄好准星，扣了一下扳机。公鹿打了个响鼻，一跳就跑开了，只听见它奔过山岩时蹄子嘚嘚乱响的声音。

这个人骂了一句，扔掉那支空枪。他一面拖着身体站起来，一面大声地哼哼。这是一件很慢、很吃力的事。他的关节都像生了锈的铰链。它们在骨臼里的动作很迟钝，阻力很大，一屈一伸都得咬着牙才能办到。最后，两条腿总算站住了，但又花了一分钟左右的工夫才挺起腰，让他能够像一个人那样站得笔直。

他慢腾腾地登上一个小丘，看了看周围的地形。既没有树木，也没有小树丛，什么都没有，只看到一望无际的灰色苔藓，偶尔有点灰色的岩石，几片灰色的小湖，几条灰色的小溪,算是一点点缀。天空是灰色的。没有太阳,也没有太阳的影子。他不知道哪儿是北方,他已经忘掉了昨天晚上他是怎样取道走到这里的。不过他并没有迷失方向。这他是知道的。不久他就会走到那块"小棍子地"。他觉得它就在左面的什么地方,而且不远——可能翻过下一座小山头就到了。

于是他就回到原地,打好包袱,准备动身。他摸清楚了那三包分别放开的火柴还在,虽然没有停下来再数数。不过,他仍然踌躇了一下,在那儿一个劲地盘算,这次是为了一个厚实的鹿皮口袋。袋子并不大。他可以把它放在两个手掌里。他知道它有十五磅重——相当于包袱里其他东西的总和——这个口袋使他发愁。最后,他把它放在一边,开始打背包。可是,打了一会儿,他又停下手,盯着那个鹿皮口袋。他匆忙地把它抓到手里,用一种警觉的眼光瞧瞧周围,仿佛这片荒原要把它抢走似的。等到他站起来,摇摇晃晃地开始这一天的路程的时候,这个口袋还是放在了他背后的背包里。

他转向左面走着,不时停下来吃沼地上的浆果。扭伤的脚腕子已经僵了,他比以前跛得更明显,但是,比起肚子里的痛苦,脚疼就算不得什么。饥饿的疼痛是剧烈的。它们一阵一阵地发作,好像在啃着他的胃,疼得他不能把思想集中到"小棍子地"必须走的路线上。沼地上的浆果并不能减轻这种剧痛,那种刺激性的味道反而使他的舌头和口腔热辣辣的。

他走到了一个山谷,那儿有许多松鸡从岩石和沼地里呼呼地拍着翅膀飞起来。它们发出一种"咯儿-咯儿-咯儿"的叫声。他拿石子打它们,但是打不中。他把背包放在地上,像猫捉麻雀一样地偷偷走过去。锋利的岩石穿过他的裤子,划破了他的裤腿,膝盖流出的血在地面上留下一道血迹,但是在饥饿的痛苦中,这种痛苦也算不了什么。他在潮湿的苔藓上爬着,衣服湿透了,身上发冷;可是这些他都没有觉得,因为他想吃东西的念头那么强烈。而那一群松鸡却总是在他面前飞起来,呼呼地转,到后来,它们那种"咯儿-咯儿-咯儿"的叫声简直变成了对他的嘲笑,于是他就咒骂它们,随着它们的叫声对它们大叫起来。

有一次,他爬到了一定是睡着了的一只松鸡旁边。他一直没有瞧见,直到它从岩石的角落里冲着他的脸蹿起来,他才发现。他像那只猛然起飞的松鸡一样惊慌,抓了一把,只捞到了三根尾巴上的羽毛。当他瞅着它飞走的时候,他心里非常恨它,好像它做了什么对不起他的事。随后他回到原地,背起包袱。

时光渐渐消逝,他走进了连绵的山谷,或者说是沼地,这些地方的野物比较多。一群驯鹿走了过去,大约有二十来头,都待在可望而不可即的来复枪的射程以内。他心里有一种发狂似的、想追赶它们的念头,而且相信自己一定能追上去捉住它们。一只黑狐狸朝他走了过来,嘴里叼着一只松鸡。这个人喊了一声。这是一种可怕的喊声,那只狐狸吓跑了,可是没有丢下松鸡。

傍晚时,他顺着一条小河走去,由于含有石灰而变成乳白色的河水从稀疏的灯心草丛里流过去。他紧紧抓住这些灯心草的根部,拔起一种好像嫩葱芽,只有木瓦上的钉子那么大的东西。这东西很嫩,他的牙齿咬进去,会发出一种咯吱咯吱的声音,仿佛味道很好。但是它的纤维却不容易嚼。它是由一丝丝地充满了水分的纤维组成的,跟浆果一样,完全没有养分。他丢开背包,爬到灯心草丛里,像牛似的大咬大嚼起来。他非常疲倦,总希望能歇一会——躺下来睡个觉;可是他又不得不继续挣扎前进——不过,这并不一定是因为他急于要赶到"小棍子地",多半还是饥饿在逼着他。他在小水坑里找青蛙,或者用指甲挖土找小虫,虽然他也知道,在这么远的北方,是既没有青蛙也没有小虫的。

他瞧遍了每个水坑,都没有用,最后,到了漫漫的暮色袭来的时候,他才发现一个水坑里有一条独一无二、像鲦鱼般的小鱼。他把胳膊伸下水去,一直没到肩头,但是它又溜开了。于是他用双手去捉,把池底的乳白色泥浆全搅浑了。正在紧张的关头,他掉到了坑里,半身都浸湿了。现在,水太浑了,看不清鱼在哪儿,他只好等着,等泥浆沉淀下去。

他又捉起来,直到水又搅浑了。可是他等不及了,便解下身上的白铁罐子,把坑里的水舀出去。起初,他发狂一样地舀着,把水溅到自己身上,同时,因为泼出去的水距离太近,水又流到坑里。后来,他就更小心地舀着,尽量让自己冷静一点,虽然他的心跳得很厉害,手在发抖。这样过了半小时,坑里的水差不多舀光了,已经没什么可舀的了。可是,鱼却不见了。他这才发现石头里面有一条暗缝,那条鱼已经从那里钻到了旁边一个相连的大坑——坑里的水他一天一夜也舀不干。如果他早知道有这个暗缝,他一开始就会把它堵死,那条鱼也就归他所有了。

他这样想着,四肢无力地倒在潮湿的地上。起初,他只是轻轻地哭,过了一会,他就对着把他团团围住的无情的荒原号啕大哭,后来,他又大声抽噎了好久。

他升起一堆火,喝了几罐热水让自己暖和暖和,并且照昨天晚上那样在一块岩石上躺了下来。最后他检查了一下火柴是不是干燥,并且上好表的发条。毯子又湿又冷,脚腕子疼得在悸动。可是他只有饿的感觉,在不安的睡眠里,他梦见了一桌桌酒席和一次次宴会,以及各种各样的摆在桌上的食物。

醒来时,他又冷又不舒服。天上没有太阳。灰蒙蒙的大地和天空变得愈来愈阴沉昏暗。一阵刺骨的寒风刮了起来,初雪铺白了山顶。他周围的空气愈来愈浓,成了白茫茫一片,这时,他已经升起火,又烧了一罐开水。天上下的一半是雨,一半是雪,雪花又大又潮。起初,一落到地面就融化了,但后来越下越多,盖满了地面,淋熄了火,糟蹋了他那些当作燃料的干苔藓。

这是一个警告,他得背起包袱,一瘸一拐地向前走;至于到哪儿去,他可不知道。他既不关心小棍子地,也不关心比尔和狄斯河边那条翻过来的独木舟下的地窖。他完全给"吃"这个词儿管住了。他饿疯了。他根本不管他走的是什么路,只要能走出这个谷底就成。他在湿雪里摸索着,走到湿漉漉的沼地浆果那儿,接着又一面连根拔着灯心草,一面试探着前进。不过这东西既没有味,又不能把肚子填饱。后来,他发现了一种带酸味的野草,就把找到的都吃了下去,可是找到的并不多,因为它是一种蔓生植物,很容易给几寸深的雪埋没。

那天晚上他既没有火,也没有热水,他就钻在毯子里睡觉,而且常常饿醒。这时,雪已经变成了冰冷的雨。他觉得雨落在他仰着的脸上,给淋醒了好多次。天亮了——又是灰蒙蒙的一天,没有太阳。雨已经停了。刀绞一样的饥饿感觉也消失了。他已经丧失了想吃食物的感觉。他只觉得胃里隐隐作痛,但并不使他过分难受。他的脑子已经比较清醒,他又一心一意地想着"小棍子地"和狄斯河边的地窖了。

他把撕剩的那条毯子扯成一条条的,裹好那双鲜血淋淋的脚。同时把受伤的脚腕子重新捆紧,为这一天的旅行做好准备。等到收拾背包的时候,他对着那个厚实的鹿皮口袋想了很久,但最后还是把它随身带上了。

雪已经给雨水淋化了,只有山头还是白的。太阳出来了,他总算能够定出罗盘的方位来了,虽然他知道现在他已经迷了路。在前两天的跋涉中,他也许走得过分偏左了。因此,他为了校正,就朝右面走,以便走上正确的路程。

现在，虽然饿的痛苦已经不再那么敏锐，他却感到了虚弱。他在摘那种沼地上的浆果，或者拔灯心草的时候，常常不得不停下来休息一会。他觉得他的舌头很干燥，很大，好像上面长满了细毛，含在嘴里发苦。他的心脏给他添了很多麻烦。他每走几分钟，心里就会猛烈地、怦怦地跳一阵，然后变成一种痛苦的一起一落的迅速猛跳，逼得他透不过气，只觉得头昏眼花。

中午时分，他在一个大水坑里发现了两条鲦鱼。把坑里的水舀干是不可能的，但是现在他比较镇静，他想法子用白铁罐子把它们捞起来。它们只有他的小指头那么长，好像他现在并不觉得特别饿。胃里的隐痛已经愈来愈麻木。他的胃几乎像睡着了似的。他把鱼生吃下去，费劲地咀嚼着，因为吃东西已成了纯粹出于理智的动作。他虽然并不想吃，但是他知道，为了活下去，他必须吃。

黄昏时候，他又捉到了三条鲦鱼，他吃掉两条，留下一条作第二天的早饭。太阳已经晒干了零星散漫的苔藓，他能够烧点热水让自己暖和暖和了。这一天，他走了不到十英里路；第二天，只要心脏许可，他就往前走，只走了五英里多地。但是胃里却没有一点不舒服的感觉。它好像已经睡着了。现在，他到了一个陌生的地带，鹿越来越多，狼也多起来了。荒原里常常传出狼嗥的声音，有一次，他还瞧见了三只狼在他前面的路上穿过。

又过了一夜。早晨，因为头脑比较清醒，他就解开系着那厚实的鹿皮口袋的皮绳，从袋口倒出一股黄澄澄的粗金沙和金块。他把这些金子分成了大致相等的两堆，一堆包在一块毯子里，在一块突出的岩石上藏好，把另外那堆仍旧装到口袋里。同时，他又从剩下的那条毯子上撕下几条，用来裹脚。他仍然舍不得他的枪，因为狄斯河边的地窖里有子弹。

这是一个下雾的日子，这一天，他又有了饿的感觉。他的身体非常虚弱，他一阵一阵地晕得什么都看不见。现在，对他来说，一绊就摔跤已经不是稀罕事了；有一次，他给绊了一跤，正好摔到一个松鸡窝里。那里面有四只刚孵出的小松鸡，出世才一天光景——那些活蹦乱跳的小生命只够吃一口，他狼吞虎咽，把它们活活塞到嘴里，像嚼蛋壳似地吃起来，母松鸡大吵大叫地在他周围扑来扑去。他把枪当作棍子来打它，可是它闪开了。他投石子打它，碰巧打伤了它的一个翅膀。松鸡拍击着受伤的翅膀逃开了，他就在后面追赶。

那几只小鸡只吊起了他的胃口。他拖着那只受伤的脚腕子，一瘸一拐，跌跌撞撞地追下去，时而对它扔石子，时而粗声吆喝。有时候，他只是一瘸一拐，不声不响地追着，摔倒了就咬着牙、耐心地爬起来，或者在头晕得支持不住的时候用手揉揉眼睛。

这么一追，竟然穿过了谷底的沼地，发现了潮湿苔藓上的一些脚印。这不是他自己的脚印，他看得出来，一定是比尔的。不过他不能停下，因为母松鸡正在向前跑。他得先把它捉住，然后回来察看。

母松鸡给追得筋疲力尽，可是他自己也累坏了。它歪着身子倒在地上喘个不停，他也歪着倒在地上喘个不停，只隔着十来尺，然而没有力气爬过去。等到他恢复过来，它也恢复过来了，他的饿手才伸过去，它就扑着翅膀，逃到他抓不到的地方。这场追赶就这样继续下去。天黑了，它终于逃掉了。由于浑身软弱无力绊了一跤，头重脚轻地栽下去，划破了脸，包袱压在背上。他一动不动地过了好久，后来才翻过身，侧着躺在地上，上好表，在那儿一直躺到早晨。

又是一个下雾的日子。他剩下的那条毯子已经有一半做了包脚布。他没有找到比尔的踪迹，可是没有关系。饿逼得他太厉害了——不过——不过他又想，是不是比尔也迷了路。走到中午的时候,累赘的包袱压得他受不了了。于是他又把金子分成两份,但这一次他把其中的一份就那么扔在了地上。到了下午,他把剩下来的那一点也扔掉了,现在,他只有半条毯子、那个白铁罐子和那支枪。

一种幻觉开始折磨他。不知为什么,他总觉得他还剩下一粒子弹。它就在枪膛里,而他一直没有想起。可是另一方面,他也始终明白,枪膛里是空的。但这种幻觉总是萦回不散。他斗争了几个钟头,想摆脱这种幻觉,后来他就拉开了枪栓,结果面对着空枪膛。这样的失望非常痛苦,仿佛他真的希望会找到那粒子弹似的。

经过半个钟头的跋涉之后,这种幻觉又出现了。他于是又跟它斗争,而它又缠住他不放,直到为了摆脱它,他又打开枪膛打消自己的念头。有时候,他越想越远,只好一面凭本能自动向前跋涉,一面让种种奇怪的念头和狂想,像蛀虫一样地啃他的脑髓。但是这类脱离现实的遐思大都维持不了多久,因为饥饿的痛苦总会把他刺醒。有一次,正在这样瞎想的时候,他忽然猛地惊醒过来,看到一个几乎叫他昏倒的东西。他像醉汉一样地晃了几下,竭力使自己不致跌倒。在他面前站着一匹马。一匹马!他简直不能相信自己的眼睛。他觉得眼前一片漆黑,霎时间金星乱迸。他狠狠地揉着眼睛,让自己瞧瞧清楚,原来它并不是马,而是一头大棕熊。那头野兽正在用一种好战的狐疑目光仔细察看着他。

他举枪上肩,把空枪举起一半,就记起来了。他放下枪,从屁股后面的镶珠刀鞘里拔出猎刀。他面前是肉和生命。他用大拇指试试刀刃,刀刃很锋利。刀尖也很锋利。他本来会扑到熊身上,把它杀死的。可是他的心却猛地跳动起来,像是在警告:咚,咚,咚——接着又向上猛顶,迅速跳动,头像给铁箍箍紧了似的,脑子里渐渐感到一阵昏迷。

他的不顾一切的勇气已经给一阵汹涌起伏的恐惧驱散了。处在这样衰弱的境况中,如果那头野兽攻击他,怎么办?他只好尽力摆出极其威风的样子,握紧猎刀,狠命地盯着那头熊。它笨拙地向前挪了两步,站直了,发出试探性的咆哮。如果这个人逃跑,它就追上去;不过这个人并没有逃跑。现在,由于恐惧而产生的勇气已经使他振奋起来。同样地,他也在咆哮,而且声音非常凶野,非常可怕,透出那种生死攸关、紧紧地缠着生命的根基的恐惧。

那头熊慢慢向旁边挪动了一下,发出威胁的咆哮,它自己也给这个站得笔直、毫不害怕的神秘动物吓住了。可是这个人仍旧不动。他像石像一样地站着,直到危险过去,他才猛然哆嗦了一阵,倒在潮湿的苔藓里。

他重新振作起来,继续前进,心里又产生了一种新的恐惧。这不是害怕他会束手无策地死于断粮的恐惧,而是害怕还没等到饥饿耗尽他的最后一点求生力,他已经给凶残地撕成碎片。这地方的狼很多。狼嗥的声音在荒原上飘来飘去,在空中交织成一片危险的罗网,好像伸手就可以摸到,吓得他不由举起双手,把它向后推去,仿佛它是鼓满了风的篷布。

这些狼时常三三两两地从他前面走过。但是都避着他。一则因为它们为数不多,再者,它们要找的是不会搏斗的驯鹿,而这个直立走路的奇怪动物却可能既会抓又会咬。

傍晚时他碰到了许多零乱的骨头,说明狼在这儿咬死过一头野兽。这些残骨在一个钟头以前还是一头一面尖叫、一面飞奔的小鹿。非常活跃。他端详着这些骨头,它们已经给啃得精光发亮,现出生命还未褪尽的粉红色。难道在天黑之前,他也可能变成这个样子吗?生命就是这样吗,呃?真是一种空虚的、转瞬即逝的东西。只有活着才感到痛苦。死并没有什么难过。死就等于睡觉。它意味着结束,休息。那么,为什么他不甘心死呢?

但是，他对这些大道理想得并不长久。他蹲在苔藓地上，嘴里衔着一根骨头，吮吸着仍然使骨头微微泛红的残余生命。甜蜜蜜的肉味，跟回忆一样隐隐约约，不可捉摸，却引得他要发疯。他咬紧骨头，使劲地嚼。有时他咬碎了一点骨头，有时却咬碎了自己的牙，于是他用岩石来砸骨头，把它捣成了酱，然后吞到肚里。匆忙之中，有时也砸到自己的指头，使他一时感到惊奇的是，石头砸了他的指头他并不觉得很痛。

接着下了几天可怕的雨雪。他不知道什么时候露宿，什么时候收拾行李。他白天黑夜都在赶路。他摔倒在哪里就在哪里休息，一到垂危的生命火花闪烁起来，微微燃烧的时候，他就慢慢向前走。他已经不再像人那样挣扎了。逼着他向前走的，是他体内的生命，生命本身在抗拒死亡。他也不再痛苦了。他的神经已经变得迟钝麻木，他的脑子里则充满了怪异的幻象和美妙的梦境。

不过，他老是吮吸着，咀嚼着那只小驯鹿的碎骨头，这是他收集起来随身带着的一点残屑。他不再翻山越岭了，只是沿着一条流过一片宽阔的浅谷的溪水走去。可是他既没有看见溪流，也没有看到山谷。他只看到幻象。他的灵魂和肉体虽然在并排向前走，向前爬，但它们是分开的，它们之间的联系已经非常微弱。

有一天，他醒过来，神智清楚地仰卧在一块岩石上。太阳明亮亮的，有些暖意。他听到远处有一群小鹿尖叫的声音。他只隐隐约约地记得下过雨，刮过风，落过雪，至于他究竟被暴风雨吹打了两天或者两个星期，那他就不知道了。

他一动不动地躺了好一会，温和的太阳照在他身上，使他那受苦受难的身体充满了暖意。这是一个晴天，他想道。也许，他可以想办法确定自己的方位。他痛苦地使劲偏过身子。下面是一条流得很慢的很宽的河。他觉得这条河很陌生，真使他奇怪。他慢慢地顺着河望去，宽广的河湾蜿蜒在许多光秃秃的小荒山之间，比他往日碰到的任何小山都显得更荒凉，更低矮。他于是慢慢地，从容地，毫不激动地，或者至多也是抱着一种极偶然的兴致，顺着这条奇怪的河流的方向，向天际望去，只看到它注入一片明亮光辉的大海。他仍然无动于衷。太奇怪了，他想道，这是幻象吧，也许是海市蜃楼吧——多半是幻象，是他的错乱神经搞出来的把戏。后来，他又看到光亮的大海上停泊着一只大船，就更加相信这是幻象。他眼睛闭了一会再睁开。奇怪，这种幻象竟会这样地经久不散！然而并不奇怪，他知道，在荒原中心绝不会有什么大海、大船，正像他知道他的空枪里没有子弹一样。

他听到背后有一种吸鼻子的声音——仿佛喘不出气或者咳嗽的声音。由于身体极端虚弱和僵硬，他极慢极慢地翻一个身。他看不出附近有什么东西，但是他耐心地等着。

又听到了吸鼻子和咳嗽的声音，离他不到二十英尺远的两块巉岩之间，他隐约看到一只灰狼的头。那双尖耳朵并不像别的狼那样竖得笔挺；它的眼睛昏暗无光，布满血丝；脑袋好像无力地、苦恼地耷拉着。这头野兽不断地在太阳光里眨眼。它好像有病。正当他瞧着它的时候，它又发出了吸鼻子和咳嗽的声音。

至少，这总是真的，他一面想，一面又翻过身，以便瞧见先前给幻象遮住的现实世界。可是，远处仍旧是一片光辉的大海，那条船仍然历历可见。难道这是真的吗？他闭着眼睛，想了好一会，终于想出来了。他一直在向北偏东走，他已经离开狄斯分水岭，走到了铜矿谷。这条流得很慢的宽广的河就是铜矿河。那片光辉的大海是北冰洋。那条船是一艘捕鲸船，本来应该驶往麦肯齐河口，可是偏了东，太偏了东，目前停泊在加冕湾里。他记起了很久以前他看到的那张哈得逊湾公司的地图，现在，对他来说，这完全是清清楚楚，入情入理的。

第二课 外国小说选读

他坐起来,想着切身的事情。裹在脚上的毯子已经磨穿了,他的脚破得没有一处好肉。最后一条毯子已经用完了。枪和猎刀也不见了。帽子不知在什么地方丢了,帽圈里那小包火柴也一块儿丢了,不过,贴胸放在烟草袋里的那包用油纸包着的火柴还在,而且是干的。他瞧了一下表。时针指着十一点,表仍然在走。很清楚,他一直没有忘了上表。

他很冷静,很沉着。虽然身体衰弱已极,但是并没有痛苦的感觉。他一点也不饿。甚至想到食物也不会产生快感。现在,他无论做什么,都只凭理智。他齐膝盖撕下了两截裤腿,用来裹脚。他总算还保住了那个白铁罐子。他打算先喝点热水,然后再开始向船走去,他已经料到这是一段可怕的路程。

他的动作很慢。他好像半身不遂地哆嗦着。等到他预备去收集干苔的时候,他才发现自己已经站不起来了。他试了又试,后来只好死了这条心,他开始用手和膝盖支着爬行。有一次,他爬到了那只病狼附近。那个畜生,一面很不情愿地避开他,一面用那条好像连弯一下的力气都没有的舌头舐着自己的牙床。这个人注意到它的舌头并不是通常那种健康的红色,而是一种暗黄色,好像蒙着一层粗糙的、半干的黏膜。

这个人喝下热水之后,觉得自己可以站起来了,甚至还可以像想象中一个快死的人那样走路了。他每走一两分钟,就不得不停下来休息一会。他的步子软弱无力,很不稳,就像跟在他后面的那只狼一样又软又不稳。这天晚上,等到黑夜笼罩了光辉的大海的时候,他知道他和大海之间的距离只缩短了不到四英里。

这一夜,他总是听到那只病狼咳嗽的声音,有时候他还听到一群小鹿的叫声。他周围全是生命,不过那是强壮的生命,非常活跃而健康的生命,同时他也知道,那只病狼所以要紧跟着他这个病人,是希望他先死。早晨,他一睁开眼睛就看到那个畜生正用一种如饥似渴的眼光瞪着他。它夹着尾巴蹲在那儿,好像一条可怜的倒霉的狗。早晨的寒风吹得它直哆嗦,每逢这个人对它勉强发出一种低声咕噜似的吆喝,它就无精打采地龇着牙。

太阳亮堂堂地升了起来,这一早晨,他一直在绊绊跌跌地朝着光辉的海洋上的那条船走。天气好极了。这是高纬度地方的那种短暂的晚秋。它可能连续一个星期。也许明后天就会结束。

下午,这个人发现了一些痕迹,那是另外一个人留下的,那人不是走,而是爬的。他认为可能是比尔,不过他只是漠不关心地想想罢了。他并没有什么好奇心。事实上,他早已失去了兴致和热情。他已经不再感到痛苦了。他的胃和神经都睡着了。但是内在的生命却逼着他前进。他非常疲倦,然而他的生命却不愿死去。正因为生命不愿死,他才仍然要吃沼地上的浆果和鲦鱼,喝热水,一直提防着那只病狼。

他跟着那个挣扎前进的人的痕迹向前走去,不久就走到了尽头——潮湿的苔藓上摊着几根才啃光的骨头,附近还有许多狼的脚印。他发现了一个跟他自己的那个一模一样的厚实的鹿皮口袋,但已经给尖利的牙齿咬破了。他那无力的手已经拿不动这样沉重的袋子了,可是他到底把它提起来了。比尔至死都带着它。哈哈!他可以嘲笑比尔了。他可以活下去,把它带到光辉的海洋里那条船上。他的笑声粗糙可怕,跟乌鸦的怪叫一样,而那条病狼也随着他,一阵阵地惨嗥。突然间,他不笑了。如果这真是比尔的骸骨,他怎么能嘲笑比尔呢;如果这些有红有白、啃得精光的骨头,真是比尔的话?

他转身走开了。不错,比尔抛弃了他;但是他不愿意拿走那袋金子,也不愿意吮吸比尔的骨头。不过,如果事情掉个头的话,比尔也许会做得出来的。他一面摇摇晃晃地前进,一面暗暗想着这些情形。

他走到了一个水坑旁边。就在他弯下腰找鲦鱼的时候,他猛然仰起头,好像给戳了一下。他瞧见了自己反映在水里的脸。脸色之可怕,竟然使他一时恢复了知觉,感到震惊了。这个坑里有三条鲦鱼,可是坑太大,不好舀。他用白铁罐子去捉,试了几次都不成,后来他就不再试了。他怕自己会由于极度虚弱,跌进去淹死。而且,也正是因为这一层,他才没有跨上沿着沙洲并排漂去的木头,让河水带着他走。

这一天,他和那条船之间的距离缩短了三英里;第二天,又缩短了两英里——因为现在他是跟比尔先前一样地在爬;到了第五天晚上,他发现那条船离开他仍然有七英里,而他每天连一英里也爬不到了。幸亏天气仍然继续放晴,他于是继续爬行,继续晕倒,辗转不停地爬;而那头狼也始终跟在他后面,不断地咳嗽和哮喘。他的膝盖已经和他的脚一样鲜血淋漓,尽管他撕下了身上的衬衫来垫膝盖,他背后的苔藓和岩石上仍然留下了一路血渍。有一次,他回头看见病狼正贪婪地舔着他的血渍,他不由得清清楚楚地看出了自己可能遭到的结局——除非——除非他干掉这只狼。于是,一幕从来没有演出过的残酷的求生悲剧就开始了——病人一路爬着,病狼一路跛行着,两个生灵就这样在荒原里拖着垂死的躯壳,谁都想先要了对方的命。

如果这是一条健康的狼,那么,他觉得倒也没有多大关系;可是,一想到自己要喂这么一只令人作呕、只剩下一口气的狼,他就觉得非常厌恶。他就是这样吹毛求疵。现在,他脑子里又开始胡思乱想,又给幻象弄得迷迷糊糊,而神智清楚的时候也愈来愈少,愈来愈短。

有一次,他从昏迷中给一种贴着他耳朵喘息的声音惊醒了。那只狼向后一跳,因为身体虚弱,一失足摔倒了。样子可笑极了,可是他一点也不觉得有趣。他甚至也不害怕。他已经到了这一步,根本谈不到恐惧。不过,这一会,他的头脑却很清醒,于是他躺在那儿,仔细地考虑。那条船离他不过四英里路,他把眼睛擦净之后,可以很清楚地看到它;同时,他还看出了一条在光辉的大海里破浪前进的小船的白帆。可是,无论如何他也爬不完这四英里路。这一点,他是知道的,而且知道以后,他还非常镇静。他知道他连半里路也爬不了啦。不过,他仍然要活下去。在经历了千辛万苦之后,他居然会死掉,那未免太不合理了。命运对他实在太苛刻了。然而,尽管奄奄一息,他还是不情愿死。也许,这种想法完全是发疯,不过,就是到了死神的铁掌里,他仍然要反抗它,不肯死。

他闭上眼睛,极其小心地让自己镇静下去。疲倦像涨潮一样,从他身体的各处涌上来,但是他刚强地打起精神,绝不让这种令人窒息的疲倦把他淹没。这种要命的疲倦,很像一片大海,一涨再涨,一点一点地淹没他的意识。有时候,他几乎完全给淹没了,他只能用无力的双手划着,漂游过那黑茫茫的一片;可是,有时候,他又会凭一种奇怪的心灵作用,另外找到一丝毅力,更坚强地划着。

他一动不动地仰面躺着,听到病狼一呼一吸地喘着气,慢慢地向他逼近。它愈来愈近,一直在向他逼近,好像经过了无穷的时间,但是他始终不动。它已经到了他耳边。那条粗糙的干舌头正像砂纸一样地摩擦着他的两腮。他那两只手一下子伸了出来——或者,至少也是他凭着毅力要它们伸出来的。他的指头弯得像鹰爪一样,可是抓了个空。敏捷和准确是需要力气的,他没有这种力气。

那只狼的耐心真是可怕。这个人的耐心也一样可怕。这一天,有一半时间他一直躺着不动,尽力和昏迷斗争,等着那个要把他吃掉、而他也希望能吃掉的东西。有时候,疲倦的浪潮涌上来,淹没了他,他会做起很长的梦;然而在整个过程中,不论醒着或是做梦,他都在等着那种喘息和那条粗糙的舌头来舔他。

他并没有听到这种喘息,他只是从梦里慢慢苏醒过来,觉得有条舌头在顺着他的一只手舐去。他静静地等着。狼牙轻轻地扣在他手上了;扣紧了;狼正在尽最后一点力量把牙齿咬进它等了很久的东西里面。可是这个人也等了很久,那只给咬破了的手也抓住了狼的牙床。于是,慢慢地,就在狼无力地挣扎着,他的手无力地掐着的时候,他的另一只手已经慢慢摸过来,一下把狼抓住。五分钟之后,这个人已经把全身的重量都压在狼的身上。他的手的力量虽然还不足以把狼掐死,可是他的脸已经紧紧地压住了狼的咽喉,嘴里已经满是狼毛。半小时后,这个人感到一小股暖和的液体慢慢流进他的喉咙。这东西并不好吃,就像硬灌到他胃里的铅液,而且是纯粹凭着意志硬灌下去的。后来,这个人翻了一个身,仰面睡着了。

捕鲸船"白德福号"上,有几个科学考察队的人员。他们从甲板上望见岸上有一个奇怪的东西。它正在向沙滩下面的水面挪动。他们没法分清它是哪一类动物,但是,因为他们都是研究科学的人,他们就乘了船旁边的一条捕鲸艇,到岸上去察看。接着,他们发现了一个活着的动物,可是很难把它称作人。它已经瞎了,失去了知觉。它就像一条大虫子在地上蠕动着前进。它用的力气大半都不起作用,但是它始终不放弃努力,它一面摇晃,一面向前扭动,照它这样,一点钟大概可以爬上二十英尺。

三星期以后,这个人躺在捕鲸船"白德福号"的一个铺位上,眼泪顺着他的消瘦的面颊往下淌,他说出他是谁和他经历的一切。同时,他又含含糊糊地、不连贯地谈到了他的母亲,谈到了阳光灿烂的南加利福尼亚,以及橘树和花丛中的他的家园。

没过几天,他就跟那些科学家和船员坐在一张桌子旁边吃饭了,他贪婪地望着面前这么多好吃的东西,焦急地瞧着它溜进别人口里。每逢别人咽下一口的时候,他眼睛里就会流露出一种深深惋惜的表情。他的神志非常清醒,可是,每逢吃饭的时候,他免不了要恨这些人。他给恐惧缠住了,他老怕粮食维持不了多久。他向厨子,船舱里的服务员和船长打听食物的贮藏量。他们对他保证了无数次,但是他仍然不相信,仍然会狡猾地溜到贮藏室附近亲自窥探。

看起来,这个人正在发胖。他每天都会胖一点。那批研究科学的人都摇着头,提出他们的理论。他们限制了这个人的饭量,可是他的腰围仍然在加大,身体胖得惊人。

水手们都咧着嘴笑。他们心里有数。等到这批科学家派人来监视他的时候,他们也知道了。他们看到他在早饭以后萎靡不振地走着,而且会像叫花子似地,向一个水手伸出手。那个水手笑了笑,递给他一块硬面包,他贪婪地把它拿住,像守财奴瞅着金子般地瞅着它,然后把它塞到衬衫里面。别的咧着嘴笑的水手也送给他同样的礼品。

这些研究科学的人很谨慎。他们随他去。但是他们常常暗暗检查他的床铺。那上面摆着一排排的硬面包,褥子也给硬面包塞得满满的;每一个角落里都塞满了硬面包。然而他的神智非常清醒。他是在防备可能发生的另一次饥荒——就是这么回事。研究科学的人说,他会恢复常态的;事实也是如此,"白德福号"的铁锚还没有在旧金山湾里隆隆地抛下去,他就正常了。

### 赏 析

《热爱生命》讲述的是:一个美国西部的淘金者在返回的途中被朋友抛弃了,他独自跋涉在广袤的荒原上。他没有一点食物,腿也受了伤,脚在流血。他在荒原上,艰难地前行。

饥饿感时时侵袭着他,使他出现幻觉。就在他的身体非常虚弱的时候,他遇到了一匹病狼。这匹病狼跟在他的身后,舔着他的血迹尾随着他。他凭着坚强的意志、求生的本能和异乎寻常的机智,最终战胜了那匹病狼,并喝了狼的血,得到了最关键的生命补充。最后,他爬到了捕鲸船"白德福号"附近,被科学家营救。

这是一曲生命的赞歌,也是对人生命极限的考验,更是精神与意志的巨大磨难。主人公在与寒冷、饥饿、伤病和野兽的抗争中,充分展现出人性深处闪光的东西,表现出了生命的坚韧与顽强,奏响了生命的赞歌,有着撼人心魄的力量。

杰克·伦敦对人物内心的刻画和精神世界的描写是这篇小说成功的关键。这篇小说的特色在于故事情节的传奇性与具体细节的逼真性的高度统一。我们在阅读过程中,要了解小说创作的时代背景,体会主人公的精神魅力及其寄予着的作者的人生理想和美学追求。在阅读中,应注意体会作者所表达的敬畏生命、热爱生命的意识以及对强大生命力和顽强意志力的歌颂。

# ※第三节 《巴黎圣母院》节选①

雨果【法】

### 题 解

维克多·雨果(Victor Hugo,1802—1885年),法国浪漫主义文学运动的领袖。他是法国文坛最负盛名的作家之一。其创作历程超过60年,在诗歌、小说、戏剧和文艺理论上都有重大建树。其代表作品是《巴黎圣母院》(1831年)、《九三年》(1874年)、《悲惨世界》(1862年)等长篇小说。

《巴黎圣母院》创作于1831年,是一部浪漫主义小说。它以离奇和对比的手法写了一个发生在15世纪巴黎的故事:巴黎圣母院副主教克洛德道貌岸然、蛇蝎心肠,先爱后恨,迫害吉卜赛女郎爱斯梅拉达。面目丑陋、心地善良的敲钟人伽西莫多为救女郎舍身。小说揭露了宗教的虚伪,宣告禁欲主义的破产,歌颂了下层劳动人民的善良、友爱、舍己为人,反映了雨果的人道主义思想。

本文节选自《巴黎圣母院》第十一卷第二节"白衣美人"。

### 选 文

从圣母院钟塔顶上望去,夏日清晨沐浴在新鲜光辉里的巴黎景色是异常的壮丽可爱,那个时辰的巴黎更是如此。那天大约是在七月份,天空十分明朗,稀疏的晨星正在东一颗西一

---

① 选自《巴黎圣母院》,〔法〕维克多·雨果 著,陈敬容 译,人民文学出版社,1982年6月第1版。

颗地逐渐消隐,有一颗最亮的在东边,在天上最明亮的地方。太阳刚刚在升起,巴黎开始蠕动起来了,一道极明亮的光把所有朝东的房屋的轮廓清楚地送到眼前。钟楼巨大的影子从一座屋顶伸展到另一座屋顶,从大都市的这一头伸展到另一头。有些地区喧嚣声已经开始,这里是钟声,那里是锤子敲打的声音,再远些又是一辆货车走动的声音。屋顶上已经到处冒起炊烟,就像从巨大的硫磺矿里冒出的烟雾一样。塞纳河从许多桥拱下,从许多小岛尖头流过,翻起无数银白的波浪。在都市周围那些碉堡外面,是一片像羊毛那样的蒙蒙的雾,透过那层雾气,模糊的大片原野和优美的此起彼伏的山陵隐约在望。各种飘浮的声音都向半醒的城市散落,晓风把雾蒙蒙的山丘上几团散碎的白云推向东边的天空。

  巴尔维广场上有几个拿着牛奶罐的女人,看见圣母院大门上奇怪的伤痕和凝结在砂石缝里的两股熔铅,都露出惊讶的样子。那就是夜间的骚动所留下的痕迹,伽西莫多在两座钟塔之间燃起的大火已经熄灭,特里斯丹已经把广场打扫干净,把所有的尸体都扔进了塞纳河,路易十一那一类国王,在每次屠杀后总要留心把道路洗刷干净的。

  钟塔栏杆外面,正当那神甫站着的地点下面,有一条哥特式建筑上常有的那种造得很富于幻想色彩的石头水槽,在那水槽的一条裂缝里有两朵盛开的美丽的紫罗兰,在晓风中摇曳,好像人一样,嬉笑着在点头行礼。在钟塔上面,远处高空里传来鸟的啭鸣。

  神甫没有看见也没有听见所有这一切,他是那种不知道有清晨,有飞鸟,有花朵的人物。在他周围那广阔无边的天际,景物何止万千,但他的眼光却只集中在一点上。

  伽西莫多急于要问他埃及姑娘怎么样了,但副主教此刻仿佛灵魂出了窍似的,他显然已进入那种即使地球在他脚下崩裂也毫无感觉的境界了,他的眼睛一直盯在某个地方,不动也不出声。但那种不动和默不作声的神情却如此可怕,使那粗野的敲钟人战战兢兢,不敢上前惊动他,他只能跟着副主教的眼光望去——那也是一种询问方法——,于是那不幸的聋子的眼光也落到了格雷沃广场上。这样他便看见副主教望见的是什么了,梯子已经靠在常设在那里的绞刑架上,广场上有几个平民和很多士兵,一个男人在石板路上拖着一件白色的东西,它还拖带着另一件黑色的东西。那个男人在绞刑架下停住了。

  这时那地方似乎发生了什么事情,伽西莫多没有看清楚,这并不是由于他那一只独眼看不到那么远,而是由于那里有一大堆士兵把他的视线挡住了,使他不能全部看清楚。而且那时太阳已经出来了,一时霞光万道,使巴黎所有的尖拱形建筑物如钟楼呀,烟囱呀,山墙呀,一下子变得像着了火一般通红。

  那个男人开始往扶梯上爬去。伽西莫多很清楚地看见他了,他肩头上扛着一个女人,那是一个穿白衣服的姑娘,脖子上套着一个麻绳活结。伽西莫多认出了她,那就是她呀。

  那个男人就那样爬到了梯子顶上,他把活结整理了一下,那当儿,神甫为了看得更清楚些,就双膝跪到栏杆上去。

  那个人忽然用脚把梯子一踢,已经好一会屏住气息的伽西莫多就看见那不幸的孩子在麻绳末端摇晃起来,离地面两尺高,那人把双脚踏在那可怜的孩子的两肩上,麻绳转动了几下,伽西莫多看见埃及姑娘浑身发出一阵可怕的抽搐。至于神甫,他正伸长着脖子,眼睛似乎要爆出来似的,全神贯注地望着那个男人和那个姑娘的可怕的景象,真是一幅蜘蛛捕蝇的图画。

到了那最骇人的刹那，只见一个魔鬼般的笑，一个不复是人类所能有的笑，从神甫铁青的脸上迸出来。伽西莫多听不见笑声，但却看见了那个笑容。敲钟人从副主教身后倒退了几步，突然愤怒地向他扑过去，用两只大手朝堂·克洛德的背上一推，把他从他靠着的地方往下推去。

　　神甫喊了一声"该死的"就掉下去了。

　　我们刚才说过，他靠着的地方下面有一条水槽，在他跌下去时挡住了他。当他用双手拼命抓住那条水槽，想张嘴喊第二声的时候，他从栏杆边上望见了伽西莫多那张可怕的愤恨的脸正在他的头顶上，他只好不作声了。

　　他下面就是深渊，得落下去两百多英尺才能着地。处在那样可怕的境地，副主教不说话也不呻吟，他只是在那水槽上扭着身子，使出罕见的力气挣扎着，想往上爬。可是他的手抓不住那花岗石，他的脚踏在黑黑的墙上也站不稳。到过圣母院塔上的人都知道，那栏杆脚下的石头都是逐渐向外边突出去的。副主教筋疲力尽地待着的地方正是那个向里缩的角落，他要对付的并不是一堵陡直的墙，而是一堵下边朝里倾斜的墙。

　　伽西莫多只要向他伸出手去就能把他拖出深渊，但是他连看也不看他一眼，他在望格雷沃广场，在望绞刑架，在望埃及姑娘。那聋子就靠在副主教刚才靠着的栏杆上，从那里目不转睛地望着此刻他在世间所关心的唯一的目标，他像受了雷击的人一样不动也不响，一长串泪珠从他那一共还只流过一滴眼泪的独眼里悄悄地往下流淌。

　　副主教正在那里喘气，他的秃头上全是汗，抓着石头的手指流着血，双膝在墙上擦破了皮。他听见自己那挂在水槽上的袈裟的撕裂声，他每挣扎一下，袈裟就裂得更大。最糟糕的是水槽的末端只有一个铅铸的管子，但也已经被他的体重压弯了。副主教觉得那铅管在逐渐弯折，那倒霉的家伙自言自语地说，到他疲倦得松开手的时候，到他的袈裟完全撕裂的时候，到那条铅管折断的时候，他就会跌下去，想到这里他吓得五内崩裂。有几次他迷迷糊糊地看着十来英尺下面有个平台之类的狭小的边沿，好像是在修教堂时偶然弄成的，他在绝望之余从心底祷告上苍让他就在那个两英尺见方的处所了却残生，哪怕待上一百年也行。有一次他向下面的广场望去，向那空空的深渊望去，他再抬起头时就把眼睛紧紧闭上，头发都一根根竖了起来。

　　那两人的沉默十分可怕。当那副主教在离他几步远的极其可怕的状态里折腾的时候，伽西莫多正流着眼泪望着格雷沃广场。

　　副主教看到他所有的挣扎只能使他现在攀附的着力点晃摇起来，便决心不再动一动了，他就待在那里，抱着那条水槽，几乎不呼吸也不动弹，只是腹部还有一阵机械的抽搐，就像人们在梦中觉得要往下坠的时候一样。他呆定定的眼睛睁得很大，一副惊慌痛苦的样子，可是他渐渐支持不住了，手指头慢慢从水槽上滑了下去，他愈来愈感到双臂的无力和身体的沉重，那支撑他的铅管逐渐向空中弯。他向下面望望，真可怕，圆形的圣若望教堂的屋顶小得好像一张折做两半的纸牌。他向钟塔上漠不关心的雕像一一望去，它们也像他似的挂在悬崖陡壁上，但它们并不为自己担心，也不对他表示半点怜悯。他周围全是些石头，他眼前是那些张着嘴的怪物，他下面，在最底下，是广场的石板地，他头上，是正在哭泣的伽西莫多。

　　巴尔维广场上有好几堆大胆的好奇的人，在那里安详地猜测着用那么奇怪的方法来消遣的疯子是个什么人。神甫听见他们说道（因为又清楚又尖锐的谈话声传到了他的耳边）："他会跌断脖子的！"

　　伽西莫多哭着。

气愤惊骇得口吐白沫的副主教终于明白一切办法都没有用,于是他竭尽全力作一次最后的挣扎,他攀住水槽,双膝抵在墙上,两手插进一条石头缝里,往上爬了约有一英尺左右。但这个动作突然一下子把他靠着的那条铅管的一头弄断了,同时袈裟也给撕成了两半,这时他感到除开自己僵硬无力的双手还攀着点什么之外,脚底下完全没有了着落。于是那倒运的家伙才闭着眼睛放弃了水槽,跌了下去。

伽西莫多眼看他跌下去。

从那么高的地方跌下去是很难垂直的,被抛到空中的副主教起先是脑袋朝下,两臂摊开,随后在空中打了几个旋,风把他刮到了一个屋脊上,碰断了几根骨头。他给刮到屋脊上时还没有摔死,那敲钟人还看见他用手去抓那堵山墙,但是屋顶倾斜度较大,他又已经毫无力气,他很快就像一块往下掉的瓦片似的从那屋脊上滑落下去,弹到了石板路上,在那里他再也不动弹了。

这时伽西莫多重新抬起眼睛去望埃及姑娘,看见她的身子吊在绞刑架上,远远地在她的白衣服里作临死的痛苦的颤抖。随后他又低下头去看看直挺挺躺在钟塔下面的摔得不像人样的副主教,他从心底里发出了一声呜咽:"啊!都是我爱过的人呀!"

## 赏析

《巴黎圣母院》以美丽的吉卜赛少女爱斯梅拉达的经历和悲剧为主线。其大致情节是:道貌岸然的巴黎圣母院副主教克洛德迷恋上了爱斯梅拉达,指使他所收养的丑聋人伽西莫多强行掳走爱斯梅拉达。爱斯梅拉达在被掳走的途中被弗比斯队长所救。弗比斯俊美、多才却风流,不知情的爱斯梅拉达爱上了弗比斯。克洛德嫉恨弗比斯,刺杀弗比斯且嫁祸于爱斯梅拉达。弗比斯没有死但他却不肯为爱斯梅拉达作证,爱斯梅拉达十分失望,也因此被判死刑。行刑时,伽西莫多将爱斯梅拉达救走并藏于巴黎圣母院中。当克洛德发现爱斯梅拉达没有被处死,而就藏身于圣母院中时,便欲行不轨。伽西莫多及时赶到,克洛德未能得逞,这样两人便知道了事实真相。乞丐群众为救爱斯梅拉达而冲入教堂,误与伽西莫多大战。未能得到爱斯梅拉达的克洛德怀恨在心,他协助兵士抓走了爱斯梅拉达。伽西莫多在圣母院中到处寻找爱斯梅拉达未果。后来他站在楼顶上,看到爱斯梅拉达又被吊在绞刑架上。当他发现克洛德在钟楼上对爱斯梅拉达受刑而狞笑时,伽西莫多愤然将克洛德从教堂顶楼推下,最后伽西莫多找到爱斯梅拉达的尸体殉情。

《巴黎圣母院》运用了对照的原则。雨果在《〈克伦威尔〉序言》中提出了文学创作的对照原则,该原则是雨果文艺思想的核心。人物对照也是《巴黎圣母院》艺术的精髓。爱斯梅拉达与伽西莫多在形体上形成了鲜明的对比:一个极美,一个极丑;爱斯梅拉达与克洛德形成了对照,纯洁与阴毒是他们各自的特征;爱斯梅拉达与克洛德、弗比斯又是一对矛盾,他们是纯真与虚伪的对比;伽西莫多的善良、简单、富有同情心与克洛德的恶毒、阴险也形成了对照;另外,伽西莫多外貌丑陋却心灵善良,弗比斯外貌俊朗却心灵丑陋,这亦形成了鲜明的对比。

《巴黎圣母院》通过善与恶、美与丑的对照,反映了人的精神领域和情感世界在宗教、神学、兽性、情欲、阴谋、虚伪等心灵性的东西之间的冲突。其毁灭性的悲剧结局,是对宗教的针砭,对兽性的谴责,对丑的心灵、恶的势力的否定。小说中的浪漫主义色彩其实是构建在现实主义基础之上的。雨果从人道主义思想出发,控诉封建宗教吞噬无辜,揭露教会的反人性,具有强大的道义力量。

## 练习

**一、填空题**

1. 卡夫卡是西方_____的先驱。他的作品表达了"_____"。
2. 杰克·伦敦早期作品中描写北方淘金者生活的短篇小说集,通称"_____"。
3. 维克多·雨果是_____国_____运动的领袖。
4. 卡夫卡以表现_____著称,其小说中充满了有关_____阐述。
5. 《荒野的呼唤》《马丁·伊登》的作者是_____。
6. 雨果的代表作有《_____》《_____》等。
7. 小说《变形记》的主人公是_____。
8. 《巴黎圣母院》中外表俊朗,却心灵丑陋的人物形象是_____。

**二、选择题**

1. 关于卡夫卡和《变形记》,说法错误的是(　　)。
   A. 《变形记》中的格里高尔在生活重担的压迫下从"人"变成一只大甲虫,表面上看,这是荒诞无稽的。
   B. 《变形记》运用象征手法揭示了资本主义社会中普遍且典型的异化现象。
   C. 格里高尔由"人"变"虫",预示着小人物掌握不了自己的命运。
   D. 作者和巴尔扎克一样,鲜明地指出造成人类沦落的社会条件是异化。

2. 关于杰克·伦敦的《热爱生命》,说法不正确的是(　　)。
   A. 讲述一个淘金者在荒原上陷入困境,最后克服困难生存下来的故事。
   B. 《热爱生命》展现了人性的伟大和坚强。
   C. 《热爱生命》的主题是:在大自然面前,金子是没有任何价值的。
   D. 《热爱生命》表达了作者对生命的热爱与敬畏。

3. 关于雨果的《巴黎圣母院》,说法不正确的是(　　)。
   A. 《巴黎圣母院》以离奇和对比的手法写了一个发生在15世纪巴黎的故事。
   B. 小说的主题是:外貌奇丑的人心灵未必丑,外表俊朗的人可能自私自利。
   C. 《巴黎圣母院》以美丽的吉卜赛少女爱斯梅拉达的经历和悲剧为主线。
   D. 雨果从人道主义思想出发,控诉封建宗教吞噬无辜,揭露教会的反人性,具有强大的道义力量。

4. 下列人物,不属于《巴黎圣母院》中的是(　　)。
   A. 爱斯梅拉达　　B. 弗比斯　　C. 克洛德　　D. 毛特·冈妮

**三、问答题**

1. 用自己的话概括《变形记》的主题?
2. 简述《热爱生命》的故事及主题。
3. 《巴黎圣母院》讲述了一个什么故事?

**四、论述题**

你怎样理解卡夫卡小说《变形记》中的荒诞与真实?

**五、课外阅读《变形记》和《巴黎圣母院》原著**

# 第三课 散文三篇

## 第一节 雄心勃勃的紫罗兰[①]

纪伯伦【黎巴嫩】

### 题解

纪·哈利勒·纪伯伦(Kahlil Gibran,1883—1931年),黎巴嫩诗人、散文家、画家。12岁时随母亲去美国波士顿,两年后回国,学习阿拉伯文、法文和绘画。后去法国巴黎艺术学院学习绘画和雕塑,曾得到艺术大师罗丹的奖掖。1911年重返波士顿,次年迁往纽约,专门从事文学艺术创作活动。他组织和领导了旅美作家参加的笔会,成为旅美派的代表作家。1931年卒于美国纽约,遗体被运回祖国,安葬在家乡。

纪伯伦青年时代以创作小说为主,定居美国后逐渐转为以写散文诗为主。他是阿拉伯近代文学史上第一个写作散文诗的作家。同泰戈尔一样是近代东方文学走向世界的先驱。同时,他又是阿拉伯现代小说和艺术散文的主要奠基人,20世纪阿拉伯新文学道路的开拓者之一。主要作品有《先知》《泪与笑》等。《先知》是其代表作。

《雄心勃勃的紫罗兰》[②]一文采用拟人的手法,通过对一株不满足于自己的地位的紫罗兰的心境和遭际的描写,赞扬了为改变自己的命运,敢于追求、勇于反抗的无畏精神。同时,寄寓了作者变革社会、追求人生美好理想的愿望。

### 正文

在一座孤零零的花园里,有一株紫罗兰,花瓣艳丽,芳香四溢,幸福愉快地生活在同伴当中,得意洋洋地在群芳之间左右摇摆。

一天早晨,紫罗兰戴着露珠桂冠,抬眼环顾四周,看到一朵玫瑰花,躯干苗条,翘首天空,恰似一柄火炬,插在宝石灯上。

---

[①] 选自《纪伯伦读本》,[黎巴嫩]纪伯伦 著,薛庆国 选编,冰心 等译,2012年6月第1版。
[②] 有的译本译为:虚荣的紫罗兰。

紫罗兰咧开她那蓝色的嘴唇，叹息道："唉，在群芳当中，我最不走运；在百卉之中，我地位最低！大自然造就了我如此低矮渺小，我只配伏在地上生存，不能像玫瑰那样，枝插蓝天，面朝太阳。"

玫瑰花听到邻居紫罗兰的哀叹，笑着摇了摇头，然后说："在百花群里，你最糊涂。你真是身在福中不知福。大自然赋予你其他花草都不具备的芳香、文雅和美貌。赶快打消你这些奇怪的念头和有害的愿望吧！满足上天赐予你的福气吧！你要知道：虚怀若谷的人，地位无比高尚；贪得无厌者，永远贫困饥荒。"

紫罗兰回答："玫瑰花，你之所以来抚慰我，是因为你已得到了我想得到的一切；你之所以用格言来掩盖我的低下地位，只因为你伟大高尚。在倒霉者的心中，幸运儿的劝诫是何等苦涩！在弱者面前慷慨演说的强者，何其冷若冰霜！"

大自然听了玫瑰与紫罗兰的对话，禁不住打了个寒战，提高嗓门说："紫罗兰，我的女儿，你怎么啦？我最了解你，你朴实无华，小巧玲珑，温文尔雅。究竟是贪欲缠住了你的身，还是虚荣占据了你的心？"

紫罗兰乞怜道："力大恩深的母亲，我谨向您倾诉我心中的恳求和希望，万望您答应我的要求，让我变成一株玫瑰，哪怕只有一天。"

大自然说："你不知道你的要求意味着什么。你不知道华美外观的背后所隐藏的巨大灾难。倘若你的身躯变高，外貌改观，成为一株玫瑰花，恐怕到时连后悔都来不及了。"

紫罗兰说："请改变我的外貌吧！让我变成一株身材高大、昂首蓝天的玫瑰花吧……到那时候，无论如何，我的欲望总算实现了。"

大自然无奈："叛逆的傻瓜，我答应你的要求！倘若遇上灾祸，你只能抱怨自己太傻。"

大自然伸出她那无形的手，轻轻触摸紫罗兰的根部，顿时出现了一株高出群芳之首、色彩斑斓夺目的玫瑰花。

那天傍晚，天色突变，乌云急聚，暴风骤起，撕破了世间的沉寂，电闪雷鸣相继而来，风雨一齐向花园发动攻击。刹那间，只见万木枝条摧折，百卉躯干弯曲，枝长干高的花草被连根拔掉，幸免者只有伏在地面上、隐身石头间的矮小花木荆棘。

与此同时，那座孤零零的花园也遭受到了其他花园所未经历过的浩劫和冲击。

风暴未停，乌云未消，已见园中花落满地。风暴过后，只有隐蔽在墙根下的紫罗兰安然无恙。

一位紫罗兰少女抬起头来，望着园中花木败落的惨状，得意地微笑了。她当即呼唤同伴："姐妹们，快来看看吧！看看风暴是怎样对待那些傲气的高大花木的！"

另一位紫罗兰姑娘说："我们低下，匍匐在地面上，但经过暴风骤雨，我们安然无恙。"

第三位紫罗兰姑娘说："我们虽然躯体微小，但暴风雨没把我们压倒。"

就在这时，紫罗兰王后走了出来。她发现昨天还是紫罗兰的那株玫瑰就在自己身边，只见它已被风暴连根拔掉，叶子散落了一地，仿佛身中利箭，被风神抛到湿漉漉的草丛之间。

紫罗兰王后直起腰杆，舒展叶片，大声呼唤："我的女儿们，你们仔细看看！这株紫罗兰为贪欲所怂恿，变成了一株玫瑰，挺拔一时，然后被抛入万丈深渊。愿此成为你们的明鉴。"

那株玫瑰战栗着，使尽全身力气，上气不接下气地说："知足安分的傻姐妹们，你们听我说：昨天，我还像你们一样，端坐在绿叶中间，满足于天赐之福。知足是一个难以逾越的障碍，它将我与生活的风暴分离开来，使我心地坦然，无忧无虑。我本来可以像你们一样，静静匍匐在地面上，冬来以雪花裹身，未知大自然的秘密，便与同伴一起步入死一般的沉寂。我本来可以避开令人贪婪的事情，弃绝那些超越我天性的东西。但是，我在静夜里听到上天对人间说：'存在的目的，在于追求存在以外的东西。'于是，我背弃了自己的灵魂，贪图得到我不应得到的东西。我一直在渴望得到我没有的东西，致使这种背弃心理变成了一种巨大的力量，我的渴望变成了异想天开的幻想。于是，要求大自然——大自然只不过是我们心中梦想的外观——将我变成一株玫瑰花。大自然当即令我如愿以偿。大自然常用她那偏爱和渴望改变自己的形象。"

玫瑰花沉默稍许，又自豪地说："我当了一个小时的皇后。我用玫瑰花的眼睛观看了宇宙，用玫瑰花的耳朵听到了太苍的窃窃私语，用玫瑰花的叶子感触了光明。在诸位当中，谁能得到我这份光荣？"

之后，她弯下脖子，用近似喘息的声音说："我就要死了。在我的心中有着一种特殊的感触，这是在我之前的紫罗兰不曾有过的感触。我就要死去了。我了解到了我出生的有限天地之外的一些事情。这就是生活的目的。这就是隐藏在昼夜间发生的偶然事件背后的真正本质。"

玫瑰花合上叶子，浑身一颤，便死去了。此时此刻，她的脸上绽现出神圣的微笑——愿望实现后的微笑、胜利的微笑、上帝的微笑。

### 赏 析

在东方文学史上，纪伯伦的艺术风格独树一帜。他的作品既有理性思考的严肃与冷峻，又有咏叹调式的浪漫与抒情。他善于在平易中发掘隽永，在美妙的比喻中启示深刻的哲理。

在这篇文章中，如果作者的笔在"……愿此成为你们的明鉴。"处停住，那么读者见到的便是一个再寻常不过的道理：虚荣者终究为其虚荣心所害。这样，玫瑰花、大自然以及其他的紫罗兰的言谈便成了至理之言。然而，纪伯伦并没有停笔，又让终于当了一回玫瑰花的紫罗兰在临死前发出一番感慨："存在的目的，在于追求存在以外的东西。……我了解到了我出生的有限天地之外的一些事情，这就是生活的目的。"死时，"她的脸上绽现出神圣的微笑——愿望实现后的微笑、胜利的微笑、上帝的微笑。"这就很容易引起读者的深思：紫罗兰果真是出于"虚荣"而追求"存在以外的东西"的么？所谓的"虚荣"或许只是一种表象，只是一种误解，但其实质是不甘于现状，向往新生活，追求理想境界。或许有人认为是至死不悟的虚荣，因虚荣而落得悲惨下场，还要自欺欺人地张扬什么"生活的目的""真正的本质"。

纪伯伦笔下这"雄心勃勃（虚荣）的紫罗兰"可以说给读者留下了的广阔的思考空间。

# 第二节 谈 学 养①

培 根【英】

## 题 解

弗兰西斯·培根(Francis Bacon,1561—1626年),英国哲学家、科学家、作家。

培根在哲学、法律、历史等方面,均有建树。著有《学术的进步》(1605年)、《新工具》(1620年)、《亨利第七王朝史》(1622年)、《新大西岛》(1626年)等。马克思称他为"整个现代实验科学的真正始祖"(《马克思恩格斯全集》,第2卷第163页)。著名的"知识就是力量"的论断就是培根提出的。

《随笔》是培根在文学方面的主要著作,初版于1597年,只包含10篇极短的摘记式文章,经1612年、1625年两次增补后收入短文58篇。主要是对世家子弟的"社会的与道德的劝言"(这是书的副标题)。内容涉及哲学思想、伦理探讨、处世之道、治家准则等,还包括了对若干具体问题的建议,也不乏对艺术和大自然的欣赏。本文即是58篇中的一篇。

## 正 文

学养可助娱乐,可添文采,可长才干。助娱乐主要表现在闭门独处之际,添文采主要表现在交际议论之时,长才干则表现在判断理事之中。有一技之长者可以一一处理、判断具体专门的事务,然而总体规划、全面运作则有赖于博学之士。

在学养上耗时过多是偷懒,利用学养添彩过头是矫饰,全凭学养的标准做判断则是学究的怪癖。学养可以完善天赋,而经验又可以完善学养;因为天赋犹如天然草木,需要学养的修剪;而学养的指示,如不受经验的规范,则过于枝蔓。天性伶俐者鄙薄学养,土牛木马惊奇学养,唯有智者运用学养。因为学养并不传授自己的用法,而运用则是在学养之外、学养之上、靠留心观察所得的一种智慧。

读书时不可一味批驳,不可轻易相信,不可寻章摘句,而要推敲研究。有些书可以浅尝辄止,有些书可以囫囵吞下,少数书则要咀嚼消化。也就是说,有些书只需读其中的一些段落,有些书只需大体涉猎一遍。而少数的书则需通读、勤读、细读。有些书可以请人代读,再看看人家做的摘要,这只限于主题不太重要和品味低下的书籍。否则浓缩过的书就像普通的蒸馏水,淡而无味。阅读使人充实,讨论使人灵敏,笔记使人精确。因此,人如果懒于提笔,就必须长于记忆;如果不爱讨论,就需要十分机敏;如果不爱读书,就必须有随机应变的能力,方能显不知为有知。

---

① 选自《培根随笔》,[英]弗兰西斯·培根 著,蒲隆 译,上海译文出版社,2010年2月第1版。

历史使人明智;诗歌使人韶秀;数学使人缜密;科学使人深沉;伦理学使人庄重;逻辑修辞学使人善辩;"学养终成性格。"不仅如此,神智上的障碍皆可通过适当的学养来根治,恰如身体上的疾病,都有相应的运动来治愈。滚球有益于睾肾,射箭有益于胸肺,漫步有益于肠胃,骑马有益于头脑,如此等等,所以如果有人神思飘忽不定就让他去研究数学。因为在演算证明时稍一分心,他就必须从头再来。如果有的人头脑缺乏辨析能力,那就让他研究经院哲学,因为经院哲学家个个是"剖毫析芒之辈"。如果他不善博闻强记、触类旁通,不善由此及彼进行论证,那就让他去研究律师的案例。所以心智上的缺陷都可以对症下药。

## 赏 析

培根对其《随笔》中的每个题目都有独到之见,且文笔紧凑老练,清楚达意,比喻恰当,说理透彻,警句迭出。例如:"善择时即省时。""德行犹如宝石,朴素最美。""顺境易见劣性,逆境易见德性。""一切腾达,无不须循小梯盘旋而上。""声名犹如大河,空虚无物者浮,实学有才者沉。"这些话充满成熟的人生经验,写得富于诗意。诗人雪莱读了他的随笔《死亡》篇后,曾赞叹说:"培根勋爵是一个诗人"(《诗之辩护》)。

英国本无随笔,由于培根的示范,始在英国植根。后来写随笔的名家辈出,因而随笔成为英国文学中有特色的体裁之一,对此培根有开创之功。

本文《谈学养》层次分明,比喻精当,在读书、求知方面给人以启迪。看下面的解析[②]:

一、学养的用途

1. 供娱乐——在闭门独处之际;

2. 添文采——在交际议论之时;

3. 长才干——在判断理事之中。

二、学养的滥用

1. 耗时过多("偷懒");

2. 没有必要的卖弄("矫饰");

3. 把学养与实践割裂开来("学究的怪癖")。

三、学习的原则

1. 读书要推敲研究;

2. 对要读的书区别对待:

(1) 读一些段落("浅尝辄止")。

(2) 大体涉猎("囫囵吞下")。

(3) 通读细读("咀嚼消化")。

(4) 请人替你做摘要。

3. 谨慎运用

(1) 不同的学习方法:

① 阅读——获得信息。

② 讨论——获得灵敏。

③ 笔记——获得精确。

---

② 该"解析"与原文同出于蒲隆译本《培根随笔》,上海译文出版社,2010年2月第1版。

(2) 各种学科的价值：

① 历史——培养智慧。

② 诗歌——培养机敏。

③ 数学——培养缜密。

④ 科学——培养深沉。

⑤ 伦理——培养庄重。

⑥ 逻辑学和修辞学——培养斗争能力。

4. 切记学养能治心理疾病，如同运动能治身体疾病一样。

(1) 体育锻炼：

① 滚球——有益睾肾。

② 射箭——有益心肺。

③ 漫步——有益消化。

④ 骑马——有益头脑。

(2) 心理锻炼：

① 数学——可治飘忽不定的神思。

② 经院哲学——可治思想混乱。

③ 律师的案例——可治记忆迟钝。

# ※第三节 《瓦尔登湖》节选①

梭 罗【美】

### 题 解

亨利·大卫·梭罗（Henry David Thoreau，1817—1862 年），美国著名的超验主义作家、政论家和哲学家。哈佛大学毕业后回乡执教两年。之后，梭罗与美国大作家爱默生（Ralph waldo Emerson）结识，并在其影响下开始写作。他强调自然有不依赖于人的独立价值，强调自然的审美和精神意义，力求在文明和荒野之间保持平衡。其代表作品包括：《论公民的不服从》（1849 年）、《在康科德与梅里马克河上的一周》（1849 年）、《瓦尔登湖》（1854 年）等。

1845 年，梭罗在康科德城的瓦尔登湖边建起一座木屋，过起自耕自食的生活，并在那里写下了著名的《瓦尔登湖》一书。梭罗在瓦尔登湖畔度过了两年多的时光。他用《瓦尔登湖》记录了他的亲身经验，讲述了一个在现代人心目中渐渐淡漠的人与自然和谐共存的故事，并表达了他的人生追求。

---

① 选自《瓦尔登湖》，[美]梭罗 著，徐迟 译，上海译文出版社，2011 年 1 月第 1 版。选入教材后略有改动。

## 禽兽为邻——蚁群大战

我还是目睹比较不平和的一些事件的见证人。有一天,当我走出去,到我那一堆木料,或者说,到那一堆树根去的时候,我观察到两只大蚂蚁,一只是红的,另一只大得多,几乎有半英寸长,是黑色的,正在恶斗。一交手,它们就谁也不肯放松,挣扎着,角斗着,在木片上不停地打滚。再往远处看,我更惊奇地发现,木片上到处有这样的斗士,看来这不是决斗,而是一场战争,这是两个蚂蚁王国之间的战争,红蚂蚁总跟黑蚂蚁战斗,时常还是两个红的对付一个黑的。在我放置木料的庭院中,满坑满谷都是这些迈密登军团。大地上已经满布了黑的和红的死者和将死者。这是我亲眼目击的唯一的一场战争,我曾经亲临前线的唯一的激战犹酣的战场。自相残杀的战争啊,红色的共和派在一边,黑色的帝国派在另一边。两方面都奋身作殊死之战,虽然我听不到一些声音,人类的战争还从没有打得这样坚决过。在阳光照耀下的木片组成的"小山谷"中,一双战士死死抱住不放开,现在是正午,它们准备酣战到日落,或生命消逝为止。那小个儿的红色英豪,像老虎钳一样地咬住它的仇敌的脑门不放。一面在战场上翻滚,一面丝毫不放松地咬住了它的一根触须的根部,已经把另一根触须咬掉了。那更强壮的黑蚂蚁呢,却把红蚂蚁从一边到另一边地甩来甩去。我走近一看,它已经把红蚂蚁的好些部分都啃去了,它们打得比恶狗还凶狠。双方都一点也不愿撤退。显然它们的战争的口号是"不战胜,毋宁死"。同时,从这山谷的顶上出现了一只孤独的红蚂蚁,它显然是非常激动,要不是已经打死了一个敌人,便是还没有参加战斗。大约是后面的理由,因为它还没有损失一条腿。它的母亲要它拿着盾牌回去,或者躺在盾牌上回去。也许它是阿基琉斯②式的英雄,独自在热火朝天的战场外生闷气,现在来救它的帕特洛克勒斯,或者替它复仇来了。它从远处看见了这不平等的战斗,——因为黑蚂蚁大于红蚂蚁将近一倍,——它急忙奔上来,直到它离开那一对战斗者只半英寸的距离,于是,它看准了下手的机会,便扑向那黑色斗士,从它的前腿根上开始了它的军事行动,根本不顾敌人反噬它自己身上的哪一部分;于是三个为了生存纠缠在一起了,好像发明了一种新的胶合力,使任何铁锁和水泥都比不上它们。这时,如果看到它们有各自的军乐队,排列在比较突出的木片上,吹奏着各自的国歌,以激励那些落在后面的战士,并鼓舞那些垂死的战士。我也会毫不惊奇了,我自己也相当地激动,好像它们是人一样。你越研究,越觉得它们和人类并没有不同。至少在康科德的历史中,暂且不说美国的历史了,自然是没有一场大战可以跟这一场战争相比的,无论从战斗人员的数量来说,还是从它们所表现的爱国主义与英雄主义来说。论人数与残杀的程度,这是一场奥斯特利茨之战③,或是一场德累斯顿之战④。康科德之战⑤算什么!爱国者死了两个,而路德·布朗夏尔受了重伤!啊,这里的每一个蚂蚁,都是一个波特利克,高呼着——"射击,为了上帝的缘故,射击!"——而成千生命都像戴维斯和霍斯曼尔的命运一样。

---

② 阿基琉斯:和下文帕特洛克勒斯,都是《荷马史诗》之《伊利亚特》中的人物。
③ 奥斯特利茨之战:1805年12月2日,法军与俄奥联军在奥斯特利茨地区的一场大战,史称"三皇会战"。
④ 德累斯顿之战:第六次反法联盟(俄国、普鲁士、奥地利、英国、瑞典)反对拿破仑法国的战争期间,奥地利元帅施瓦岑贝格统率的波西米亚同盟军(俄、奥、普联军)与拿破仑一世的军队在德累斯顿地区进行的一次大战。发生在1813年8月中旬。
⑤ 康科德之战:1775年4月19日,驻波士顿英军奉命去康科德查抄殖民地民兵的军火,往返途中在列克星敦附近遭民兵伏击。美国独立战争由此揭开了序幕。

这里没有一个雇佣兵。我不怀疑,它们是为了原则而战争的,正如我的祖先一样,不是为了免去三便士的茶叶税,至于这一场大战的胜负,对于参战的双方,都是如此之重要,永远不能忘记,至少像我们的邦克山之战⑥一样。

我特别描写的三个战士在同一张木片上搏斗,我把这张木片拿进我的家里,放在我的窗槛上。罩在一个大杯子下面,以便考察结局。用了这显微镜,先来看那最初提起的红蚂蚁,我看到,虽然它猛咬敌人前腿的附近,又咬断了它剩下的触须,它自己的胸部却完全给那个黑色战士撕掉了,露出了内脏,而黑色战士的胸甲却太厚,它没法刺穿。这痛苦的红武士暗红色的眼球发出了只有战争才能激发出来的凶狠光芒。它们在杯子下面又挣扎了半小时,等我再去看时,那黑色战士已经使它的敌人的头颅同它们的身体分了家。但是那两个依然活着的头颅,就挂在它的两边,好像挂在马鞍边上的两个可怕的战利品,依然咬住它不放。它正企图作微弱的挣扎,因为它没有了触须,而且只存一条腿的残余部分,还不知受了多少其他的伤,它挣扎着要甩掉它们。这一件事,又过了半个小时之后,总算成功了。我拿掉了玻璃杯,它就在这残废的状态下,爬过了窗槛。经过了这场战斗之后,它是否还能活着,是否把它的余生消磨在荣誉军人院中,我却不知道了。可是我想它以后是干不了什么了不起的活儿的了。我不知道后来究竟是哪方面战胜的,也不知道这场大战的原因。可是后来这一整天里我的感情就仿佛因为目击了这一场战争而激动和痛苦,仿佛就在我的门口发生过一场人类的血淋淋的恶战一样。

柯尔比和斯班司告诉我们,蚂蚁的战争很久以来就备受称道,战役的日期也曾经在史册上有过记载,虽然据他们说,近代作家中大约只有胡勃似乎是目击了蚂蚁大战。他们说,"依尼斯·薛尔维乌斯曾经描写了在一棵梨树树干上进行的一场大蚂蚁对小蚂蚁的异常坚韧的战斗,之后他们添加注解道——'这一场战斗发生于教皇攸琴尼斯第四治下,观察家是著名律师尼古拉斯·毕斯托利安西斯,他很忠实地把这场战争的全部经过转述了出来。'还有一场类似的大蚂蚁和小蚂蚁的战斗是俄拉乌斯·玛格纳斯记录的,结果小蚂蚁战胜了,据说战后它们埋葬了小蚂蚁士兵的尸首,可是对它们的大敌人则暴尸不埋,听任飞鸟去享受。这一件战史发生于克利斯蒂恩第二被逐出瑞典之前。"至于我这次目击的战争,发生于波尔克总统任期之内,时间在韦勃司特制订的逃亡奴隶法案通过之前五年。

### 赏 析

梭罗的文章不仅描写自然,更渗透了他对人生的领悟以及深刻的哲理。他并不是以旁观者的姿态出现在书中,而是用第一人称完全将自己与瓦尔登湖合二为一,将瓦尔登湖中的自然美透过"我"的感官、情感加以展示。因此,需要我们静下心来,仔细品读。在反复回味中,我们能够获得更多的东西。

"蚁群大战"中的写作手法值得我们注意,比如他是如何构造文章,如何突出重点,如何将他眼中的蚂蚁之战和古代的大作战作比较的。作者在对"蚂蚁之战"的描写中,也暗示了人生的某些道理。

梭罗的散文写得非常具体。这一方面是因为他热爱并仔细观察自然,另一方面是因为其所掌握的丰富的词汇,以及突出的写作才能。

---

⑥ 邦克山之战:发生在1775年6月,是美国独立战争中的一次战斗。

## 练 习

一、填空题

1. 阿拉伯近代文学史上第一个写作散文诗的作家是_____,他的代表作是《_____》。
2. "知识就是力量"的论断是_____提出的。
3. 梭罗是_____国著名的_____主义作家、_____家和_____家。
4. 历史使人_____;诗歌使人_____;数学使人_____;科学使人_____;伦理学使人_____;逻辑修辞学使人_____:"学养终成_____。"
5. 紫罗兰在临死前发出感慨:存在的目的,在于_____。
6. 诗人雪莱读了培根的随笔《_____》篇后赞叹:"培根勋爵是一个诗人。"

二、选择题

1. 关于纪伯伦,下列说法错误的是( )。
   A. 青年时代以创作小说为主,定居美国后逐渐转为以写散文诗为主。
   B. 去法国巴黎艺术学院学习写作,得到艺术大师罗丹的奖励。
   C. 阿拉伯现代小说和艺术散文的主要奠基人。
   D. 20世纪阿拉伯新文学道路的开拓者之一。

2. 下列名言警句,不出自培根的是( )。
   A. 顺境易见劣性,逆境易见德性。
   B. 德行犹如宝石,朴素最美。
   C. 知识就是力量。
   D. 生活的目的在于追求比生活更高更远的东西。

3. 关于梭罗及其《瓦尔登湖》,下列说法不正确的是( )。
   A. 梭罗和爱默生曾在康科德城的瓦尔登湖边建起一座木屋,并在那里写下了《瓦尔登湖》。
   B. 《瓦尔登湖》记录了梭罗的亲身经验,讲述了一个在现代人心目中渐渐淡漠的人与自然和谐共存的故事,并表达了作者的人生追求。
   C. 梭罗将瓦尔登湖中的自然美透过"我"的感官、情感加以展示。
   D. 梭罗的文章不仅描写自然,更渗透了他对人生的领悟以及深刻的哲理。

4. 关于培根及其随笔,下列说法不正确的是( )。
   A. 马克思称培根为"整个现代实验科学的真正始祖"。
   B. 《随笔》经两次增补后收入短文58篇。
   C. 《随笔》的主要内容是对艺术和大自然的欣赏。
   D. 培根对其《随笔》中的每个题目都有独到之见。

### 三、问答题

1. 《雄心勃勃的紫罗兰》讲了一个什么故事？
2. 《谈学养》对于你在求知、读书方面有什么启发？
3. "蚁群大战"这一段落，在描写上有什么特点？

### 四、论述题

对于"雄心勃勃的紫罗兰"的"理想"和"遭遇"，你是怎样评价的？人生中，是该"脚踏实地，做好自己"，还是"追求更高更远的东西"？两者之间矛盾吗？可以结合个人实际，谈谈你的看法。

# 第四课 《哈姆莱特》节选①

莎士比亚【英】

## 题 解

威廉·莎士比亚(William Shakespeare,1564—1616年),英国著名戏剧家和诗人。欧洲文艺复兴时期人文主义文学的集大成者。他的同时代人本·琼生说莎士比亚:"他不属于一个时代,而属于所有的世纪。"

莎士比亚共写有38部戏剧,154首14行诗,两部叙事长诗。其主要成就是戏剧。根据当时英国现实情况和莎士比亚思想的发展变化,他的戏剧创作可分作三个时期:

早期(1590—1600年),一般称为历史剧、喜剧时期。作品有:《亨利四世》上、下篇和《亨利五世》等历史剧9部,《仲夏夜之梦》《威尼斯商人》《皆大欢喜》《无事生非》等喜剧10部和《罗密欧与朱丽叶》等悲剧3部。

中期(1601—1607年),一般称为悲剧时期。作品有:《哈姆莱特》《雅典的泰门》等悲剧7部,《一报还一报》等喜剧4部。著名的莎士比亚的四大悲剧:《哈姆莱特》《奥瑟罗》《李尔王》《麦克白》均写于这一时期。

后期(1608—1612年),可称为传奇剧时期。作品有:《暴风雨》等传奇剧4部和《亨利八世》历史剧1部。

《哈姆莱特》(1601年)代表着莎士比亚戏剧创作的最高成就,堪称西方戏剧史上的奇观。写的是丹麦王子哈姆莱特为父复仇的故事。全剧共五幕。

本文节选自《哈姆莱特》第五幕 第二场 城堡中的厅堂(全剧的结尾部分)。

### 剧中人物

克劳狄斯——丹麦国王
乔特鲁德——丹麦王后,哈姆莱特之母
哈姆莱特——前王之子,今王之侄
霍 拉 旭——哈姆莱特之友
波洛涅斯——御前大臣
奥菲利亚——波洛涅斯之女

---

① 选自《哈姆莱特》,〔英〕莎士比亚 著,朱生豪 译,人民文学出版社,2012年11月第1版。

雷欧提斯——波洛涅斯之子
福丁布拉斯——挪威王子
奥斯里克——朝臣

选 文

# 第 五 幕
## 第二场　城堡中的厅堂

　　哈姆莱特及霍拉旭上。

哈姆莱特　　这个题目已经讲完,现在我可以让你知道另外一段事情。你还记得当初的一切经过情形吗?

霍 拉 旭　　记得,殿下!

哈姆莱特　　当时在我的心里有一种战争,使我不能睡眠;我觉得我的处境比锁在脚镣里的叛变的水手还要难堪。我就鲁莽行事。——结果倒鲁莽对了,我们应该承认,有时候一时孟浪,往往反而可以做出一些为我们的深谋密虑所做不成功的事;从这一点上,我们可以看出来,无论我们怎样辛苦图谋,我们的结果却早已有一种冥冥中的力量把它布置好了。

霍 拉 旭　　这是无可置疑的。

哈姆莱特　　我从舱里起来,把一件航海的宽衣罩在我的身上,在黑暗之中摸索着找寻那封公文,果然给我达到目的,摸到了他们的包裹;我拿着它回到我自己的地方,疑心使我忘记了礼貌,我大胆地拆开了他们的公文,在那里面,霍拉旭——啊,堂皇的诡计!——我发现一道严厉的命令,借了许多好听的理由为名,说是为了丹麦和英国双方的利益,决不能让我这个除恶的人物逃脱,接到公文之后,必须不等磨好利斧,立即枭下我的首级。

霍 拉 旭　　有这等事?

哈姆莱特　　这一封就是原来的国书;你有空的时候可以仔细读一下。可是你愿意听我告诉你后来我怎么办吗?

霍 拉 旭　　请您告诉我。

哈姆莱特　　在这样重重诡计的包围之中,我的脑筋不等我定下心来思索,就开始活动起来了;我坐下来另外写了一通国书,字迹清清楚楚。从前我曾经抱着跟我们那些政治家们同样的意见,认为字体端正是一件有失体面的事,总是想竭力忘记这一种技能,可是现在它却对我有了大大的用处。你知道我写些什么话吗?

霍 拉 旭　　嗯,殿下。

哈姆莱特　　我用国王的名义,向英王提出恳切的要求,因为英国是他忠心的藩属,因为两国之间的友谊,必须让它像棕榈树一样发荣繁茂,因为和平的女神必须永远戴着她的荣冠,沟通彼此的情感,以及许许多多诸如此类的

|重要理由，请他在读完这一封信以后，不要有任何的迟延，立刻把那两个传书的来使处死，不让他们有从容忏悔的时间。

霍拉旭　　可是国书上没有盖印，那怎么办呢？

哈姆莱特　　啊，就在这件事上，也可以看出一切都是上天预先注定。我的衣袋里恰巧藏着我父亲的私印，它跟丹麦的国玺是一个式样的；我把伪造的国书照着原来的样子折好，签上名字，盖上印玺，把它小心封好，归还原处，一点没有露出破绽。下一天就遇见了海盗，那以后的情形，你早已知道了。

霍拉旭　　这样说来，吉尔登斯吞和罗森格兰兹是去送死的了。

哈姆莱特　　哎，朋友，他们本来是自己钻求这件差使的；我在良心上没有对不起他们的地方，是他们自己的阿谀献媚断送了他们的生命。两个强敌猛烈争斗的时候，不自量力的微弱之辈，却去插身在他们的刀剑中间，这样的事情是最危险不过的。

霍拉旭　　想不到竟是这样一个国王！

哈姆莱特　　你想，我是不是应该——他杀死了我的父王，奸污了我的母亲，篡夺了我的嗣位的权利，用这种诡计谋害我的生命，凭良心说我是不是应该亲手向他复仇雪恨？如果我不去剪除这一个戕害天性的蠹贼，让他继续为非作恶，岂不是该受天谴吗？

霍拉旭　　他不久就会从英国得到消息，知道这一回事情产生了怎样的结果。

哈姆莱特　　时间虽然很局促，可是我已经抓住眼前这一刻工夫；一个人的生命可以在说一个"一"字的一刹那之间了结。可是我很后悔，好霍拉旭，不该在雷欧提斯之前失去了自制；因为他所遭遇的惨痛，正是我自己的怨愤的影子。我要取得他的好感。可是他倘不是那样夸大他的悲哀，我也绝不会动起那么大的火性来的。

霍拉旭　　不要作声！谁来了？

奥斯里克上。

奥斯里克　　殿下，欢迎您回到丹麦来！

哈姆莱特　　谢谢您，先生。（向霍拉旭旁白）你认识这只水苍蝇吗？

霍拉旭　　（向哈姆莱特旁白）不，殿下。

哈姆莱特　　（向霍拉旭旁白）那是你的运气，因为认识他是一件丢脸的事。他有许多肥田美壤；一头畜生要是作了一群畜生的主子，就有资格把食槽搬到国王的席上来了。他"咯咯"叫起来简直没个完，可是——我方才也说了——他拥有大批粪土。

奥斯里克　　殿下，您要是有空的话，我奉陛下之命，要来告诉您一件事情。

哈姆莱特　　先生，我愿意恭聆大教。您的帽子是应该戴在头上的，您还是戴上去吧。

奥斯里克　　谢谢殿下，天气真热。

哈姆莱特　　不，相信我，天冷得很，在刮北风哩。

| | |
|---|---|
| 奥斯里克 | 真的有点儿冷,殿下。 |
| 哈姆莱特 | 可是对于像我这样的体质,我觉得这一种天气却是闷热得厉害。 |
| 奥斯里克 | 对了,殿下;真是说不出来的闷热。可是,殿下,陛下叫我来通知您一声,他已经为您下了一个很大的赌注了。殿下,事情是这样的—— |
| 哈姆莱特 | 请您不要这样多礼。(促奥斯里克戴上帽子。) |
| 奥斯里克 | 不,殿下,我还是这样舒服些,真的。殿下,雷欧提斯新近到我们的宫廷里来;相信我,他是一位完善的绅士,充满着最卓越的特点,他的态度非常温雅,他的仪表非常英俊;说一句发自衷心的话,他是上流社会的指南针,因为在他身上可以找到一个绅士所应有的品质的总汇。 |
| 哈姆莱特 | 先生,他对于您这一番描写,的确可以当之无愧;虽然我知道,要是把他的好处一件一件列举出来,不但我们的记忆将要因此而淆乱,交不出一篇正确的账目来,而且他这一艘满帆的快船,也绝不是我们失舵之舟所能追及;可是,凭着真诚的赞美而言,我认为他是一个才德优异的人,他的高超的禀赋是那样稀有而罕见,说一句真心的话,除了在他的镜子里以外,再也找不到第二个跟他同样的人,纷纷追踪求迹之辈,不过是他的影子而已。 |
| 奥斯里克 | 殿下把他说得一点不错。 |
| 哈姆莱特 | 您的用意呢?为什么我们要用尘俗的呼吸,嘘在这位绅士的身上呢? |
| 奥斯里克 | 殿下? |
| 霍拉旭 | 自己所用的语言,到了别人嘴里,就听不懂了吗?早晚你会懂的,先生。 |
| 哈姆莱特 | 您向我提起这位绅士的名字,是什么意思? |
| 奥斯里克 | 雷欧提斯吗? |
| 霍拉旭 | (向哈姆莱特旁白)他的钱袋已经空了,所有金子般的漂亮话都用尽了。 |
| 哈姆莱特 | 正是雷欧提斯。 |
| 奥斯里克 | 我知道您不是不明白—— |
| 哈姆莱特 | 您真能知道我这人不是不明白,那倒很好;可是,说老实话,即使你知道我是明白人,对我也不是什么光彩的事。好,您怎么说? |
| 奥斯里克 | 我是说,您不是不明白雷欧提斯有些什么特长—— |
| 哈姆莱特 | 那我可不敢说,因为也许人家会疑心我有意跟他比并高下;可是要知道一个人的底细,应该先知道他自己。 |
| 奥斯里克 | 殿下,我的意思是说他的武艺;人家都称赞他的本领一时无两。 |
| 哈姆莱特 | 他会使些什么武器? |
| 奥斯里克 | 长剑和短刀。 |
| 哈姆莱特 | 他会使这两种武器吗?很好。 |
| 奥斯里克 | 殿下,王上已经用六匹巴巴里的骏马跟他打赌;在他的一方面,照我所知道的,押的是六柄法国的宝剑和好刀,连同一切鞘带钩子之类的附件,其中有三柄的挂机尤其珍奇可爱,跟剑柄配得非常合式,式样非常精致,花纹非常富丽。 |
| 哈姆莱特 | 您所说的挂机是什么东西? |

| | |
|---|---|
| 霍拉旭 | （向哈姆莱特旁白）我知道您要听懂他的话，非得翻查一下注解不可。 |
| 奥斯里克 | 殿下，挂机就是钩子。 |
| 哈姆莱特 | 要是我们腰间挂着大炮，用这个名词倒还合适；在那一天没有来到以前，我看还是就叫它钩子吧。好，说下去；六匹巴巴里骏马对六柄法国宝剑，附件在内，外加三个花纹富丽的挂机；法国产品对丹麦产品。可是，用你的话来说，这样"押"是为了什么呢？ |
| 奥斯里克 | 殿下，王上跟他打赌，要是你们两人交起手来，在十二个回合之中，他至多不过多赢您三着；可是他却觉得他可以稳赢九个回合。殿下要是答应的话，马上就可以试一试。 |
| 哈姆莱特 | 要是我答应个"不"字呢？ |
| 奥斯里克 | 殿下，我的意思是说，您答应跟他当面比较高低。 |
| 哈姆莱特 | 先生，我还要在这儿厅堂里散散步。您去回陛下说，现在是我一天之中休息的时间。叫他们把比赛用的钝剑预备好了，要是这位绅士愿意，王上也不改变他的意见的话，我愿意尽力为他博取一次胜利；万一不幸失败，那我也不过丢了一次脸，给他多剁了两下。 |
| 奥斯里克 | 我就照这样去回话吗？ |
| 哈姆莱特 | 您就照这个意思去说，随便您再加上一些什么新颖辞藻都行。 |
| 奥斯里克 | 我保证为殿下效劳。 |
| 哈姆莱特 | 不敢，不敢。（奥斯里克下）多亏他自己保证，别人谁也不会替他张口的。 |
| 霍拉旭 | 这一只小鸭子顶着壳儿逃走了。 |
| 哈姆莱特 | 他在母亲怀抱里的时候，也要先把他母亲的奶头恭维几句，然后吮吸。像他这一类靠着一些繁文缛礼撑撑场面的家伙，正是愚妄的世人所醉心的；他们的浅薄的牙慧使傻瓜和聪明人同样受他们的欺骗，可是一经试验，他们的水泡就爆破了。 |

一贵族上。

| | |
|---|---|
| 贵　族 | 殿下，陛下刚才叫奥斯里克来向您传话，知道您在这儿厅上等候他的旨意；他叫我再来问您一声，您是不是仍旧愿意跟雷欧提斯比剑，还是慢慢再说。 |
| 哈姆莱特 | 我没有改变我的初心，一切服从王上的旨意。现在也好，无论什么时候都好，只要他方便，我总是随时准备着，除非我丧失了现在所有的力气。 |
| 贵　族 | 王上、娘娘、跟其他的人都要到这儿来了。 |
| 哈姆莱特 | 他们来得正好。 |
| 贵　族 | 娘娘请您在开始比赛以前，对雷欧提斯客气几句。 |
| 哈姆莱特 | 我愿意服从她的教诲。（贵族下） |
| 霍拉旭 | 殿下，您在这一回打赌中间，多半要失败的。 |
| 哈姆莱特 | 我想我不会失败。自从他到法国去以后，我练习得很勤；我一定可以把他打败。可是你不知道我的心里是多么不舒服；那也不用说了。 |

霍拉旭　　　啊，我的好殿下——

哈姆莱特　　那不过是一种傻气的心理；可是一个女人也许会因为这种莫名其妙的疑虑而惶惑。

霍拉旭　　　要是您心里不愿意做一件事，那么就不要做吧。我可以去通知他们不用到这儿来，说您现在不能比赛。

哈姆莱特　　不，我们不要害怕什么预兆；一只雀子的死生，都是命运预先注定的。注定在今天，就不会是明天，不是明天，就是今天；逃过了今天，明天还是逃不了，随时准备着就是了。一个人既然在离开世界的时候，只能一无所有，那么早早脱身而去，不是更好吗？随它去。

国王、王后、雷欧提斯、众贵族、奥斯里克及侍从等持钝剑等上。

国　王　　　来，哈姆莱特，来，让我替你们两人和解和解。（牵雷欧提斯、哈姆莱特二人手使相握。）

哈姆莱特　　原谅我，雷欧提斯；我得罪了你，可是你是个堂堂男子，请你原谅我吧。这儿在场的众人都知道，你也一定听见人家说起，我是怎样被疯狂害苦了。凡是我的所作所为，足以伤害你的感情和荣誉、激起你的愤怒来的，我现在声明都是我在疯狂中犯下的过失。难道哈姆莱特会做对不起雷欧提斯的事吗？哈姆莱特决不会做这种事。要是哈姆莱特在丧失他自己的心神的时候，做了对不起雷欧提斯的事，那样的事不是哈姆莱特做的，哈姆莱特不能承认。那么是谁做的呢？是他的疯狂。既然是这样，那么哈姆莱特也是属于受害的一方，他的疯狂是可怜的哈姆莱特的敌人。当着在座众人之前，我承认我在无心中射出的箭，误伤了我的兄弟；我现在要向他请求大度包涵，宽恕我的不是出于故意的罪恶。

雷欧提斯　　按理讲，对这件事情，我的感情应该是激动我复仇的主要力量，现在我在感情上总算满意了；但是另外还有荣誉这一关，除非有什么为众人所敬仰的长者，告诉我可以跟你捐除宿怨，指出这样的事是有前例可援的，不至于损害我的名誉，那时我才可以跟你言归于好。目前我且先接受你友好的表示，并且保证决不会辜负你的盛情。

哈姆莱特　　我绝对信任你的诚意，愿意奉陪你举行这一次友谊的比赛。把钝剑给我们。来。

雷欧提斯　　来，给我一柄。

哈姆莱特　　雷欧提斯，我的剑术荒疏已久，只能给你帮场；正像最黑暗的夜里一颗吐耀的明星一般，彼此相形之下，一定更显得你的本领的高强。

雷欧提斯　　殿下不要取笑。

哈姆莱特　　不，我可以举手起誓，这不是取笑。

国　王　　　奥斯里克，把钝剑分给他们。哈姆莱特侄儿，你知道我们怎样打赌吗？

哈姆莱特　　我知道，陛下；您把赌注下在实力较弱的一方了。

国　王　　　我想我的判断不会有错。你们两人的技术我都领教过；但是后来他又有了进步，所以才规定他必须多赢几着。

| 雷欧提斯 | 这一柄太重了;换一柄给我。 |
|---|---|
| 哈姆莱特 | 这一柄我很满意。这些钝剑都是同样长短的吗? |
| 奥斯里克 | 是,殿下。(二人准备比剑。) |
| 国　王 | 替我在那桌子上斟下几杯酒。要是哈姆莱特击中了第一剑或是第二剑,或者在第三次交锋的时候争得上风,让所有的礮堡上一齐鸣起炮来;国王将要饮酒慰劳哈姆莱特,他还要拿一颗比丹麦四代国王戴在王冠上的更贵重的珍珠丢在酒杯里。把杯子给我;鼓声一起,喇叭就接着吹响,通知外面的炮手,让炮声震彻天地,报告这一个消息,"现在国王为哈姆莱特祝饮了!"来,开始比赛吧;你们在场裁判的都要留心看着。 |
| 哈姆莱特 | 请了。 |
| 雷欧提斯 | 请了,殿下。(二人比剑。) |
| 哈姆莱特 | 一剑。 |
| 雷欧提斯 | 不,没有击中。 |
| 哈姆莱特 | 请裁判员公断。 |
| 奥斯里克 | 中了,很明显的一剑。 |
| 雷欧提斯 | 好;再来。 |
| 国　王 | 且慢;拿酒来。哈姆莱特,这一颗珍珠是你的;祝你健康!把这一杯酒给他。(喇叭齐奏。内鸣炮。) |
| 哈姆莱特 | 让我先赛完这一局;暂时把它放在一旁。来。(二人比剑)又是一剑;你怎么说? |
| 雷欧提斯 | 我承认给你碰着了。 |
| 国　王 | 我们的孩子一定会胜利。 |
| 王　后 | 他身体太胖,有些喘不过气来。来,哈姆莱特,把我的手巾拿去,揩干你额上的汗。王后为你饮下这一杯酒,祝你的胜利了,哈姆莱特。 |
| 哈姆莱特 | 好妈妈! |
| 国　王 | 乔特鲁德,不要喝。 |
| 王　后 | 我要喝的,陛下;请您原谅我。 |
| 国　王 | (旁白)这一杯酒里有毒;太迟了! |
| 哈姆莱特 | 母亲,我现在还不敢喝酒;等一等再喝吧。 |
| 王　后 | 来,让我擦干你的脸。 |
| 雷欧提斯 | 陛下,现在我一定要击中他了。 |
| 国　王 | 我怕你击不中他。 |
| 雷欧提斯 | (旁白)可是我的良心却不赞成我干这件事。 |
| 哈姆莱特 | 来,该第三个回合了,雷欧提斯。你怎么一点不起劲?请你使出你全身的本领来吧;我怕你在开我的玩笑哩。 |
| 雷欧提斯 | 你这样说吗?来。(二人比剑。) |
| 奥斯里克 | 两边都没有中。 |
| 雷欧提斯 | 受我这一剑!(雷欧提斯挺剑刺伤哈姆莱;二人在争夺中彼此手中之剑各为对方夺去,哈姆莱特以夺来之剑刺雷欧提斯,雷欧提斯亦受伤。) |

| | |
|---|---|
| 国　　王 | 分开他们！他们动起火来了。 |
| 哈姆莱特 | 来,再试一下。（王后倒地。） |
| 奥斯里克 | 哎哟,瞧王后怎么啦！ |
| 霍 拉 旭 | 他们两人都在流血。您怎么啦,殿下？ |
| 奥斯里克 | 您怎么啦,雷欧提斯？ |
| 雷欧提斯 | 唉,奥斯里克,正像一只自投罗网的山鹬,我用诡计害人,反而害了自己,这也是我应得的报应。 |
| 哈姆莱特 | 王后怎么啦？ |
| 国　　王 | 她看见他们流血,昏了过去了。 |
| 王　　后 | 不,不,那杯酒,那杯酒——啊,我的亲爱的哈姆莱特！那杯酒,那杯酒;我中毒了。 |

（死。）

| | |
|---|---|
| 哈姆莱特 | 啊,奸恶的阴谋！喂！把门锁上！阴谋！查出来是哪一个人干的。（雷欧提斯倒地。） |
| 雷欧提斯 | 凶手就在这儿,哈姆莱特。哈姆莱特,你已经不能活命了;世上没有一种药可以救治你,不到半小时,你就要死去。那杀人的凶器就在你的手里,它的锋利的刃上还涂着毒药。这奸恶的诡计已经回转来害了我自己;瞧！我躺在这儿,再也不会站起来了。你的母亲也中了毒。我说不下去了。国王——国王——都是他一个人的罪恶。 |
| 哈姆莱特 | 锋利的刃上还涂着毒药！——好,毒药,发挥你的力量吧！（刺国王。） |
| 众　　人 | 反了！反了！ |
| 国　　王 | 啊！帮帮我,朋友们;我不过受了点伤。 |
| 哈姆莱特 | 好,你这败坏伦常、嗜杀贪淫、万恶不赦的丹麦奸王！喝干了这杯毒药——你那颗珍珠是在这儿吗？——跟我的母亲一道去吧！（国王死。） |
| 雷欧提斯 | 他死得应该;这毒药是他亲手调下的。尊贵的哈姆莱特,让我们互相宽恕;我不怪你杀死我和我的父亲,你也不要怪我杀死你！（死。） |
| 哈姆莱特 | 愿上天赦免你的错误！我也跟着你来了。我死了,霍拉旭。不幸的王后,别了！你们这些看见这一幕意外的惨变而战栗失色的无言的观众,倘不是因为死神的拘捕不给人片刻的停留,啊！我可以告诉你们——可是随它去吧。霍拉旭,我死了,你还活在世上;请你把我的行事的始末根由昭告世人,解除他们的疑惑。 |
| 霍 拉 旭 | 不,我虽然是个丹麦人,可是在精神上我却更是个古代的罗马人;这儿还留剩着一些毒药。 |
| 哈姆莱特 | 你是个汉子,把那杯子给我;放手;凭着上天起誓,你必须把它给我。啊,上帝！霍拉旭,我一死之后,要是世人不明白这一切事情的真相,我的名誉将要永远蒙着怎样的损伤！你倘然爱我,请你暂时牺牲一下天堂上的幸福,留在这一个冷酷的人间,替我传述我的故事吧。（内军队自远处行进及鸣炮声）这是哪儿来的战场上的声音？ |

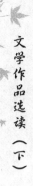

| 奥斯里克 | 年轻的福丁布拉斯从波兰奏凯班师,这是他对英国来的钦使所发的礼炮。 |
| --- | --- |
| 哈姆莱特 | 啊!我死了,霍拉旭;猛烈的毒药已经克服了我的精神,我不能活着听见英国来的消息。可是我可以预言福丁布拉斯将被推戴为王,他已经得到我这临死之人的同意;你可以把这儿所发生的一切事实告诉他。此外仅余沉默而已。(死。) |
| 霍拉旭 | 一颗高贵的心现在碎裂了!晚安,亲爱的王子,愿成群的天使们用歌唱抚慰你安息!——为什么鼓声越来越近了?(内军队行进声。) |

　　福丁布拉斯、英国使臣及余人等上。

| 福丁布拉斯 | 这一场比赛在什么地方举行? |
| --- | --- |
| 霍拉旭 | 你们要看些什么?要是你们想知道一些惊人的惨事,那么不用再到别处去找了。 |
| 福丁布拉斯 | 好一场惊心动魄的屠杀!啊,骄傲的死神!你用这样残忍的手腕,一下子杀死了这许多王裔贵胄,在你的永久的幽窟里,将要有一席多么丰美的盛筵! |
| 使臣甲 | 这一个景象太惨了。我们从英国奉命来此,本来是要回复这儿的王上,告诉他我们已经遵从他的命令,把罗森格兰兹和吉尔登斯吞两人处死;不幸我们来迟了一步,那应该听我们说话的耳朵已经没有知觉了,我们还希望从谁的嘴里得到一声感谢呢? |
| 霍拉旭 | 即使他能够向你们开口说话,他也不会感谢你们;他从来不曾命令你们把他们处死。可是既然你们都来得这样凑巧,有的刚从波兰回来,有的刚从英国到来,恰好看见这一幕流血的惨剧,那么请你们叫人把这几个尸体抬起来放在高台上面,让大家可以看见,让我向那懵无所知的世人报告这些事情的发生经过;你们可以听到奸淫残杀、反常悖理的行为、冥冥中的判决、意外的屠戮、借手杀人的狡计,以及陷入自害的结局;这一切我都可以确确实实地告诉你们。 |
| 福丁布拉斯 | 让我们赶快听你说;所有最尊贵的人,都叫他们一起来吧。我在这一个国内本来也有继承王位的权利,现在国中无主,正是我要求这一个权利的机会;可是我虽然准备接受我的幸运,我的心里却充满了悲哀。 |
| 霍拉旭 | 关于那一点,我受死者的嘱托,也有一句话要说,他的意见是可以影响许多人的;可是在这人心惶惶的时候,让我还是先把这一切解释明白了,免得引起更多的不幸、阴谋和错误来。 |
| 福丁布拉斯 | 让四个将士把哈姆莱特像一个军人似的抬到台上,因为要是他能够践登王位,一定会成为一个贤明的君主;为了表示对他的悲悼,我们要用军乐和战地的仪式,向他致敬。把这些尸体一起抬起来。这一种情形在战场上是不足为奇的,可是在宫廷之内,却是非常的变故。去,叫兵士放起炮来。 |

　　　　　　　(奏丧礼进行曲;众舁尸同下。内鸣炮。)

## 赏析

　　《哈姆莱特》悲剧的情节大致是：丹麦王子哈姆莱特，在德国威登堡大学接受人文主义教育。因为父王突然死去，怀着沉痛的心情回到祖国。不久，母后又同新王——他的叔父克劳狄斯结婚。新王声言老王是在花园里被毒蛇咬死的。王子为此感到疑惑之时，老王的鬼魂告诉他"毒蛇"就是新王，并嘱咐他为父复仇。哈姆莱特认为这复仇不只是他个人的问题，而是关系整个国家的问题。他感觉到自己肩负重整朝纲的责任。他考虑问题的各个方面，怕泄漏心事，怕鬼魂是假的，怕落入坏人的圈套，因此心烦意乱，忧郁不欢，只好装疯卖傻。同时，他叔父也怀疑他得知隐秘，派人侦察他的行动和心事。他趁戏班子进宫演出的机会，改编一出阴谋杀兄的旧戏文《贡札古之死》，来试探叔父。戏未演完，叔父做贼心虚，坐立不住，仓皇退席。这证明了叔父的罪行属实。新王觉得事情不妙，隐私可能已被发觉。哈姆莱特一时鲁莽，误杀了大臣波洛涅斯。新王借口保护哈姆莱特，派他去英国，并让监视他去的两个同学带去密信一封，要借英王之手杀掉他。但被哈姆莱特察觉，半路上逃了回来。回来后知道情人奥菲莉娅因父亲波洛涅斯之死、爱人远离而发疯落水溺死。新王利用波洛涅斯的儿子雷欧提斯为父复仇的机会拉拢他，密谋在比剑中用毒剑、毒酒置哈姆莱特于死地。结果，哈、雷二人都中了毒剑，王后饮了毒酒，新王也被刺死。王子临死嘱咐好友霍拉旭传播他的心愿。

　　对于悲剧《哈姆莱特》，最令人感兴趣的并不是其故事本身，而是其所闪耀着的人文主义精神以及哈姆莱特式的延宕。哈姆莱特是人文主义的代表，他在全剧中心场景所表达的"To be, or not to be, that is a question."著名独白，历来被传统观点认为是展现其人文主义胸襟与思想的主要证据之一。而关于哈姆莱特拖延复仇原因的理论阐释多达十余种，最著名的包括，歌德的"行动力量被充分发达的智力所麻痹"；泰纳的"激情杀害了理智"；别林斯基的"巨人的雄心与婴儿的意志"和弗洛伊德的"杀父娶母的潜意识使哈姆莱特把自己和叔父视为同道"等。

　　莎士比亚的悲剧常以人文主义理想和现实恶势力之间的矛盾构成戏剧冲突，又以理想的破灭突显其悲剧性。哈姆莱特就是莎翁所塑造的人文主义者的典型形象：惨痛的变故使哈姆莱特所珍视的理想全部破灭，而为父报仇、重整乾坤又使他感到任务艰难，故发出了存在还是毁灭的呐喊。生不得生，死不得死，人又变得无家可归，这正是哈姆莱特的窘境。

　　选段是全剧的最后一部分，哈姆莱特终于手刃了奸王克劳狄斯。作者借助霍拉旭和小福丁布拉斯这两个形象为观众留下些许光明和温暖，但这点光和热根本无法掩盖惨淡的人生和冷彻骨髓的绝望与虚无。在哈姆莱特看来，"人生是一场虚无"。而人生无意义的根本点在于人类本体是丑恶的。这些正是《哈姆莱特》的悲剧内涵之真正所在。

　　《哈姆莱特》不仅显示了莎士比亚思想的深刻性，还展示出作者艺术上的成就。首先，多线索手法的运用体现了情节的生动性和丰富性。《哈姆莱特》中以哈姆莱特的复仇为主线，辅之以雷欧提斯和福丁布拉斯的两条复仇线索。在复仇情节之外，《哈姆莱特》中还有插入爱情、友情和背叛的故事情节以相互联系和衬托。其次，人物形象鲜明，作者善于刻画人物的内心世界，使其性格更丰满深刻。通过鲜明的形象刻画使全剧达到了"崇高和卑下、可怕和可笑、英雄和丑角的奇妙混合"，显示出了五光十色的社会画面。此外，作者还善于渲染气氛，营造悲剧性的氛围，烘托人物的心理活动。

哈姆莱特式的命题是振聋发聩的。直至今日，西方的哲学家们还为其所困惑，不断地质问自己："存在还是毁灭"。

## 练 习

一、填空题

1. 莎士比亚是_____国著名_____家和_____，是欧洲_____时期_____文学的集大成者，其主要成就是_____。
2. 《亨利四世》和《亨利五世》属于_____，《威尼斯商人》属于_____，《罗密欧与朱丽叶》属于_____。（填：悲剧、喜剧、历史剧）
3. 《_____》代表着莎士比亚戏剧创作的最高成就。
4. 莎士比亚"四大悲剧"指的是《_____》《_____》《_____》《_____》。
5. 《哈姆莱特》共_____幕，写的是_____的故事。
6. 《哈姆莱特》中，哈姆莱特的好友是_____。

二、选择题

1. 关于《哈姆莱特》，下列说法错误的是（    ）。
   A. 是莎士比亚"四大悲剧"之一，代表着莎士比亚戏剧创作的最高成就。
   B. 剧中人物哈姆莱特是人文主义的代表。
   C. 生不得生，死不得死，人又变得无家可归，这正是哈姆莱特的窘境。
   D. 《哈姆莱特》的悲剧内涵之真正所在是王子复仇的对象竟然是他的叔父。
2. 下列人物不属于《哈姆莱特》中的是（    ）。
   A. 奥菲利亚    B. 乔特鲁德    C. 格里高尔    D. 波洛涅斯
3. 关于雷欧提斯，下列说法不正确的是（    ）。
   A. 他是哈姆莱特的好友。
   B. 他是波洛涅斯之子，奥菲利亚之兄。
   C. 他曾被新王利用，在比剑中伤了哈姆莱特。
   D. 他是由于中了毒剑而死的。

三、问答题

1. 莎士比亚悲剧《哈姆莱特》讲了一个什么故事？
2. 莎士比亚有哪些剧作？
3. 简述悲剧《哈姆莱特》艺术上有哪些成就？

四、论述题

谚云：一千个读者眼中，就有一千个哈姆莱特。你是怎样评价哈姆莱特的？请结合作品分析。

五、课下阅读《哈姆莱特》全剧

# 第五编 中国古典文学作品选

本编参考书目：

1. 袁行霈. 中国文学史(第1~4卷). 北京: 高等教育出版社, 1999.
2. 袁行霈. 中国文学作品选注(第1~3卷). 北京: 中华书局, 2007.
3. 郭预衡. 中国古代文学作品选(第1~4册). 上海: 上海古籍出版社, 2004.

# 先秦文学作品选读

## 概 说

历史上，秦始皇于公元前221年统一六国。文学史上，我们就把秦统一六国之前的文学称为先秦文学。

先秦文学主要由原始歌谣、神话、《诗经》、"楚辞"、历史散文和诸子散文等组成。

诗歌是最古老的文学形式之一。最早的诗歌是和音乐、舞蹈结合在一起的，这在我国古籍中有明确的记载。《吴越春秋》卷九所载的《弹歌》："断竹，续竹，飞土，逐宍。（宍：古肉字）"反映的是原始人制造弹弓和狩猎的过程。其语言古朴，已经具有韵律，显然是一首十分古老的歌谣。

神话是远古人民通过幻想、形象化的方式对自然现象和社会现象所作出的具有艺术意味的描述和解释，并以象征和隐喻来表现它的意蕴。中国古代神话的主要内容：有的反映人与自然的关系，如"鲧禹治水""女娲补天""精卫填海""夸父逐日""后羿射日"等；有的解释世界、人类、民族起源，如"盘古开天地""女娲造人""玄鸟生商"等；有的反映战争，如"黄帝与蚩尤""炎黄之战""共工怒触不周山""刑天与帝争神"等；有的记述发明创造，如"神农尝百草""仓颉造字""后稷种植五谷""伏羲发明八卦"等。

《诗经》是我国第一部诗歌总集。原称《诗》或"诗三百"，被列入儒家"五经"之后称为《诗经》，现存305篇。《诗经》广泛地反映了当时的政治、军事、文化、民俗等情况，具有重要的史学价值和文学价值。《论语》中说："不学诗，无以言。"古人认为经过《诗经》教化，可以使人"温柔敦厚"。《诗经》在古代一直被用作教育后学，在东汉大学者郑玄家连婢女都熟读《诗经》，日常生活中能以《诗》相对。

楚辞是指战国时期以屈原为代表的楚国人创造的一种新诗体，是在楚文化的氛围中，在楚地民歌、音乐的基础上诞生的具有地方色彩的诗歌。楚辞还包括战国时期的楚人和汉代人模仿楚辞创作的一批作品。

楚辞的主要代表作家是屈原。屈原是战国末期楚国人，他是中国文学史上第一位伟大的爱国诗人，是浪漫主义诗人的杰出代表。屈原的作品有《离骚》《天问》《九歌》《九章》等，其代表作《离骚》是中国古代文学史上最长的一首浪漫主义政治抒情诗。屈原也是一位深受人民尊敬的诗人。中国民间五月初五端午节包粽子、赛龙舟的习俗就源于人们对屈原的纪念。1953年，屈原被列为世界"四大文化名人"之一。

我国先秦时期的历史散文，主要有以下著作：

《易经》，又称《周易》。它以阴阳变化来说明宇宙万物的现象，通过占筮来启示天道、人道、地道的变化规律，是一部具有深邃哲学意义的典籍。

《尚书》是商周记言史料的汇编，也是我国最早的一部历史文献汇编，被称为《书》，到了汉代叫《尚书》，意思是"上古之书"，《尚书》是儒家重要的经典之一，又叫《书经》。

《春秋》是我国现存的第一部编年体断代史。它以鲁国的纪年来记录各国的历史，对后世散文影响很大。《春秋》经过孔子编辑、修订，它的记事年代上起鲁隐公元年（前722年），下至鲁哀公十四年（前481年）。其取材范围包括王室档案、鲁史策书、诸侯国史等。后世儒家学者尊《春秋》为"经"，列入"五经"之中。

《国语》是我国最早的一部国别体史书，成书约在战国初年，由各国的史料汇集而成。内容涉及周、鲁、齐、晋、郑、楚、吴、越八国，以记载言论为主，所记多为朝聘、飨宴、讽谏、辩诘、应对之辞，其中也有一些记事的成分。

《左传》原名《左氏春秋》，汉代改称《春秋左氏传》，简称《左传》。《左传》记事起于鲁隐公元年（前722年），迄于鲁哀公二十七年（前468年）。它记载了春秋时期各诸侯国的政治、军事、外交和文化等方面的重要史实，内容涉及各个方面。作者在记述史实的同时，也透露出了自己的观点、情感态度和理想。全书运用了不少巧妙的文学手法，具有相当高的艺术性。其写战争和外交辞令的部分，为全书最精彩之处。《左传》不仅是一部杰出的编年体史学著作，同时也是一部杰出的文学著作。

《战国策》主要记述了战国时期谋臣策士游说诸侯以及进行谋议论辩时的政治主张和斗争策略。它展示了战国时期的历史特点和社会风貌，是研究战国历史的重要典籍。它是一部国别体史书，全书分国编写，共33卷。该书文辞优美，语言生动，富于机智，描写人物绘声绘色，在我国古典文学史上占有重要地位。

战国是大变革的时代，出于对人生的关怀和对社会的责任感，各个学派的人物开始著书立说，批评时弊，阐述政见，互相论辩，形成了"百家争鸣"的局面。

西汉初，司马谈曾把"诸子百家"总括为阴阳、儒、墨、名、法、道德六家。西汉末，刘歆于六家之外，又增加了农、纵横、杂、小说四家。这些学派立足于不同的出发点，分别探讨了自然、社会、人生、政治、学理等问题。诸子散文就是在这种背景下，在百家争鸣的学术氛围中形成并繁荣起来的。

各家代表人物及著述主要如下。

（1）儒家：代表人物主要有孔子、孟子、荀子，其思想分别体现在《论语》《孟子》和《荀子》之中。

（2）道家：代表人物主要有老子、庄子，其思想分别体现在《道德经》（另一名《老子》）和《庄子》（另一名《南华经》）之中。

（3）法家：韩非子，其思想体现在《韩非子》中。

（4）墨家：墨子，其思想体现在《墨子》中。

（5）杂家：吕不韦，其思想体现在《吕氏春秋》中。

（6）兵家：孙武，其思想体现在《孙子兵法》中。

# 第五课 《诗经》三首

## 第一节 关 雎

《诗经·周南》

### 题解

《诗经》是我国最早的诗歌总集,原称《诗》或"诗三百"。汉代学者将其奉为经典,始称《诗经》。《诗经》收录自西周初年至春秋中叶的诗305篇,最后编定在春秋时期。

《诗经》在内容上分为风、雅、颂三部分。风,也称国风,共十五国风,160篇,多为各地的民歌;雅,分为《大雅》和《小雅》,105篇,是周王朝京畿地区的乐歌;颂,分为《周颂》《鲁颂》和《商颂》,40篇,是王室宗庙祭祀用的舞曲歌辞。

《诗经》所运用的主要艺术手法是赋、比、兴。宋代的朱熹认为:"赋者,敷陈其事而直言之者也""比者,以彼物比此物也""兴者,先言它物以引起所咏之辞也"。后世把"风""雅""颂"与"赋""比""兴"合称为"诗六艺"。

《关雎》出自《诗经·周南》,是《诗经》的首篇,它反映了一个青年对一位容貌美丽姑娘的爱慕和追求,写出了这位青年求而不得的痛苦和想象求而得之的喜悦。

关雎:篇名,它是从诗中第一句中摘取来的。《诗经》的篇名都是这样产生的。

### 正文

关关雎鸠,在河之洲①。窈窕淑女,君子好逑②。
参差荇菜,左右流之③。窈窕淑女,寤寐求之④。
求之不得,寤寐思服⑤。悠哉悠哉,辗转反侧⑥。
参差荇菜,左右采之。窈窕淑女,琴瑟友之⑦。
参差荇菜,左右芼之⑧。窈窕淑女,钟鼓乐之⑨。

---

① 关关:水鸟鸣叫的声音。雎鸠:一种水鸟。洲:水中的陆地。
② 窈窕(yǎo tiǎo):美好的样子。淑:善良。逑:配偶。
③ 参差:长短不齐的样子。荇菜:一种可以食用的水生植物。流:意思是摘取,择取。
④ 寤(wù):醒着。寐(mèi):睡着。
⑤ 思服:思念。
⑥ 悠哉悠哉:思念啊,思念啊。悠,形容思念深长。辗转反侧:翻来覆去,形容因思念而不能入睡的样子。
⑦ 琴瑟:琴和瑟都是古时的弦乐器。友:亲近。
⑧ 芼(mào):择取。
⑨ 乐:使(她)快乐。

## 参考译文

雎鸠关关相对唱,双栖河里小岛上。纯洁美丽好姑娘,真是君子好对象。
长短不齐的荇菜,姑娘左右去采摘。纯洁美丽好姑娘,醒着相思梦里爱。
思念追求不可得,醒来梦中都相思。悠悠思念情意切,翻来覆去难入眠。
长短不齐的荇菜,姑娘左右去采摘。纯洁美丽好姑娘,弹琴鼓瑟亲近她。
长短不齐的荇菜,姑娘左右去择取。纯洁美丽好姑娘,敲钟击鼓取悦她。

## 赏 析

《关雎》可分为三章,第一章四句,第二、第三章各八句。第一章是总述,态度比较客观;第二、三章则从男主人公方面落笔,先说他没有求得淑女时思念之苦;然后再说他想象求得淑女以后,用琴瑟、钟鼓使她心情欢乐舒畅。如果说第二章近于现实主义的描写,那么第三章便带有浪漫主义情调。

诗中"寤寐求之""寤寐思服""辗转反侧""琴瑟友之""钟鼓乐之"等句,诗人从夜不能寐到主动接近,表达了对采荇菜姑娘的无限倾慕和大胆追求。

诗中"关关雎鸠,在河之洲",借眼前景以兴起下文"窈窕淑女,君子好逑"。雎和鸠,也比喻男女求偶或男女间和谐恩爱。

诗中"关关"(叠字)形容鸟叫声,"窈窕"(叠韵)表现淑女向美丽,"参差"(双声)描绘水草的状态,"辗转"(叠韵)刻画出因相思而不能入眠的情状,既有和谐的声音,又有生动的形象。

# 第二节 摽 有 梅

《诗经·召南》

## 题 解

《摽有梅》是仲春之月,男女相会之时,女子求偶之歌。闻一多《诗经新义》认为,《摽有梅》是夏季男女青年在林中相会,抛掷梅子选择情人时唱的歌,可备一说。

## 正 文

摽有梅①,其实七兮②。求我庶士③,迨其吉兮④!
摽有梅,其实三兮。求我庶士,迨其今兮⑤!
摽有梅,顷筐塈之⑥。求我庶士,迨其谓之⑦。

---

① 摽(biào):落下,坠落;打落。有:助词,没有实义。梅:指梅树的果实。
② 实:果实。七:七成。
③ 庶:众,多。士:指未婚男子。
④ 迨(dài):及时,趁着。吉:吉日。
⑤ 今:今日,现在。
⑥ 顷筐:浅筐。塈(jì):拾取。
⑦ 谓:以言相告。

### 参考译文

梅子渐渐落了地,树上果实留七成。追求我的小伙子,趁着吉日再定情。
梅子纷纷落了地,枝头只有三成稀。追求我的小伙子,今日及时定婚期。
梅子个个落了地,要用簸箕来拾取。追求我的小伙子,快开口不要迟疑。

### 赏析

暮春,梅子熟了,纷纷坠落。一位姑娘见此情景,敏锐地感到时光无情地弃人而去,青春也随时光逐渐流逝,便不禁以梅子兴比,唱出了这首怜惜青春、渴求爱情的诗歌。

全诗三章,"庶士"三见。"庶"者,众多之意;"庶士",指众多的小伙子。可见这位姑娘尚无意中人。她是在寻觅、呼唤爱情。青春无价,然流光易逝,诗中以落梅为比。"其实七兮""其实三兮""顷筐塈之",梅子由繁茂而衰落,青春也渐渐远去。

《摽有梅》三章重唱,层层递进,生动有力地表现了主人公情急意迫的心理过程。首章"迨其吉兮",尚有从容相待之意;次章"迨其今兮",已见敦促的焦急之情;至末章"迨其谓之",可谓真情毕露,迫不及待了。

珍惜青春,渴望爱情,是中国诗歌的母题之一。《摽有梅》建立了一种抒情模式:用花木的盛衰来比喻青春的流逝,因感慨青春易逝而追求婚恋及时。这一点对后世文学影响很大,我们学过的闻捷《吐鲁番情歌》中的"苹果树下"和"葡萄成熟了"这两首名作,也是这一原型模式的艺术变奏。

## ※第三节 蒹 葭

《诗经·秦风》

### 题解

《蒹葭》是秦地的一首怀恋情人的诗。秋天的早晨,诗人望着那芦苇霜花的景象临水怀人,反复追寻着那可望而不可即的意中人,抒发其眷恋、爱慕和惆怅失意的情怀,十分真实、曲折、动人。

"蒹葭"是荻苇、芦苇的合称,皆水边所生。

### 正文

蒹葭苍苍,白露为霜①。所谓伊人,在水一方②。
溯洄从之③,道阻且长④。溯游从之,宛在水中央⑤。

---

① 蒹葭(jiān jiā):都是芦苇一类的植物,在水边生长。苍苍:茂盛的样子,下文"萋萋""采采"义同。一说"苍苍"指青色,亦通。白露为霜:露水本无色,因凝成霜呈白色,所以称为白露。这句点出季节。
② 伊人:那个人,指所思慕的对象。
③ 溯洄:逆着河流向上走。下文"溯游"指顺着河流往下走。一说"洄"指弯曲的水道,"游"指直流的水道,亦通。从下文"道阻且长"等句来看,"溯洄""溯游"应是陆行。
④ 道阻且长:道路既多阻碍又漫长。
⑤ 宛:好像。

蒹葭萋萋,白露未晞。所谓伊人,在水之湄⑥。
溯洄从之,道阻且跻。溯游从之,宛在水中坻⑦。
蒹葭采采,白露未已。所谓伊人,在水之涘⑧。
溯洄从之,道阻且右。溯游从之,宛在水中沚⑨。

### 参考译文

河畔芦苇碧色苍苍,深秋白露凝结成霜。我那日思夜想之人,就在河水对岸一方。
逆流而上寻寻觅觅,道路险阻而又漫长。顺流而下寻寻觅觅,仿佛就在水的中央。
河畔芦苇一片茂盛,清晨露水尚未晒干。我那魂牵梦绕之人,就在河水对岸一边。
逆流而上寻寻觅觅,道路坎坷艰险难攀。顺流而下寻寻觅觅,仿佛就在沙洲中间。
河畔芦苇更为繁茂,清晨白露依然逗留。我那苦苦追求之人,就在河水对岸一头。
逆流而上寻寻觅觅,道路险阻迂回难走。顺流而下寻寻觅觅,仿佛就在水中沙洲。

### 赏 析

"蒹葭苍苍,白露为霜",描写了一幅芦苇苍苍、白露茫茫、寒霜浓重的秋景,衬托出主人公的心情。"所谓伊人,在水一方","伊人"指主人公朝思暮想的意中人。眼前本来是秋景寂寂,秋水漫漫,什么也没有,可由于绵绵的思念,他似乎望见意中人就在水的那一边,于是想去追寻她。"溯洄从之,道阻且长",主人公沿着河岸向上游走,去寻求意中人的踪迹,但道路上障碍很多,且又迂曲遥远。"溯游从之,宛在水中央",那就顺着水路向下游去寻找她,但不论主人公怎么追寻,总到不了她的身边,她仿佛就在水中央,可望而不可即。主人公眼前总是浮动着一个迷离的人影,似真不真,似假不假,无法接近。这幅朦胧的意境,描写的是一种痴迷的心情,使整个诗篇蒙上了一片迷惘与感伤的情调。下面两章只换少许字词,反复咏唱。

全诗三章都用秋水岸边凄清的秋景起兴,所谓"蒹葭苍苍,白露为霜""蒹葭凄凄,白露未晞""蒹葭采采,白露未已",刻画的是一片水乡凉秋的景色,既明写了主人公此时所见的客观景色,又暗寓了他此时的心情和感受。换句话说,诗人的凄婉的心境,也正是借这样一幅秋凉之景得以渲染烘托,得到形象具体的表现。这首诗就是把凉秋特有的景色与人物委婉惆怅的相思感情交铸在一起,从而渲染了全诗的气氛,创造了一个扑朔迷离、情景交融的意境。

另外,《蒹葭》一诗,又把实景与想象结合在一起,用虚实相生的手法,借助意象的模糊性和朦胧性,来加强抒情写物的感染力。"所谓伊人,在水一方",这是他第一次的幻觉,明明看见对岸有个人影,可是怎么走也走不到她的身边。"宛在水中央",这是他第二次的幻觉,忽然觉得所爱的人又出现在前面流水环绕小岛上,可是还是到不了她的身边。那个倩影,一会儿"在水一方",一会儿"在水中央";一会儿在岸边,一会儿在高地。如同在幻景

---

⑥ 晞(xī):晒干。湄:水和草交接的地方,即岸边。
⑦ 跻(jī):上升,这里指地势渐高,需要攀登。坻(chí迟):水中高地。
⑧ 未已:未止,也是未干的意思。涘(sì):水边。
⑨ 右:迂回曲折,一说高,亦通。沚(zhǐ):水中小沙洲。

中、在梦境中,但主人公却坚信这是真实的,不惜一切努力和艰辛去追寻她,这生动地写出一个痴情者的心理状态。加之意象的模糊和迷茫,故使全诗具有一种朦胧的美感。

## 练 习

一、填空题

1. 我国第一部诗歌总集是_____,原称_____。
2. 从内容上,《诗经》分为_____、_____和_____三部分,《诗经》的艺术手法主要是_____、_____和_____。
3. 诗句"窈窕淑女"中,"淑"的意思是_____。
4. "风"指的是_____。
5. 《关雎》开头句"关关雎鸠,在河之洲",运用的是_____的手法。
6. "溯游"的反义词是_____。
7. 《诗经》中,_____是周王朝京畿地区的乐歌。
8. 《诗经》的首篇是_____。
9. 试从上面三首诗中找出双声词:_____;
   叠韵词:_____。
10. 诗句"摽有梅,其实七兮"中,"其实"的意思是_____。

二、选择题

1. 关于《诗经》,下列说法错误的是(　　)。
   A. 《诗经》是我国第一部诗歌总集,原称《诗》或《诗三百》,汉代后称《诗经》。
   B. "诗六艺"是指风、雅、颂、赋、比、兴。
   C. 《诗经》中雅、颂多为民间作品;风多为贵族的作品,也是成就最高的。
   D. 《诗经》具有重要的史学价值和文学价值。
2. 诗句"窈窕淑女,君子好逑"中"逑"的意思是(　　)。
   A. 追求　　　　B. 配偶　　　　C. 求娶　　　　D. 漂亮的女子
3. 对《关雎》篇的赏析,不正确的是(　　)。
   A. 《关雎》反映一个青年对一位容貌美丽姑娘的爱慕和追求,写他求而不得的痛苦和想象求而得之的喜悦。
   B. 《关雎》中"关关雎鸠,在河之洲",借眼前景物引起下文,这是"比"的手法。
   C. 诗中表达了对采荇菜姑娘的无限倾慕和大胆追求。
   D. 《关雎》中"关关"形容鸟叫声,"窈窕"表现淑女的美丽。
4. 对《摽有梅》篇的赏析,不正确的是(　　)。
   A. 本诗以梅子比喻爱情,说明爱情就像梅子一样有酸也有甜。
   B. "其实七兮""其实三兮""顷筐塈之"句,写出了梅子由繁茂而衰落,青春也渐渐远去。
   C. 《摽有梅》三章重唱,层层递进,生动有力地表现了主人公情急意迫的心理过程。

D.《摽有梅》建立了一种抒情模式:以花木盛衰比喻青春流逝,因感慨青春易逝而追求婚恋及时。

5. 对《蒹葭》的赏析,不正确的是(　　)。

A.《蒹葭》是一首怀恋情人的恋歌。诗歌三章都用秋水岸边凄清的秋景起兴,刻画了一片凉秋景色。

B.《蒹葭》中,诗人望着那芦苇霜花的景象临水怀人,反复追寻着那可望而不可即的意中人,抒发了眷恋爱慕和惆怅失意的情怀。

C. 这首诗把凉秋特有的景色与人物的相思感情交铸在一起,从而渲染了全诗的气氛,创造了一个情景交融的意境。

D. 这首诗通过刻画清秋景色,明确而直接地写出了主人公此时所见的客观景色和他此时的感受。

### 三、问答题

1.《诗经》是怎样的一部书?
2. 举例说明《摽有梅》一诗对后世文学的影响。
3. 简述《关雎》一诗表达了什么内容?

### 四、论述题

结合本课三篇诗歌,谈谈其中赋、比、兴的手法。

### 五、下面是邓丽君演唱的歌曲《在水一方》,由琼瑶作词,林家庆作曲。请自选角度比较其与《蒹葭》的异同

绿草苍苍,白雾茫茫,有位佳人,在水一方。

绿草萋萋,白雾迷离,有位佳人,靠水而居。

我愿逆流而上,依偎在她身旁,无奈前有险滩,道路又远又长。

我愿顺流而下,找寻她的方向,却见依稀仿佛,她在水的中央。

我愿逆流而上,与她轻言细语,无奈前有险滩,道路曲折无已。

我愿顺流而下,找寻她的足迹,却见仿佛依稀,她在水中伫立。

绿草苍苍,白雾茫茫,有位佳人,在水一方。

### 六、背诵这三首诗

# 第六课 神话二则

## 第一节 女娲补天

《淮南子·览冥训》

### 题 解

神话以故事的形式表现了远古人民对自然、社会现象的认识和愿望,是"通过人们的幻想用一种不自觉的艺术方式加工过的自然和社会形式本身"(马克思语)。

《淮南子》是西汉淮南王刘安组织门客编著的一部理论著作,原称《淮南鸿烈》,其中载有很多神话、传说和历史故事。

女娲是中华民族伟大的母亲,是被民间广泛而又长久崇拜的创世神和始祖神。相传她抟土造人,曾炼五色石来补天。

### 正文

往古之时,四极废①,九州裂②,天不兼覆,地不周载③。火爁焱④而不灭,水浩洋⑤而不息。猛兽食颛民⑥,鸷鸟攫老弱⑦。于是女娲炼五色石以补苍天,断鳌⑧足以立四极,杀黑龙以济冀州⑨,积芦灰以止淫水⑩。苍天补,四极正,淫水涸⑪,冀州平,狡虫死⑫,颛民生。

### 参考译文

上古的时候,天的四边毁坏了,大地也塌陷了,天不能完全覆盖大地,大地也不能完全承

---

① 四极废:天的四边崩塌了。四极,天的四边。古代神话认为,在天空四个方向的尽头,都有柱子支撑着。废,指柱折天塌。
② 九州:古人把中国分为冀、兖、青、徐、扬、荆、豫、雍、梁九州,这里泛指中国大地。裂:塌陷崩裂。
③ 天不兼覆:天不能完全覆盖大地。地不周载:大地不能完全承载万物。
④ 爁焱(lǎnyàn):大火焚烧绵延不绝的样子。
⑤ 浩洋:水势浩大的样子。
⑥ 颛(zhuān)民:善良的人民。颛,善良。
⑦ 鸷鸟:凶猛的鸟。攫(jué):用爪子抓取。
⑧ 鳌:传说中海里的大龟或大鳖。
⑨ 济冀州:救助冀州。济,救助。冀州,中原地带。
⑩ 芦灰:芦苇的灰。淫水:泛滥成灾的洪水。
⑪ 涸:干枯。
⑫ 狡虫:凶猛的动物,这里指上文说的猛兽、鸷鸟。

载万物。大火焚烧绵延不绝,难于熄灭;洪水浩大而不消退,猛兽吞食善良的人民,凶猛的鸟用爪子抓取老弱之人。在这种情况下,女娲熔炼五色石来修补青天,折断鳌的四肢来把擎天的四根柱子支立起来,杀死黑龙来拯救冀州,积累芦苇的灰烬来抵御洪水。苍天得以修补,四柱得以直立,洪水干枯(消退),冀州太平,凶猛的鸟兽死去了,善良的百姓生存下来。

### 赏析

女娲经过辛勤的劳动和奋力的拼搏,重整宇宙,为人类的生存创造了必要的自然条件。"补天"意味着敢于弥补大自然缺陷的斗争精神。这则神话为我们塑造了一位有着奇异神通而又对人类充满慈爱的女神形象。

## 第二节 夸父逐日

《山海经·海外北经》

### 题解

《山海经》约成书于战国初年到汉代初年之间,应是由不同时代的巫觋、方士根据当时流传的材料编选而成。它是我国保存神话资料最多的著作。除神话传说、宗教祭仪以外,还包括我国古代地理、历史、民族、生物、矿产、医药等方面的资料。

夸父逐日反映了远古时代人们企图认识和征服太阳的强烈愿望。

### 正文

夸父与日逐走①,入日②;渴,欲得饮③,饮于河、渭④;河、渭不足,北⑤饮大泽⑥。未至,道渴而死。弃其杖,化为邓林⑦。

### 参考译文

夸父与太阳赛跑,一直追赶到太阳落下的地方。他感到口渴,想要喝水,就到黄河、渭水喝水。黄河、渭水的水不够,(他)又去北方的大湖喝水。还没赶到大湖,就半路渴死了。他遗弃的手杖,化成桃林。

### 赏析

夸父逐日讲的是上古时期的神人夸父追赶太阳,最后渴死的故事。

---

① 逐走:追逐竞走。
② 入日:追赶到太阳落下的地方。
③ 欲:想要。饮:喝的东西。
④ 河:黄河。渭:渭水。
⑤ 北:名词作状语,向北方。
⑥ 大泽:大湖,传说其大纵横千里,在雁门山北。
⑦ 邓林:即桃林,古地名。

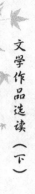

夸父为何要去追赶太阳？历来说法颇多：

杨公骥认为，夸父逐日的故事有着深刻的寓意。它说明"只有重视时间和太阳竞走的人，才能走得快；越是走得快的人，才越感到腹中空虚，这样才能需要并接收更多的水（不妨将水当作知识的象征）；也只有获得更多的水，才能和时间竞走，才能不致落后于时间"。

萧兵在《盗火英雄：夸父与普罗米修斯》一书中称：夸父逐日是为了给人类采撷火种，使大地获得光明与温暖。夸父是"盗火英雄"，是中国的普罗米修斯。

也有人认为，夸父逐日是中华民族历史上的一次长距离的部族迁徙，是一次很有胆略的探险。但是，由于他们对太阳的运行和我国西北部地理状况的认识是错误的，最终悲壮的失败。

总之，夸父逐日的故事，给人以丰富的想象，也给人以深刻的启迪。

## 练 习

**一、填空题**

1. 我国上古神话大多保存在《_____》和《_____》之中。
2. 西汉淮南王刘安组织门客编著的一部理论著作是《_____》，又称《_____》。
3. 我国保存神话资料最多的著作是《_____》。
4. "天不兼覆，地不周载"的意思是_____。
5. "河渭不足，北饮大泽"中，"北"的意思是_____。
6. 神话《女娲补天》中，描写大火焚烧的样子，作者所用之词是_____。"浩洋"写出了_____的样子。

**二、选择题**

1. 关于中国上古神话，下列说法不正确的是（　　）。
   A. 神话是远古人民通过幻想、形象化的方式对自然现象和社会现象所作出的具有艺术意味的描述和解释。
   B. "夸父逐日"从内容上属于发明创造神话。
   C. 神话是"通过人民的幻想用一种不自觉的艺术方式加工过的自然和社会形式本身"。
   D. 有关女娲的神话主要应是产生于母系氏族社会，女娲补天的不朽功绩，反映了人们对女性社会地位的认可。
2. "苍天补，四极正，淫水涸，冀州平"句中"涸"的意思是（　　）。
   A. 干涸；干枯　　B. 水势很大　　C. 被治理　　D. 水势变小
3. 对《女娲补天》篇的解说，不正确的是（　　）。
   A. 《女娲补天》为我们塑造了一位有着奇异神通而又对人类充满慈爱的女神形象。
   B. 女娲是中华民族伟大的母亲，是被民间长久崇拜的创世神和始祖神。
   C. "补天"说明大自然早期有很大的缺陷，经过人类不断的创造才使其稳定下来。

D. 女娲经过辛勤的劳动和奋力的拼搏,重整宇宙,为人类的生存创造了必要的自然条件。

4. 对《夸父逐日》篇的解说,错误的是( )。

A. 《夸父逐日》讲的是上古时期神人夸父追赶太阳,最后渴死的故事。

B. 《夸父逐日》曲折地反映了远古时代人们企图认识和征服太阳的强烈愿望。

C. 夸父为何要去追赶太阳?说法颇多,这给人以丰富的想象,也给人以深刻的启迪。

D. 夸父是一个"执着地追求不切实际的理想"的形象,他的故事告诉人们:异想天开必然走向失败。

三、问答题

1. 《山海经》是怎样的一部书?
2. 《女娲补天》讲述了一个什么样的故事?
3. 你是怎样评价夸父这一神话人物的?

四、论述题

试概括中国上古神话的产生及其所反映的内容。

# 第七课 诸子散文

## 第一节 《论语》十则

《论语》

### 题 解

孔子(前551—前479年),名丘,字仲尼,春秋后期鲁国陬邑(今山东曲阜)人,我国古代伟大的思想家和教育家。

孔子是儒家学派的创始人,被后世尊为至圣先师、万世师表。孔子曾经做过一些小官,后来周游列国14年,最后回到鲁国。一生以聚徒讲学为主,受业门人先后多达三千,杰出者七十多人。孔子的思想核心是"礼"与"仁"。他曾删《诗》《书》,定《礼》《乐》,编《春秋》,在保存和传播古代文化方面贡献巨大。

《论语》20篇。内容涉及哲学、政治、教育、礼仪、文化等各个方面,是研究孔子思想及儒家学说的重要文献。它不仅是儒家崇奉的经典,也是一部优秀的语录体散文集。与《大学》《中庸》《孟子》合称为"四书"。

《论语》的记述者有孔子的弟子,有孔子的再传弟子,以记言为主。"论"是论纂的意思,"语"是话语,经典语句。"论语"即是论纂先师孔子的语言。

### 正 文

子曰①:"学而时习之②,不亦说乎③?有朋自远方来④,不亦乐乎?人不知而不愠,不亦君子乎⑤?"(《学而⑥》)

子曰:"温故而知新,可以为师矣。"(《为政》)

子曰:"学而不思则罔;思而不学则殆。"⑦(《为政》)

---

① 子:《论语》中"子曰"的"子"都是指孔子。
② 时习:按一定的时间复习。时,按时。
③ 说(yuè):通"悦",愉快。不亦……乎:固定句式,相当于"不也……吗"。
④ 朋:东汉郑玄.注:同门曰朋,同志曰友。
⑤ 愠(yùn):生气,发怒。君子:这里指道德上有修养的人。
⑥ 学而:和下文的"为政""公冶长""述而""雍也""卫灵公"都是《论语》的篇名,只是从各篇第一则语录中摘取两三个字而来,并没有特别的意义。
⑦ 罔(wǎng):迷惑。殆(dài):疑惑,另一说危险。

子曰:"由⑧,诲女⑨知之乎?知之为知之,不知为不知,是知⑩也。"(《为政》)

子贡⑪问曰:"孔文子⑫何以谓之'文'也?"子曰:"敏⑬而好学,不耻下问⑭,是以⑮谓之'文'也。"(《公冶长》)

子曰:"默而识之⑯,学而不厌,诲人不倦⑰,何有于我哉⑱!"(《述而》)

子曰:"三人行,必有我师焉⑲;择其善者而从之⑳,其不善者而改之。"(《述而》)

子曰:"不愤不启㉑,不悱不发㉒;举一隅不以三隅反㉓,则不复㉔也。"(《述而》)

子曰:"知之者不如好之者,好之者不如乐之者。"㉕(《雍也》)

子曰:"吾尝终日不食,终夜不寝㉖,以思,无益㉗,不如学也。"(《卫灵公》)

### 参考译文

孔子说:"学习知识,并按一定的时间复习它,不也是令人愉快的事吗?有朋友从远方而来,不也是令人快乐的事儿吗?别人不了解我,可是我自己并不生气,不也是有修养的人所具有的吗?"

孔子说:"温习学过的知识,可以得到新的理解与体会,这样的人可以做老师了。"

孔子说:"光读书学习而不知道思考,就会感到迷茫而无所适从;光思考却不去读书学习,就会疑惑不解(有陷入胡思乱想的危险)。"

孔子说:"由(子路)!教给你的内容都知道了吗?知道就是知道,不知道就是不知道,这才是有智慧啊!"

子贡问道:"孔文子凭什么被人们称为'文'呢?"孔子说:"孔文子聪敏好学,不认为向不如自己的人请教是羞耻,因此人们称他为'文'啊!"

孔子说:"默默地记住所学的知识,学习却不感觉满足,教导他人不知疲倦,(除此之外)我还做了些什么呢?"

孔子说:"三个人在一起走路,一定有可以作为我的老师的人在中间;选择他的长处来

---

⑧ 由:即仲由,孔子的学生,字子路。
⑨ 诲:教导。女:通"汝",你。
⑩ 知:通"智",聪明,有智慧。
⑪ 子贡:孔子的弟子。姓端木,名赐,字子贡。
⑫ 孔文子:卫国的大夫孔圉(yǔ),谥号叫"文"。
⑬ 敏:聪敏。
⑭ 不耻下问:不以向不如自己的人请教为耻。耻,动词,认为……可耻。
⑮ 是以:即"以是",因此。以,因为,由于。
⑯ 默而识(zhì)之:默默地记住它。识,记住。之,指学习所得。
⑰ 厌:满足。诲:教导。
⑱ 何有于我哉:我还做了些什么呢?
⑲ 焉:于此,即"在其中"的意思。
⑳ 择:选择。善者:好的方面,优点。从:跟从,学习。
㉑ 愤:憋闷,心中渴望通达而未能实现。启:开导。
㉒ 悱(fěi):想说而不能恰当说出来。
㉓ 隅(yú):方。方位一般有四方,"举一隅"而能"以三隅反"就是指能对各个方面有所了解。
㉔ 复:再。
㉕ 好(hào):喜欢,爱好。乐:以……为乐。
㉖ 尝:曾经。寝:睡觉。
㉗ 无益:没有长进。

学习,他的短处,自己如果也有,就要改掉它。"

孔子说:"教导学生,不到他心中渴望通达而自己不能实现的情况,不去开导他;不到他想说却无法恰当说出来的时候,不去启发他;教给他一个方面的东西,他却不能由此而推知其他方面的东西,那就不要再教他了。"

孔子说:"懂得它的人不如喜爱它的人,喜爱它的人又不如以它为乐的人。"

孔子说:"我曾经整天不吃,整晚不睡觉,用来思考,却没有长进,不如去读书。"

### 赏 析

《论语》是一部优秀的语录体散文集,口语化强,精练深刻,耐人寻味。此书用对话体的形式,谈学习的方法、态度;谈做人的方原则;谈国家的治理等等。它以言简意赅、含蓄隽永的语言记述了孔子的思想。

本篇十则选文,或论述学习的态度,如"知之为知之,不知为不知";或论述学习的方法,如"学而时习之""温故而知新";或论述学习与思考的辩证关系,如"学而不思则罔,思而不学则殆"等,这些论述都深入浅出,教育意义深刻。许多句子已成了成语、名言,被人们广泛地传诵。

## 第二节　生于忧患　死于安乐

《孟子·告子下》

### 题 解

孟子(约前372—前289年),名轲,字子舆,战国中期鲁国邹(今山东邹县)人。思想家、政治家、教育家。是孔子之后战国中期儒家学派最有权威的代表人物,有"亚圣"之称。

孟子认为人性本善。他继承并发展了孔子的学说,主张施仁政,行王道。他曾游历各国,推行他的主张,但始终不被任用。晚年返回邹地,专心于授徒和著述。

《孟子》七篇主要记录了孟子的谈话,是孟子和他的弟子共同所著。其文语言平实浅近,精练准确,善用譬喻,长于论辩,感情激越,气势充沛。

本文选自《孟子·告子下》,题目是编者加的,告子,孟子的学生。

### 正 文

舜发于畎亩之中①,傅说举于版筑之间②,胶鬲举于鱼盐之中③,管夷吾举于士④,孙叔

---

① 舜(shùn)发于畎(quǎn)亩之中:舜是从田野间被起用的。舜原来在历山耕田,三十岁时,被尧起用,后来继承尧的君主之位。发,起,指被任用。于,介词,从。畎亩,田间、田地。
② 傅说(yuè)举于版筑之间:傅说是从筑墙的泥水匠中被举用的。傅说:商朝人,原在傅岩这个地方做泥水匠,为人筑墙,殷王武丁用他为相。举,被任用,被选拔。版筑,筑墙时在两块夹板中间放土,用杵捣土,使它坚实。版,打土墙用的夹板。筑,捣土用的杵。
③ 胶鬲(gé)举于鱼盐之中:胶鬲是从卖鱼盐的商贩子中被举用的。胶鬲:商朝贤臣,起初贩卖鱼和盐,周文王把他推荐给纣,后来又辅佐周武王。
④ 管夷吾举于士:管夷吾从狱官手里释放后被录用。管夷吾,即管仲,春秋时期著名政治家,原为齐国公子纠的臣,公子小白(齐桓公)和公子纠争夺君位,纠失败了,管仲作为罪人被囚。齐桓公知道他有才能,即用他为相。举于士,指从狱官手里释放并录用。士,狱官。

敖举于海⑤,百里奚举于市⑥。故天将降大任于斯人也⑦,必先苦其心志⑧,劳其筋骨⑨,饿其体肤⑩,空乏其身⑪,行拂乱其所为⑫,所以动心忍性⑬,曾益其所不能⑭。

人恒过,然后能改⑮;困于心,衡于虑⑯,而后作⑰;征于色⑱,发于声⑲,而后喻⑳。入则无法家拂士㉑,出则无敌国外患者㉒,国恒亡㉓。

然后知生于忧患㉔,而死于安乐也㉕。

**参考译文**

舜从田地中被任用,傅说从筑墙的泥水匠中被选拔,胶鬲从鱼盐贩中被举荐,管夷吾从狱官手里被释放并被录用为相,孙叔敖从隐居的海滨被任用,百里奚从买卖奴隶的场所被选拔用为大夫。所以上天将要下达重大责任给这样的人,一定先要使他的内心痛苦,使他的筋骨劳累,使他经受饥饿,以致肌肤消瘦,使他身受贫困之苦。在他做事时,使他所做的事不顺利。用这些办法来使他的心惊动,使他的性格坚强起来,增加他过去所没有的才能。

一个人常常是犯错误的,这样之后才能改正;内心困惑,思虑堵塞,才能奋起,有所作为;憔悴枯槁,表现在脸上,吟咏叹息之气发于声音,(看到他的脸色,听到他的声音)然后人们才了解他。(一个国家)在国内如果没有守法度的大臣和能辅佐君主的贤士,在国外如果没有敌对的国家和外国侵犯的危险,常常就会走向灭亡。

这样之后,人们才会明白因有忧患而得以生存,因沉迷安乐而衰亡。

---

⑤ 孙叔敖举于海:孙叔敖是从隐居的海边被举用进了朝廷的。孙叔敖:春秋时期楚国人,隐居海滨,楚庄王知道他有才能,用他为令尹。

⑥ 百里奚举于市:百里奚从市井里被举用而登上相位的。百里奚:春秋时期虞国大夫,虞王被俘后,他由晋入秦,又逃到楚,后来秦穆公用五张羊皮把他赎出来,用为大夫。

⑦ 于是人也:(把重大责任)给这个人。是,指示代词,这。也,用在前半句末了,表示停顿。

⑧ 必先苦其心志:一定要先使他的内心痛苦。苦,形容词作使动用法,使……痛苦。

⑨ 劳其筋骨:使他的筋骨劳累。劳,使……劳累。其,代词,他的。

⑩ 饿其体肤:使他经受饥饿,以致肌肤消瘦。饿,使……饥饿。

⑪ 空乏其身:使他受到贫困之苦。空乏,使……资财缺乏,即受到贫困之苦。

⑫ 行拂乱其所为:使他做事不顺。拂,违背。乱,使……扰乱。

⑬ 所以:用来(通过这样的途径来……)。动心忍性:使他的心惊动,使他的性情坚韧起来。动,忍,都是使动用法。

⑭ 曾益其所不能:增加他所不能做的,使他增长才干。曾,通"增",增加。

⑮ 恒过:常常犯错误。然后能改:这样以后才能改过。

⑯ 困于心:内心困扰。困,忧困。于,介词,在。衡于虑:思虑堵塞。衡,通"横",堵塞,指不顺。

⑰ 而后作:然后才能有所行为。作,奋起,指有所作为。

⑱ 征于色:表现在脸上。意思是憔悴枯槁,表现在颜色上。征,表征,表现。

⑲ 发于声:意思是吟咏叹息之气发于声音。

⑳ 而后喻:(看到他的脸色,听到他的声音)然后人们才了解他。喻,明白,了解。

㉑ 入则无法家拂士:在国内,如果没有坚持法度的大臣和足以辅佐君主的贤士。入,里面,指国内。法家,能坚持法度的大臣。拂士,足以辅佐君主的贤士。拂,通"弼",辅弼,辅佐。

㉒ 出则无敌国外患者:在国外,如果没有敌对的国家或外来的祸患。出,在外面,指国外。外患,外来的灾难。者,语气助词,表停顿。

㉓ 国恒亡:国家常常要灭亡。恒,常常。

㉔ 然后知生于忧患:这样以后,才明白因有忧患而得以生存。然后,这样以后。于,介词,由于,表原因。生,使……生存。

㉕ 死于安乐:因沉迷安乐而衰亡。死,使……死亡。

### 赏析

文章采用列举历史事例和讲述道理相结合的方法，层层深入地论证了"生于忧患，死于安乐"的观点。

文中先列举舜、傅说、胶鬲、管夷吾、孙叔敖、百里奚六人出身卑微。然后说"天将降大任于斯人也，必先苦其心志……"，说明要成就大业，必须在艰苦的环境中磨炼的道理。

全文共三段，第一段用排比句式，列举了历史上六个著名人物的事例，从而有力论证人才要在忧患中造就的道理。第二段从正反两方面论证经受艰苦磨炼的必要性，说明人处困境能激发斗志，国无忧患易遭灭亡的道理。第三段得出"生于忧患，死于安乐"的结论，也是全文的中心论点。

## ※第三节 劝学(节选)

《荀子》

### 题解

荀子(生卒年不可确考，一说约前298—前238年)，名况，时人尊为荀卿，战国后期赵国人。思想家、教育家、文学家。荀子是继孔、孟之后的儒家大师，也是战国后期儒家学派的代表人物。汉代著作因避汉宣帝刘询讳，写作孙卿。韩非子和李斯都是他的学生。

荀子批判总结了先秦诸子的学术思想，对古代唯物主义有所发展。荀子不同意孟子的"性善"说，主张性恶论。他反对迷信天命鬼神，肯定自然规律是不以人的意志而转移的，并提出"制天命而用之"的人定胜天的思想。他强调教育和礼法的作用，主张治天下既用法制，也兼用"礼"治。《荀子》现存32篇，大多数是说理散文，是其学说的集中体现。

《劝学》是《荀子》一书的首篇，较系统地论述了学习的理论和方法。课文节选了四段，着重论述了学习的重要意义、方法和态度。劝，是劝勉、鼓励的意思。

### 正文

君子①曰：学不可以已②。

青，取之于蓝，而青于蓝③；冰，水为之，而寒于水。木直中绳④，輮⑤以为轮，其曲中规⑥。虽有槁暴⑦，不复挺者，輮使之然也⑧。故木受绳⑨则直，金就砺则利⑩，君子博学而

---

① 君子：这里指有学问有修养的人。
② 已：停止。
③ 青，取之于蓝，而青于蓝：靛青，从蓝草中取得，比蓝草颜色更深。青，靛青，一种染料。蓝，草名，也叫蓼(liǎo)蓝，叶子可以做蓝色染料。
④ 中绳：(木材)合乎拉直的墨线。木工用拉直的墨线来取直。
⑤ 輮：通"煣"，使弯曲。
⑥ 规：圆规。
⑦ 虽有槁(gǎo)暴(pù)：即使又晒干了。有，通"又"。槁，枯。暴，晒。槁暴，晒干。
⑧ 挺：直。然：这样。
⑨ 受绳：经墨线比量过。
⑩ 金：指金属制的刀剑等。就砺：拿到磨刀石上去磨。砺，磨刀石。就，动词，接近，靠近。

日参省乎己⑪,则知⑫明而行无过矣。

吾尝终日而思矣,不如须臾⑬之所学也;吾尝跂而望矣,不如登高之博见也⑭。登高而招,臂非加长也,而见者远⑮;顺风而呼,声非加疾也,而闻者彰⑯。假舆马者,非利足也,而致千里⑰;假舟楫者,非能水也,而绝江河⑱。君子生非异也,善假于物也⑲。

积土成山,风雨兴焉⑳;积水成渊,蛟龙生焉;积善成德,而神明自得,圣心备焉㉑。故不积跬步,无以至千里㉒;不积小流,无以成江海。骐骥一跃,不能十步㉓;驽马十驾,功在不舍㉔。锲而舍之,朽木不折㉕;锲而不舍,金石可镂㉖。蚓无爪牙之利,筋骨之强,上食埃土,下饮黄泉,用心一也㉗。蟹六跪而二螯㉘,非蛇鳝之穴无可寄托者,用心躁也㉙。

### 参考译文

君子说:学习是不可以停止的。

靛青,是从蓝草中提取的,却比蓝草的颜色还要青;冰,是水凝固而成的,却比水还要寒冷。木材笔直,符合用以取直的墨线,把它烤弯煣成车轮,木材的弯度(就)符合圆规了,即使又晒干了,也不会再挺直,这是因为人工使它弯曲成这样。所以木材经过墨线量过就能取直,刀剑等金属制品在磨刀石上磨过就能变得锋利,君子广泛地学习而且每天对照检查自己,就智慧明达,行动不会犯错误了。

我曾经整天思索,(却)不如片刻学到的知识(多);我曾经踮起脚远望,(却)不如登到高处看得广阔。登到高处招手,手臂并没有加长,可是别人在远处也看见;顺着风呼叫,声音没有比原来加大,可是听的人听得很清楚。借助车马的人,并不是脚走得快,却可以行千里,借助船只的人,并不是善于游泳,却可以横渡江河。君子的本性跟一般人没什么不

---

⑪ 参(cān)省(xǐng)乎己:对自己检查,省察。参,验,检查。省,省察。乎,相当于"于"。
⑫ 知:同"智"。
⑬ 尝:曾经。须臾(yú):片刻。
⑭ 跂(qì):提起脚后跟。博见:见得广。
⑮ 见者远:人在远处也能看见。
⑯ 疾:强,这里指声音宏大。彰:清楚。
⑰ 假:借助,利用。利足:脚走得快。致:到达。
⑱ 能水:善于游泳。水,用作动词,游水。绝:横渡。
⑲ 生(xìng)非异:本性(同一般人)没有差别。生,通"性",资质,禀赋。物:外物,指各种客观条件。
⑳ 兴焉:在这里兴起。兴,起。焉,和下面"生焉"的"焉",都是指示代词兼语气词,相当于"于此",可译为"从这里"或"在这里"。
㉑ 积善成德,而神明自得,圣心备焉:积累善行而养成品德,就获得了最高的智慧,通明的思想(也就)具备了。得,获得。
㉒ 跬(kuǐ):古代称跨出一脚为"跬",跨两脚为"步"。无以:没有用来……的(办法)
㉓ 骐(qí)骥(jì):骏马。
㉔ 驽(nú)马十驾:劣马拉车走十天,(也能到达)。驽马,劣马。十架,马拉车十天所走的路程。功在不舍:(它的)成功在于不停地走。
㉕ 锲(qiè):刻。
㉖ 镂(lòu):雕刻。
㉗ 黄泉:地底的泉水。用心一也:(这是)因为用心专一(的缘故)。
㉘ 六跪:六条腿。跪,蟹腿。一说,蟹实际上是八条腿,海蟹后面的两条腿只能划水,不能用来走路或自卫,所以不能算在"跪"里。螯(áo):蟹钳。
㉙ 寄托:指借住,藏身。躁:浮躁,不专心。

同，(只是君子)善于借助外物罢了。

　　堆积土石成了高山，风雨就从这儿兴起了；汇积水流成为深渊，蛟龙就从这儿产生了；积累善行而养成品德，就获得了最高的智慧，通明的思想(也就)具备了。所以不积累半步的路程，就没有办法达到千里之远；不积累细小的流水，就没有办法汇成大江大海。骏马一跨跃，也不足十步远；劣马拉车走十天，(也能走得很远)，它的成功就在于不停地走。(如果)刻几下就停下来了，(那么)腐烂的木头也刻不断。(如果)不停地刻下去，(那么)金石也能雕刻成功。蚯蚓没有锐利的爪子和牙齿，强健的筋骨，却能向上吃到泥土，向下喝到泉水，这是由于它用心专一啊。螃蟹有六只脚(实际上有八只脚)和两只钳夹，(但是)如果没有蛇、鳝的洞穴它就无处藏身，这是因为它用心浮躁啊。

### 赏析

　　《劝学》是一篇论述学习的重要意义，劝导人们以正确的目的、态度和方法去学习的散文。

　　《劝学》把深奥的道理寓于大量浅显贴切的比喻之中。运用比喻时手法极其灵活自然，生动鲜明。文章开篇连用"青，取之于蓝，而青于蓝""冰，水为之，而寒于水""木受绳则直""金就砺则利"等比喻，从不同的角度和侧面来阐述"学不可以已"的道理。而且文中所用的喻体几乎都是常见的、易懂的，这些通俗明了的比喻，都会使人自然而然地联想到某些直观、浅近的事物，从而受到启发，接受作者所说的深刻道理。

　　《劝学》中的比喻灵活多样。有的从正面设喻，如"积土成山，风雨兴焉；积水成渊，蛟龙生焉；积善成德，而神明自得，圣心备焉"。有的从反面设喻，如"不积跬步，无以至千里；不积小流，无以成江海"，使文章显得错落有致，生气勃勃。

　　《劝学》在写作上的另一个特点是大量运用短句排比和正反对比。文章一开始就是一组排比："青，取之于蓝，而青于蓝；冰，水为之，而寒于水"这样的排比句式有一种音乐的节奏感。在对比手法的运用上，《劝学》也很有特色。在说明学习要善于积累的道理时，作者先后以"骐骥"与"驽马""朽木"与"金石"作对比，充分显示出"不舍"对于学习的重大意义。在阐述学习要专心致志的道理时，作者又用"蚓"和"蟹"作对比。前者"无爪牙之利，筋骨之强"却能"上食埃土，下饮黄泉"。后者虽有"六跪而二螯"却"非蛇鳝之穴无可寄托"。道理何在？就在于前者"用心一也"，后者"用心躁也"。鲜明的对比，增强了说理的分量。

### 练习

**一、填空题**

1. 孔子是我国_____时期伟大的_____和_____，_____家学派的创始人，被后世尊为_____。
2. 孔子之后战国中期儒家学派的代表人物是_____，他继承并发展了孔子的学说，主张_____，_____。同时，他也认为人性本_____。
3. 荀子是_____时期_____家学派的代表人物，针对孟子的"性_____"论。他提出了_____的观点。

4. 《孟子》一书记载了_____,是由_____共同所著。
5. 《论语·为政》中论述学与思之间辩证关系的名句是:_____;_____。
6. 《孟子·告子下》中有名句:故天将降大任于斯人也,必先_____,_____,饿其体肤,空乏其身,_____,所以动心忍性,曾益其所不能。
7. 故不积跬步,_____;不积小流,_____。(《荀子·劝学》)
8. 《荀子》的首篇是_____。
9. 子贡问曰:"孔文子何以谓之'文'也?"子曰:"_____,_____,是以谓之'文'也。"(《论语·公冶长》)
10. 《荀子·劝学》篇的中心论点是_____。

二、选择题

1. 有关孔子和《论语》,下列说法不正确的是(　　)。
   A. 孔子名丘,字仲尼,春秋末期鲁国人,著名的思想家和教育家,被后世尊为圣人。
   B. 《论语》是孔子自己记述教育弟子们时的言行,比较集中地反映了他的教育思想。
   C. 《论语》以记言为主,"论"是论述编辑的意思,"语"是话语,经典语句。
   D. 《论语》是一部优秀的语录体散文集。

2. "人不知而不愠,不亦君子乎?"句中"愠"的意思是(　　)。
   A. 温暖　　　B. 生气　　　C. 热烈　　　D. 平和

3. 下列作品中,不属于"四书"的一项是(　　)。
   A. 《论语》　　B. 《孟子》　　C. 《荀子》　　D. 《大学》

4. "学而不厌,诲人不倦"的意思是(　　)。
   A. 学习却不感觉厌烦,教育他人时,要让他不知疲倦。
   B. 学习却不感觉满足,教导他人时不知疲倦。
   C. 学习却不感觉厌烦,教导他人时不知疲倦。
   D. 学习却不感觉满足,教育他人时,要让他不知疲倦。

5. "学不可以已"句中"已"的意思是(　　)。
   A. 已经　　　B. 超过　　　C. 停止　　　D. 推后

6. "生于忧患,死于安乐"的意思是(　　)。
   A. 生在忧患的年代,死在安乐的年代。
   B. 人活着多有忧患,死时就能感受到安全与快乐。
   C. 因忧患而得以生存发展,贪图安乐往往导致衰亡。
   D. 人活着都是在忧患之中,只有死了,才可能体会到快乐。

7. "征于色,发于声,而后喻"中"喻"的意思是(　　)。
   A. 比喻　　　B. 说明　　　C. 有作为　　　D. 明白,了解

8. 下面哪个观点不是荀子的(　　)。
   A. 制天命而用之　　　　　　B. 人性本恶
   C. 施仁政,行王道　　　　　D. 治天下既要"法",也要"礼"

9. 关于战国时期的"百家争鸣",下列说法不正确的是(　　)。
   A. 战国时代,出于对社会的责任感和对人生的关怀,各学派的代表人物著书立说,批评时弊,阐述政见,互相论辩,形成了"百家争鸣"的局面。
   B. 西汉初,司马谈曾把"诸子百家"总括为六家;西汉末,刘歆于六家之外,又增加了四家。
   C. 儒家思想的代表是孔子、孟子和荀子;他们的主要思想分别体现在《论语》、《孟子》和《荀子》中。
   D. 道家的代表人物是老子和庄子;法家的代表人物是韩非子和墨子。

10. 有关孟子和《孟子》,荀子和《劝学》,下列说法错误的是(　　)。
    A. 孟子是战国时期的思想家、政治家、教育家,被认为是孔子学说的继承者,有"亚圣"之称。
    B. 《孟子》与《论语》《大学》《中庸》被称为"四书"。
    C. 荀子是战国时期著名思想家、教育家、文学家,他不同意孟子的"性善"说,认为人都是"恶"的,人要相信天命鬼神。
    D. 《劝学》是《荀子》的首篇,较系统地论述了学习的意义、态度和方法。

### 三、翻译下列句子

1. 温故而知新,可以为师矣。

2. 学而不厌,诲人不倦。

3. 敏而好学,不耻下问。

4. 所以动心忍性,曾益其所不能。

5. 入则无法家拂士,出则无敌国外患者,国恒亡。

6. 锲而舍之,朽木不折;锲而不舍,金石可镂。

### 四、问答题

1. 学习了《论语》十则,对你有哪些启发?
2. 《生于忧患,死于安乐》一文说明了什么道理?
3. 读了荀子《劝学》篇,你在学习方面有哪些收获?

### 五、按下面示例总结以上三篇课文中出现的所有通假字

有朋自远方来,不亦说乎。说:通"悦",愉快。

### 六、背诵前两篇文章

# 第八课 历史散文

## 第一节 曹刿论战

《左传》

### 题解

本篇选文又题作"齐鲁长勺之战"或"长勺之战"。这一战事发生在鲁庄公十年(前684年),是齐桓公即位后向鲁国发动的第二次战争。

此前两年,齐桓公(公子小白)与公子纠曾进行过激烈的争夺君位的斗争。当时篡君夺位的公孙无知(齐襄公堂弟)已被杀,齐国一时无君,因此避难于鲁国的公子纠和避难于莒国的公子小白都争相赶回齐国。鲁庄公支持公子纠主国,亲自率军护送公子纠返齐,并派管仲拦击、刺杀公子小白。然而鲁国的谋划没有成功,公子小白已出乎意料地抢先归齐,取得了君位。齐桓公即位后当即反击鲁军,两军交战于乾时(齐地),齐胜鲁败。乘兵胜之威,齐桓公胁迫鲁国杀掉了公子纠。齐桓公虽然巩固了权位,但对鲁国却一直怨恨难平,因此转年春天,便再次发兵攻鲁,进行军事报复和武力惩罚。本篇所记即是这次在鲁地长勺展开的战事。

本篇选自《左传》,关于这部书,可参读第五课前的"概说"。

### 正文

十年春①,齐师伐我②。公将战③,曹刿请见。其乡人曰:"肉食者④谋之,又何间⑤焉?"刿曰:"肉食者鄙⑥,未能远谋。"乃入见。

问:"何以战⑦?"公曰:"衣食所安,弗敢专也⑧,必以分人⑨。"对⑩曰:"小惠未徧⑪,民弗

---

① 十年:鲁庄公十年(公元前684年)。
② 齐师:齐国的军队。齐,在今山东省中部。伐:攻打。我:指鲁国。鲁,在今山东西南部。《左传》是根据鲁史写的,所以称鲁国为"我"。
③ 公:指鲁庄公。
④ 肉食者:这里指居高位、享厚禄的人。
⑤ 间(jiàn):参与。
⑥ 鄙:鄙陋,指目光短浅。
⑦ 何以战:即"以何战",凭借什么作战?以,凭、靠。
⑧ 衣食所安,弗敢专也:衣服食物这类养生的东西,不敢独自享受。安,有"养"的意思。弗,不。专,个人专有。
⑨ 必以分人:即"必以之分人",一定把它分给别人。
⑩ 对:回答。
⑪ 徧:通"遍",遍及,普遍。

从也。"公曰:"牺牲玉帛,弗敢加也,必以信⑫。"对曰:"小信未孚,神弗福也⑬。"公曰:"小大之狱,虽不能察,必以情⑭。"对曰:"忠之属也⑮。可以一战。战则请从⑯。"

公与之乘⑰,战于长勺。公将鼓⑱之。刿曰:"未可。"齐人三鼓。刿曰:"可矣。"齐师败绩⑲。公将驰⑳之。刿曰:"未可。"下视其辙,登轼而望之㉑,曰:"可矣。"遂逐㉒齐师。

既克,公问其故㉓。对曰:"夫战,勇气也㉔。一鼓作气,再而衰,三而竭㉕。彼竭我盈,故克之㉖。夫大国,难测也,惧有伏焉㉗。吾视其辙乱,望其旗靡,故逐之㉘。"

### 参考译文

(鲁庄公)十年的春天,齐国的军队攻打鲁国。鲁庄公准备迎战。曹刿请求进见。他的同乡说:"做大官的人谋划这件事,你又何必参与呢?"曹刿说:"做大官的人目光短浅,不能深谋远虑。"于是入朝拜见庄公。

曹刿问庄公:"您凭什么条件同齐国打仗呢?"庄公说:"衣食这些养生的东西,我不敢独自享用,一定把它分给别人。"曹刿回答说:"这种小恩小惠不能遍及百姓,百姓不会跟从您的。"庄公说:"祭祀用的牛羊、玉器、丝绸之类,我不敢虚报数目,一定做到诚实可信。"曹刿回答说:"这种小信用还不能使神灵信任您,神灵是不会保佑您的。"庄公说:"对于大大小小的案件,即使不能明察,但也一定根据实情来处理。"曹刿回答说:"这是忠于职分的事情,可以凭这个条件打一仗。作战时请让我跟从您去。"

鲁庄公和曹刿同乘一辆战车,在长勺和齐军作战。(一开始),鲁庄公就要击鼓进军。曹刿说:"不可以。"齐军击鼓三次后,曹刿说:"可以击鼓进军了。"齐军被打得大败。鲁庄公就要下令驱车追击齐军,曹刿说:"不可以。"曹刿下车看了看地上齐军战车辗过的痕迹,又登上车前的横木远望齐军撤退的情况,说:"可以追击了。"于是追击齐军。

战胜以后,鲁庄公问取胜的原因。曹刿回答说:"打仗是靠勇气的,第一次击鼓,能够振作士兵的勇气,第二次击鼓,士兵的勇气就减弱了,第三次击鼓后,士兵的勇气就消耗完了。敌人的勇气耗尽了,我们的勇气正旺盛,所以战胜了他们。齐是大国,难以推测,恐怕有埋伏,我看到他们战车的车轮痕迹很乱,望见他们的军旗也已经倒下了,所以下令追击他们。"

---

⑫ 牺牲玉帛(bó):古代祭祀用的祭品。牺牲,指牛、羊等。玉帛,玉石、丝织品。加:虚报。信:实情。

⑬ 小信未孚(fú),神弗福也:(这只是)小信用,未能让神灵信服,神灵不会保佑你的。孚,为人所信服。福,赐福,保佑。

⑭ 狱:案件。虽:即使。察:明察。情:(以)实情判断。

⑮ 忠之属也:(这是)尽了职分的事情。忠,尽力做好分内的事。

⑯ 可以一战,战则请从:可以之一战,可凭借这个条件打仗。(如果)作战,就请允许(我)跟随着去。

⑰ 公与之乘:鲁庄公和他共坐一辆战车。之,指曹刿。

⑱ 鼓:击鼓进军。古代作战,击鼓命令进军。下文的"三鼓",就是三次击鼓命令军队出击。

⑲ 败绩:大败。

⑳ 驰:驱车追赶。

㉑ 辙(zhé):车轮轧出的痕迹。登轼(shì):登上车前的横木。轼,古代车子前边的横木。

㉒ 逐:追赶、追击。

㉓ 既克:战胜齐军后。既,已经。故:原因,缘故。

㉔ 夫(fú)战,勇气也:作战,要靠勇气。夫,发语词,议论或说明时,用在句子开头,没有实在意义。

㉕ 一鼓作气:第一次击鼓能够振作士气。作,振作。再:第二次。竭:耗尽。

㉖ 盈:充满。这里指士气正旺盛。

㉗ 测:推测,估计。伏:埋伏。

㉘ 靡(mǐ):倒下。

### 赏析

这是一篇简短明快、内容丰富的记事散文。全文分为四个段落:

第一段,战前曹刿主动请求见庄公。作者记了他与"乡人"的一番对话。乡人善意地劝他不要去参与"肉食者"的事,曹刿却坦率地回答:"肉食者鄙,未能远谋。"这是以饭食精粗对执政贵族和平民所作的简单划分,曹刿表示对"肉食者"的不信任并积极要求参与国家的决策。

第二段,曹刿与鲁庄公围绕"何以战"的论题进行的对话。鲁庄公心无成算,对曹刿的询问作不出切要的回答。他先提出"衣食"的分配,"弗敢专也,必以分人";又说到神灵的祭祀,"牺牲玉帛,弗敢加也,必以信"。前者不是普遍施予民众的,无关战事全局;后者是例行的宗教性礼节,并非对民众的许诺,因此都为曹刿所否定。最后在庄公提出治理案件"必以情"时,曹刿认为"忠之属也",认定"可以一战",并提出直接参战的要求。

第三段,两军交战的实况。这一部分笔墨不多,但是鲁军如何进攻、追击,齐军如何败绩、溃逃的情形历历在目。曹刿适时选择出击、追击的时机,他采取了后发制敌、以智取胜的战术。当齐军未动,鲁庄公急于抢先攻击时,曹刿制止道:"未可。"直至齐军三鼓之后,军士勇气衰竭,他才表示可以。鲁军一鼓作气挫败了齐军。在追击的问题上,曹刿明察虚实,制止了庄公的鲁莽,待下车察看齐军的车辙、登轼瞭望齐军旗帜之后,才果断地表示可以,此战鲁军大获全胜。

第四段,用补叙笔法写战后,曹刿论述战胜的原因。一是抓住了"彼竭我盈"的出击时机;二是警惕"大国难测",不忘实地侦察,确定齐军是溃败而非诈退才追击,这也是扩大战果、稳操胜券的重要原因。这段文字是从道理上对第二段战事实况的分析和论述。

从军事角度说,长勺之战所包含的内容是很丰富的。它着重说明了战略防御的基本原则,正确掌握这些原则即可达到以弱胜强的目的。这一战例历来受到军事家的重视。

从文学角度看,又是一篇记述战争的佳作。作者取材精当,立意高远,既叙清了战事,又生动刻画了人物形象。曹刿是作者着意刻画的主要人物,他具有卓越的军事智谋和指挥才能,能在瞬息万变的战争中沉着、冷静、果断地号令军队。作者对他的赞扬,蕴含在具体的描写之中。作者巧妙地运用了对比的手法,以曹刿和"乡人"对比,突出了曹刿抗敌御侮的责任感和保卫宗国的政治热忱。在曹刿与鲁庄公的对比中,以庄公反衬曹刿。作者有意无意地使鲁庄公证明了"肉食者鄙"的断言,也使曹刿的聪明才智得到更好的表现。

本文的语言,无论是叙述还是人物对话,都极为简练、生动。其中曹刿的语言尤为精彩,如战场上的指挥用语,简短明确,这不仅衬托出战事紧迫无暇论析战争策略,也表现出曹刿思维敏捷和临战时坚定而自信的心态。

## ※第二节 邹忌讽齐王纳谏

《战国策·齐策》

### 题解

《邹忌讽齐王纳谏》写的是战国初期齐威王接受其相邹忌的劝谏而采纳群言,终于使齐国大治的故事。

劝说君王采纳群言,使之广开言路,改良政治,往往需要讲究策略。邹忌的故事就是一个成功的范例。邹忌,战国时齐国人。题目中的"讽",是讽谏的意思,即用暗示、比喻之类的方法,委婉地规劝。

本文选自《战国策》,关于此书,可参读第五课前的"概说"。

### 正文

邹忌修八尺有余①,而形貌昳丽②。朝服衣冠,窥镜③,谓其妻曰:"我孰与城北徐公美④?"其妻曰:"君美甚,徐公何能及君也⑤?"城北徐公,齐国之美丽者也⑥。忌不自信,而复问其妾曰:"吾孰与徐公美?"妾曰:"徐公何能及君也?"旦日⑦,客从外来,与坐谈,问之客曰:"吾与徐公孰美?"客曰:"徐公不若君之美也。"明日徐公来,孰视之⑧,自以为不如;窥镜而自视,又弗如远甚⑨。暮寝而思之⑩,曰:"吾妻之美我者,私我也⑪;妾之美我者,畏我也;客之美我者,欲有求于我也。"

于是入朝见威王,曰:"臣诚知⑫不如徐公美。臣之妻私臣,臣之妾畏臣,臣之客欲有求于臣,皆以美于徐公⑬。今齐地方千里⑭,百二十城,宫妇左右莫不私王⑮,朝廷之臣莫不畏王,四境之内莫不有求于王⑯:由此观之,王之蔽甚矣⑰。"

王曰:"善。"乃下令:"群臣吏民能面刺寡人之过者⑱,受上赏;上书谏寡人者,受中赏;能谤讥于市朝⑲,闻寡人之耳者⑳,受下赏。"令初下,群臣进谏,门庭若市㉑;数月之后,时时而间进㉒;期年㉓之后,虽欲言,无可进者㉔。燕、赵、韩、魏闻之,皆朝于齐㉕。此所谓战胜于朝廷㉖。

---

① 修:长,这里指身高。八尺:战国时期的一尺等于现在的23.1厘米。
② 昳(yì)丽:光艳美丽。
③ 朝(zhāo)服衣冠:早晨穿戴好衣帽。服,穿戴。窥镜:照镜子。
④ 我孰与城北徐公美:我与城北徐公相比,哪一个美。孰,疑问代词,谁,哪一个。"孰与"连用,表比较。
⑤ 美甚:美极了。何:怎么,哪里。及:赶上,比得上。
⑥ ……者也:文言中表示判断的句式。
⑦ 旦日:第二天。下文"明日徐公来"中,明日,是"旦日"的后一天。
⑧ 孰视:仔细看。孰,同"熟"。
⑨ 弗如远甚:远不如。
⑩ 暮寝而思之:夜晚躺在床上思考这件事情。暮,夜晚。寝,躺,卧。之,代词,指妻、妾、客"美我"一事。
⑪ 美我:认为我美。私:动词,偏爱。
⑫ 诚:确实,实在。
⑬ 皆以美于徐公:都认为(我)比徐公美。"以"的后边省去了"我"。
⑭ 方千里:纵横各千里。即千里见方。
⑮ 宫妇左右:指宫内的妃子和国君身边的近臣。莫:没有谁。
⑯ 四境之内:全国范围内(的人)。
⑰ 王之蔽甚矣:大王受蒙蔽很厉害。蔽,蒙蔽。甚,厉害。
⑱ 能面刺寡人之过者:能当面批评我的过错的人。面刺,当面指责。过,过错。者,代词,相当于"……的人"。
⑲ 谤讥于市朝:在公众场所议论(我的过失)。谤,公开指责别人的过错。讥,谏。谤讥,在这里指"议论",没有贬义。市朝,指公共场合。
⑳ 闻寡人之耳者:使我亲耳听到。
㉑ 门庭若市:宫门口和庭院里像集市一样热闹。形容群臣进谏者之多。
㉒ 时时:不时,有时候。间(jiàn)进:偶然进谏。间,间或、偶然。
㉓ 期(jī)年:满一年。期,满。
㉔ 虽欲言,无可进者:即使想说,也没有什么可以进谏的了。
㉕ 朝于齐:到齐国来朝见(齐王)。
㉖ 战胜于朝廷:在朝廷上战胜(别国)。意思是内政修明,不需用兵就能战胜敌国。

参考译文

邹忌身高八尺多,形体容貌光艳美丽。有一天早上,他穿戴好衣帽,照着镜子,对他的妻子说:"我与城北的徐公哪一个更美?"他的妻子说:"你更美,徐公哪里比得上你呀!"城北的徐公,是齐国的美男子。邹忌不相信自己比徐公美,就又问他的妾说:"我跟徐公谁更美?"妾说:"徐公哪里比得上您呢!"第二天,有位客人从外边来,邹忌跟他坐着聊天,问他道:"我和徐公谁美?"客人说:"徐公不如你美。"又过了一天,徐公来了,邹忌仔细地看他,自己认为不如他漂亮;再照着镜子看自己,更觉得远不如徐公。晚上躺在床上思考这件事,终于明白了:"我的妻子赞美我,是因为偏爱我;妾赞美我,是因为害怕我;客人赞美我,是想要对我有所求。"

于是,邹忌上朝廷去见威王,说:"我确实知道自己不如徐公漂亮。可是,我的妻子偏爱我,我的妾怕我,我的客人有事想求我,都认为我比徐公漂亮。如今齐国的国土方圆千里,城池有一百二十座,宫里的妃子和国君身边的近臣没有谁不偏爱大王的,朝廷上的臣子没有谁不害怕大王的,全国的人没有不想求得大王的(恩遇的);由此看来,您受的蒙蔽非常厉害。"

威王说:"好!"于是就下了一道命令:"所有的大臣、官吏、百姓能够当面指责我的过错的,得头等奖赏;上书规劝我的,得二等奖赏;能够在公共场所指责(我的过错)让我听到的,得三等奖赏。"命令刚下达,许多大臣都来进言规劝,宫门口和院子里像热闹的集市;几个月后,偶尔还有人进言规劝;一年以后,有人即使想规劝,也没有什么可以说的了。燕国、赵国、韩国、魏国听说了这件事,都到齐国来朝见齐王。这就是人们所说的在朝廷上战胜别国。

赏 析

这篇文章的结构层次很别致,从头至尾一直用三层排比的手法来写。妻、妾、客是三层;"私我""畏我""有求于我"是三层;"宫妇左右""朝廷之臣""四境之内",又是三层。上、中、下赏,是三层;"令初下""数月之后""期年之后",又是三层。这些都是比较容易识别的。再看,邹忌自以为美于徐公这一事件的发展,在时间上是三层:"朝""旦日""明日"。邹忌的思想转变过程也是三层:"孰视之自以为不如"是第一层,"窥镜而自视,又弗如远甚"是第二层,然后到"暮寝而思之"是第三层,找出了矛盾的焦点。全部事态的发展也是三层:邹忌现身说法进行讽谏是第一层;齐威王"下令"广泛征求意见是第二层,最后使邻近的诸侯国都来入朝,"此所谓战胜于朝廷"是第三层。当然,作者这样的写法不见得全部都是有意的,但我们却可以从中得到启发。在结构层次的对称性以及排比、递进的运用上,本篇确有值得后人借鉴的地方。

练 习

一、填空题

1. 《左传》又称《_____》,它以_____国为历史编年,记载了_____时代各诸侯国的政治、军事、外交和文化等方面的重要史实,其中最为精彩的是_____描写和_____描写。

2. "记述了战国时期谋臣策士游说诸侯或进行谋议论辩时的政治主张和斗争策略"的史书是《_____》,它是一部_____体史书。
3. _____,再而衰,三而竭。《左传·曹刿论战》
4. 用课文原句回答:曹刿请见庄公的直接原因是_____;根本原因是_____。
5. "肉食者谋之,又何间焉"中,"间"的意思是_____。
6. 用课文原句回答:曹刿认为"彼竭我盈"之时是最佳的反攻时机,原因是_____,"辙乱旗靡"之时则是追击的最佳时机,原因是_____。

二、选择题

1. 曹刿认为鲁庄公"忠之属也,可以一战"指的是(    )。
    A. 衣食所安,弗敢专也,必以分人。
    B. 牺牲玉帛,弗敢加也,必以信。
    C. 小大之狱,虽不能察,必以情。
    D. 小信未孚,神弗福也。

2. 下列句中加线加黑的词汇,古今含义相同的一项是(    )。
    A. 肉食者鄙,未能远谋。    B. 小大之狱,虽不能察,必以情。
    C. 参差荇菜,左右流之。    D. 牺牲玉帛,弗敢加也,必以信

3. 对《左传·曹刿论战》内容理解,不正确的一项是(    )。
    A. 鲁庄公在见曹刿之前对迎战齐国已经做好了充分的准备。
    B. 曹刿主动参战,为战争的胜利作出了重要贡献。
    C. 鲁国取胜的原因是,政治上取信于民,军事上运用了正确的战略战术。
    D. 鲁庄公听取了曹刿的建议,并与他一起指挥战斗。

4. "小惠未徧,民弗从也"的意思是(    )。
    A. 这种小恩小惠,不能欺骗百姓,百姓是不会跟从您的。
    B. 这种小恩小惠,不能遍及百姓,百姓是不会跟从您的。
    C. 这种小恩小惠,不能遍及百姓,百姓是不敢服从您的。
    D. 这种小恩小惠,不能欺骗百姓,百姓是不敢服从您的。

5. 对《邹忌讽齐王纳谏》一文内容理解,不正确的一项是(    )。
    A. 第一段写出了邹忌头脑冷静,不为奉承所迷惑。
    B. 第二段运用排比句式增强了语势,给人以无可辩驳之感。
    C. 第三、四段从侧面表现邹忌的精明能干,具有治国之才。
    D. 本文的主旨是通过邹忌"暮寝而思之",悟出了人们由于种种原因,不会说出事情的真相的道理。

6. 《左传·曹刿论战》一文,详写战前、战后论战,略写战争过程,对这样安排的作用判断,错误的是(    )。
    A. 突出战争前准备的重要性    B. 强调战争取胜的原因
    C. 突出曹刿的深谋远虑    D. 强调战争过程很短

7. 下列说法中不正确的是哪一项？(　　)
   A. "夫战,勇气也"意思是大丈夫打仗,靠的是勇气。"一鼓作气"在选文中的意思是趁劲头大的时候一下子把事情完成。
   B. "彼竭我盈"中,"竭"和"盈"意思相对,揭示了敌我双方士气的对比,"彼竭我盈"之时正是反攻的有利时机。
   C. 文章写了曹刿在长勺之战中的言行,表现出曹刿胸有成竹,指挥若定,善于把握有利战机。
   D. 文章刻画人物精练传神,如"公将鼓之""公将驰之"仅仅8个字就刻画出了鲁庄公急于求成,轻率寡谋的特点。

8. 下列对《邹忌讽齐王纳谏》一文的概括与理解,有误的一项是(　　)。
   A. 本文结构严谨。全文三段,第一段"比美",三问三答;第二段"讽谏",三比三喻;第三段"纳谏",三赏三变。并且有详有略,详略得当。
   B. 邹忌能够讽谏成功,除了他有高超的讽谏艺术之外,也与齐威王善于纳谏分不开,这一点可以从齐威王广开言路的"三赏"中看出来。
   C. 邹忌与徐公比美,虽然其妻、妾、客都赞美他比徐公美,但邹忌还是从三人的不同语气中明白了他们没说真话,进而悟出了一个道理:兼听也不一定能够明白事情的真相。
   D. 本文写法上设喻说理,以邹忌与徐公比美这种生活小事来喻治国大事,道理由浅入深,具有极强的说服力。

### 三、解释下列词在句中的意思

朝:①朝服衣冠　　　　　　　请:①曹刿请见
　　②于是入朝见威王　　　　　②战则请从
　　③皆朝于齐

孰:①我孰与城北徐公美　　　若:①徐公不若君之美也
　　②孰视之　　　　　　　　　②门庭若市

### 四、翻译下列句子

1. 牺牲玉帛,弗敢加也,必以信。

2. 下视其辙,登轼而望之。

3. 吾妻之美我者,私我也。

4. 能谤讥于市朝,闻寡人之耳者,受下赏。

### 五、这两篇文章中,出现了一些古今意义不同的词,按照下面的示例,从文中尽量多地找出来

例:小大之狱,虽不能察,必以情(古义:案件;今义:监狱)

六、问答题

1. 从曹刿的论述来看,弱国战胜强国的必要条件有哪些?
2. 有人发现,《邹忌讽齐王纳谏》在写法上是由多个"三"组合而成的,请你总结一下这篇文章中的多个"三"。
3. 试结合原文,分别对本课中的四个人物形象作评价。

  曹刿  鲁庄公  邹忌  齐威王

# 秦汉文学作品选读

## 概 说

### 一、秦代的社会与文学概况

秦灭六国后建立了中国历史上第一个统一中央集权的封建帝国,并采取了一系列巩固政权的措施,但严酷的专制统治使之很快走向了灭亡。

秦在文化上也推行极端专制政策,所以秦代文学、文化空前零落,再加上秦朝时间短暂,所以流传下来的文学作品屈指可数。鲁迅说:"秦之文章,李斯一人而已"(《汉文学史纲要》)。

### 二、汉代的社会与文学概况

政治的统一,经济的强盛为汉代文化的繁荣提供了坚实的基础。尽管汉代思想文化的主流是"独尊儒术",但它还是存在着一定的兼容性。它吸收了道、法、阴阳等诸子思想及楚文化的因素。这些对文学创作也有一定的影响。

汉代的文学发展大致可分为四个阶段:

1. 西汉初期文学,是汉代文学的初创期,包括汉初至景帝时期的文学。

这一时期的文学创作基本上沿袭战国文学的余绪。主要成就在政论散文和辞赋方面。政论散文的代表作家、作品主要有陆贾的《新语》,贾谊的《新书》,以及晁错的《论贵粟疏》等。文章思想内容的现实性很强,其中总结亡秦的历史经验教训的文章占有相当大的数量。辞赋的代表作家、作品主要有贾谊的《吊屈原赋》《鵩鸟赋》和枚乘的《七发》等。这一时期的辞赋创作体现着由楚辞向汉赋过渡的特征。

2. 西汉中期文学,是汉代文学的全盛期,包括武帝至宣帝时期的文学。

这一时期,代表汉代文学最高成就的新体赋在此期间定型、成熟,出现了以司马相如为代表的一大批辞赋作家。散文主要有史传散文和政论散文。史传散文最突出的代表是司马迁的《史记》。而淮南王刘安主持宾客编著的《淮南子》仍有着先秦诸子之余绪。另外,乐府功能的强化,使大量的民歌被采集、记录下来。

3. 西汉后期至东汉前期文学,是汉代文学的中兴期,包括西汉元帝至东汉和帝时期的文学。

这一时期的文学创作仍以辞赋和散文为主体。著名的辞赋作家有扬雄、班固、张衡等。班固的《汉书》是继《史记》之后又一部重要的传记文学作品,它沿《史记》的体例,"究西都之首末,穷刘氏之废兴",是我国最早的断代史。

4. 东汉后期文学,是汉代文学的衰落和转变期,包括安帝至灵帝时期的文学。

辞赋的创作出现了大赋衰微小赋兴盛的局面。张衡、赵壹、蔡邕、祢衡等人所创作的抒情小赋即体现了这种转变。

五言古诗进入成熟阶段。《古诗十九首》代表了东汉文人五言诗的最高成就。

汉代乐府民歌的创作相当兴盛,对文人诗歌的发展产生了重要的影响。

所谓武帝立乐府,只是意味着他自觉地把乐府机关扩大,充实内容,规定具体任务,即采诗、制订乐曲和写作歌辞。"采诗"是为了"观风俗,知得失",这就使那些"感于哀乐,缘事而发"的地方民歌,有了记录、集中和提高的机会。可惜除《铙歌》十八曲外,西汉乐府民歌绝大部分都没有流传下来。由于文字讹误过多,《铙歌》一般很难读,其中少数言情和反映战场惨状的篇章,明白可诵,表现了一定的现实意义。

东汉"乐府"继承西汉的传统,也采集民间声乐与歌谣。现存汉乐府民歌大都是东汉的作品。它们以多样的形式,现实主义的手法,广泛而深刻地反映了东汉人民的苦难生活和他们的思想感情。

东汉末年,还有不少谣谚,它们直接痛快、简短有力地揭露了政治的腐败、社会的黑暗。伟大的长篇叙事诗《孔雀东南飞》,正是在民间故事、民间歌唱的基础上产生的。

# 第九课　史传文学

## 史记·项羽本纪·垓下之围

司马迁

### 题解

司马迁(前145—? 年),字子长,夏阳龙门(今陕西韩城)人。西汉著名史学家、文学家。司马迁幼年在家乡耕读,十岁随父亲到长安,曾受业于经学大师董仲舒、孔安国。二十岁开始漫游各地。后历任郎中、太史令,得以翻阅国家收藏的各种文献资料。又侍从汉武帝到各地巡游,因此足迹几乎遍及全国。其父司马谈曾作太史令,著有《论六家要旨》。他曾把修史作为自己神圣的使命,可惜壮志未酬,临终前勉励儿子司马迁完成他未竟的事业。

太初元年(前104年),司马迁继承父志,开始写作《史记》。天汉二年(前99年),因李陵事件获罪入狱,受腐刑。出狱后任中书令,他含垢忍辱,继续发愤著书,于征和初年(前92年)左右,完成了这部历史巨著。

《史记》,原称《太史公书》,是我国第一部纪传体通史。所记史事,起自黄帝,迄于汉武帝,全面叙述了我国古代三千年间政治、经济、文化等多方面的历史情况。全书包括十二本纪、十表、八书、三十世家、七十列传,共一百三十篇,是一部"究天人之际,通古今之变,成一家之言"的伟大著作。《史记》既是对历史的"实录",也有很高的文学价值。书中人物形象栩栩如生,语言简洁生动。其在史学与文学方面,都具有划时代的意义,被鲁迅誉为"史家之绝唱,无韵之《离骚》"。

本文节选自《史记·项羽本纪》,是《项羽本纪》最后的部分。

### 选文

项王军壁垓下①,兵少食尽,汉军及诸侯兵围之数重。夜闻汉军四面皆楚歌②,项王乃大惊曰:"汉皆已得楚乎? 是何楚人之多也!"项王则夜起,饮帐中。有美人名虞,常幸从;骏马名骓,常骑之③。于是项王乃悲歌忼慨④,自为诗曰:"力拔山兮⑤气盖世,时不利兮骓

---

① 壁:动词,筑壁垒,即安营扎寨。垓(gāi该)下:地名,在今安徽灵璧东南。
② 楚歌:楚国人用楚语唱的歌曲。
③ 虞:美人,项羽宠妾。幸:被帝王宠爱叫"幸"。骓(zhuī):毛色青白相间的马。
④ 忼慨:同"慷慨"。
⑤ 兮:句中语气词,无实义。

不逝。虽不逝兮可奈何,虞兮虞兮奈若何⑥!"歌数阕⑦,美人和之⑧。项王泣数行下,左右皆泣,莫能仰视。

项王于是乃上马骑,麾下壮士骑从者八百余人,直夜溃围南出,驰走⑨。平明,汉军乃觉之,令骑将灌婴以五千骑追之⑩。项王渡淮,骑能属者百余人耳⑪。项王至阴陵⑫,迷失道,问一田父,田父绐曰:"左⑬。"左,乃陷大泽⑭中。以故汉追及之。项王乃复引兵而东,至东城⑮,乃有二十八骑。汉骑追者数千人。项王自度不得脱⑯,谓其骑曰:"吾起兵至今,八岁矣,身七十余战⑰,所当者破,所击者服,未尝败北,遂霸有天下⑱。然今卒⑲困于此,此天之亡我也,非战之罪也。今日固决死,愿为诸君快战,必三胜之,为诸君溃围,斩将,刈旗⑳,令诸君知天亡我,非战之罪也。"乃分其骑以为四队,四向㉑。汉军围之数重。项王谓其骑曰:"吾为公取彼一将。"令四面骑驰下,期山东为三处㉒。于是项王大呼驰下,汉军皆披靡㉓,遂斩汉一将。是时,赤泉侯为骑将,追项王,项王瞋目而叱之㉔,赤泉侯人马俱惊,辟易数里㉕。与其骑会为三处。汉军不知项王所在,乃分军为三,复围之㉖。项王乃驰,复斩汉一都尉㉗,杀数十百人,复聚其骑,亡其两骑耳。乃谓其骑曰:"何如?"骑皆伏曰:"如大王言㉘。"

于是项王乃欲东渡乌江㉙。乌江亭长舣船待㉚,谓项王曰:"江东虽小,地方千里,众数十万人,亦足王㉛也。愿大王急渡。今独臣有船,汉军至,无以渡。"项王笑曰:"天之亡我,我何渡为㉜!且籍与江东子弟八千人渡江而西,今无一人还,纵江东父兄怜而王我㉝,我何

---

⑥ 逝:向前跑。可奈何:将怎么办呢? 奈若何:把你怎么安排呢? 若,你。
⑦ 阕(què):曲终一遍为一阕。数阕,几遍。
⑧ 和(hè)之:应和着一同唱。
⑨ 麾(huī)下:部下。直夜:当天夜里。溃围:突破重围。
⑩ 灌婴:人名,汉军将领。骑(jì):一人乘一马称为"一骑"。
⑪ 骑能属者百余人耳:能够随从项羽的骑士不过百余人而已。属,随从。耳,句末语气词。
⑫ 阴陵:地名,在今安徽省定远西北。
⑬ 田父:农夫。绐(dài):欺骗。左:方位名词用作动词,向左行。
⑭ 陷大泽中:陷入泥泞低洼之地。
⑮ 东城:在今安徽省定远东南。
⑯ 度(duó):揣测,估计。脱:脱身。
⑰ 八岁:八年。身:亲身经历。
⑱ 所当者:所遇到的敌人。败北:失败。遂:于是。
⑲ 卒:最终。
⑳ 决死:必死。快战:痛痛快快地打一仗。刈(yì):割,砍。刈旗:砍倒敌方军旗。
㉑ 四向:向着四个方向。
㉒ 取彼一将:杀死对方一员大将。彼:对方。期山东为三处:约定在山的东面分三处集合。
㉓ 披靡:草木随风倒伏散乱的样子,这里形容汉军的溃败惊逃。
㉔ 赤泉侯:汉将杨喜,后封为赤泉侯。瞋(chēn)目:张目,瞪大眼睛。
㉕ 辟易数里:这里指杨喜吓得连人带马倒退了好几里。辟易,倒退。
㉖ 乃分军为三:于是把军队分成三部分。复围之:再一次包围了他们。
㉗ 都尉:古代武官职名。
㉘ 何如:怎么样? 伏:通"服",心服。如大王言:正如大王所说。
㉙ 欲:想要。乌江:即今安徽和县乌江浦。
㉚ 亭长:秦汉时每十里为一亭,设亭长一人。舣:使船靠岸。
㉛ 王(wàng):作动词,称王。
㉜ 我何渡为:我还渡江干什么?
㉝ 籍:项籍,即项羽。纵:即使。王(wàng)我:推举我为王。

面目见之?纵彼不言,籍独不愧于心乎㉞?"乃谓亭长曰:"吾知公长者㉟。吾骑此马五岁,所当无敌,尝一日行千里,不忍杀之,以赐公㊱。"乃令骑皆下马步行,持短兵接战㊲。独籍所杀汉军数百人。项王身亦被十余创㊳。顾见汉骑司马吕马童㊴,曰:"若非吾故人乎?"马童面之㊵,指王翳曰:"此项王也㊶。"项王乃曰:"吾闻汉购我头千金,邑万户,吾为若德。㊷"乃自刎㊸而死。……

太史公㊹曰:吾闻之周生曰"舜目盖重瞳子㊺"。又闻项羽亦重瞳子,羽岂其苗裔邪㊻?何兴之暴也㊼!夫秦失其政,陈涉首难㊽,豪杰蜂起,相与并争,不可胜数。然羽非有尺寸,乘势起陇亩之中㊾,三年,遂将五诸侯灭秦㊿,分裂天下,而封王侯,政由羽出,号为"霸王",位虽不终,近古以来,未尝有也㉛。及羽背关怀楚㉜,放逐义帝而自立,怨王侯叛己,难矣。自矜功伐㉝,奋其私智而不师古㉞,谓霸王之业,欲以力征经营天下㉟,五年卒亡其国,身死东城,尚不觉悟,而不自责,过矣㊱。乃引"天亡我,非用兵之罪也,岂不谬哉㊲"!

### 参考译文

项羽的军队在垓下安营扎寨,士兵越来越少,粮食也吃没了,汉军和各诸侯的军队又层层包围上来。夜晚,听到四周的汉军营地都在唱着楚地的歌谣,项羽大惊失色地说:"汉军把楚地都占领了吗?为什么汉军中楚人这么多呢?"项羽夜里起来,在军帐中喝酒。美丽的虞姬,受他宠爱,常陪在他身边,宝马骓,常骑着打仗。于是项羽就慷慨悲歌,自己作诗道:力能拔山啊豪气压倒一世,天时不利啊骓马不奔驰。骓马不奔驰啊怎么办,虞姬啊虞姬,该怎么安排你呢?唱了一遍又一遍,虞姬也同他一起唱。项羽泪流数行,身边侍卫

---

㉞ 籍独不愧于心乎:我项羽难道不感到内心有愧吗?
㉟ 长者:年高有德之人。
㊱ 以赐公:以之赐公,把它送给您。
㊲ 短兵:短武器,如刀、剑等。
㊳ 身亦被十余创:身上也受了十多处伤。被,遭受。创,伤。
㊴ 顾:回头。骑司马:官名,骑兵将领。吕马童:人名,他原是项羽部下,所以下文以"故人"称之。
㊵ 面之:不正面对着,背对着,因为是故人不敢正视。
㊶ 指王翳:将(项羽)指给王翳看。王翳,汉将,后封杜衍侯。
㊷ 邑万户:封为万户侯。吾为若德:我就送你个人情吧!德,恩德,此处指封侯受赏的好事。
㊸ 自刎(wěn):自杀。
㊹ 太史公:即太史令,司马迁自称。
㊺ 周生:司马迁同时代的儒生,名不详。盖:大约,大概。重瞳子:一只眼睛里有两个眸子。
㊻ 羽岂其苗裔邪:项羽难道是他的后代子孙么?
㊼ 何兴之暴也:为什么兴起如此之快呢?兴,兴起。暴,突然,急速。
㊽ 首难:首先发难,首先起事。
㊾ 尺寸:一点点凭借,指土地或权力。乘势:乘秦末大乱之势。陇亩:田间,民间。
㊿ 将:率领。五诸侯:指齐、赵、韩、魏、燕五国的起义军。
㉛ 政:政令。位:指西楚霸王的权势地位。
㉜ 及羽背关怀楚:等到项羽舍弃关中之地,怀念楚地。指项羽放弃关中而定都彭城。
㉝ 自矜功伐:居功自负的意思。自矜,自夸,自负。功伐,指武力征伐之功。
㉞ 奋其私智而不师古:逞其一己之能而不以古代成功立业的帝王为师。私智,一己之能。
㉟ 以力征经营天下:靠武力来控制天下。力征:以武力征伐。
㊱ 觉悟:醒悟,明白。过:过错。
㊲ 岂不谬哉:难道不是很荒唐吗?

也都哭了,谁也不能抬头看项羽了。

　　于是项羽跨上战马,部下壮士八百多人骑马跟随,当晚从南面突出重围,纵马奔逃。天亮的时候,汉军才察觉,命令骑兵将领灌婴率领五千骑兵追击项羽。项羽渡过淮河,能跟上项羽的骑兵只有一百多人了。项羽走到阴陵时,迷路了,向一农夫问路,老农骗他说:"往左拐。"项羽往左走,就陷入了一片低洼地里,所以被汉军追上了。项羽又率兵向东走,到了东城,这时只剩下二十八个骑兵了,而追击的汉军骑兵有几千人。项羽自己估计这回不能逃脱了,对手下骑兵说:"我从起兵打仗到现在已经八年了,亲身经历七十多次战斗,所遇到的敌人都被打败了,所打击的敌人都心服了,我从没有失败过,所以才称霸天下。但是今天最终被困在这里,这是上天要我灭亡,不是我用兵打仗的错误啊。我今天当然是要决一死战,愿为大家痛快地打一仗,定要打胜三次,为各位突出重围,斩杀汉将,砍倒帅旗,让各位知道这是上天要亡我,不是我用兵打仗的错误。"于是就把他的随从分为四队,朝着四个方向。汉军层层包围着他们,项羽对他的骑兵说:"我为你们斩他一将。"命令四队骑兵一起向下冲击,约定在山的东面分三处集合。于是项羽大声呼喝向下直冲,汉军都溃败逃散,于是斩杀了汉军一员大将。这时候,赤泉侯担任骑兵将领,负责追击项羽,项羽瞪眼对他大喝,赤泉侯连人带马惊慌失措,倒退了好几里。项羽同他的骑兵在约定的三处会合。汉军不知道项羽在哪一处,便把军队分成三部分,重新包围上来。项羽冲出来,又斩了汉军的一个都尉,杀死百余人。再一次集合他的骑兵,发现只不过损失了两个,便问他的随骑道:"怎么样?"骑兵们都佩服地说:"真像您说的那样!"

　　于是项羽就想东渡乌江。乌江的亭长撑船靠岸等待项羽,他对项羽说:"江东虽小,也有方圆千里的土地,几十万的民众,也足够称王的了。请大王急速过江。现在只有我有船,汉军即使追到这,也没有船只可渡。"项羽笑道:"上天要亡我,我还渡江干什么?况且我项羽当初带领江东的子弟八千人渡过乌江向西挺进,现在无一人生还,即使江东的父老兄弟怜爱我而拥我为王,我又有什么脸见他们呢?即使他们不说,我项羽难道不感到内心有愧吗?"于是对亭长说:"我知道您是忠厚的长者,我骑这匹马五年了,所向无敌,常常日行千里,我不忍心杀掉它,把它赠送给你吧!"于是命令骑马的都下马步行,手拿短小轻便的刀剑交战。仅项羽一人就杀死汉军几百人。项羽身上也受了十多处伤。回头看见了汉军骑兵司马吕马童,说:"你不是我的老朋友吗?"吕马童不正面对着项羽,而是将项羽指给王翳看,说道:"这个人就是项王。"项羽便说道:"我听说汉王悬赏千两黄金要买我的脑袋,并封为万户侯,我就送你个人情吧!"说完,就自杀身亡了。……

　　太史公说:我从周生那儿听说"舜的眼睛有两个瞳仁"。又听说项羽也是双瞳仁。项羽难道是舜的后代子孙么?为什么他兴起得这样迅猛呢?秦王朝政治上失策,陈涉首先起义反秦,英雄豪杰也纷纷起来,互相争夺天下,这样的人多得数不清。但是项羽并没有一点点可以依靠的权位和土地,只不过乘秦末大乱之势,奋起于民间,三年的时间,就发展到率领五国诸侯一举灭秦,并且分割秦的天下,自行封赏王侯,政令都由项羽颁布,自号为"霸王"。虽然霸王之位并未维持到底,但近古以来未曾有过这样的人物。等到项羽放弃关中要塞而怀念楚地,放逐义帝而自立为王,反怨恨王侯们叛离了他,这就说不过去了。居功自负,逞其一己之能而不以古代成功立业的帝王为师,认为自己干的是霸王的事业,想凭着武力来控制天下,五年的时间便丢掉了国家,自身也死在东城,还不醒悟,又不自责,错误啊。却说什么"上天要灭亡我,不是我用兵的过错",这难道不荒谬吗?

## 赏 析

《项羽本纪》是《史记》中非常精彩的篇章之一。它成功地塑造了项羽这位叱咤风云的悲剧英雄形象,并在各种矛盾冲突中,展现了秦汉之际错综复杂的历史。

《项羽本纪》记叙了项羽一生的事迹,突出描写了"钜鹿之战""鸿门宴""垓下之围"这三个富有历史意义的场景。着重描写了项羽在推翻暴秦统治战争中的功绩,将他英勇善战、叱咤风云、所向无敌的英雄气概表现得惟妙惟肖;同时也写出了他刚愎自用、残酷暴烈、性格直率、短于心计的特征,指出了他在建立霸王之业后,以武力征服天下而终致失败的过错。

司马迁在塑造项羽这个人物形象时,选择了影响项羽命运发展的关键性历史事件。除精彩的"钜鹿之战""鸿门宴"外,"垓下之围"部分也写得有声有色。这一部分突出了三件事:霸王别姬、东城突围和乌江自刎。霸王别姬时,项羽被围垓下,四面楚歌,军情何等急迫!作者却以舒缓的笔调去写项羽夜起帐饮,慷慨悲歌,倾诉对虞姬与骏马的难舍之情,表现出项羽英雄末路、情深无奈的侠骨柔肠。东城突围中,项羽虽兵剩无几,却能连斩数将,展露了其勇冠三军、力挫群雄的勇猛英姿。兵退乌江,本可渡江以期东山再起,但项羽因愧见江东父老而自刎,展现了他宁死不辱、知耻重义的性格特征。这三个场面描写,多角度地展示了人物个性,使人物形象活灵活现,呼之欲出。

本篇还巧于构思,善于将复杂的事件安排得井然有序,丝毫没有杂乱之感。作者在激烈的军事冲突中,插入情意缠绵的悲歌别姬一段,使情节发展急徐有致,节奏疏密相间。突围快战,高潮迭起,情节连接紧密,过渡自然,结构浑成,气势磅礴。

篇末的"太史公曰",歌颂了项羽在灭秦过程中建立的丰功伟绩,充分肯定了他的历史贡献,同时也批评了他自矜武力以经营天下的错误,对他的失败给予了惋惜与同情。作者的评价公允深刻,且寓有作者的身世之感,使项羽这个悲剧形象具备了浓厚的抒情色彩。

## 练 习

一、填空题

1. 司马迁,我国西汉时期著名的_____家,_____家。
2. 《史记》原称《_____》,是我国历史上第一部_____体通史。
3. 《史记》记载了从_____到_____,共约三千年间的历史。
4. 《史记》在体例上分为五部分130篇,这五部分是:_____、_____、_____、_____和_____。
5. 《史记》被鲁迅誉为_____,_____。
6. 《史记·项羽本纪》突出描写了_____、_____和_____三个富有意义的历史场景。

二、连线题

将文中所描写的情节与这一情节所表现的项羽的性格连接。

① 霸王别姬    A. 知耻重义

② 东城快战    B. 英雄多情

③ 乌江自刎    C. 勇猛无比

三、选择题
1. 被鲁迅誉为"史家之绝唱,无韵之《离骚》"的作品是(　　)。
   A.《左传》　　　B.《战国策》　　　C.《汉书》　　　D.《史记》
2. 关于司马迁及《史记》,下列说法错误的是(　　)。
   A. 司马迁著《史记》过程中惨遭腐刑,为了完成著述,隐忍苟活,以顽强的意志完成了中国历史上第一部纪传体通史。
   B.《史记》包括十二本纪、十表、八书、三十世家、七十列传,共130篇。
   C.《史记》修史的宗旨是:亦欲以究天人之际,通古今之变,成一家之言。
   D.《史记》追求"实录",对项羽持赞颂态度,并没有深刻批评他。
3. 下列句中画线词的解释,不正确的一项是(　　)。
   A. 何兴之暴也!　　　　　　　　　暴:暴虐
   B. 吾闻汉购我头千金,邑万户　　　购:悬赏
   C. 然羽非有尺寸　　　　　　　　　尺寸:一点点凭借或资本
   D. 岂不谬哉!　　　　　　　　　　谬:荒唐。
4. 对下列句子中画线词的解释,不正确的一项是(　　)。
   A. 项王军壁垓下　　　　　　　　　壁:筑壁垒
   B. 持短兵接战　　　　　　　　　　兵:兵器
   C. 项王身亦被十余创　　　　　　　被:遭受
   D. 吾为若德　　　　　　　　　　　德:品德
5.《垓下之围》的"太史公曰"中,肯定项羽历史功绩的语句是(　　)。
   A. 舜目盖重瞳子,又闻项羽亦重瞳子,羽岂其苗裔邪
   B. 遂将五诸侯灭秦,分裂天下而封王侯
   C. 放逐义帝而自立
   D. 欲以力征经营天下
6. 下列对原文的叙述和分析,不正确的一项是(　　)。
   A. 项羽的军队在垓下安营扎寨,在汉军及诸侯的军营四面唱起楚歌,同时上演了一出"霸王别姬"的悲剧。
   B. 项羽之所以乌江拒渡,有没有脸面见江东父老的原因。
   C. 为了证明"天之亡我,非战之罪",项羽奋起神威,斩汉军二将,杀数十百人,瞋目怒叱,使汉军骑将倒退数里。
   D. 垓下之围渲染悲剧气氛,乌江自刎精雕细刻神态,都写得活灵活现。
7. 对上文"太史公曰"一段,分析评价正确的一项是(　　)。
   A. 司马迁认为项羽的功业表现在"非有尺寸,乘势起垄亩之中""政由羽出,号为霸王";他的过失表现在他"怨王侯叛己""自矜功伐""不师古"。叙事简要,极富概括性。
   B. 司马迁认为项羽的主要过错是"身死东城,尚不觉悟而不自责",行文中含有责备与痛惜之情,使文章文情并茂。
   C. 这段文字对项羽一生作了总的评价,既赞扬了项羽的灭秦之功,又指出他"自矜功伐"等方面的过错,显示了司马迁评价历史人物实事求是的公正态度。
   D. 这段文字对项羽一生的功过褒贬适当,褒多于贬,反映了司马迁对这位失败的英雄的偏爱和敬重。

## 四、翻译下列句子

1. 项王瞋目而叱之，赤泉侯人马俱惊，辟易数里。

   _____

2. 天之亡我，我何渡为？

   _____

3. 纵彼不言，籍独不愧于心。

   _____

4. 五年卒亡其国，身死东城，尚不觉悟，而不自责，过矣。

   _____

## 五、问答题

1. 《史记》是怎样的一部书？
2. 司马迁著《史记》过程中，遭遇了什么意外？
3. 《史记》具有哪些价值？

## 六、论述题

1. 通过学习《垓下之围》，谈谈你对项羽这个历史人物的评价。
2. 下列古诗，涉及对项羽的评价，读后结合课文，谈谈你的理解和感受。

| 题乌江亭 | 叠题乌江亭 | 乌　江① |
|---|---|---|
| 【唐】杜牧 | 【宋】王安石 | 【宋】李清照 |
| 胜败兵家事不期， | 百战疲劳壮士哀， | 生当作人杰， |
| 包羞忍耻是男儿。 | 中原一败势难回。 | 死亦为鬼雄。 |
| 江东子弟多才俊， | 江东子弟今虽在， | 至今思项羽， |
| 卷土重来未可知。 | 肯与君王卷土来。 | 不肯过江东。 |

---

① 题一作"夏日绝句"。

# 第十课　汉乐府二首

## 第一节　上　邪

汉乐府民歌

### 题解

"乐府"原是古代掌管音乐的官署。秦及西汉时都设有乐府。汉武帝时的乐府规模扩大,其职能既是掌管宫廷所用音乐,同时也采集民间歌谣和乐曲。魏晋以后,人们将汉代乐府机关所搜集的诗歌,都称为乐府诗。

汉代乐府诗都是"感于哀乐,缘事而发"(《汉书·艺文志》)的。它继承了《诗经》现实主义的传统,广阔而深刻地反映了汉代的社会现实。汉乐府在艺术上的成就首先表现在它的叙事性方面;其次是它善于选取典型细节,通过人物的言行来表现人物性格。乐府诗的形式有五言、七言和杂言,尤其值得重视的是汉乐府已产生了一批成熟的五言诗。流传下来的汉代乐府诗,绝大多数已被宋朝人郭茂倩收入他编著的《乐府诗集》中。

本篇是汉乐府中的一首情歌,是一位痴情女子对爱人的热烈表白。

### 正文

上邪①!我欲与君相知②,长命无绝衰③。山无陵④,江水为竭,冬雷震震⑤,夏雨雪⑥,天地合⑦,乃敢与君绝⑧!

### 参考译文

天啊!我愿与所爱的人相爱,让我们的爱情永不衰绝。除非高山变平地,江水流干,冬天雷声震震,夏天下雪,天地合并,我才会和他断绝。

---

① 上邪:犹言"天啊"。上,指天。邪,语气词,通"耶"。这句是指天为誓。
② 相知:相爱。
③ 命:令,使。这两句是说,我愿与你相爱,让我们的爱情永不衰绝。
④ 陵:山峰。
⑤ 震震:雷声。
⑥ 夏雨雪:夏天下雪。雨,音 yù,动词。
⑦ 天地合:天与地合二为一。
⑧ 乃敢:才敢。

## 赏析

诗的主人公呼天为誓,直率地表达了"与君相知,长命无绝衰"的愿望之后,转而从"与君绝"的角度落笔,这比平铺更有情味,表达了爱情的坚固和永久。

主人公设想了三组奇特的自然变异,作为"与君绝"的条件:"山无陵,江水为竭"——山河消失了;"冬雷震震,夏雨雪"——四季颠倒了;"天地合"——再度回到混沌世界。这些荒谬、离奇,根本不可能发生的事件把主人公生死不渝的爱情强调得无以复加,以至于把"与君绝"的可能从根本上排除了。这种独特的抒情方式准确地表达了热恋中的人特有的心理。深情奇想,确实是"短章之神品"。

# 第二节 长 歌 行

## 汉乐府民歌

### 题 解

长歌行:汉乐府曲调名。这是汉代乐府古诗中的一首名作。诗中用了一连串的比喻,来说明应该好好珍惜时光,及早努力的道理。

这首诗以景寄情,由情入理,将"少壮不努力,老大徒伤悲"的人生哲理,寄寓于朝露易干、秋来叶落、百川东去等鲜明形象中,使其所表达的哲理既发人深省,又明白易懂。

### 正 文

青青园中葵,朝露待日晞①。
阳春布德泽②,万物生光辉。
常恐秋节至,焜黄华叶衰。③
百川东到海,何时复西归④?
少壮不努力,老大徒伤悲⑤。

### 参考译文

园中的葵菜呀郁郁葱葱,晶莹的朝露阳光下升腾。
春天把希望洒满了大地,万物都呈现出一派繁荣。
常怕那肃杀的秋天来到,树叶儿黄落百草也凋零。
百川奔腾向东流到大海,何时才能重新返回西境?
少年人如果不及时努力,到老来只能是悔恨终生。

---

① 葵:一种蔬菜。晞(xī):晒干。
② 阳春:就是春天,是阳光和露水充足的时候。布:散布,洒满。德泽:恩泽。
③ 秋节:秋季。节,时节,节令。焜(kūn)黄:枯黄。华(huā):同"花"。
④ 百川东到海,何时复西归:百川东流到海,什么时候回头西归呢?比喻光阴一去不复返。
⑤ 少壮不努力,老大徒伤悲:青少年时代不努力,到老只能悲伤叹息了。

## 赏析

这首诗从"园中葵"说起,再用水流到海不复回打比方,说明光阴如流水,一去不再回。最后劝导人们,要珍惜青春年华,发愤努力,不要等老了再后悔。

这首诗借物言理,首先以园中的葵菜作比喻。"青青"喻其生长茂盛。其实在整个春天的阳光雨露之下,万物都在争相努力地生长。何以如此?因为它们都恐怕秋天很快地到来,深知秋风凋零万物的道理。大自然的生命节奏如此,人生又何尝不是这样?一个人如果不趁着大好时光努力奋斗,白白地浪费青春,等到年老时后悔也来不及了。

诗中"少壮不努力,老大徒伤悲"是流传千古的名句。意在说明:人都有由少年到老年的过程。时间就像大江大河的水一样,一直向东流入大海,一去不复返了。我们在年少力强的时候如果不珍惜时光,好好努力的话,到老的时候就只能白白地悲伤了!

这首诗由眼前青春美景想到人生易逝,鼓励青年人要珍惜时光。

## 练习

**一、填空题**

1. 乐府原是＿＿＿＿＿＿＿＿＿＿,后来成为＿＿＿＿＿＿＿＿＿＿＿＿＿＿＿＿。
2. 上邪!我欲与君相知,＿＿＿＿＿＿＿＿＿＿。山无陵,＿＿＿＿＿＿＿,冬雷震震,＿＿＿＿＿＿＿,＿＿＿＿＿＿＿,乃敢与君绝。
3. 汉乐府民歌《长歌行》中的名句是＿＿＿＿＿＿＿,＿＿＿＿＿＿＿。
4. 百川东到海,＿＿＿＿＿＿＿＿?＿＿＿＿＿＿＿＿,老大徒伤悲。
5. 诗句"夏雨雪"中"雨"的意思是＿＿＿＿＿＿。
6. 流传下来的汉代乐府诗,绝大多数被＿＿＿＿＿＿＿收入他编著的＿＿＿＿＿＿＿＿＿＿中。

**二、选择题**

1. 关于汉乐府,下列说法错误的是(　　)。
   A. "乐府"原是古代掌管音乐的官署,后来发展成为一种诗体的名称。
   B. 汉武帝时,乐府规模扩大,其职能既是掌管宫廷所用音乐,也采集民间歌谣和乐曲。
   C. 汉代乐府诗都是"感于哀乐,缘事而发"的。
   D. 汉乐府在艺术上的成就主要表现在它强烈的抒情性上。

2. 关于汉乐府诗《上邪》,说法不正确的是(　　)。
   A. 它是汉乐府中的一首情歌,是一位痴情女子对爱人的热烈表白。
   B. 诗中主人公呼天为誓,直率地表达了"与君相知,长命无绝衰"的愿望。
   C. 这首诗以独特的抒情方式表达了热恋中的人不正常的心理状态。
   D. 这首诗被誉为"短章之神品"。

3. 对汉乐府《长歌行》篇的赏析,不正确的是(　　)。
   A. 这首诗从"园中葵"说起,再用水流到海不复回打比方,说明了事物变化非常快的主题。

B. 这首诗借物言理,首先以园中的葵菜作比喻,"青青"喻其生长茂盛。

C. 这首诗以景寄情,由情入理,将"少壮不努力,老大徒伤悲"的人生哲理,寄寓于朝露易干、秋来叶落、百川东去等鲜明形象中。

D. 这首诗由眼前青春美景想到人生易逝,鼓励青年人要珍惜时光。

三、问答题

1. 《上邪》抒发了怎样的思想感情?诗中是如何表达这些感情的?
2. 学习了汉乐府《长歌行》,对你有哪些启发?

四、背诵这两首诗

# 第十一课 《古诗十九首》其十

## 迢迢牵牛星

### 题 解

《古诗十九首》,组诗名,关于它的时代和作者,历代说法不一。它最早收录在我国现存最早的文学总集《文选》中,《文选》为南朝梁太子萧统所编。他因不知道这组诗的作者,就笼统地称作"古诗十九首"。近代以来,一般认为《古诗十九首》非一人一时一地之作,它产生于东汉年间,作者是中下层失意的知识分子。

这十九首诗歌,除了游子之歌,便是思妇之词,抒发游子的羁旅情怀和思妇闺愁是它的基本内容。《古诗十九首》所表现的游子思妇各种复杂的思想情感,在中国古代具有普遍性和典型意义,千百年来引起读者的广泛共鸣。

《古诗十九首》用最明白晓畅的语言道出真情至理。钟嵘《诗品》中称它"惊心动魄,可谓几乎一字千金"。刘勰称它为"五言之冠冕"。

本诗是《古诗十九首》中的第十首。《古诗十九首》中的诗都没有题目,后世多用诗篇的第一句来做题目。

### 正 文

迢迢牵牛星①,皎皎河汉女②。
纤纤擢素手③,札札弄机杼④。
终日不成章⑤,泣涕零如雨⑥。
河汉清且浅,相去复几许⑦?
盈盈一水间⑧,脉脉不得语⑨。

---

① 迢迢:遥远的样子。牵牛星:星宿名,俗称牛郎星,在银河的南边。
② 皎皎:写星光之亮。河汉女:指织女星,在银河的北边。河汉,即银河。
③ 纤纤:描写素手之修美。擢:举起。
④ 札札:织机声。杼(zhù):织布机上的梭子。
⑤ 不成章:织不成纹理。
⑥ 零:落。这两句意思是:因为哭泣得泪如雨下,所以一整天也织不出一匹布来。
⑦ 相去:相互的距离。几许:几何,形容距离很近。
⑧ 盈盈:水清且浅的样子。
⑨ 脉脉(mòmò):含情相视的样子。

### 参考译文

远远的牵牛星,灿烂的织女星。(织女)举起柔美雪白的双手来织布,织布机札札地响着。(织女)一整天也织不成布,哭得泪如雨下。天河又清又浅,(和牛郎星)相隔又有多远呢?只隔一条又清又浅的天河,(可是只能)含情脉脉地看着他却不能互相说上话。

### 赏 析

牛郎织女的传说,古已有之。这首诗较早地借用牛郎织女的故事来表现夫妇之间的离情别意。诗中多用叠字,既写出了女子的柔情似水、可爱可怜,也创造出一种弥漫着人生遗憾的浓烈气氛。

起首两句描写两星相对的清冷环境。迢迢是距离遥远的意思,用"迢迢"写牵牛星,让人联想到他是一个远在他乡的游子;用"皎皎"写织女星,让人想到女性之美。动人的传说又给它罩上了凄美的色彩。

"纤纤擢素手,札札弄机杼。终日不成章,泣涕零如雨"。这四句用动作神态写哀怨。"纤纤素手"写手的柔美、修长、白皙。"札札",写织布机的声音。终日劳作却终"不成章",原因在于女主人公强烈的思念之心,这从"泣涕零如雨"中可以看出。

诗歌最后四句则承接上文,直接抒发诗人的慨叹。河汉清浅,相隔不远却不可逾越。"盈盈"一水之间隔,却只能含情凝望却不能互相传话。这些足以引起人们对爱情、对生命、对宇宙的思考,真是令人动容和感慨。

《迢迢牵牛星》一共十句,其中六句都用了叠词,即迢迢、皎皎、纤纤、盈盈、脉脉。叠词的使用,使诗歌具有音乐美的同时又巧妙地表达出深沉的情感。"迢迢""皎皎",既押韵,又使人产生一种夜空广大、星光灿烂的视觉感受。"盈盈""脉脉",既表达出织女和牛郎之间绵绵的情意,也使一个饱含离愁的少妇形象跃然纸上。

### 练 习

**一、填空题**

1. 我国现存最早的文学总集是_____所编的《_____》。
2. 一般认为,《古诗十九首》产生于_____,作者是_____。
3. 《古诗十九首》的基本内容是_____和_____。
4. 《迢迢牵牛星》中,最能传达出织女内心痛楚的诗句是_____,_____。
5. 《古诗十九首·迢迢牵牛星》一诗较早地借用_____的故事来表现夫妇之间的_____。
6. 《迢迢牵牛星》中,写出了手的柔美、修长的叠音词是_____。

**二、选择题**

1. 关于《古诗十九首》,下列说法错误的是(　　)。
   A. 《古诗十九首》的时代和作者,历代说法不一,它最早收录在萧统所编的文学总集《文选》中。

B. 近代以来,一般认为《古诗十九首》产生于两汉时期,作者是科举考试落榜的读书人。
C. 这十九首诗歌,除了游子之歌,便是思妇之词。
D. 钟嵘《诗品》中称《古诗十九首》"惊心动魄,可谓几乎一字千金"。

2. 下列句中画线词含义的解释正确的一项是(　　)。
A. 终日不成<u>章</u>——章:文章
B. 泣涕<u>零</u>如雨——零:零散
C. 相<u>去</u>复几许——去:距离
D. 脉脉不<u>得</u>语——得:得到

3. 下面对《迢迢牵牛星》的鉴赏不正确的一项是(　　)。
A. 《迢迢牵牛星》选自《古诗十九首》,借助牛郎织女的故事来反映爱情生活。看似写神话传说,实则是人间爱情生活的真实写照。
B. 整首诗从织女的角度来写织女劳动的情景、勤劳的形象和孤寂苦闷心情,最后两句突出地表达了牛郎对织女的缠绵情意。
C. 全诗似句句在写景,又句句在写情,情语景语自然融在一起,言有尽而意无穷。
D. 诗中六个叠音词"迢迢""皎皎""纤纤""札札""盈盈""脉脉",或写景,或写人,或叙情,生动传神,增加了诗歌的韵律美。

4. 对《迢迢牵牛星》中所用叠音词的分析,不正确的是(　　)。
A. "迢迢"写牵牛星距离织女星很远;"皎皎"写织女星比牵牛星明亮灿烂。
B. "纤纤"写手的柔美、修长;"札札",写织布机的声音。
C. "盈盈""脉脉",既表达出织女和牛郎之间绵绵的情意,也使一个饱含离愁的少妇形象跃然纸上。
D. 叠词的使用,使诗歌具有音乐美的同时又巧妙地表达出深沉的情感。

## 三、问答题

1. 《古诗十九首》是怎样的一部诗集?
2. 《迢迢牵牛星》一诗表达了什么样的主题?

## 四、背诵这首诗

# 魏晋南北朝文学作品选读

## 概　说

在中国文学史上,魏晋南北朝文学是从汉末建安开始的。建安是汉献帝的年号(196—220年)。魏晋南北朝文学的终结以隋文帝统一中国(589年)为标志。从公元196—589年,魏晋南北朝文学共经历了393年。

### 一、影响文学的一些外在因素

魏晋南北朝近四百年的历史中,社会处于长期分裂和动荡不安的状态。各政治势力分裂割据,战争不断,朝代更替频繁。在政治统治上,最为突出的是门阀士族垄断政权,寒门庶族倍受压抑。在思想文化领域里,则表现为:

1. 传统儒家思想的正统地位开始动摇,受到了前所未有的冲击。儒家的经学已不再是文人思想学术的唯一追求,但其影响依然存在。

2. 魏晋时期形成一种新的人生观和世界观,它的理论形态就是魏晋玄学。玄学广泛流行,带来了文人的学术思想、人格行为和价值观念的巨大变化。最为突出的就是个人自我之觉醒。人的自觉带动了文学的自觉。

3. 佛教的传入和佛经的大量翻译为魏晋南北朝文学营造了一种新的文化氛围和文化土壤。

在这些因素的影响下,文学必然会经历巨大的变化,可以说,魏晋南北朝文学是典型的乱世文学,这一时期的开端——建安时代——是文学开始走向自觉的时代。

### 二、文学概况

魏晋南北朝被认为是中国文学史上文学自觉的时代。这一时期的文学,在诗歌、散文、辞赋、小说、文论等众多领域,都取得了很高的成就。

建安诗坛以"三曹"(曹操、曹丕、曹植)和"七子"(孔融、陈琳、王粲、徐干、阮瑀、应玚、刘桢)为代表。政治理想的高扬、人生短暂的哀叹、强烈的个性、浓郁的悲剧色彩,这些特点构成了"建安风骨"这一时代风格。曹操以乐府古题写时事,其四言诗独具一格。曹丕的《燕歌行》二首被誉为七言之祖。曹植是建安诗坛最杰出的诗人,他与王粲、刘桢以五言诗名世。鲜明的个性色彩,是建安诗歌独具魅力的标志。

正始诗歌以"竹林七贤"中的阮籍、嵇康为代表。和建安诗歌相比,正始诗歌反映民生疾苦和抒发豪情壮志的作品减少了,抒写个人忧愤的诗歌增多了。阮籍《咏怀诗》、嵇康

《幽愤诗》体现了这一时期诗歌的特点。

西晋诗歌,太康前后是诗歌的繁荣时期。"三张(张载、张协、张亢)、二陆(陆机、陆云)、两潘(潘岳、潘尼)、一左(左思)"是这一时期的杰出诗人。陆机和潘岳的诗歌代表着西晋诗歌的主流诗风。左思以寒士愤懑不平的心态唱出了愤世之音,形成了独具一格的"左思风力"。西晋末东晋初,刘琨英雄末路的悲歌和郭璞游仙咏怀诗,也能自成一格。

东晋诗坛,玄言诗兴盛,孙绰、许询是玄言诗的代表人物。大诗人陶渊明,以平淡自然的诗风一洗玄言风气,开田园诗之先河,使五言创作别开生面。

南北朝诗坛,"庄老告退,山水方滋"(《文心雕龙·明诗》),元嘉诗坛"颜谢"齐名,谢灵运开山水诗派,颜延之启文人雕饰之习。鲍照诗歌承汉魏风骨,擅长乐府诗,还使七言歌行体的创作达到了新的高度。颜、谢、鲍,世称"元嘉三大家。"齐梁时代诗体渐变,永明体形成。周颙发现四声,沈约创"四声八病"之说,永明诗人始用格律。永明体诗歌的代表作家是"竟陵八友",其中以沈约、谢朓成就最高。谢朓的山水诗写得婉转自然,清新流丽。永明体为唐代律诗的繁荣奠定了基础。

南北朝民歌风格迥异。南歌柔媚婉转,北曲质朴刚健。南有《西洲曲》,北有《木兰诗》,代表着南北民歌的最高成就。一曲《敕勒歌》,亦成为流传千古的绝唱。

辞赋方面,魏晋时期有王粲《登楼赋》、曹植《洛神赋》、向秀《思旧赋》、潘岳《闲情赋》、陶渊明《归去来兮辞》,均为传世名篇。左思的《三都赋》更是引起"洛阳纸贵"的轰动。南北朝时期,鲍照《芜城赋》、谢惠连《雪赋》、庾信《哀江南赋》、江淹《别赋》等,也是上乘的作品。

魏晋南北朝散文,在形式与题材上都走向了更广阔的境界。政论、史传、记游、书信、章表、志铭等各种体式,广泛地叙写着生活。或谈玄论理,或叙人传事,或写山描水,或寓志抒怀。但总体潮流是散文的骈俪化,并最终使骈文体式出现。

三国时期的散文具有形式自由的特征。曹操的书信表令语言简练,清俊通脱。曹丕、曹植的书表体散文流丽酣畅,情采多姿,情味隽永。诸葛亮《出师表》质朴深邃,感人至深。

两晋时期骈散兼具。李密《陈情表》情深意切,陈寿《三国志》简明严整。王羲之《兰亭集序》发清幽玄妙之想,令人神往。陶渊明《桃花源记》亦真亦幻地描绘了一方"乐土"。

南北朝散文也留下许多令人赏心悦目的佳作。如鲍照的《登大雷岸与妹书》、丘迟的《与陈伯之书》、吴均《与朱元思书》、孔稚珪的《北山移文》、陶弘景的《答谢中书》等,都是脍炙人口的篇章。北朝散文,出现了郦道元《水经注》和杨衒之《洛阳伽蓝记》那样的散体名作,也是状物、写景、抒情的上乘之作。

魏晋南北朝是我国古代小说的形成和发展时期。作品繁多,内容庞杂,大致可分为志人和志怪二类。志人小说以宋朝刘义庆的《世说新语》为代表,志怪小说以东晋干宝的《搜神记》为代表。

魏晋南北朝被称为文学的自觉时代,其显著标志就是文学理论与批评的繁荣。在汉末以来人物品评和文学创作繁荣的基础上,形成了品评诗文的风气,出现了许多卓有建树的文学理论专著,如曹丕《典论·论文》、陆机《文赋》等。钟嵘《诗品》与刘勰《文心雕龙》成为文学理论和文学批评史上的两座高峰。这些都推动了文学的自觉与进步。

# 第十二课　诗 三 首

## 第一节　观 沧 海

曹　操

### 题解

曹操(155—220年)，字孟德，沛国谯县(今安徽亳州)人。东汉末政治家、军事家、文学家。在政治军事方面，曹操消灭了北方众多的割据势力，统一了中国北方大部分区域，并实行一系列政策恢复经济生产和社会秩序，奠定了曹魏立国的基础。文学方面，在曹操父子的推动下形成了以"三曹"(曹操、曹丕、曹植)为代表的建安文学，在文学史上留下了光辉的一笔。

《观沧海》出自曹操的组诗《步出夏门行》，是他北征乌桓胜利回师时所作。公元207年，曹操亲率大军北上，追歼袁绍残部。胜利后回师经过碣石山，他跃马扬鞭，登山观海。面对洪波涌起的大海，触景生情，写下了这首壮丽的诗篇。

### 正文

东临碣石，以观沧海①。
水何澹澹，山岛竦峙②。
树木丛生，百草丰茂。
秋风萧瑟③，洪波涌起。
日月之行，若出其中；
星汉④灿烂，若出其里。
幸甚至哉，歌以咏志⑤。

### 参考译文

从东面登上碣石山，来观赏深色的大海。
海水起伏动荡，碣石山高高耸立在海边。

---

① 碣(jié)石：山名。碣石山有两说，一说指河北乐亭西南的大碣石山；一说指河北省昌黎北的碣石山。临：到达。沧海：大海。沧，通"苍"，指海水的深绿色。
② 何：何其，多么。澹澹(dàn)：水波摇荡的样子。竦峙(sǒng zhì)：高高地挺立。竦，高起。峙，挺立。
③ 萧瑟(xiāo sè)：秋风吹动树木的声音。
④ 星汉：银河。
⑤ 幸甚至哉，歌以咏志：幸运得很啊，用诗歌来表达我的心志。幸，庆幸，幸运。至，极点。志，心意，志向。最后这两句是乐工合乐时所加，与正文无关。曹操这一组诗每首之末都有这两句。

碣石山上树木丛生,各种草长得茂密又繁盛。
秋风瑟瑟吹来,海上涌起波涛万顷。
日月的运行,好像是从这浩渺的海洋中出发的。
银河星光灿烂,好像是从这浩渺的海洋中产生出来的。
幸运得很啊,就用诗歌来表达心志吧。

### 赏析

《观沧海》这首诗,从字面看,海水、山岛、草木、秋风乃至日月星汉,通篇写景,并且想象丰富,意境宏阔,是中国诗歌史上较早描写大海的佳作。

"东临碣石,以观沧海。"点明"观沧海"的位置:诗人登上碣石山,居高临海,视野辽阔,大海的壮阔景象尽收眼底。

"水何澹澹,山岛竦峙。"澹澹,形容大海水面辽阔苍茫、水波荡漾的样子。在这水波摇荡的大海上,点缀着突兀耸立的山岛,使大海显得神奇壮观。

"树木丛生,百草丰茂。"虽然已到秋风萧瑟,草木摇落的季节,但岛上却树木繁茂,百草丰美,给人生机盎然之感。

"秋风萧瑟,洪波涌起。"在秋风萧瑟中的海面竟是洪波巨浪,汹涌起伏。诗人面对萧瑟秋风,极写大海的辽阔壮美:在秋风萧瑟中,大海汹涌澎湃,浩渺接天;山岛高耸挺拔,草木繁茂,没有丝毫感伤的情调。以上诗句写眼前实景。

"日月之行,若出其中;星汉灿烂,若出其里。"这四句诗融进了诗人的想象和夸张,展现出大海吞吐日月、包容星汉的壮阔景象:在雄奇壮丽的大海面前,日、月、星、汉(银河)都显得渺小了,它们的运行,似乎都由大海吐纳。这是诗人博大胸怀的形象写照,体现着诗人宏伟的政治抱负、建功立业的雄心壮志和对前途充满信心的乐观气度。

"幸甚至哉,歌以咏志。"这是合乐时的套语,与诗的内容无关。

诗中景和情紧密结合,作者通过写沧海,抒发了他统一中国建功立业的抱负。但这种感情在诗中没有直接表露,而是把它蕴藏在对景物的描写当中,句句写景,又是句句抒情。目睹祖国山河壮丽的景色,更加激起了诗人要统一祖国的强烈愿望。于是借助丰富的想象,来充分表达这种愿望。通过写大海吞吐宇宙的气势,来表现诗人自己宽广的胸怀和豪迈的气魄,感情既奔放又含蓄。

总之,《观沧海》这首诗意境开阔,气势雄浑,这与一个雄心勃勃的政治家和军事家的风度是一致的。

## ※第二节 短 歌 行

曹 操

### 题解

汉末大乱,中土分崩,曹操于乱世中崛起,怀着平定天下的抱负,南征北讨,深知贤才对成就其霸业的重要性。这首诗抒发了他渴望广招天下贤才,得到贤才的辅佐以及统一天下的壮志。内容深厚,庄重典雅,感情充沛。

《短歌行》是汉乐府的旧题,曹操借用乐府旧题写新辞,原作两首,本文是其中之一。

## 正文

对酒当歌,人生几何①!譬如朝露,去日苦多②。
慨当以慷③,忧思难忘。何以解忧?唯有杜康④。
青青子衿,悠悠我心⑤。但为君故,沉吟至今⑥。
呦呦鹿鸣,食野之苹。我有嘉宾,鼓瑟吹笙⑦。
明明如月,何时可掇⑧?忧从中来,不可断绝。
越陌度阡⑨,枉用相存⑩。契阔谈䜩,心念旧恩⑪。
月明星稀,乌鹊南飞。绕树三匝,何枝可依⑫?
山不厌高,海不厌深⑬。周公吐哺,天下归心⑭。

## 参考译文

面对美酒应该高歌,人生短促日月如梭。好比晨露转瞬即逝,失去的时日实在太多!

席上歌声激昂慷慨,忧愁忧思难以忘怀。靠什么来排解忧闷?唯有杜康酒才可解脱。

那穿着青领的学子,你们令我朝思暮想。正是因为你们的缘故,我一直低唱着《子衿》。

鹿群呦呦欢鸣,悠然自得啃食在田野。一旦四方贤才光临舍下,我将奏瑟吹笙摆宴欢迎。

当空悬挂的皓月,我何时才可以摘取?我心中长久的忧思,是这样难以断绝。

远方宾客从田间小路屈驾前来探望我。彼此久别重逢谈心宴饮,争着将往日的情谊诉说。

明月升起显得星星稀少,一群乌鹊向南飞去,绕树飞了几圈,哪里才有它们栖身之所?

高山不辞土石才见巍峨,大海不弃细流才见壮阔。

---

① 对酒当歌:一边喝着酒,一边唱着歌。当,也是对着的意思。几何:多少。
② 朝露:喻人生短促。去日苦多:苦于过去的日子太多了。这两句是慨叹人生短暂之意。
③ 慨当以慷:指宴会上的歌声激昂慷慨。"慨当以慷"是"慷慨"的间隔用法。当以,这里没有实际意义。
④ 杜康:相传是最早造酒的人。这里用为酒的代称。
⑤ 青青子衿(jīn),悠悠我心:这是《诗经·郑风·子衿》中的诗句。原写姑娘思念情人,这里用来比喻渴望得到有才学的人。子,对对方的尊称。衿,古式的衣领。青衿,是周代读书人的服装,这里代指有学识的人。悠悠,长久的样子,形容思虑连绵不断。
⑥ 君:指所思慕的人。沉吟:原指小声叨念和思索,这里指对贤才的思念和倾慕。
⑦ "呦呦"四句:是《诗经·小雅·鹿鸣》中的成句。原为宴嘉宾,曹操化用为纳贤才。呦呦(yōu),鹿叫的声音。苹,艾蒿。鼓,弹奏。
⑧ 何时可掇(duō):什么时候可以摘取呢?掇,拾取,采取。
⑨ 越陌度阡:穿过纵横交错的小路。陌,东西向田间小路。阡,南北向的小路。
⑩ 枉用相存:屈驾来访。承蒙客人枉驾远道来访。枉,这里是"枉驾"的意思。存,问候,怀念。
⑪ 契(qì)阔谈䜩(yàn):久别重逢,欢饮畅谈。契阔,久别重逢。契,一音qiè。䜩,通宴。旧恩:老交情。
⑫ "月明"四句:指汉末士人像乌鸦一样南北奔走,无所依托。匝(zā):周,圈。
⑬ 山不厌高,海不厌深:这里是借用《管子·形解》中的话,原文是:"海不辞水,故能成其大;山不辞土,故能成其高;明主不厌人,故能成其众,……"意思是表示希望尽可能多地接纳人才。厌,满足。
⑭ 周公吐哺(bǔ),天下归心:据《史记·鲁周公世家》记载,周公说他在吃饭时曾多次把饭从嘴里吐出来,唯恐因接待贤士迟慢而失掉人才。这里借用这个典故,是表示自己像周公一样热切殷勤地接待贤才,使天下的人才都心悦诚服地归顺。吐哺,吐出嘴里含着的食物。归心,人心归服。

只有像周公那样礼待贤才,才能使天下人心都归向于我。

### 赏析

这首诗按诗意划分,每八句一节,可分为四节。

前八句为第一节,写诗人对人生短暂、时光易逝的感慨。表面看写个人的感慨和忧愁,而且借酒浇愁,仿佛还要及时行乐。其实正因为时光易逝,诗人才急需贤才辅佐自己建功立业。"朝露"之比喻,形象鲜明,富有哲理。

"青青子衿"以下八句为第二节。"青青子衿"二句是《诗经·郑风·子衿》中的原句,诗人借用古诗句表达对贤才的渴求。接下来又引用《诗经·小雅·鹿鸣》中的四句,描写宾主欢宴的情景,意思是说只要贤才们来到我这里,我是一定会待以"嘉宾"之礼的,我们是能够欢快融洽地相处合作的。总之,诗人引用古诗自然妥帖,恰到好处地表达了心愿。

"明明如月"以下八句为第三节,这八句是对前两节的强调和照应。也就是说,从"明明如月"开始的四句说忧愁,强调和照应第一节;从"越陌度阡"开始的四句说礼遇贤才,强调和照应第二节。

"月明星稀"以下八句为第四节,求贤如渴的思想感情进一步加深。"月明"四句既是准确而形象的写景笔墨,也有比喻的深意。清人沈德潜《古诗源》中说:"月明星稀四句,喻客子无所依托。"实际上是说那些犹豫不决的人才,在三国鼎立的局面下一时无所适从。诗人以乌鸦绕树、"何枝可依"的情景来启发人才:不要三心二意,要善于择枝而栖,赶紧到我这边来。

"山不厌高,海不厌深。"既比喻诗人有山、海一样宽广的胸怀,也表现出希望人才越多越好的心理。诗人以周公自比,盼望天下人心尽归于自己,从而实现统一天下的宏愿。

关于"周公吐哺"的典故,据说周公自言:"吾于天下亦不轻矣。然一沐三握发,一饭三吐哺,犹恐失天下之士⑮。"这话也表达了曹操的心情。

## 第三节 饮 酒(其五)

陶渊明

### 题解

陶渊明(约365—427年),又名潜,字元亮,别号五柳先生,谥号靖节先生。东晋浔阳柴桑人(今江西省九江市)人。他从小勤奋好学,希望通过仕途实现自己"济世"的壮志。曾任江州祭酒、镇军参军、彭泽县令等职。任彭泽县令时,因不愿"为五斗米而折腰",仅80多天就辞官回家,作《归去来兮辞》,自明本志。从此隐居不仕,躬耕田园,直至去世。

陶渊明是中国文学史上最伟大的诗人之一。陶诗在内容上主要有饮酒诗、咏怀诗和田园诗。散文以《桃花源记》最有名。陶渊明的诗文语言质朴自然,且极为精炼。

---

⑮ 这句话出自《韩诗外传》卷三,是周公告诫成王的话。

陶渊明的《饮酒》诗共二十首,是一组五言古诗,写于作者辞官归隐以后。据诗序说,是因为这组诗都写于酒醉之后,实际上是借酒以述怀。本篇为第五首,是作者与社会自然达到和谐圆融最高境界的人生体味,同时抒发了诗人退隐后安贫乐道、悠然自得的心情。

## 正文

结庐在人境①,而无车马喧②。
问君何能尔③,心远地自偏④。
采菊东篱下,悠然见南山⑤。
山气日夕佳,飞鸟相与还⑥。
此中有真意⑦,欲辨已忘言⑧。

## 参考译文

在众人聚居之地建立房屋,却没有尘世间车马往来之事的干扰。要问我怎能如此轻松洒脱,心灵远离了尘世,就如同住在偏远之地。在东篱下采摘菊花,悠然自得地抬起头,就能看见南山胜景。山间云气在暮色中慢慢升起,结伴的鸟儿飞回了巢穴。这惬意的生活中有人生的真谛,想要辨识却不知怎样表达。

## 赏析

这首诗将景、情、理融为一体,意境深远含蓄,语言朴素自然。

"结庐在人境,而无车马喧。""在人境"一般会有"车马喧",为什么没有"车马喧"呢?诗人自问自答:"问君何能尔",就是我问你怎样才能够做到这一步呢?下面答"心远地自偏"。只要"心远",不管在什么地方都不会受尘俗喧嚣的干扰。也就是说,只要有高尚的精神境界,即使身居喧嚣人境也无"喧嚣"之感。这里讲了"心"与"地"也就是主观精神和客观环境之间的关系。

在"采菊东篱下,悠然见南山。"一句中,"采菊东篱下"是一俯,"悠然见南山"是一仰。在不经意之间抬起头来看南山,那秀丽的南山一下就扑进了他的眼帘。一个"见"字,写出了心与山自然相遇,自身仿佛与南山融为一体了。苏东坡曾经说:如果把这个"见"南山改成"望"南山,则一篇神气都索然矣⑨。

"山气日夕佳,飞鸟相与还。"在傍晚时分,飞鸟呼朋唤侣结伴而归。从这样一种非常

---

① 结庐:构筑房舍。结,建造、构筑。庐,简陋的房屋。人境:人聚居的地方。
② 喧:这里指车马来往的杂乱声音。
③ 君:诗人自称。尔:这样。
④ 心远地自偏:内心远离尘世,虽处喧嚣之境也如同住在偏僻之地。
⑤ 悠然:自得的样子。
⑥ 山气:山间的云气。日夕:傍晚。相与:结伴。
⑦ 真意:指自然的意趣,人生的真谛。
⑧ 欲辨已忘言:想要辨识却不知怎样表达。辨,辨识。
⑨ 苏轼《东坡题跋》卷二《题渊明饮酒诗后》:"因采菊而见山,境与意会,此句最有妙处。近岁俗本皆作'望南山',则此一篇神气都索然矣。"

自然、非常率真的意境中,陶渊明感受到人生的某一种境地,但是这样一种非常微妙的境地,是难以用语言来表达的,只可意会不可言传,所以"欲辨已忘言"了。

## 练习

### 一、填空题

1. 曹操,＿＿＿＿时期的＿＿＿＿家、＿＿＿＿和＿＿＿＿家。
2. 建安诗坛以"＿＿＿＿＿＿"和"＿＿＿＿＿＿"为代表。
3. 建安诗坛最杰出的诗人是＿＿＿＿＿＿。
4. 陶渊明《饮酒》(其五)诗中,表明"只要有高尚的精神境界,即使身居喧嚣人境也无喧嚣之感"的诗句是:＿＿＿＿＿＿,＿＿＿＿＿＿。
5. ＿＿＿＿＿＿的作品《＿＿＿＿＿＿》引起了"洛阳纸贵"的轰动。
6. 曹操诗《观沧海》中描写大海实景的诗句是:＿＿＿＿,＿＿＿＿。＿＿＿＿,＿＿＿＿。
7. 陶渊明《饮酒》(其五)诗中形容事物有真意妙趣,只能意会不能言传的诗句是:＿＿＿＿＿＿,＿＿＿＿＿＿。
8. 曹操诗《观沧海》中最能体现诗人博大的胸怀的诗句是:＿＿＿＿＿＿,＿＿＿＿＿＿。＿＿＿＿,＿＿＿＿。
9. "东临碣石,以观沧海"一句中的"临"的意思是＿＿＿＿＿＿。
10. 《短歌行》中以"＿＿＿＿＿＿,＿＿＿＿＿＿"喻自己胸怀宽广,招揽人才越多越好。

### 二、选择题

1. 下面对《观沧海》一诗的概括,最恰当的是( )。
   A. 诗人先写山岛风光,再描绘海面景色,最后抒写自己的情怀。
   B. 诗人立足于山岛,先远观,再近观,最后抒写自己的情怀。
   C. 诗人先实写,再虚写,最后抒情。
   D. 先全景式地展现大海景象,再描绘岛上风光,最后在描绘大海波涛汹涌的基础上,借拟写大海吞吐日月的气势来抒发自己壮阔的情怀。

2. 下面对《观沧海》一诗的赏析,不正确的是( )。
   A. 这首诗通过写诗人在远征途中登上碣石山俯瞰大海所看见的壮观景象,展现了诗人宽广的胸襟。
   B. 诗中先写诗人登上碣石山看见山岛耸立,树木茂盛,大海波澜壮阔的景象。
   C. 诗歌后面通过丰富的想象,写出沧海之大,吞吐日月,含盈群星的气派。
   D. 最后一句,如雄壮的乐曲,在最激越处戛然而止,悲从中来,发出感慨。

3. 下列句中画线词的解释,不正确的是( )。
   A. 唯有<u>杜康</u>　　　杜康:这里代指酒
   B. 青青<u>子衿</u>　　　衿:衣领
   C. <u>鼓</u>瑟吹笙　　　鼓:弹奏
   D. 山不<u>厌</u>高　　　厌:厌恶

4. 曹操《短歌行》的主题是（　　）。
   A. 感慨时光易逝和渴慕贤才　　　B. 感慨时光易逝和及时行乐
   C. 感慨时光易逝和对女子的追求　D. 对女子的追求和对事业的追求

5. "青青子衿,悠悠我心"表达了作者（　　）。
   A. 对女子的思念　　　B. 对贤才的思慕
   C. 对时光的感慨　　　D. 对理想的追求

6. "山不厌高,海不厌深"表现了作者（　　）。
   A. 渴望多招纳贤才　　B. 对知识的渴求
   C. 不怕艰难险阻　　　D. 对未来的信心

7. 对《短歌行》的解说,错误的是（　　）。
   A. "对酒当歌,人生几何"和"何以解忧,唯有杜康"几句诗表达了功业未成的曹操悲观厌世的一面。
   B. "青青子衿,悠悠我心"运用了"青衿"的典故,意在表达作者求贤若渴的愿望。
   C. 全诗四句一节,共八节。第三、四节中,诗人引古喻今,突出了他求贤不得时的朝思暮想和求得贤才后的恭敬。
   D. "月明星稀,乌鹊南飞,绕树三匝,何枝可依"两联借乌鹊绕树表达"良禽择木而栖,贤臣择主而事"之意,希望天下贤士归于自己。

8. 下列句中画线词的解释,不正确的是（　　）。
   A. 结庐在人境（建造）　　　问君何能尔（这样,如此）
   B. 心远地自偏（偏僻）　　　采菊东篱下（篱笆）
   C. 山气日夕佳（傍晚）　　　飞鸟相与还（结伴）
   D. 此中有真意（真心实意）　欲辨已忘言（辨别）

9. 下面对《饮酒》(其五)一诗的赏析,不正确的是（　　）。
   A. 这首诗叙写宁静闲适的田园生活乐趣,表现诗人归隐田园后安贫乐道、悠然自得的心境。
   B. "心远地自偏"形象地道出一个道理:环境的偏僻幽静方能使人恬淡舒适。
   C. "悠然见南山"一句中"见"字用的极好,表现出诗人不是有意而为之,而是在采菊时,山的形象无意中映入了眼帘。
   D. "真意"与"忘言"的关系是说此情此境中让人体会到生活的真谛,而这种"真意"只能用心灵去感受。

10. 关于《饮酒》(其五)一诗,下列说法错误的是（　　）。
    A. 第一二句以平易的语言直接道出作者对幽美平静的田园的喜爱,对车马喧嚣的官场的厌倦。
    B. 第三四句采用问话的形式,借饮酒人之间的对话来表现作者对超尘脱俗境界的追求。
    C. 第五至八句描写田园的美好景色,用菊花、南山、山中晚景、归林飞鸟构成一幅大自然的美丽画面,表现出作者陶醉于其中的悠闲自得的心情。
    D. 这首诗是《饮酒》二十首中的第五首。全诗景、情、理融为一体,意境深远含蓄,语言朴素自然。

三、翻译下列句子

1. 秋风萧瑟,洪波涌起

    _____。

2. 越陌度阡,枉用相存

    _____。

3. 采菊东篱下,悠然见南山

    _____。

四、问答题

1. 《观沧海》一诗,描写了大海什么样的景色?
2. 《短歌行》一诗,表达了怎样的主题?
3. 《饮酒》(其五)怎样将景、情、理融为一体的?

五、论述题

戏剧中的曹操总是以"白脸"出现(戏剧中"白脸"表示这个角色很奸诈),《三国演义》中的曹操也是奸佞自私的形象。根据了解,结合《观沧海》《短歌行》这两首诗,谈谈你心目中的曹操是什么样子的?

六、背诵这三首诗

# 第十三课　散文两篇

## ※第一节　答谢中书书

陶弘景

### 题解

陶弘景(456—536年),字通明,丹阳秣陵(现江苏南京)人。宋、齐时曾为官,后隐居山中,自号华阳隐居。梁武帝即位,屡加礼聘,不肯出。帝有大事,常去咨询,时人称他"山中宰相"。明人辑有《陶隐居集》。

《答谢中书书》是陶弘景写给谢中书的一封书信。文题中的"答"是"回复""写给"的意思。"谢中书",即谢徵(zhēng,一说谢微),字元度,陈郡阳夏(河南太康)人。曾任中书鸿胪(掌管朝廷机密文书),所以称之为谢中书。"书"即书信,古人的书信又叫"尺牍"或"信札",是一种应用性文体,多记事陈情。

### 正文

山川之美,古来共谈。高峰入云,清流见底。两岸石壁,五色交辉①。青林翠竹②,四时俱备③。晓雾将歇④,猿鸟乱鸣;夕日欲颓⑤,沉鳞竞跃⑥。实是欲界之仙都⑦。自康乐以来⑧,未复有能与其奇者⑨。

### 参考译文

山川景色的美丽,自古以来就是人们共同谈论赞赏的。高高的山峰插入云霄,河流澄澈见底。两岸的石壁色彩斑斓,交相辉映。青葱的林木,翠绿的竹林,一年四季都有。清

---

① 五色交辉:这里形容石壁色彩斑斓。五色,古代以青、黄、黑、白、赤为正色。交辉,交相辉映。
② 青林:青葱的林木。翠竹:翠绿的竹林。
③ 四时:四季。俱:都。
④ 将:将要。歇:消散。
⑤ 夕日欲颓:太阳快要落山了。颓,坠落。
⑥ 沉鳞竞跃:潜游在水中的鱼争相跳出水面。沉鳞,潜游在水中的鱼。竞跃:竞相跳跃。
⑦ 欲界之仙都:人间天堂。欲界,佛教把世界分为欲界,色界、无色界。欲界是没有摆脱世俗的七情六欲的众生所处境界,即指人间。仙都,神仙生活在其中的美好世界。
⑧ 康乐:指南朝著名山水诗人谢灵运,他继承他祖父的爵位,被封为康乐公。
⑨ 与(yù):参与,这里指欣赏。

晨的薄雾将要消散的时候,可听到猿猴长啸,鸟雀乱鸣;夕阳快要落山的时候,潜游在水中的鱼儿争相跳出水面。这里实在是人间的仙境啊。自从南朝的谢灵运以来,就再也没有人能够欣赏这种奇丽的景色了。

### 赏析

《答谢中书书》是六朝山水小品名作,叙述江南山水之美,清丽自然。"山川"两句,总写山水。"高峰""清流"分写山水。"石壁""青林""翠竹"略作点染,再从"晓雾"与"夕阳"两方面盛赞山水之美。结尾以"欲界之仙都"收束全篇,极有层次。

文章开篇:山川之美,古来共谈。有高雅情怀的人们喜欢品评山川之美,将内心的感受与友人交流,是人生一大乐事。作者正是将谢中书当作能够谈山论水的朋友,才在这封信中描述山水的情态。

接下来的十句,作者具体描绘了秀美的山川景色。"高峰入云,清流见底",极力描写山之高,水之净。简单的八个字,就写出了仰观、俯瞰两种视角所见到的风景。"两岸石壁,五色交辉。青林翠竹,四时俱备",这又改用平视,青翠的竹木与五彩的石壁相互映衬。"晓雾将歇,猿鸟乱鸣;夕阳欲颓,沉鳞竞跃",由静景转入对动景的描写。猿鸟的鸣叫声穿越了清晨即将消散的薄雾,传入耳际;夕阳的余晖中,鱼儿在水中竞相嬉戏。这四句通过朝与夕两个特定时间段的生物的活动,为画面增添了灵动感,传达了生命气息。这十句作者选取有代表性的景物加以组合,使读者对山川景物产生完整、统一的印象。

最后,文章以感慨结束。"实欲界之仙都",这里实在是人间的仙境啊!自从谢灵运以来,没有人能够欣赏它的妙处,而作者却能够从中发现无尽的乐趣,带有自豪之感,期与谢公比肩之意溢于言表。

"一切景语皆情语。"本文写景,没有仅仅停留在景物本身上,而是抓住景物的特点,通过高低、远近、动静的变化,视觉、听觉的立体感受,来传达自己与自然相融合的生命愉悦,体现了作者酷爱自然、归隐林泉的志趣。

## ※ 第二节 三 峡

郦道元

### 题 解

郦道元(约470—527年),字善长。范阳涿县(今属河北)人,北魏地理学家。他好学博览,留心水道等地理现象,撰《水经注》。其书名为注释《水经》,实则以《水经》为纲,详细记载了一千多条大小河流及有关的历史遗迹、人物掌故、神话传说等,是我国古代最全面、最系统的综合性地理著作,也是一部艺术水平很高的游记散文著作,对后世产生了极大影响。该书还记录了不少碑刻墨迹和渔歌民谣,文笔绚烂,语言清丽,具有很高的文学价值。

本文是《水经注·江水注》的节选,是写巫峡的段落。题目是编者所加。

三峡:瞿塘峡、巫峡和西陵峡的总称,在长江上游重庆奉节和湖北宜昌之间。

### 正 文

　　自三峡七百里①中,两岸连山,略无阙处②。重岩叠嶂,隐天蔽日③,自非亭午夜分④,不见曦月⑤。

　　至于夏水襄陵⑥,沿溯阻绝⑦。或王命急宣⑧,有时朝发白帝⑨,暮到江陵⑩,其间千二百里,虽乘奔御风,不以疾也⑪。

　　春冬之时,则素湍绿潭⑫,回清倒影⑬。绝巘多生怪柏⑭,悬泉瀑布,飞漱其间⑮。清荣峻茂,良多趣味⑯。

　　每至晴初霜旦,林寒涧肃⑰,常有高猿长啸,属引凄异⑱,空谷传响,哀转久绝⑲。故渔者歌曰:"巴东三峡巫峡长,猿鸣三声泪沾裳⑳!"

### 参考译文

　　在三峡七百里之间,两岸都是连绵的高山,完全没有中断的地方;重重叠叠的悬崖峭壁,遮挡了天空和太阳。若不是在正午半夜的时候,连太阳和月亮都看不见。

　　等到夏天水涨,江水漫上小山丘的时候,下行或上行的船只都被阻挡了,不能通航。有时候皇帝的命令要紧急传达,这时只要早晨从白帝城出发,傍晚就到了江陵,这中间有一千二百里,即使骑上飞奔的马,驾着疾风,也不如它快。

　　等到春天和冬天的时候,就可以看见白色的急流和回旋的清波。碧绿的潭水倒映着各种景物的影子。极高的山峰上生长着许多奇形怪状的柏树,山峰之间有悬泉瀑布飞流冲荡。水清,树荣,山高,草盛,确实趣味无穷。

　　在秋天,每到初晴的时候或下霜的早晨,树林和山涧显出一片清凉和寂静,经常有高处的猿猴拉长声音鸣叫,声音持续不断,非常凄凉怪异,空荡的山谷里传来猿叫的回声,悲哀婉转,很久才消失。所以三峡中渔民的歌谣唱道:"巴东三峡巫峡长,猿鸣三声泪沾裳。"

---

① 七百里:约合现在的二百公里。
② 两岸连山,略无阙处:两岸都是相连的高山,没有中断的地方。略无,毫无。阙,通"缺"。
③ 嶂:像屏障一样的高山。这句中"重"与"叠"同义,"隐"与"蔽"同义。
④ 自非:若非。亭午:正午。夜分:半夜。
⑤ 曦(xī)月:日月。曦,日光,这里指太阳。
⑥ 襄(xiāng)陵:夏季水涨,漫上山坡。上,这里指漫上。陵,丘陵。
⑦ 沿:顺流而下。溯:逆流而上。阻绝:受阻而断绝。
⑧ 或:有时。王命:朝廷文告。宣:宣布,传达。
⑨ 朝发白帝:早上从白帝城出发。白帝,地名,在现在重庆奉节东。朝,早晨。
⑩ 暮:傍晚。江陵,地名,即现在湖北江陵。
⑪ 虽:即使。乘奔:骑着奔跑的马。御风:驾风。不以:不如。疾:快。这句意思是乘马驾风都不如船行之快。
⑫ 素湍(tuān):白色的急流。素,白色的。绿潭:碧绿的潭水。
⑬ 回清倒影:回旋的清波倒映出山石林木的影子。
⑭ 绝巘(yǎn):极高的山峰。绝,指人难以行到的地方。巘:高峻的山峰。怪柏:奇形怪状的柏树。
⑮ 飞漱(shù):急流冲荡。
⑯ 清荣峻茂:水清,树荣(茂盛),山高,草盛。良:实在,的确。
⑰ 晴初:天刚晴。霜旦:下霜的早晨。寒:枯萎凄冷。肃:悲凉肃杀。
⑱ 属(zhǔ)引:接连不断。属,动词,连接。引,延长。凄异:凄凉怪异。
⑲ 空谷:空旷的山谷。哀转久绝:悲哀婉转,很久才消失。绝,消失。
⑳ 巴东:现在重庆东部云阳、奉节、巫山一带。沾:浸湿。

## 赏析

本文是《水经注·江水注》的节选,是写巫峡的段落。作者用"自三峡七百里中"起笔,既交代了描写对象,又介绍了其总体长度。

接着,作者先写山,用"两岸连山,略无阙处"写山之"连","重岩叠嶂,隐天蔽日"写山之"高",用"自非亭午夜分,不见曦月"写山之"幽深"。读者很快就被三峡的雄险气势所吸引。

水是山的眼睛。作者按自然时令来写水,先写水势最大最急的夏季。用"夏水襄陵,沿溯阻绝"正面描写水势之险恶、水位之高、水流之急。"朝发白帝,暮到江陵,其间千二百里,虽乘奔御风,不以疾也",通过对比、夸张更加突出了夏季江水暴涨后的水流之疾。再写水势减小的春冬,"素湍""绿潭",两种色彩、两种情态,动静交织,对比鲜明;"怪柏""悬泉""瀑布",也是有静有动、有声有色,山水树木交汇其中。"清荣峻茂"一句话四字写四物:"清"字写水,"峻"字写山,"荣"字写柏树,"茂"字写草。"良多趣味",又掺入了作者的审美意趣,使诗情画意融为一体。写秋水,作者用一"霜"字暗示,写三峡秋景的清寒,用猿鸣来烘托,让人不胜凄凉。从猿鸣之中,让读者进一步体会到山高、岭连、峡窄、水长,同时山猿哀鸣,渲染了秋天的萧瑟气氛。

本文描写三峡山水,并非单纯写景,有以情托景,如"良多趣味"托出春冬景色之佳,"猿啸""凄异"托出秋季景色之凉;有缘情入景,如开头几句体现了初赏三峡的总体之情,使人顿有雄伟奇险之感。再分写时而惊惧,时而欣喜,时而哀凄的四季之情,很有特色。

## 练 习

### 一、填空题

1. 被当时的人称为"山中宰相"的是_____。
2. 古人的书信又叫"_____"或"_____",是一种_____文体,多用来_____。
3. 我国古代最全面、最系统的综合性地理著作是《_____》。
4. 三峡是_____、_____和_____的总称。
5. 《答谢中书书》中总领全文的句子是_____。
6. 《答谢中书书》中极力描写山之高、水之净的句子是_____,_____。

### 二、选择题

1. 关于《答谢中书书》,下列说法错误的是( )。
   A. 《答谢中书书》是陶弘景写给谢中书的一封信,也是六朝山水小品名作。
   B. 《答谢中书书》叙述江南山水之美,清丽自然,极有层次。
   C. "晓雾将歇,猿鸟乱鸣;夕阳欲颓,沉鳞竞跃"是由静景转入动景的描写。
   D. 作者为了表现自己是有高雅情怀的人,因而给谢中书写信品评山川之美。
2. 关于《水经注》,说法不正确的是( )。
   A. 顾名思义,它是以《水经》为纲,给《水经》这部书作注释的。
   B. 它记载了一千多条大小河流及有关的历史遗迹、人物掌故、神话传说等。
   C. 是我国古代最全面、最系统的综合性地理著作,也是一部艺术水平很高的游记散文著作。
   D. 该书中记录的碑刻墨迹和渔歌民谣,文笔绚烂,语言清丽,才是具有文学价值的内容。

3. 对《三峡》篇的赏析,不正确的是(　　)。
   A. 文章写山之高,谷之深,水之急,以及四季之景,各不相同,都能抓住特点,写出诗情画意。
   B. 作者用"自三峡七百里中"起笔,交代了描写对象,介绍了其总体长度。
   C. 作者按自然时令来写水,先写春夏,后写秋冬。
   D. "清荣峻茂"一句话四字写四物:"清"字写水,"峻"字写山,"荣"字写柏树,"茂"字写草。

4. 对下列句中画线词的解释,正确的是(　　)。
   A. 良多趣味　良:好的
   B. 夕日欲颓　颓:坠落
   C. 属引凄异　属:属于
   D. 晓雾将歇　歇:休息。

### 三、翻译下列句子

1. 山川之美,古来共谈。

2. 清荣峻茂,良多趣味。

3. 重岩叠嶂,隐天蔽日,自非亭午夜分,不见曦月。

4. 自康乐以来,未复有能与其奇者。

5. 虽乘奔御风,不以疾也。

### 四、问答题

1. 《三峡》一文,作者是从哪些方面描写三峡自然景观的?
2. 《答谢中书书》一文,作者是怎样安排描写的层次的?

### 五、积累本课写景的词语,学习使用它们

### 六、阅读下面这首诗,请说出它和《三峡》之间的联系

早发白帝城

【唐】李白

朝辞白帝彩云间,千里江陵一日还。
两岸猿声啼不住,轻舟已过万重山。

# 第十四课 《世说新语》三则

刘义庆

## 题解

刘义庆(403—444年),彭城(今江苏徐州)人,南朝宋武帝刘裕的侄子,袭封临川王,著名文学家。他爱好文学,喜欢招聚文学之士,致力于典籍编纂。

《世说新语》又称《世说》,是刘义庆组织其门下文士编纂而成的。主要记载汉末到东晋士族的轶事和言谈,反映了这一时期士族的放诞生活、清谈风气和文化趣味。《世说新语》分为德行、言语、政事、文学等三十六门,是魏晋南北朝志人小说的杰出代表。在中国文学史上率先确立了性格多样性和复杂性的审美意识,体现出了历史上一再被人称道的"魏晋风流"。它对后世的笔记小说、小品散文影响很大。

本课选录三则《世说新语》。"咏雪"出自《言语》,"王子猷居山阴"出自《任诞》,"陈太丘与友期"出自《方正》。原作中各则均没有题目,题目为后世编者所加。

## 正文

### 咏 雪

谢太傅①寒雪日内集,与儿女讲论文义②。俄而雪骤③,公欣然曰:"白雪纷纷何所似?"兄子胡儿④曰:"撒盐空中差可拟。⑤"兄女曰:"未若柳絮因风起⑥。"公大笑乐。即公大兄无奕女⑦,左将军王凝之⑧妻也。

### 王子猷居山阴

王子猷居山阴⑨,夜大雪,眠觉,开室,命酌酒,四望皎然⑩。因起仿偟⑪,咏左思《招隐

---

① 谢太傅:即谢安(320—385年),字安石,晋朝陈郡阳夏(jiǎ)(现在河南太康)人,死后追赠为太傅。
② 内集:家庭聚会。讲论文义:谈论诗文。
③ 俄尔:不久,一会儿。
④ 胡儿:即谢朗,字长度,谢安哥哥谢据的长子。
⑤ 差可拟:差不多可以相比。差,大致、差不多。拟:相比。
⑥ 因:凭借。
⑦ 无奕女:谢无奕的女儿。指谢道韫(yùn),东晋有名的才女。无奕,指谢奕,字无奕。
⑧ 王凝之:字叔平,大书法家王羲之的第二个儿子。
⑨ 王子猷(yóu):即王徽之,字子猷,也是王羲之的儿子。山阴:今浙江绍兴。
⑩ 觉:醒。命酌酒:让(仆人)拿酒来。皎然:洁白明亮的样子。
⑪ 因:于是。仿偟:同"彷徨",这里指在房间里来回走。

诗》。忽忆戴安道⑫。时戴在剡,即便夜乘小船就之⑬。经宿方至,造门不前而返⑭。人问其故,王曰:"吾本乘兴而行,兴尽而返,何必见戴!"

## 陈太丘与友期⑮

陈太丘与友期行⑯,期日中⑰,过中不至,太丘舍去,去后乃至⑱。元方时年七岁,门外戏⑲。客问元方:"尊君在不⑳?"答曰:"待君久不至,已去。"友人便怒:"非人哉!与人期行,相委而去㉑。"元方曰:"君与家君期日中㉒。日中不至,则是无信;对子骂父,则是无礼。"友人惭,下车引㉓之。元方入门不顾㉔。

### 参考译文

### 咏 雪

谢太傅在一个寒冷的雪天举行家庭聚会,和儿女子侄辈的人谈论诗文。一会儿,雪下得紧了,谢太傅高兴地说:"这纷纷扬扬的白雪像什么呢?"他哥哥的儿子胡儿说:"把盐撒在空中差不多可以相比。"他哥哥的女儿说:"不如比作柳絮被风吹得满天飞舞。"谢太傅高兴地笑了。这就是谢太傅大哥谢无奕的女儿,左将军王凝之的妻子。

### 王子猷居山阴

王子猷居住在山阴,一天夜里下起了大雪,他一觉醒来,打开窗户,命令仆人上酒,四处望去,一片洁白明亮。于是起身,在房间里来回踱步,吟诵着左思的《招隐诗》。忽然间想到了戴逵。当时戴逵远在剡县,即刻连夜乘小船前往。经过一夜才到,到了戴逵家门前却又转身返回。有人问他为何这样,王子猷说:"我本来是乘着兴致前往,兴致已尽,自然返回,为何一定要见戴逵呢?"

### 陈太丘与友期

陈太丘和朋友相约出行,约定的时间是中午,过了中午朋友还没来,太丘不再等候就走了,他走后朋友才到。元方当时七岁,在门外玩耍。太丘的朋友问元方:"你父亲在吗?"元方回答说:"我父亲等您很久了,您还不到,他已经走了。"朋友就生气地说道:"太丘真不

---

⑫ 左思:西晋著名诗人,有《招隐诗》二首。戴安道:即戴逵,字安道,博学多能,性情高傲,隐而不仕。
⑬ 剡(shàn):今浙江嵊州市。
⑭ 经宿:经过一夜。造:到,至。
⑮ 陈太丘,即陈寔(shí),字仲弓,东汉颍川(今河南许昌)人,做过太丘县令。太丘,县名。
⑯ 期行:相约同行。期,约定。
⑰ 期日中:约定的时间是中午。日中:正午时分。
⑱ 舍去:不再等候就走了。去,离开。乃至:(友人)才到。乃,才。
⑲ 元方:即陈纪,字元方,陈寔的长子。戏:玩耍。
⑳ 尊君在不(fǒu):你爸爸在吗?尊君,对别人父亲的尊称。不,通"否",用在句末,表询问。
㉑ 哉:语气词,表示感叹。相委而去:丢下我走了。委,丢下、舍弃。
㉒ 家君:对人称自己的父亲。信:守信。
㉓ 惭:惭愧。引:拉。
㉔ 顾:回头看。

是人啊!他与我相约同行,却丢下我走了。"元方说:"您和我父亲约在中午,过了中午您还没来,就是不守信用;对着儿子骂他的父亲,就是没有礼貌。"朋友感到惭愧,下车想拉元方,元方头也不回地走进了自家大门。

### 赏析

## 咏 雪

《咏雪》言简意赅地勾勒了一个寒冷的下雪天,谢家子女即景咏雪的情景,展示了古代家庭文化生活轻松和谐的画面。文章通过神态描写和身份补叙,赞赏谢道韫的文学才华。

"谢太傅寒雪日内集,与儿女讲论文义。"文章第一句交代咏雪的背景。东晋的谢氏家族是有名的诗礼之家。在这样的家族里,遇到雪天无法外出,才有"讲论文义"的雅兴。时间、地点、人物、事件全都说到了。接着写咏雪,天气发生了变化:"俄而雪骤",这使主讲人感到很高兴,于是"公欣然曰:'白雪纷纷何所似?'兄子胡儿曰:'撒盐空中差可拟。'兄女曰:'未若柳絮因风起。'"答案可能不少,但作者只录下了两个:一个是谢朗说的"撒盐空中";另一个是谢道韫说的"柳絮因风起"。谢太傅对这两个答案的优劣未做评定,只是"大笑乐"而已,十分耐人寻味。作者也没有表态,却在最后补充交代了谢道韫的身份,"即公大兄无奕女,左将军王凝之妻也。"这是一个有力的暗示,表明对谢道韫的才气的欣赏及赞扬。这次家庭聚会,后传为佳话,谢道韫从此也赢得了"咏絮才"的美名。

## 王子猷居山阴

这是一篇记述日常生活小事的精致小品,通过写王子猷雪夜访戴安道兴尽而返的故事,体现了王子猷率真、任性,追求过程而并非结果,是一个性情潇洒的人,也反映了当时士族知识分子任性放达的精神风貌。

王子猷在一个雪夜醒来,突然想起了老朋友戴安道,便连夜乘舟前往。这已是一个不寻常的举动了。小船行了一个晚上,天亮时到达朋友的门前,他却又掉头回去了,这就更令人惊诧了。但王子猷有自己的说法:"乘兴而行,兴尽而返。"这个"兴"字是王子猷行为的重要依据。只要乘"兴"与"兴"尽了,见不见戴安道已经不重要了。完全按照自己的兴致、兴趣、兴味行事,不遵循生活的既定规范和常理常情,这是一种非常自由舒展的人生态度和生命状态。

王子猷这种不讲实际效果、但凭兴之所至的行为,十分鲜明地体现出当时士人所崇尚的"魏晋风度"任诞放浪、不拘形迹的特点。文章语言简练隽永,能紧紧抓住主旨叙写故事,刻画人物。全文仅百来字,却几经转折。眠觉、开室、命酒、赏雪、咏诗、乘船、造门、突返、答问,王子猷一连串的动态细节均历历在目,虽言简文约,却形神毕现,气韵生动。

## 陈太丘与友期

本文讲的是"信"和"礼"。陈太丘与友人相约,友人失信,没按时来,陈太丘就走了。友人对此不但不自责,反而辱骂陈太丘"无信""非人"。元方是怎样面对的呢?首先,他提出什么是"无信"?"君与家君期日中,日中不至",是谁无信呢?其次,当着儿子骂他的父亲,这又是失礼。简短两句话,使友人惭愧得下车来拉他。文章赞扬小元方明礼又善言,也肯定了友人知错能改的正确态度。对话生动,人物活灵活现。

## 练 习

**一、填空题**

1. 《世说新语》分为＿＿＿＿、＿＿＿＿等三十六门，是魏晋＿＿＿＿小说的杰出代表。
2. 《世说新语》是由＿＿＿＿＿＿＿＿＿＿编纂而成的小说集。
3. 《陈太丘与友期》中，"尊君"指的是＿＿＿＿＿＿，"君"指的是＿＿＿＿＿＿，"家君"指的是＿＿＿＿＿＿。
4. "俄尔雪骤"句中"俄尔"的意思是＿＿＿＿＿＿＿＿。
5. "咏絮之才"说的人物是＿＿＿＿＿＿＿＿＿。
6. 《陈太丘与友期》中，"友人惭"的原因是（用文中原句回答）＿＿＿＿＿＿＿＿＿＿。

**二、选择题**

1. 关于《世说新语》，下列说法错误的是（　　）。
   A. 又称《世说》，是南朝宋时临川王刘义庆组织其门下文士编纂的。
   B. 主要记载了汉末到东晋时期上层统治者放浪、腐朽、奢侈的生活。
   C. 在中国文学史上率先确立了性格多样性和复杂性的审美意识，体现出了历史上一再被人称道的"魏晋风流"。
   D. 对后世的笔记小说、小品散文影响很大。

2. 下面对"就"的解释出自《古汉语常用字字典》。文中"即便夜乘小船就之"中的"就"应选择的义项是（　　）。
   就：①凑近，靠近：避难～易。～着灯看书。
   ②到，从事，开始进入：～位。～业。～寝。～任。～绪。～医。高～。
   ③依照现有情况或趁着当前的便利，顺便：～近。～便。～事论事。
   A. ①　　　B. ②　　　C. ③　　　D. 以上三个都不对

**三、翻译下列句子**

1. 夜大雪，眠觉，开室，命酌酒，四望皎然。

   ＿＿＿＿＿＿＿＿＿＿＿＿＿＿＿＿＿＿＿＿＿＿＿＿＿＿＿＿＿＿＿＿＿＿＿＿

2. 未若柳絮因风起。

   ＿＿＿＿＿＿＿＿＿＿＿＿＿＿＿＿＿＿＿＿＿＿＿＿＿＿＿＿＿＿＿＿＿＿＿＿

3. 吾本乘兴而行，兴尽而返，何必见戴。

   ＿＿＿＿＿＿＿＿＿＿＿＿＿＿＿＿＿＿＿＿＿＿＿＿＿＿＿＿＿＿＿＿＿＿＿＿

4. 日中不至，则是无信；对子骂父，则是无礼。

   ＿＿＿＿＿＿＿＿＿＿＿＿＿＿＿＿＿＿＿＿＿＿＿＿＿＿＿＿＿＿＿＿＿＿＿＿

**四、问答题**

1. 《世说新语》是怎样的一部书？
2. 《咏雪》中，"寒雪""内集""欣然""大笑乐"等词语营造了一种怎样的家庭气氛？
3. 读《陈太丘与友期》可知元方是个怎样的孩子？你如何评价元方的"入门不顾"？
4. 王子猷"雪夜访戴"，乘小舟走了一夜才走到，到戴安道门前却不上前敲门就又返回了。你欣赏王子猷的这种行为吗？为什么？
5. 用"撒盐空中"和"柳絮因风起"来比拟"白雪纷纷"，你认为哪个更好？为什么？你还能说出一两个形容飞雪的比喻吗？

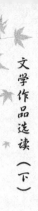

# 第十五课 北朝民歌

## 第一节 敕勒歌

北朝民歌

### 题解

北朝民歌表现北方的景色和风俗，最富有地方色彩。史载北齐时代斛律金所唱的《敕勒歌》①，反映北方的游牧生活，出色地描绘了北国草原的辽阔壮美。

这首歌原为鲜卑语，后被翻译成汉语。敕勒是中国古代北方少数民族名，初号"狄历"，也称"铁勒"。北朝时居住在今山西北部和内蒙古南部一带。斛律金本是敕勒族人。

### 正文

敕勒川②，阴山③下，天似穹庐④，笼盖四野。天苍苍，野茫茫，风吹草低见牛羊⑤。

### 参考译文

敕勒人居住的草原，就在阴山脚下。这里的天幕像圆顶帐篷（毡房）一样笼罩着辽阔的大草原。苍天广阔无边，草原茫茫无际。每当风儿吹来草儿低伏的时候，大草原上露出一群群的牛羊。

### 赏析

这是一首气象苍茫、生活气息浓郁的草原牧歌，流传在北方的敕勒族中。它歌唱了大草原的景色和游牧民族的生活，唱出了草原的辽阔和牛羊的繁盛，唱出了大草原的壮美景色。

前两句，写敕勒川的位置。把天比作穹庐，让我们想起游牧民族的圆顶帐篷（毡房）和他们的生活；后两句，用"天苍苍"和"野茫茫"形容草原上的所见，给人以无限辽阔的感受。而"风吹草低"一句，写出了一幅壮阔无比、生机勃勃的草原全景图，形象生动地表现了草原水草丰盛、牛羊肥壮的景象。

本诗是描写草原风光的千古绝唱，同时在写景中洋溢着对祖国山川的深深热爱之情。

---

① 斛律金所唱的这首歌，并非他自己的创作。据元代人乃贤的《金台集》序作者李好文的考证，此歌的作者当是贺六浑。斛律金只是唱了这首当为很多人所熟悉的歌曲。
② 川：平川，原野。敕勒川，当因敕勒部族居于此处而得名。
③ 阴山：山脉名，横亘于今内蒙古自治区南境、东北至内兴安岭。
④ 穹(qióng)庐：游牧民族所住的圆顶帐篷。此处形容北方原野辽阔，天似笼罩在原野上的顶幕。
⑤ 见(xiàn)：同"现"，出现，呈现。

# 第二节　木　兰　诗

《乐府诗集》

### 题　解

　　《木兰诗》收录在宋朝郭茂倩编的《乐府诗集》中,是我国南北朝时期北方的一首长篇叙事诗,是北朝民歌中最为杰出的作品。

　　《木兰诗》塑造了一个聪明、善良、勇敢、坚毅、具有传奇色彩的女英雄形象。木兰在国家需要的时候挺身而出,女扮男装,代父从军。她征战沙场,立下汗马功劳。胜利归来之后,她又谢绝官职,返回家园,表现出淳朴与高洁的情操。本诗"事奇诗奇"(沈德潜语),富有浪漫色彩,风格刚健古朴,具有民歌特色。

### 正　文

　　唧唧复唧唧,木兰当户织①。不闻机杼声,惟闻女叹息②。

　　问女何所思,问女何所忆③。女亦无所思,女亦无所忆。昨夜见军帖,可汗大点兵④,军书十二卷⑤,卷卷有爷名⑥。阿爷无大儿,木兰无长兄,愿为市鞍马⑦,从此替爷征。

　　东市买骏马,西市买鞍鞯,南市买辔头⑧,北市买长鞭。旦辞爷娘去,暮宿黄河边,不闻爷娘唤女声,但闻黄河流水鸣溅溅⑨。旦辞黄河去,暮至黑山头⑩,不闻爷娘唤女声,但闻燕山胡骑鸣啾啾⑪。

　　万里赴戎机⑫,关山度若飞⑬。朔气传金柝⑭,寒光照铁衣⑮。将军百战死,壮士十年归。

　　归来见天子,天子坐明堂⑯。策勋十二转⑰,赏赐百千强⑱。可汗问所欲,木兰不用尚

---

① 唧唧(jī):织布机的声音,一说叹息声。当户织:对着门织布。
② 机杼(zhù)声:织布机发出的声音。惟:只。
③ 何所思:想什么。忆:思念。
④ 军帖:军中的文告。可汗(kè hán):我国古代一些少数民族最高统治者的称号。大点兵:大规模征兵。
⑤ 军书十二卷:征兵的名册很多卷。军书,征兵的名册。十二,表示多数,不是确指。下文的"十年""十二年",用法与此相同。
⑥ 爷:和下文的"阿爷"同,都指父亲。
⑦ 愿为市鞍马:愿意为此去买鞍马。为,为此。市,买。鞍马,泛指马和马具。
⑧ 鞯(jiān):马鞍下的垫子。辔(pèi)头:驾驭马用的嚼子、笼头和缰绳。
⑨ 旦:早晨。溅溅(jiān):水流声。
⑩ 黑山:和下文的燕(yān)山,都是当时北方的山名。
⑪ 胡:古代对北方少数民族的称呼。骑(jì):战马。啾啾(jiū):马叫的声音。
⑫ 万里赴戎(róng)机:不远万里,奔赴战场。戎机,战争。
⑬ 关山度若飞:像飞一样地跨过一道道的关,越过一座座的山。度,过。
⑭ 朔(shuò)气传金柝(tuò):北方的寒气传送着打更的声音。朔,北方。金柝,古时军中守夜打更用的器具。
⑮ 寒光:指月光。铁衣:指战甲,古代军人穿的护身服装。
⑯ 天子:指上文的"可汗"。明堂:古代帝王举行大典的朝堂。
⑰ 策勋十二转(zhuǎn):记很大的功。策勋,记功。转,勋级每升一级叫一转,十二转言其高,非实指。
⑱ 赏赐百千强:赏赐很多的财物。强,有余。

书郎⑲；愿驰千里足⑳，送儿还故乡。

爷娘闻女来，出郭相扶将㉑；阿姊闻妹来，当户理红妆㉒；小弟闻姊来，磨刀霍霍向牛羊㉓。开我东阁门，坐我西阁床，脱我战时袍，著我旧时裳㉔，当窗理云鬓㉕，对镜帖花黄㉖。出门看火伴㉗，火伴皆惊忙㉘：同行十二年，不知木兰是女郎。

雄兔脚扑朔，雌兔眼迷离㉙；双兔傍地走，安能辨我是雄雌㉚？

### 参考译文

叹息声一声连着一声，木兰对着门在织布。（可是）听不到机杼的声音，只听见姑娘在叹息。

问姑娘你这样叹息是在思念什么，又是在想什么？（木兰回答道）我并没有想什么，也没有思念什么。昨夜我看见军中的文告，知道可汗在大规模地征兵，征兵的名册很多卷，上面都有父亲的名字。父亲没有大儿子，木兰没有兄长，愿意为此去买鞍马，从此替代父亲去应征。

在东西南北（周围）的集市上，买来了骏马、马鞍下的垫子、嚼子、笼头、缰绳和马鞭。早上辞别父母上路，晚上宿营在黄河边，听不见父母呼唤女儿的声音，只能听到黄河的流水声。早上辞别黄河上路，晚上到达黑山头，听不见父母呼唤女儿的声音，只能听到燕山胡人的战马啾啾的鸣叫声。

不远万里，奔赴战场，像飞一样地跨过一道道的关，越过一座座的山。北方的寒气传送着打更的声音，清冷的月光照耀着战士们的铁甲战袍。征战多年，历经百战，将士们有的战死沙场，有的胜利归来。

胜利归来朝见天子，天子坐在殿堂上（论功行赏）。木兰被记了很大的功劳，赏赐了很多财物。天子问木兰想要什么，木兰不愿做尚书省的官，只希望骑上一匹千里马，送木兰回故乡。

父母听说女儿回来了，互相搀扶着到外城来迎接木兰；姐姐听说妹妹回来了，对着门户梳妆打扮起来；弟弟听说姐姐回来了，忙着霍霍地磨刀杀牛宰羊。开我东阁西阁门，坐我东阁西阁床，脱去我打仗时穿的战袍，穿上我以前女孩子的衣裳，对着窗子整理像云一样柔美的鬓发，对着镜子在脸上贴好花黄。出门去见同去出征的伙伴，伙伴们都很吃惊迷惑：我们同行多年，竟然不知道木兰原是女孩子。

---

⑲ 问所欲：问（木兰）想要什么。不用：不愿做。尚书郎：尚书省的官。尚书省是古代朝廷中管理国家政事的机关。
⑳ 愿驰千里足：希望骑上千里马。
㉑ 出郭：指迎出城外。郭，外城。相扶将：互相扶持。
㉒ 红妆(zhuāng)：指女子的艳丽装束。
㉓ 霍霍(huò)：磨刀的声音。此句选入教材时略作改动。
㉔ 著(zhuó)：穿。
㉕ 云鬓(bìn)：像云那样的鬓发，形容好看的头发。
㉖ 帖花黄：帖，通"贴"。花黄，古代妇女的一种面部装饰物。
㉗ 火伴：同伍的士兵。当时规定若干士兵同一个灶吃饭，所以称"火伴"。
㉘ 皆惊忙：一作"皆惊惶"，都很惊讶迷惑。
㉙ 雄兔脚扑朔，雌兔眼迷离：据说，提着兔子的耳朵悬在半空时，雄兔两只前脚时时动弹，雌兔两只眼睛时常眯着，所以容易辨认。扑朔，动弹。迷离，眯着眼。
㉚ 双兔傍地走，安能辨我是雄雌：雄雌两兔并排着跑，怎能辨别哪个是雄兔，哪个是雌兔呢？傍地走，贴着地并排跑。

把兔子耳朵拎起时,雄兔的两只前脚时时动弹,雌兔的两眼时常眯着。雄雌两兔并排着跑,怎能分辨得出哪个是雄兔,哪个是雌兔呢?

### 赏析

《木兰诗》讲述了一个叫木兰的女孩,女扮男装,代父从军,在战场上建立功勋,回朝后不愿做官,但求回家团聚的故事。诗中热情赞扬了这位奇女子勤劳善良的品质,保家卫国的热情,英勇战斗的精神,以及端庄从容的风姿。木兰的形象,是人民理想的化身,她集中了中华民族勤劳、善良、机智、勇敢、刚毅和淳朴的优秀品质,是一个深深扎根在中国北方广大土地上的有血有肉、有人情味的英雄形象,在男尊女卑的封建社会里尤其可贵。

开头两段,写木兰决定代父从军。诗以"唧唧复唧唧"的织机声开篇,展现"木兰当户织"的情景。然后写木兰停机叹息,无心织布,不禁令人奇怪,引出一问一答,道出木兰的心事。木兰之所以"叹息",是因为天子征兵,父亲在被征之列,家中没有长男,于是她决定代父从军。

第三段,写木兰准备出征和奔赴战场。"东市买骏马……"四句排比,写木兰紧张地购买战马和乘马用具;"旦辞爷娘去……"八句以重复的句式,写木兰踏上征途,马不停蹄,日行夜宿,离家越远思亲越切。这里写木兰从家中出发经黄河到达战地,只用了两天就走完了,夸张地表现了军情的紧迫和行军的神速,使人感到紧张的战争氛围。其中"黄河流水鸣溅溅""燕山胡骑鸣啾啾"之声,以宿营地空旷寂寥烘托木兰离家思亲的情怀。

第四段,略写木兰十来年的征战生活。"万里赴戎机,关山度若飞",概括上文"旦辞……"八句的内容,夸张地描写了木兰身跨战马,万里迢迢,奔往战场,飞越一道道关口,一座座高山。"朔气传金柝,寒光照铁衣",描写木兰在军营的艰苦战斗生活中的一个画面:在夜晚,凛冽的风传送着刁斗的打更声,寒光照着身上冰冷的铁甲。"将军百战死,壮士十年归",概述战争旷日持久,战斗激烈悲壮。将士们十年征战,历经百战,有的战死,有的归来。

第五段,写木兰还朝辞官。先写木兰朝见天子,然后写木兰功劳之大,天子赏赐之多,再说到木兰辞官不就,愿意回到自己的故乡。"木兰不用尚书郎"而愿"还故乡",固然是她对家园生活的眷念,但也自有秘密在:她是女儿身。天子不知底里,木兰不便明言,颇有戏剧意味。

第六段,写木兰还乡与亲人团聚。先以父母姊弟各自的举动,描写家中的欢乐气氛;再以木兰一连串的行动,写她对故居的亲切感受和对女儿妆的喜爱,一副天然的女儿情态,表现她归来后情不自禁的喜悦;最后作为故事的结局和全诗的高潮,是恢复女儿装束的木兰与伙伴相见的喜剧场面。

第七段,用比喻作结。以双兔在一起奔跑,难辨雌雄的隐喻,对木兰女扮男装、代父从军十二年未被发现的奥秘加以巧妙的解答,妙趣横生而又令人回味。

全诗以"木兰是女郎"来构思木兰的传奇故事,富有浪漫色彩。繁简安排极具匠心,虽然写的是战争题材,但着墨较多的却是生活场景和儿女情态,富有生活气息。诗中以人物问答来刻画人物心理,生动细致;以众多的铺陈排比来描述行为情态,神气跃然;以风趣的比喻来收束全诗,令人回味。这就使作品具有强烈的艺术感染力。

这首诗塑造了木兰这一不朽的人物形象,既富有传奇色彩,而又真切动人。木兰既是奇女子又是普通人,既是巾帼英雄又是平民少女,既是矫健的勇士又是娇美的女儿。她勤劳善良又坚毅勇敢,淳厚质朴又机敏活泼,热爱亲人又报效国家,不慕高官厚禄而热爱和平生活。一千多年来,木兰代父从军的故事在我国家喻户晓,木兰的形象一直深受人们喜爱。

### 练 习

**一、填空题**

1. 北齐时代斛律金所唱的《敕勒歌》,原为_____语,后被译成汉语。
2. 敕勒是中国古代北方少数民族名,初号"_____",也称"_____"。北朝时居住在今_____一带。
3. 敕勒川,阴山下,_____,笼盖四野。_____,_____。
4. "风吹草低见牛羊"句中"见"的读音是_____。
5. 《木兰诗》是我国_____时期北方的一首长篇叙事诗,是_____民歌中最为杰出的作品。
6. 用《木兰诗》原句填空:
   (1) 木兰替父从军的主要原因是_____,_____。
   (2) 描写宿营地空寂荒凉的句子是_____。
   (3) 概括战争旷日持久、战斗激烈悲壮的句子是_____,_____。
   (4) 形象概括木兰从离家出征至凯旋回朝全过程的句子是_____,_____,_____,_____,_____。
   (5) 描写边塞夜景的句子是_____,_____。

**二、选择题**

1. 关于《敕勒歌》,下列说法错误的是(　　)。
   A. 北齐时代的斛律金为了展现北国草原的辽阔壮美,写出《敕勒歌》。
   B. 把天比作穹庐,让我们想起游牧民族的圆顶帐篷(毡房)和他们的生活。
   C. "天苍苍"和"野茫茫"形容草原上的所见,给人以无限辽阔的感受。
   D. "风吹草低见牛羊",形象生动地表现了草原水草丰盛、牛羊肥壮的景象。
2. 对"将军百战死,壮士十年归"翻译正确的是(　　)。
   A. 将军和壮士从军多年,经历了千百战斗。有的死了,有的胜利归来。
   B. 将军和壮士战斗死去了,壮士从军十年胜利归来。
   C. 将军在千百次战斗中死去了,木兰却在十年后回来了。
   D. 从军多年,经历了千百次战斗,将军死去了,壮士归来了。
3. 对第三段中的"不闻……但闻……"分析正确的是(　　)。
   A. 采用对比手法,反映战争紧迫。
   B. 采用反复手法,表达了木兰对亲人的深切怀念。
   C. 采用对比手法,表达了木兰对亲人的深刻思念,丰富了女英雄的形象。
   D. 采用反复手法,表达了木兰与亲人分离极其悲痛的心理。

4. 对"昨夜见军帖,可汗大点兵"一句中的"大"字的理解准确的是（　　）。
   A. 表明了可汗的积极性很高。　　B. "大"就是大规模的意思。
   C. 显现战争紧张、频繁、涉及范围广。　D. 意思是非常、十分。

5. 对"但闻黄河流水鸣溅溅""但闻燕山胡骑鸣啾啾"两句理解正确的是（　　）。
   A. 写征程的遥远和军情的急迫。
   B. 写战争到来的悲凉气氛。
   C. 以宿营地空旷寂寥烘托木兰离家思亲的情怀。
   D. 写行军旅途的欢快。

6. 关于《木兰诗》,下列说法错误的是（　　）。
   A. 《木兰诗》是我国南北朝时期北方的一首长篇叙事诗,是北朝民歌中最杰出的作品。
   B. 《木兰诗》讲述了一个叫木兰的女孩,女扮男装,代父从军,在战场上建立功勋,回朝后不愿做官,但求回家团聚的故事。
   C. 《木兰诗》的主题主要是为了冲击封建社会重男轻女的偏见,表明北方女子能和男子一样上阵杀敌,这是乐府诗中北方女子与南方女子的最大不同。
   D. 诗中热情赞扬了木兰勤劳善良的品质,保家卫国的热情,英勇战斗的精神,以及端庄从容的风姿。

### 三、翻译下列句子

1. 天似穹庐,笼盖四野。

   _____

2. 万里赴戎机,关山度若飞。

   _____

3. 开我东阁门,坐我西阁床。

   _____

### 四、问答题

1. 《木兰诗》写木兰替父从军的故事,但为什么对十年的征战生活写得比较简略呢?
2. 木兰的形象是中国文学史上不朽的巾帼英雄形象。这个形象集中了中华民族哪些优秀品质?
3. "雄兔脚扑朔,雌兔眼迷离;双兔傍地走,安能辨我是雄雌?"后来形成了一个成语,你知道这个成语吗?解释一下这个成语。
4. 请将《木兰诗》转写成故事。

### 五、背诵《敕勒歌》

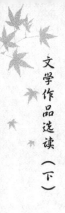

# 隋唐五代文学作品选读

## 概 说

隋文帝开皇九年(589年)统一全国,结束了南北朝分裂割据的局面。隋唐五代文学大致是指从隋统一(589年)到北宋建立(960年)这一时期的文学。

### 一、隋唐五代的社会概况

隋朝历史短暂,只维持了不足30年便被唐取代。唐代是我国封建社会的鼎盛时期。唐代以"安史之乱"为界,可分为前后两期:前期可分为初唐、盛唐,后期可分为中唐、晚唐。总体上说,唐代社会政治比较开明,经济繁荣,文化开放,体现了一种盛世气象。其生产力的发展和经济的繁荣,也促进了思想文化和文学艺术发展和繁荣。儒、释、道思想的自由传播,以及各民族文化的交融和中外文化的交流,都显示着开放的文化心态。这一切为文学艺术的繁荣创造了比较宽松的思想文化环境。科举制度和多种入仕途径也为士人提供了更多参与社会的机会。唐代后期由于社会矛盾的渐渐积聚,出现了土地兼并、藩镇割据、朋党之争、宦官专权等混乱状况,终于在农民起义的打击下走向了灭亡。历史进入五代十国的分裂时期,北方的政权频繁更替、战乱不息;南方诸国虽也有战乱,但局势相对稳定一些,尤其是南唐和后蜀的经济和文化,都有所发展,也使这时的文学有所发展。

### 二、隋唐五代文学概况

隋代文学是南北朝文学的延续,又是初唐文学的前奏。隋代文人大体上可分两类:一类是由北入隋的作家,如卢思道、杨素、薛道衡等;一类是由南入隋的作家,如江总、虞世南等。南朝齐梁文学与北朝文学都影响了隋朝文人的创作。作家虽各有所取,但总体上呈现着南北文学合流,并向唐代文学过渡的趋势。

唐代文学的繁荣,表现在诗歌、散文、小说、词的全面发展上,还表现在作者众多且大师辈出上。《全唐文》收作者3035人,《全唐诗》收作者2200余人,据不完全统计,唐人小说今天可以找到的还有二百二三十种。

(一)唐代诗歌

唐代文学的最高成就是诗歌,它可以说是一代文学的标志。

唐代诗歌一般分为初唐、盛唐、中唐、晚唐四个时期,这也是整个唐代文学的一般划分。

**1. 初唐诗歌**是唐代诗歌走向兴盛的准备阶段。初唐前期诗歌受南朝齐梁诗风的影响较大,以上官仪为代表的"上官体",成为当时宫廷诗人创作的典范。初唐后期,"四杰"(指王勃、杨炯、卢照邻和骆宾王)的创作开创了不同于宫廷诗人的新诗风,在内容题材、审美追求和风格上都发生了关键性的转变。陈子昂在理论上和实践上都是转变唐代诗风的重要人物,他主张恢复汉魏风骨和风雅的兴寄传统,并且实践了这个主张。总而言之,初唐诗歌显示了过渡和创新的特点。

**2. 盛唐诗歌**是唐代诗歌的极度繁荣时期。这一时期涌现出了一大批风格独具的诗人。出现了以王维、孟浩然为代表的山水田园诗派,这一派比较有名的田园诗人还有储光羲、常建、祖咏、裴迪等人。出现了以高适、岑参为代表的边塞诗派,写作边塞诗的著名诗人还有王昌龄、王之涣、李颀、崔颢等。成就最卓著的两位诗人就是"诗仙"李白和"诗圣"杜甫,可以说,他们的诗歌创作是中国古代诗歌的顶峰。

**3. 中唐诗歌**是唐代诗歌继续繁荣的时期。这一时期作家众多,流派林立。大历至贞元年间,有韦应物、刘长卿,他们以山水诗创作为主;有元结、顾况等,他们是新乐府先驱;有钱起、卢纶等"大历十才子";还有李益的边塞诗。贞元以后出现了以元稹、白居易为代表,张籍、王建、李绅等人参加的新乐府运动;以韩愈、孟郊为代表的韩孟诗派;还有风格奇谲怪诞的诗人李贺。此外,刘禹锡、柳宗元的诗歌创作也都独具一格。

**4. 晚唐诗歌**是唐代诗歌的衰落时期。晚唐诗歌影响较大的诗人是李商隐和杜牧,二人有"小李杜"之称。陆龟蒙、皮日休继承了新乐府运动的传统,但多具闲适淡泊的情调。此外,温庭筠、杜荀鹤、韦庄等都有一定的成就。

(二)唐代散文

唐代散文主要有"骈文"和"古文"两大类,并且在不同阶段中各自占据着优势,在相互斗争中消长、交融。此外,古文创作走向低潮后,晚唐小品文也显示了它的奇光异彩。

**1. 初唐时期**沿着南北朝骈文创作的道路,骈文仍然占据着文坛的统治地位。它是唐代前期普遍使用的文章样式,大量的章、奏、表、启、书、记、论、说多用骈体写成。从贞观初至开元末的110余年间,我们可以看到的策文全是骈体。不过,唐代骈文也出现了一些新的变化:自初唐"四杰"始,不少作品在工整的对偶、华丽的辞藻之外,展示出流走活泼的生气和注重骨力的刚健风格,如王勃的《滕王阁序》、骆宾王的《代李敬业传檄天下文》等。

**2. 盛唐时期**骈文的创作仍很兴旺,但也显示了"去赘典浮辞,走向平易流畅"的变化。文风的变化,反映了散文领域中要求变革的愿望。

**3. 中唐时期**散文的创作发生了根本的变化。在前代文风革新努力的基础上,韩愈、柳宗元发起了"古文运动",并有刘禹锡、白居易等一大批响应者和参与者,形成了较大的规模和影响,使古文取得了压倒骈文的优势。韩、柳在理论和实践上都取得了非凡的成绩,其理论的核心是"文以明道"。苏轼认为韩愈"文起八代之衰"(《韩文公庙碑》),这是很深刻的看法。

**4. 晚唐时期**古文创作走向衰落,小品文却兴起。出现了以皮日休、陆龟蒙、罗隐为代表的一批作家。他们的创作以鲜明的时代特征受到后人的喜爱和称赞。鲁迅称之为"正是一塌胡涂的泥塘里的光彩和锋芒"(《小品文的危机》)。

(三)唐代传奇、变文、词

唐代在魏晋南北朝志怪小说和杂史杂传的基础上,诞生了传奇小说。唐传奇开辟了

"始有意为小说"(《中国小说史略》)的新时代。元稹的《莺莺传》、蒋防的《霍小玉传》、白行简的《李娃传》、李朝威的《柳毅传》等,都是著名的作品。唐传奇的出现,标志着我国文言小说作为一种文体的成熟。

佛教在民间广泛传播,布道化俗,出现了俗讲和变文。

唐代出现的又一影响深远的新文体是词。这一新文体的出现,主要由于娱乐的需要。词随燕乐起,选诗配乐、依调填辞,都为了歌唱。它最初来自民间,中唐以后,文人加入词作的行列。到了晚唐五代,在西蜀和南唐形成两个词的中心。

西蜀的《花间集》是我国最早的文人词总集,温庭筠在《花间集》中被列于首位,成为"花间派"词人的鼻祖。西蜀词人韦庄与温庭筠齐名,二人被称为"温韦"。

南唐词的兴起比西蜀稍晚,主要词人是冯延巳、李璟、李煜。李煜是南唐后主,他亡国之后的词作,把词这一善于表现绵邈情怀的文体,发挥得淋漓尽致,提高了词的艺术境界。

# 第十六课　唐　诗

## 第一节　登幽州台歌①

陈子昂

**题解**

陈子昂(661—702年),字伯玉,梓州射洪(今属四川)人。唐代文学家,初唐诗文革新的倡导者,他主张恢复"汉魏风骨",对扭转唐初文风起了很大作用。作品有《感遇》诗(38首),《蓟丘览古赠卢居士藏用》(7首)和《登幽州台歌》。

陈子昂是一个具有政治见识和政治才能的文人。他直言敢谏,对当时不少弊政提出批评意见,却不被采纳。他的政治抱负不能实现,反而遭受打击,这使他心情非常苦闷。本篇以慷慨悲凉的调子,表现了诗人失意的境遇和寂寞苦闷的情怀。这种悲哀常常为封建时代许多怀才不遇的人士所共有,因而获得广泛的共鸣。

**正文**

前不见古人②,后不见来者。
念天地之悠悠③,独怆然而涕下④。

**参考译文**

往前不见古代招贤的圣君,向后不见后世求才的明君。只有那苍茫天地悠悠无限,止不住泪流满面沾湿衣襟!

**赏析**

《登幽州台歌》深刻地表现了诗人怀才不遇的情绪。语言苍劲奔放,富有感染力,成为历来传诵的名篇。

"前不见古人,后不见来者。"这里的古人是指古代那些能够礼贤下士的贤明君主,即像燕昭王那样的前代贤君。这样的君王不复可见,后世的贤明之主也不能见到,自己真是

---

① 幽州台:即蓟北楼,战国时期燕昭王所建的黄金台。相传燕昭王筑成此台,将黄金置于台上,以招天下贤士。故址在今北京西南,一说在北京北部。
② 古人:指燕昭王一类求贤若渴的君主。
③ 悠悠:形容时间的久远和空间的广大。
④ 怆(chuàng)然:悲伤的样子。涕(tì):眼泪。

生不逢时。当登台远眺时,只见茫茫宇宙,天长地久,不禁感到孤单寂寞,悲从中来,不禁怆然流泪。诗歌前两句俯仰古今,写出时间绵长。第三句登台眺望,写出空间辽阔。前三句以浩瀚宽广的宇宙天地和沧桑易变的古今人事作背景。第四句饱含感情,在广阔无垠的背景中,描绘了诗人孤单悲苦的心绪。这种悲哀里透露着英雄无用武之地而慷慨悲歌的豪侠气概。

## 第二节 送元二使安西

王 维

### 题 解

王维(701—761年),字摩诘,原籍祁(今山西祁县),后随父迁至蒲州(今山西永济)。盛唐时期的著名诗人。21岁中进士,任大乐丞。后又曾任右拾遗、监察御史等职。安史叛军攻陷长安时被迫授伪职,乱平后降为太子中允,后官至尚书右丞,故称王右丞。晚年居于蓝田辋川别墅,亦官亦隐,又崇信佛教,后世称其为"诗佛"。

王维诗众体兼擅,五言律诗和绝句成就最高。题材上则以山水田园影响最大,与孟浩然合称"王孟",为盛唐山水田园诗的代表诗人。其诗、画成就都很高,苏轼评价说"味摩诘之诗,诗中有画;观摩诘之画,画中有诗。"

这首诗又叫《渭城曲》《阳关曲》《阳关三叠》。大约作于安史之乱前,是王维送朋友元二去安西时作的诗。安西,安西都护府的简称,在今新疆维吾尔自治区库车附近。

### 正 文

渭城朝雨浥轻尘①,客舍青青柳色新。
劝君更尽一杯酒,西出阳关无故人②。

### 参考译文

渭城早晨的细雨,润湿了轻飘的浮尘。客舍四周的柳树,经雨洗过,越发显得青翠嫩绿。劝你再喝干这一杯酒吧,向西出了阳关,可就再也见不到老朋友了。

### 赏 析

这是一首送别诗。前两句写送别的时间、地点和环境。"朝雨",是早晨的雨,下得不长,刚刚润湿尘土就停了,使从长安西去的大道,显得洁净、清爽。"浥轻尘"的"浥"字是湿润的意思,在这里用得很有分寸,显出这雨下得恰到好处。"客舍青青柳色新",平日里路旁柳色可能会罩着灰蒙蒙的尘土,一场朝雨,才重新洗出它那青翠的本色,所以说"新",又

---

① 朝(zhāo):早晨。浥(yì):润湿。
② 阳关:汉朝设置的关名,故址在今甘肃敦煌西南,与玉门关同是古代通往西域的交通要道。《元和郡县志》云:因在玉门之南,故称阳关。

因柳色之新,映照出客舍青青来。唐代从长安往西去的,多在渭城送别,渭城即秦都咸阳故城,在长安西北,渭水北岸。一般要折下杨柳枝给将远行的人表示惜别之情,取"杨柳依依"之意。王维的诗中虽没有明说折枝赠柳,但"客舍青青柳色新"似乎也暗示了这一点。

诗的前两句构成了一幅色调清新明朗的图景,为这场送别提供了典型的自然环境。后两句则重在抒情。

朋友"西出阳关",不免要长途跋涉,备尝独行的艰辛寂寞。因此,这临行之际"劝君更尽一杯酒",就像是浸透着诗人全部深挚情谊的一杯浓郁的感情琼浆。这里面,不仅有依依惜别的情谊,而且包含着对远行者处境、心情的体贴,包含着前路珍重的殷勤祝愿。

这首诗所描写的是一种常见的离别。它饱含深挚的惜别之情,也使它适于绝大多数离别筵席演唱,后来编入乐府,成为最流行、传唱最久的歌曲,即《阳关曲》,又称《阳关三叠》。

## 第三节　芙蓉楼送辛渐

王昌龄

### 题 解

王昌龄(698—756 年),字少伯,京兆万年(今陕西西安)人,一说太原人。开元十五年(727 年)进士,历任秘书省校书郎、汜水尉、江宁丞、龙标尉等职。故世称"王江宁"、"王龙标"。安史之乱中被濠州刺史闾丘晓所杀。

王昌龄是盛唐著名边塞诗人,有"诗家天子(一作'夫子')之称。其诗多边塞军旅、宫怨闺情之作,尤擅七绝,被称为"七绝圣手"。

《芙蓉楼送辛渐》作于王昌龄任江宁丞时。原题二首,这是第一首。芙蓉楼,故址在今江苏镇江旧城西北。辛渐,作者友人。该诗借送友自抒胸臆,用"冰心在玉壶"自喻高洁。

### 正 文

　　　　　　　寒雨连江夜入吴①,平明送客楚山孤②。
　　　　　　　洛阳亲友如相问,一片冰心在玉壶③。

---

① 寒雨:秋雨。连江:雨水与江面连成一片。夜入吴:夜晚秋雨进入吴地。
② 平明:天亮。客:指辛渐。楚山:镇江附近的山峰。战国后期镇江属楚地。
③ 冰心、玉壶:喻指高洁清明的人品。

**参考译文**

昨夜,秋雨绵绵洒向吴地,与江面连成一片,今晨,我在芙蓉楼送别客人,心里感觉就像那楚山一样孤独。洛阳的亲朋好友如果询问我的近况,请告诉他们,我自身高洁,心灵就如一片洁白的冰装在玉壶之中。

**赏析**

这首送别诗寓情于景,淡写朋友的离情别绪,重写自己的高风亮节。

首句从昨夜秋雨写起,用苍茫的江雨和孤峙的楚山,为送别设置了凄清的气氛。二句中的"平明"点明送客的时间;"楚山孤",既写出了友人的去向,又暗寓了自己送客时的心情。三、四句,写的是自己,仍与送别之意相吻合。辛渐去洛阳,那儿的亲友一定要问到诗人的情况,所以诗人送别辛渐时特别嘱托他:"洛阳的亲友如果问到我现在的情况,你就说,我的心灵就像那晶莹剔透的一块冰,装在洁白的玉壶之中。"表明自己不为任何不如意而改变玉洁冰清的节操。这两句采用问答形式,诗人以晶莹透明的冰心玉壶自喻,与前面屹立在江天之中的孤山之间形成一种有意无意的照应,令人自然联想到诗人孤介傲岸的形象和光明磊落、表里澄澈的品格。

# 第四节 登鹳雀楼

### 王之涣

**题解**

王之涣(688—742年),字季凌,原籍晋阳(今山西太原),徙居绛州(今山西新绛)。曾任冀州衡水主簿,因遭诬构,拂衣去官,优游于山水之间。晚年出任文安县尉,卒于任所。

王之涣曾游边塞,擅长边塞诗。其诗今多佚,《全唐诗》中仅存六首。

鹳雀楼,故址在蒲州(今山西永济西南)城上,共三层。前对中条山,下临黄河,常有鹳雀栖其上。这首诗以极朴素的文笔描绘了一幅壮阔雄浑的景象,揭示了深刻的人生哲理,令人胸襟豁然开朗。

**正文**

白日依山尽①,黄河入海流。
欲穷千里目,更上一层楼②。

**参考译文**

译诗一:夕阳依傍着西山慢慢地沉没,滔滔黄河朝着东海汹涌奔流。若想把千里的风光景物看够,那就要登上更高的一层城楼。

---

① 白日:太阳。依:依傍。尽:消失。这句话是说太阳依傍山峦沉落。
② 欲:想要。穷:尽,使达到极点。千里目:眼界宽阔。更:再。

译诗二：夕阳西沉，渐渐没入连绵的群山；黄河奔腾，汇入浩瀚的大海。想要打开千里视野，看得更高更远，那还须再登上一层层高楼。

### 赏析

这首写诗人在登高望远中表现出来的不凡的胸襟抱负，反映了盛唐时期人们积极向上的进取精神。

前两句写所见。"白日依山尽"写远景，写山，写的是登楼望见的景色；"黄河入海流"写近景，写水，景象壮观，气势磅礴。这两句诗合起来，就把上下、远近、东西的景物，全都容纳进来，使画面显得特别宽广、辽远。就此句诗而言，诗人身在鹳雀楼上，不可能望见黄河入海，句中写的是诗人目送黄河远去天边而产生的"意中景"，是把当前景与意中景融合为一的写法。这样写，更增加了画面的广度。诗人眼前所呈现的，是一幅溢光流彩、金碧交辉的壮丽图画。这幅图画还处于瞬息多变的动态之中，白日依山而尽，这仅仅是一个极短暂的过程；黄河向海而流，却是一种永恒的运动。

后两句写所想。"欲穷千里目"，写一种无止境探求的愿望，还想看得更远，看到目力所能达到的地方，唯一的办法就是要站得更高些，"更上一层楼"。"千里""一层"，都是虚数，是诗人想象中纵横两方面的空间。这两句诗，是千古传诵的名句。这里有诗人的向上进取的精神、高瞻远瞩的胸襟，也道出了要站得高才看得远的哲理。

这是一首全篇用对仗的绝句。前两句"白日"和"黄河"两个名词相对，"白"与"黄"两个色彩相对，"依"与"入"两个动词相对。后两句也如此，构成了形式上的完美。

## 第五节　黄鹤楼送孟浩然之广陵

### 李　白

### 题解

李白（701—762年），字太白，号青莲居士。祖籍陇西成纪（今甘肃秦安），先世于隋末流徙西域，李白即生于安西都护府之碎叶城①。幼时随父迁居绵州（今四川江油）青莲乡。开元十二年（724年）出蜀漫游全国各地。天宝初年奉诏入京，供奉翰林。文章风采，名动一时，颇为玄宗所赏识。后因不能见容于权贵，在京仅三年就弃官而去，继续飘荡四方的漫游生活。安史之乱后，他曾参加了永王李璘的幕府。不幸，永王被定为叛逆，兵败而死。李白受到牵累，流放夜郎，途中遇赦。晚年漂泊于江南一带，后投奔当涂县令李阳冰，不久病卒。

李白的诗歌横绝一代，具有强烈的主观色彩，表达了对祖国山河的热爱，对下层人民的同情，对自我理想的追求以及对黑暗时局的抨击等。想象奇特丰富，风格雄健奔放，色调瑰丽绚烂，语言清新俊逸，体现出盛唐诗歌气势充盈的特点。杜甫对他有"笔落惊风雨，

---

① 李白的出生地和家世，至今还存在多种争议。实际上，在李白身上，存在很多争议，如：关于他的家世和出生地；关于他出蜀的时间；他究竟几入长安等，均无确证。他因何奉诏入京，史料也有不同说法。本书中采用现在较为通行的说法。

诗成泣鬼神"(《寄李十二白二十韵》)之誉。韩愈云:"李杜文章在,光焰万丈长。"(《调张籍》)。李白有"诗仙"之称,与杜甫并称"李杜"。

李白诗流传很广,题材多样,众体兼长,尤长于乐府及七言歌行。李白乐府的代表作,如《蜀道难》《行路难》《将进酒》《梁甫吟》等;其歌行体的代表作,如《长干行》《梦游天姥吟留别》《古朗月行》等;七言绝句《望庐山瀑布》《望天门山》《早发白帝城》等都成为盛唐的名篇;还有五言的《古风》59首等。有《李太白全集》传世。

《黄鹤楼送孟浩然之广陵》大约是送孟浩然游吴越时所写。黄鹤楼,故址在今湖北武昌西黄鹤矶上。相传仙人王子安乘黄鹤飞经此处,故名。广陵,今江苏扬州。孟浩然(689—740年),盛唐山水田园诗派的代表作家之一。开元十五年秋冬间,李白北游汝海(今河南汝州),途经襄阳,结识孟浩然,二人成为好友。

### 正文

故人西辞黄鹤楼②,烟花三月下扬州③。
孤帆远影碧空尽,唯见长江天际流④。

### 参考译文

老朋友在黄鹤楼与我辞别(东去广陵),在三月份烟雾弥漫、繁花似锦的春天沿江顺流而下去扬州。小船上孤单的帆影渐渐远去,消失在碧空的尽头,只看见长江浩浩荡荡地向天边流去。

### 赏析

孟浩然是李白非常赞赏的诗界名士,李白有"吾爱孟夫子,风流天下闻"的赠诗。这首诗前两句叙述孟浩然顺江东下扬州的情形,"烟花"两字点染出柳如烟、花似锦的一派春光,诗人送别朋友时的惆怅情绪淡淡地流露出来。后两句着意描写友人"西辞",一片孤帆,伴着诗人的朋友漂向水天相连的远方,直至帆影消失在碧空尽头,诗人仍伫立楼头远望,不愿离去。诗中没一个字说到离愁别思,但字里行间却分明流露出对朋友远去的惆怅与留恋。在诗人笔下,深厚的感情寓于动人的景物描绘之中,情与景达到了完美的融合。

## 第六节 宿五松山下荀媪家

李 白

### 题 解

五松山,在今安徽铜陵南。荀媪(ǎo),姓荀的老妇人。于官场"寂寥无所欢"的诗人,

---

② 西辞:黄鹤楼在广陵的西面,在黄鹤楼辞别去广陵,所以说"西辞"。
③ 烟花:泛指春天天气温和、繁花似锦的景象。下:沿江顺流而下。
④ 唯:只。天际:天边。

在下层民众中感受到了真诚与淳朴。款待他的虽不过是粗茶淡饭,却令他想到"田家秋作苦,邻女夜春寒"。在王公大人面前未尝一低颜色的诗人,竟"三谢不能飡"。

### 正 文

> 我宿五松下,寂寥无所欢①。
> 田家秋作苦②,邻女夜春寒③。
> 跪进雕胡饭④,月光明素盘⑤。
> 令人惭漂母⑥,三谢不能飡⑦。

### 参考译文

我夜里投宿在五松山下,(内心)冷落孤寂,没有欢乐的事。农民秋日里要辛苦地劳作,邻家的女子整夜在春米,即便秋夜格外的清寒。跪坐着接过荀媪递过来的菰米饭,月光照在这盛满菰米饭的白色的盘子上,粒粒菰米像珍珠一般。荀媪这样盛情款待,让我想起施恩于韩信的漂母,我内心惭愧,再三辞谢,不忍心享用这一顿美餐。

### 赏 析

这首是李白游五松山,借宿在一位贫苦老妇荀媪家,受到殷勤款待,亲眼目睹了农家的辛劳和贫苦,有感而作。诗中诉说了劳动的艰难,倾诉了自己的感激和惭愧。

开头两句"我宿五松下,寂寥无所欢",写出诗人寂寞的情怀。这偏僻的山村里没有什么可以引起他欢乐的事情(也可以指他于官场"寂寥无所欢")。在这里,他所接触的是农民的艰辛和困苦。就是三四句所写的:"田家秋作苦,邻女夜春寒。"秋作,是秋天的劳作。"田家秋作苦"的"苦"字,不仅指劳动的辛苦,还指心中的悲苦。秋收季节,本来应该是欢乐的,可是在繁重赋税压迫下的农民竟没有一点欢笑。农民白天收割,晚上春米,邻家女子春米的声音,从墙外传来,一声一声,显得十分凄凉。这个"寒"字,十分耐人寻味。它既是形容春米声音的凄凉,也是推想寒秋时节,邻女该会感到寒冷吧。

五六句写到主人荀媪:"跪进雕胡饭,月光明素盘。"古人席地而坐,屈膝坐在脚跟上,上半身挺直,叫跪坐。因为李白吃饭时是跪坐在那里,所以荀媪将饭端来时也跪下身子递给他。荀老妈妈做了雕胡饭款待诗人。"月光明素盘",是对荀媪手中盛饭盘子的突出描写。盘子是白的,菰米也是白的,在月光的照耀下,这盘菰米饭就像一盘珍珠那么晶莹。在那样艰苦的山村里,老人端出这盘雕胡饭,诗人被深深地感动了,最后两句说:"令人惭漂母,三谢不能餐。""漂母"用《史记·淮阴侯列传》的典故:韩信年轻时很穷困,在淮阴城下钓鱼,一个正在漂洗衣物的老妈妈见他饥饿,便拿饭给他吃,后来韩信被封为楚王,送给

---

① 寂寥(liáo):(内心)冷落孤寂。
② 秋作苦:秋天辛苦劳作。
③ 春(chōng):以杵捣去谷物皮壳。此句中"寒"与上句"苦",既指农家劳动辛苦,也指家境贫寒。
④ 跪:两膝着地,坐在足跟上。雕胡饭:即菰米饭。
⑤ 素盘:白色的盘子。一说素菜盘。
⑥ 惭:惭愧。漂母:洗衣的老妇人。《史记·淮阴侯列传》载:汉将韩信少时穷困,在淮阴城下钓鱼,一洗衣老妇见他饥饿,便给他饭吃。后来韩信帮助刘邦平定天下,功高封为楚王,以千金报答漂母。这里以漂母比荀媪。
⑦ 三谢:再三辞谢。飡:同"餐"。

漂母千金表示感谢。这首诗里的漂母指荀媪,荀媪这样诚恳地款待李白,使他很过意不去,又无法报答她,更感到受之有愧。

李白的性格本来是很高傲的,他不肯"摧眉折腰事权贵",常常"一醉累月轻王侯",在王公大人面前是那样地桀骜不驯。可是,对一个普通的山村老妈妈却是如此谦恭,如此诚挚,充分显示了李白的可贵品质。

李白的诗以豪迈飘逸著称,但这首诗的风格极为朴素自然。诗人用平铺直叙的写法,像在叙述他夜宿山村的过程,谈他的亲切感受,语言清淡,朴素自然,不露雕琢痕迹而颇有情韵,是李白诗中别具一格之作。

## ※第七节 宣州谢朓楼饯别校书叔云①

### 李 白

### 题解

李白于天宝十二载(753年)由梁园来到宣城,在此地漫游两年。这首诗是李白在宣城遇到在朝廷做秘书省校书郎的族叔李云时写的。宣州,今安徽宣城。谢朓楼,又称北楼、谢公楼、叠嶂楼,南齐诗人谢朓任宣城太守时所建。校书,校书郎,在朝廷做管理图书工作的官员。叔云,指李云,当时李云的官职是秘书省校书郎。

诗以忧思发端,抒写年华虚度、报国无门的愤懑,接下来盛赞汉代文章、建安风骨及谢朓诗歌,并以李云、自己的诗文与之相比,最后以出世之思作结。此诗章法跳跃多变,感情激荡起伏,于逸散中见严整,是李白千古名篇。

### 正文

弃我去者,昨日之日不可留。
乱我心者,今日之日多烦忧。
长风万里送秋雁,对此可以酣高楼②。
蓬莱文章建安骨③,中间小谢又清发④。
俱怀逸兴壮思飞,欲上青天览明月⑤。
抽刀断水水更流,举杯销愁愁更愁。
人生在世不称意,明朝散发弄扁舟⑥。

---

① 诗题一作《陪侍御叔华登楼歌》。华:李华,天宝十一载官监察御史,唐人称此职为侍御。
② 对此:指面对长风万里送秋雁的景色。酣高楼:畅饮于谢朓楼。酣,尽情畅饮。
③ 蓬莱:海上仙山。相传仙府的图书典籍都藏在这里。东汉时东观是官家著述及藏书之所,东汉学者将它比作道家蓬莱山。《后汉书》卷二三《窦融列传》附窦章传"是时学者称东观为老氏藏室,道家蓬莱山"。建安骨:即建安风骨,指汉末建安时期"三曹"和"七子"诗歌的风格特色。
④ 中间:指建安至唐之间的南齐时代。小谢:指谢朓。后人将他和谢灵运并举,称为大谢、小谢。清发:清新秀逸,这里指谢朓诗的风格。
⑤ 俱怀:都怀有。逸兴:高远的雅兴。壮思:豪壮的情思。览:同"揽",摘取。
⑥ 散发:古人平日束发戴帽子,散发就是披散着头发。意谓不做官,不受拘束。弄扁(piān)舟:乘小船归隐江湖。弄,摆弄。扁舟,小船。

### 参考译文

弃我而去的昨天已不可挽留,扰乱我心绪的今天使我烦忧。秋风吹起,万里长空是南归的鸿雁。面对此景,正可以登上高楼开怀畅饮。您的文章就像蓬莱宫中储藏的仙文一样高深渊博,同时具有建安文学的风骨。而我的诗风,也像谢朓那样清新秀逸。我们都满怀高远的雅兴,豪壮的情思,想要飞上高高的青天,去摘取那皎洁的明月。(然而每当想起人生的际遇,就忧从中来)。好像抽出宝刀去砍流水一样,水不但没有被斩断,反而流得更猛了。我举起酒杯痛饮,本想借酒排遣烦忧,结果反倒愁上加愁。人生在世竟然如此不称心如意,还不如明天就披散了头发,乘一只小船在江湖之上自在地漂流。

### 赏析

天宝十二载(753年)的秋天,李白来到宣州,他的一位官为校书郎的族叔李云将要离开,两人宴饮告别时写成此诗。诗中并不直言离别,而是重在抒发自己怀才不遇的牢骚和愤懑。诗的开头两句开门见山地展示了这首诗的基调。

接下来的六句是第二层,诗人笔锋一转展现出另一番天地。三、四句写秋季天高气爽,万里长空中群雁南飞。面对着这样开阔的景致,正可以在高楼上把盏痛饮。五、六句写酣饮后的思想情绪。酒酣之后,李白思路大开,他想到了汉代宏伟的文章,建安诗的刚健风骨,身在谢朓楼,当然更会想到在汉、唐之间的南齐时期出现的小谢的诗歌。他用这些来比较并称赞李云和自己。想到这些,诗人的情感越发激动、高昂,于是发出了(第七、八句)"俱怀逸兴壮思飞,欲上青天览明月"的呼喊。他们都胸怀壮志豪情,要飞到天上去摘取明月。当然,上青天揽明月只是一种要求解除烦忧,追寻自由的幻想,这在现实世界中是做不到的。最终他还是回到现实中来!

于是作者笔锋一转,进入了第三层。第九、十句是比喻:就好比用刀切断水流一样,结果,水反而流得更急了;用饮酒取醉的办法去解除忧愁也是不可能的,酒醉后更能引发内心的愁苦、愤懑。因而结尾两句说,在这个社会里,理想不能实现,就只好披散头发,驾着一叶小船游于江海之上了。诗人将解除烦忧,获取自由的希望寄托在明朝,这虽然也还是一个渺茫的幻想,但却表现了他那不甘沉沦、豁达乐观的精神。

## 第八节 春 望

### 杜甫

### 题解

杜甫(712—770年),字子美,其先京兆(今陕西西安)杜陵人,后徙居襄阳(今湖北襄阳),后移居河南巩县(今河南巩义市)。杜甫出生于河南巩县(今河南巩义市),是晋代名将杜预之后,祖父杜审言是武则天时期著名诗人。

杜甫的青少年时代是在盛唐时期度过的,过了一段南北漫游、裘马轻狂的生活。20岁南下吴越,24岁回到洛阳,举进士不第,第二年东游齐赵。30岁回到洛阳,筑室偃师,在那里结婚,往来偃师、洛阳之间。33岁在洛阳遇到刚被"赐金放还"的李白,两人建立了千古传颂的友谊。天宝五载(746年)至长安,郁郁不得志达十年之久。安史之乱后,杜甫落入叛军之手,后逃出到凤翔投奔唐肃宗,被授予左拾遗的官职,不久遭贬。乾元二年(759年)秋,弃官入蜀,开始了晚年漂泊西南的生活。严武镇蜀时,表为节度参谋、检校工部员外郎,后世因称杜工部。代宗永泰元年(765年)携家出蜀,漂泊至湖南一带,大历五年(770年)病逝于湘水上的一条小船中。

杜甫出身于"奉儒守官"的家庭,深受儒家忠君爱民思想的影响,有"致君尧舜上,再使风俗淳"的政治抱负。但他生活的时代正是唐朝由盛而衰的转变时期,他的遭遇使他能够深切体会并同情下层人民的痛苦,故其诗多涉笔社会动荡、政治黑暗、人民疾苦,被誉为"诗史"。在诗歌艺术上,他集古今诗人之大成,形成了"沉郁顿挫"的主要风格。其人忧国忧民,人格高尚,诗艺精湛,被奉为"诗圣"。清代仇兆鳌《杜少陵集详注》较为详尽地收录并注释其诗。

这首诗是杜甫"安史之乱"期间为叛军所俘,困居长安时所作。全篇忧国,伤时,念家,悲己,显示了诗人一贯心系天下、忧国忧民的博大情怀。

### 正文

国破山河在,城春草木深①。
感时花溅泪,恨别鸟惊心②。
烽火连三月③,家书抵万金④。
白头搔更短,浑欲不胜簪⑤。

### 参考译文

长安城沦陷了,虽然山河依旧,但春来后城中到处长着又深又密的草木。因感伤时事,牵挂亲人,所以我看见花开也落泪,听到鸟叫也感到心惊。战乱持续了很长时间了,家里已久无音讯,一封家信可以抵得上万两黄金那么珍贵。由于忧伤烦恼,头上的白发越来越稀少,简直连簪子也戴不了了。

### 赏析

诗人目睹沦陷后的长安城的萧条,虽身处其中但思家情切,不免感慨万端。诗的一、二两联,写春城败象,饱含感叹;三、四两联写心念亲人境况,饱含牵挂与忧伤。

"国破山河在,城春草木深。"开篇即写春望所见:长安城沦陷,城池残破,虽然山河依旧,可是乱草遍地。"破"字,使人触目惊心,"深"字,令人满目凄然。司马光说:"'山河

---

① "国破"二句:是说长安沦陷,山河依旧,但春来草木丛生、少有人居,面目已非昔比。国,国都,即京城长安。
② 这两句有两种解说:一说是诗人因感伤时事,牵挂亲人,所以见花开也落泪,听到鸟叫也感心惊。另一说是以花鸟拟人,因伤时事,觉得花也流泪,鸟也惊心。二说皆可通。感时,为国家的时局而感伤。恨别,悲恨离别。
③ 烽(fēng)火连三月:是说战乱持续时间很长。烽火,代指战争。连三月,是说战争持续时间之久。
④ 家书抵万金:家书可值万两黄金,极言音信之难得。抵,值。
⑤ "白头"两句:是说因愁于国事家事,头上白发脱落得更加稀疏,简直连簪子也插不上了。浑欲,简直。不胜簪:头发少得连发簪也插不住了。胜,承受。簪(zān):一种束发的首饰。

在',明无余物矣;'草木深',明无人矣。"(《温公续诗话》)诗人在此明为写景,实为抒发感慨,寄情于物,托感于景,为全诗创造了气氛。"感时花溅泪,恨别鸟惊心。"写感伤之情。见到花鸟这些平日里赏心悦目的事物,都是流泪伤心,这是景随情移。

　　诗的这前四句,都统在"望"字中。诗人俯仰瞻视,视线由近而远,又由远而近,视野从城到山河,再由满城到花鸟。感情则由隐而显,由弱而强,步步推进。在景与情的变化中,仿佛可见诗人由翘首望景,逐步地转入了低头沉思,自然地过渡到后半部分——想念亲人。

　　"烽火连三月"写战火连续不断。"家书抵万金"写出了消息隔绝久盼音讯不至时的迫切心情。"白头搔更短,浑欲不胜簪。"烽火遍地,家信不通,面对眼前颓败之景想念远方的亲人,不觉搔首踟蹰,顿觉稀疏短发几不胜簪。"白发"为愁所致。"搔"是想要解愁的动作。"更短"可见愁的程度。这样,在国破家亡、离乱伤痛之外,又叹息衰老,则更增一层悲哀。

# 第九节　春夜喜雨

杜　甫

### 题解

　　《春夜喜雨》写于上元二年(761年)春。杜甫在成都的生活相对安定,心情也较愉快。适逢春雨应时而降,他非常高兴,于是写下了这首诗。

　　《春夜喜雨》描写春夜降雨、润泽万物的美景,抒发了诗人对春夜细雨的喜爱赞美之情。

### 正文

好雨知时节,当春乃发生①。<br>
随风潜入夜,润物细无声②。<br>
野径云俱黑,江船火独明③。<br>
晓看红湿处,花重锦官城④。

### 参考译文

　　好雨似乎知道该下雨的节气到了,正当植物萌发生长的春天,它随着春风在夜里悄悄地落下,悄然无声地滋润着大地万物。雨夜中野外黑漆漆一片,只有江面小船上的灯火格外明亮。天亮后,看看这带着雨水的花朵,因春雨的滋润而显得沉重,整个锦官城变成了繁花盛开的世界。

---

① "好雨"二句:是说春雨似乎通人性,随春天而来,催发植物生长。乃,就,马上。
② 潜:暗暗地,静悄悄地。润物:使植物受到雨水的滋养。这两句写夜雨无声,于人不知不觉之中到来。
③ "野径"二句:是说阴云密布,野外一片漆黑,只有江面小船上的灯火亮着。野径,野外的道路。俱,全,都。江船,江面上的渔船。独,只有。
④ 晓:早晨。花重:指花因春雨滋润而显得沉重的样子。锦官城:指成都。

### 赏 析

诗的开篇"好"字含情,赞美春雨。"知时节"赋予春雨以人的生命和情感,在作者看来,春雨体贴人意,知晓时节,在人们急需的时候飘然而至,催发生机。多好的春雨啊!首联既言春雨的"发生",又含蓄地传达出作者热切盼望春雨降临的焦急心绪。颔联显然是诗人的听觉感受。春雨来了,在苍茫的夜晚,随风而至,悄无声息,滋润万物。颈联写田野小径也融入夜色,漆黑一片。只有江船渔火明亮夺目。这从侧面烘托出春雨之繁密。尾联是想象之辞,诗人欣慰地想到第二天天亮的时候,锦官城将是一片万紫千红的春色。花之红艳欲滴、生机盎然正是无声细雨滋润洗礼的结果。

通过以上对诗句的分析,不难看出,杜甫是按这样一条情感思路来构思行文的:盼雨——听雨——看雨——想雨。俗话说,"春雨贵如油",不错的,对于这珍贵如油的春雨,众人皆盼,诗人亦然。而当春雨飘然降临的时候,诗人更是惊喜不已,便把这份对春雨的喜爱之情描绘得如此细腻逼真,曲折有致。

"随风潜入夜,润物细无声。""潜"字拟人化,描写春雨来时悄无声息、无影无踪的情态,颇具情趣,诱发人们对春雨的喜爱之情。"润"字传神,准确而生动地写出了春雨滋润万物,静默无声的特点,既绘形,又言情,形情皆备,精深独妙,成为名句。"润物细无声"现在很多时候也用来形容使人在潜移默化中受到教育和熏陶。

## ※第十节 石 壕 吏

杜 甫

### 题 解

唐肃宗乾元元年(758年),为平息安史之乱,唐朝廷命郭子仪、李光弼等九位节度使围攻安庆绪(安禄山的儿子)所占的邺郡(今河南安阳),胜利在望。但由于史思明派来援军,加上唐军内部矛盾重重,形势发生逆转。在敌人两面夹击之下,唐军全线崩溃。郭子仪退守河阳(今河南孟州),为补充兵力,便强行抓人当兵,人民苦不堪言。乾元二年(759年),杜甫自洛阳返华州途中,目睹了安史战乱所造成的纷乱景象,于是将沿途见闻写成两组六篇新题乐府诗。即《石壕吏》《新安吏》《潼关吏》和《新婚别》《垂老别》《无家别》,后人合称其为"三吏""三别"。

《石壕吏》即是写官吏夜里强行抓人当兵的一幕,深刻地表现了安史之乱给人民带来的深重苦难。石壕:也叫石壕镇,在现在河南三门峡东南。吏:小官,这里指差役。

### 正 文

暮投石壕村,有吏夜捉人①。老翁逾墙走,老妇出门看②。

---

① 投:投宿。夜:时间名词作状语,在夜里。
② 逾(yú):越过。走:跑,这里指逃跑。

吏呼一何怒！妇啼一何苦③！
听妇前致词：三男邺城戍④。一男附书至，二男新战死⑤。
存者且偷生⑥，死者长已矣⑦！室中更无人，惟有乳下孙⑧。
有孙母未去⑨，出入无完裙⑩。老妪力虽衰，请从吏夜归⑪。
急应河阳役，犹得备晨炊⑫。
夜久语声绝⑬，如闻泣幽咽⑭。天明登前途⑮，独与老翁别⑯。

### 参考译文

傍晚投宿于石壕村，夜里有差役来抓丁捉人。老翁翻墙逃走，老妇走出去应对。

官吏喊叫的声音是那样凶，老妇啼哭的声音是那样凄苦。

我听到老妇上前说："我的三个儿子都去邺城服役。其中一个儿子托人捎信回来，另外两个儿子最近刚战死了。活着的人暂且偷生，死的人永远逝去。家中再也没有什么人丁了，只有个吃奶的小孙子。因为有小孙子，所以他母亲没有离开这个家，但进进出出没有完整的衣裙。老妇我虽然身体衰弱，请让我今晚跟你们一起回营去。赶快到河阳去服劳役，还赶得上准备早饭。"

到了深夜，说话的声音没有了，但好像听到（有人）低声哭泣。天亮后我继续赶前面的路程，只能与逃走回来的老翁告别。

### 赏析

《石壕吏》是一首杰出的现实主义叙事诗，写了差役到石壕村乘夜捉人征兵，连年老力衰的老妇也被抓走服役的故事。揭露了官吏的残暴和兵役制度的黑暗，表达了对安史之乱中人民所遭受的苦难的深切同情。艺术上，作者把抒情和议论寓于叙事之中，爱憎分明。场面和细节描写自然真实。善于裁剪，中心突出。

前四句可看作第一段。首句"暮投石壕村"，点明了投宿的时间和地点，为悲剧提供了典型环境。"有吏夜捉人"一句，是全篇的提纲，以下情节，都从这里生发出来。不说"征兵""点兵""招兵"，而说"捉人"，在如实描绘之中包含揭露、批判之意。再加上一个"夜"字，含义更丰富。第一，表明官府"捉人"之事时常发生，人们白天躲藏起来，无法"捉"到；

---

③ 呼：叫喊。一何：多么。怒：这里指粗暴，凶狠。啼：啼哭。苦：凄苦。
④ 前致词：走上前去（对差役）说话。致，对……说。三男：三个儿子。戍(shù)：防守，这里指服役。
⑤ 附书至：捎信回来。书，书信。至，回来。新：最近。
⑥ 存者：活着的，指附书之男。且偷生：姑且活一天算一天。且，姑且，暂且。偷生，苟且活着。
⑦ 长已矣：永远完了。已，停止，这里引申为完结。
⑧ 室中：家中。更无人：再没有别的（男）人了。更，再。唯，只，仅。乳下孙：还在吃奶的孙子。
⑨ 有孙母未去：（因为）有孙子在，（所以）他的母亲还没有离去。
⑩ 无完裙：没有完整的衣服。裙，这里泛指衣服。
⑪ 老妪(yù)：老妇人。衰：弱。请从吏夜归：请让我今晚跟你们一起回营去。请，请让我。从，跟从。
⑫ 急应河阳役：赶快到河阳去服役。应，应征。犹得备晨炊：还能够准备早饭。犹得，还能够。
⑬ 夜久语声绝：到了深夜，说话的声音没有了。
⑭ 如闻泣幽咽(yè)：好像听到（有人）低声地哭。幽咽，形容低微、断续的哭声。
⑮ 天明登前途：（诗人）天亮登程赶路的时候。前途，这里指诗人前行的路途。
⑯ 独与老翁别：只同那个老头儿告别（老妇已经被抓去服役了）。

第二,表明吏"捉人"的手段狠毒,在黑夜人们入睡时来个突然袭击。诗人是"暮"投石壕村的,从"暮"到"夜",已过了几个小时,这时当然已经睡下了。"老翁逾墙走,老妇出门看"两句,表现了人民长期以来深受抓丁之苦,昼夜不安。即使到了深夜,仍然寝不安席,一听到门外有了响动,就知道县吏又来"捉人",老翁立刻"逾墙"逃走,由老妇开门应对。

从"吏呼一何怒"至"犹得备晨炊"这十六句,可看作第二段。"吏呼一何怒!妇啼一何苦!"两句,极其概括、极其形象地写出了"吏"与"妇"的尖锐矛盾。一"呼"、一"啼",一"怒"、一"苦",形成了强烈的对照;两个状语"一何",加重了感情色彩,有力地渲染出吏如狼似虎的蛮横气势,并为老妇以下的诉说制造出悲愤的气氛。"妇啼一何苦",是"吏呼一何怒"逼出来的。下面,诗人不再写"吏呼",全力写"妇啼",而"吏呼"自见。

"听妇前致词"承上启下。那"听"是诗人在"听",那"致词"是老妇"苦啼"着回答吏的"怒呼"。写"致词"内容的十三句诗,多次换韵,表现出多次转折,暗示了县吏的多次"怒呼"、逼问。这十三句诗,不是"老妇"一口气说下去的,而吏也绝不是在那里听着。实际上,"吏呼一何怒,妇啼一何苦!"不仅发生在事件的开头,而且持续到事件的结尾。

从"三男邺城戍"到"死者长已矣",这是针对吏的第一次逼问诉苦的。吏夜里进门捉人,却找不到一个男人,于是怒吼道:"你家的男人都到哪儿去了?快交出来!"老妇泣诉说:"三个儿子都当兵守邺城去了。一个儿子刚刚捎来一封信,信中说,另外两个儿子已经战死了!"泣诉的时候,可能吏还不相信,老妇还拿出信来给吏看。

总之,"存者且偷生,死者长已矣!"处境是够使人同情的,老妇很希望以此博得吏的同情。不料吏又大发雷霆:"难道你家里再没有别人了?快交出来!"她只得针对这一点诉苦:"室中更无人,惟有乳下孙。"这两句,也不是一口气说下去的,因为"更无人"与下面的回答发生了明显的矛盾。合理的解释是:老妇先说了一句:"家里再没人了!"在这时,躲在屋里的儿媳妇怀里抱着的小孙子,受了怒吼声的惊吓,哭了起来。于是吏抓到了把柄。老妇不得已,这才说:"只有个孙子啊!还吃奶呢,小得很!""吃谁的奶?总有个母亲吧!还不把她交出来!"老妇担心的事情终于发生了!她只得硬着头皮解释:"孙子是有个母亲,她的丈夫在邺城战死了,因为要喂奶给孩子,才没有离开。可怜她衣服破破烂烂,怎么见人呀!"("有孙母未去,出入无完裙"两句,有的版本为"孙母未便出,见吏无完裙",所以吏是要她出来的。)但吏仍不肯罢手。老妇生怕守寡的儿媳被抓,饿死孙子,只好挺身而出:"老妪力虽衰,请从吏夜归。急应河阳役,犹得备晨炊。"老妇的"致词"到此结束,表明吏勉强同意,不再"怒吼"了。

最后一段虽然只有四句,却照应开头,涉及所有人物,写出了事件的结局和作者的感受。"夜久"二字,反映了老妇一再哭诉,吏百般威逼的过程。"如闻"二字,一方面表现了儿媳妇因丈夫战死、婆婆被"捉"而泣不成声,另一方面也显示出诗人以关切的心情倾耳细听,通夜未能入睡。"天明登前途,独与老翁别"两句,收尽全篇,于叙事中含无限深情。前一天傍晚投宿之时,老翁、老妇均在,而时隔一夜,老妇被捉走,儿媳妇泣不成声,只能与逃走归来的老翁作别了。老翁的心情怎样,诗人作何感想,这些都给读者留下了想象的余地。

在艺术表现上,这首诗最突出的一点是精炼。诗中运用藏问于答的表现手法。"吏呼一何怒!妇啼一何苦!"概括了双方的矛盾之后,便集中写"妇",不复写"吏"。而"吏"的蛮悍、横暴,却于老妇"致词"的转折和事件的结局中暗示出来。诗人又十分善于剪裁,叙事中藏有不尽之意。一开头,只用一句写投宿,立刻转入"有吏夜捉人"的主题。又如只写了"老翁逾墙走",未写他何时归来;只写了"如闻泣幽咽",未写泣者是谁;只写老妇"请从吏夜归",未写她是否被带走,却用照应开头、结束全篇,既叙事又抒情的"独与老翁别"一句告诉读者:老翁已经归家,老妇已被捉走;那么,那位吞声饮泣、不敢放声痛哭的,就是给孩子喂奶的年轻寡妇了。正由于诗人笔墨简洁、洗练,用了较短的篇幅,在惊人的广度与深度上反映了生活中的矛盾与冲突,这是十分难能可贵的。

## 第十一节 游 子 吟

孟 郊

### 题解

孟郊(751—814年)字东野,湖州武康(今浙江德清)人。家境贫困,屡试不第。46岁始登进士第,曾任溧阳尉。元和初年,河南尹郑余庆奏为河南水陆转运从事,试协律郎,定居洛阳。后郑余庆镇兴元,奏孟郊为参谋,赴任途中病卒。

孟郊一生潦倒,仕途失意,他性格孤直,不肯与世俗同流。其诗作多有不平之鸣,也有一部分反映民间疾苦。他与韩愈交往密切,并称"韩孟"。孟郊与贾岛都以苦吟著称,苏轼称他们为"郊寒岛瘦",有《孟东野诗集》传世。

《游子吟》是一首母爱的颂歌。孟郊父早卒,家计全靠母亲支撑。此诗写于作者出任溧阳尉之时。诗题下作者自注:"迎母溧上作"。

### 正文

慈母手中线,游子身上衣①。
临行密密缝,意恐迟迟归②。
谁言寸草心,报得三春晖③。

### 参考译文

慈祥的母亲手里拿着针线,为将远游的孩子缝制衣服。(孩子)临行前,她忙着缝得严严实实,是担心孩子此去迟迟不回来。慈母对子女们的养育之恩,就像春天的阳光给予小草的恩惠;谁能说儿女们的那点孝心,能报答慈母那伟大的养育之恩呢?

### 赏析

这是一首母爱的颂歌。在宦途失意的境况下,诗人饱尝世态炎凉,穷愁终身,愈觉亲

---

① 游子:离家外出宦游、求学、谋生的人。
② 意恐:担心。归:回来。
③ "谁言"二句:是说微薄的孝心难以报答养育之恩。寸草,比喻非常微小。三春晖,喻指慈母之恩。三春,春季的三个月。旧称农历正月为孟春,二月为仲春,三月为季春。晖,阳光。形容母爱如春天和煦的阳光。

情之可贵。诗中亲切而真挚地歌颂了伟大的母爱,感情淳厚。

对于孟郊这位常年颠沛流离、居无定所的游子来说,最值得回忆的,莫过于母子分离时,慈母缝衣的场景了。开头两句"慈母手中线,游子身上衣",从人到物,突出了两件最普通的东西,写出了母子相依为命的骨肉亲情。紧接两句写出人的动作和意态,把笔墨集中在慈母上。临行之前,老母亲一针一线,针针线线都是这样的细密,是怕儿子迟迟难归,故而要把衣衫缝制得更为结实一点儿吧。其实,老人的内心何尝不是期盼儿子早些平安归来呢!慈母的一片深笃之情,正是在日常生活中最细微的地方流露出来。朴素自然,动人心弦,催人泪下,唤起普天下儿女们亲切的联想和深挚的思念。

"谁言寸草心,报得三春晖。"诗人出以反问,意味深长。这两句是前四句的升华,通俗形象的比喻,加以悬绝的对比,表达了赤子炽烈的情意:对于春天阳光般深厚博大的母爱,区区小草般儿女的孝心怎能报答万分之一呢?

"诗从肺腑出,出辄愁肺腑"(苏轼《读孟郊诗》)。诗中以家常事、平淡语,道出人间最真挚深厚的亲情,引起了无数读者的共鸣,千百年来一直脍炙人口。

## 第十二节 赋得古原草送别

白居易

### 题解

白居易(772—846年),字乐天,晚年号香山居士、醉吟先生。原籍太原,后迁居下邽(今陕西渭南),生于新郑(今河南新郑)。十一二岁时,因避战乱而在江淮一带辗转漂泊。入仕后,历任校书郎、周至县尉、翰林学士、左拾遗等官。白居易前期思想以"兼济天下"为主。文学上,写了大量的政治讽喻诗。元和十年(815年),被诬越职言事而贬为江州司马。这是白居易思想的一次转折,后期思想以"独善其身"为主。又历任忠州、杭州、苏州刺史,中书舍人、秘书监、刑部侍郎、太子少傅等职。会昌六年(846年)卒,有《白氏长庆集》传世。

白居易倡导新乐府运动,主张"文章合为时而著,歌诗合为事而作"。他把自己的诗分为讽喻、闲适、感伤、杂律四类。讽喻诗以《新乐府》50首、《秦中吟》10首最著名;感伤诗以长篇叙事歌行《长恨歌》《琵琶行》最脍炙人口;闲适诗与杂律诗多为吟咏性情、诗酒酬唱及描写自然景物之作,名篇也很多。其诗总体风格通俗浅显,相传"老妪能解",但"言浅而思深"(清薛雪《一瓢诗话》)。流传广泛,影响深远。

据唐张固《幽闲鼓吹》载:作者初进京城,携诗拜访当时的名士顾况。顾借"居易"之名打趣说:"米价方贵,居亦弗易。"待读其诗至"野火烧不尽,春风吹又生"时,不禁大为赞赏道:"道得个语,居即易矣!"遂广为延誉。

前四句写"原上草",后四句写"古道送别"。诗人借咏古原上青草起兴,抒发对远行友人的依恋。赋得:古代举子依限定的成语为题赋诗,题前例加"赋得"二字。即得某题之意。

### 正 文

离离原上草①,一岁一枯荣。
野火烧不尽,春风吹又生。
远芳侵古道②,晴翠接荒城③。
又送王孙去④,萋萋满别情⑤。

### 参考译文

古原上的青草是多么繁茂,每年秋冬枯黄,春来草色变青。
野火只能烧掉干叶,春风吹来时,大地又是绿意浓浓。
野草连绵一片,掩没了古道,延伸到远方的荒城。
我又一次送走知心的好友,茂密的青草代表我的深情。

### 赏 析

这是一曲野草颂,也是生命的颂歌,而且还写出作者对朋友的依依不舍。

野草离离,生生不已。离离是生长的态势;岁岁枯荣是其生命的律动过程,其意蕴是规律和永恒。然而永恒的生命并不是在平庸中延续的,诗人把它放在熊熊的烈火中去焚烧,在毁灭与永生的壮烈对比中,验证其生命力的顽强。野火焚烧象征生命的艰辛和考验;春风吹又生言其顽强不屈,坚定执着;侵古道、接荒城则言其无所不往,势不可阻。

诗的前四句侧重表现野草生命的历时之美;后四句侧重表现其共时之美。尾联扣住送别之意,"又"字暗示离别乃古今人事之所难免;别情如春草萋萋,也是人之常情。所以前人有"王孙游兮不归,春草生兮萋萋"(《楚辞·招隐士》)之叹,后人亦有"离恨恰如春草,更行更远还生"(李煜《清平乐》)之悲。

## 第十三节 买 花

白居易

### 题 解

元和五年(810年)前后,白居易创作了《秦中吟》十首。诗前小序曰:"贞元、元和之际,予在长安,闻见之间,有足悲者。因直歌其事,命为《秦中吟》。"

《买花》为《秦中吟》十首之一,题目一作《牡丹》。唐代李肇在《唐国史补》里说:"京城贵游尚牡丹三十余年矣。每春暮,车马若狂,以不耽玩为耻。执金吾铺官围外寺观,种以求利,一本有直数万者。"

---

① 离离:青草繁茂的样子。
② 远芳:远方的芳草。这句意思是草茂盛渐渐长满道路。
③ 晴翠接荒城:春草连绵一片,远接荒城。晴翠,形容草色。荒城:荒芜的古城。
④ 王孙:贵族子弟,这里借指被送之人。
⑤ 萋萋:青草茂盛的样子,此处借喻离情别绪之深有如这一望无际的古原草。

《买花》这首诗,通过对"京城贵游"买牡丹花的描写,揭露了社会矛盾的某些本质,表现了具有深刻社会意义的主题。诗人的高明之处,在于他从买花处所发现了一位别人视而不见的"田舍翁",从而触发了他的灵感,完成了独创性的艺术构思。

### 正文

帝城春欲暮,喧喧车马度①。
共道牡丹时,相随买花去。
贵贱无常价,酬值看花数②。
灼灼百朵红,戋戋五束素③。
上张幄幕庇,旁织笆篱护④。
水洒复泥封,移来色如故⑤。
家家习为俗,人人迷不悟⑥。
有一田舍翁,偶来买花处。
低头独长叹,此叹无人喻⑦。
一丛深色花,十户中人赋⑧。

### 参考译文

暮春时节,长安城中车水马龙,热闹非凡。原来是到了牡丹盛开的时节,长安城里的名门大户纷纷相随前去买花。牡丹花的价钱贵贱不一,价钱多少以花的品种来定。一株开了百朵花的红色牡丹,要付五匹白绢的价钱。它们被精心呵护着,主人还给罩上了帷幕,筑起了篱笆。辛勤浇灌之余还用肥沃的土封好,因此从卖花处移栽回来时,颜色还和以前一样鲜艳。家家习以为俗,更没有人认为这是奢侈浪费。有一个老农无意中也来到了买花的地方,目睹此情景,不由得低头长叹,然而此叹又有谁在意呢:这一丛深色的牡丹花的价钱相当于十户中等人家一年的赋税了。

### 赏析

全诗可分两部分。"人人迷不悟"以上十四句,写京城贵族买花;以下六句,写田舍翁看买花。

京城的春季将要过去,大街小巷来来往往奔驰着喧闹不已的车马。都说到了牡丹盛开的时节,要相随着赶去买花。一开头用"帝城"说地点,用"春欲暮"点时间。"春欲暮"之时,农村中青黄不接,农事繁忙,而长安城中,却"喧喧车马度",忙于"买花"。这四句写"买

---

① 喧喧:喧闹嘈杂的声音。度:过。
② "贵贱"二句:是说花的价格不固定,买花者视花的品种付钱。直,同"值"。看花数:相当于看货付钱。
③ "灼灼"二句:是说一株开了百朵红花的牡丹可以卖到五匹帛的价值。灼灼,形容花色艳丽。戋(jiān)戋,微少。素:精白的绢。
④ 幄(wò)幕:篷帐帘幕。织:编。笆篱:篱笆。
⑤ 移来:指从卖花处移栽过来。
⑥ 习为俗:长期的习惯成为风俗。迷不悟:迷恋于赏花,不知道这是奢侈浪费的事情。
⑦ 喻:知道,了解。
⑧ "一丛"二句:一丛深色牡丹花的价钱相当于十户中等人家所出的赋税。中人:即中户,中等人家。唐代按户口征收赋税,分为上中下三等。

花去"的场面,为下面写以高价买花与精心移花作好了铺垫。接着便是这些富贵闲人为买花、移花而挥金如土。"灼灼百朵红,戋戋五束素。"一株开了百朵花的红牡丹,竟要付五匹白绢的价钱,价格之昂贵的确惊人。那么"上张幄幕庇,旁织笆篱护,水洒复泥封,移来色如故",如此珍惜它,也就非常自然了。

家家以买花为习俗,人人执迷不悟,以上只做客观描绘。"人人迷不悟",暗含着作者的倾向。在他目睹这些狂热的买花者挥金如土,发出"人人迷不悟"的感慨之时,忽然发现了一位"偶来买花处"的"田舍翁",看见他在"低头",听见他在"长叹"。这种鲜明而强烈的对比,揭示了当时社会生活的本质:仅仅买一丛"灼灼百朵红"的深色花,就要挥霍掉十户中等人家的税粮!这揭示了当时社会"富贵闲人一束花,十户田家一年粮"的贫富差距。最后这一警句使读者恍然大"悟":这些"高贵"的买花者,衣食住行,都是来源于从劳动人民身上榨取的"赋税"。诗人借助"田舍翁"的一声"长叹",尖锐地反映了剥削与被剥削的矛盾。白居易敢用自己的诗歌创作谱写人民的心声,这是十分可贵的。

# ※第十四节　无　题

李商隐

### 题解

李商隐(约812—858年),字义山,号玉溪生,又号樊南生,怀州河内(今河南沁阳)人。开成二年(837年)进士及第。曾任秘书省校书郎、弘农尉、东川节度使判官等职。早期,李商隐因文才而深得牛党要员令狐楚的赏识,后李党的王茂元爱其才将女儿嫁给他。他因此而遭到牛党的排斥。从此,李商隐便在牛李党争的夹缝中求生存,辗转于各藩镇幕僚当幕僚,郁郁不得志,潦倒终身。

李商隐是晚唐大家,和杜牧并称"小李杜"。李商隐的诗或忧国伤时,或抒情言志,或咏史咏物,或表达爱情。而以爱情诗成就最高,富有朦胧的悲剧美。他的爱情诗写得缠绵悱恻,诗意似隐似现,尤为历代传诵,但有些过于隐晦迷离,难于索解。这类诗或名《无题》,或取篇中两字为题,有《李义山诗集》传世。

下面这篇《无题》,写与相爱的女子暮春伤别,在凄苦的气氛中抒写缠绵悱恻的情思,真诚、深刻、哀婉动人。

### 正文

相见时难别亦难①,东风无力百花残②。
春蚕到死丝方尽③,蜡炬成灰泪始干④。

---

① "相见"句:相见机会难得,而离别更令人难舍。第一个"难"是困难,第二个"难"是难舍。
② "东风"句:点明是在暮春季节。残:花儿凋零。百花残:暗寓相爱之事前景黯淡。
③ 丝方尽:意思是除非死了,思念才会结束。丝,与"思"谐音,此句一语双关。
④ 蜡炬:蜡烛。泪:指燃烧时的蜡烛油,这里取双关义,指相思的眼泪。

晓镜但愁云鬓改⑤,夜吟应觉月光寒。
蓬山此去无多路⑥,青鸟殷勤为探看⑦。

## 参考译文

见面的机会真是难得,分别时也难舍难分,况且又是东风将收的暮春天气,百花凋零,更加使人伤感。春蚕结茧吐丝,到死时丝才吐完,蜡烛要燃烧成灰时,像泪水一样的蜡油才能滴干。女子早晨梳妆照镜子,只担忧柔美如云的鬓发逐渐变白,青春的容颜消失。男子晚上吟诗难于入睡,也感到月光下的寒冷。对方的住处就在不远的蓬莱山,却无法相见,可望而不可及。希望有青鸟一样的使者多多为我去探望。

## 赏析

李商隐以"无题"命名的一类诗,多数描写爱情,其内容或因不便明言,或因难用一个恰当的题目表现,所以命为"无题"。这首诗是他众多"无题"中流传较广泛的一首。

首联:相见时难别亦难,东风无力百花残。"东风"即春风,点出季节;"百花残"点出时令,是春暮。在这样的时节,两个相爱的人儿好不容易聚在一起,却又不得不面临着分离。相见本已是万分"艰难",而离别就更为"痛苦、难舍、难以忍受"。两个"难"字,第一个指相会困难,第二个有难舍难分、痛苦与忍受的意思。因为"相见时难"所以"别亦难"。按一般而言,诗歌是先写景,后抒情;在这里,作者却是先述离情,再描悲景,更衬出诗人处于"两难之境"的悲伤心情。这是寓情于景的方法。

颔联"春蚕到死丝方尽,蜡炬成灰泪始干"是流传千古的名句。本联连设两个比喻:"蚕吐丝""蜡流泪"。用"丝"谐音"思",用蜡烛燃烧时流下的蜡烛油喻指相思的眼泪。意思是说:我的思念,如同春蚕吐丝,到死方休;思念的泪水,如同蜡炬燃烧成灰后蜡油才流干。再用"到死"、"成灰"与"方尽"、"始干"两相对照,妙句天成,传达出刻骨铭心、生死不渝的至情。缠绵悱恻,炽热浓郁,成为表达坚贞不渝的爱情的名句。

此外,这句诗还寓含着一种超越诗歌本身内容而更具普遍意义的哲理:对工作或事业的忠诚执着,无私奉献。全句言深情而寓真理。

颈联:晓镜但愁云鬓改,夜吟应觉月光寒。设想两人别后相思孤寂的情状。上句想象对方,"云鬓改"写出因为思念之苦,夜晚辗转不能成眠,以至于鬓发脱落,容颜憔悴。下句写自己,夜晚对月低吟的时候,也是因为那一份思念而倍觉月光的清寒。"应觉月光寒"是借生理上冷的感觉反映心理上的凄凉之感。对"镜",是顾影自怜;对"月",则是形只影单。再加上一"晓"一"夜"的时间点示,写尽了朝思暮想的思念之情,并使因受相思之苦而坐卧不安的恋人形象跃然纸上。

如果说这首诗是从女子角度来抒写对爱情的感受,那么此联的上句则是写自己,下句则设想对方,这样理解也非常美妙。总之,无论从男女哪个角度,这首诗的意蕴都是如此动人。

---

⑤ 晓镜:早晨梳妆照镜子。云鬓:女子多而美的头发,这里比喻青春年华。改:头发由黑变白,喻指年华流逝。这句是设想对方(女子)的活动及心理。

⑥ 蓬山:蓬莱山,传说中海上仙山,比喻对方住的地方。无多路:距离不远。

⑦ 青鸟:神话中西王母的神鸟。后代指传递音讯的信使,或为男女之间的信使。殷勤:频繁、反复。

尾联：蓬山此去无多路，青鸟殷勤为探看。这句带有梦幻般的神话色彩。"蓬山"，本来是指传说中的海上仙山蓬莱，这里用来借指恋人住处。"青鸟"，是神话中给王母娘娘当信使的神鸟。本来与恋人距离不算遥远，但由于种种原因却无法相见，诗人只能寄希望于"青鸟"来探听消息，寄希望于"青鸟"去替我看望对方。可见双方的相见是多么的难！以此回应"相见时难"，也更进一步突显出"别亦难"，这样就使得全诗首尾圆合、浑然一体了。

## 第十五节　泊秦淮

杜　牧

### 题解

杜牧（803—852年），字牧之，京兆万年（今陕西西安）人。祖父杜佑是中唐有名的宰相和史学家。杜牧少年时即有大志，博览群书。大和二年（828年）中进士。曾历任黄州、池州、睦州、湖州等州刺史，官至中书舍人，卒于任。

杜牧是晚唐大家，诗、文、赋、书画都精通。为人刚直不阿，敢于论列大事，指陈时弊。政治上不失为有识见，但始终未能施展抱负。有《樊川文集》20卷传世。

杜牧颇为关心政治，对当时百孔千疮的唐王朝表示忧虑，他看到统治集团的腐朽昏庸，看到藩镇的拥兵自固，看到边患的频繁，深感社会危机四伏，唐王朝前景可悲。这种忧时伤世的思想，促使他写了许多具有现实意义的诗。《泊秦淮》就是在这种思想基础上产生的。

大中二年（848年），杜牧离睦州（今浙江淳安）刺史任回朝，途经金陵。当他来到当时还是一片繁华的秦淮河上，听到酒家歌女演唱《后庭花》曲时，便感慨万千，写下了这首诗。诗中说，金陵歌女"不知亡国恨"，还唱着那《后庭花》曲。其实，这是作者借陈后主（陈叔宝）因荒淫享乐终至亡国的历史，讽刺晚唐那些醉生梦死的统治者。表现了作者对国家命运的无比关怀和深切忧虑。秦淮：秦淮河。唐时金陵为江南繁盛之地。

### 正文

烟笼寒水月笼沙，夜泊秦淮近酒家①。
商女不知亡国恨，隔江犹唱《后庭花》②。

### 参考译文

暮霭、水汽、朦胧的月光笼罩在秦淮河上，月光映照着江边的沙岸。夜晚把船停在岸边。歌女不知道亡国的遗恨，还在秦淮河对岸的酒家里唱着《玉树后庭花》这首亡国之音。

---

① 烟：指暮霭和水汽。笼：笼罩。沙：指河边的沙岸。这句运用的是"互文见义"的写法。
② "商女"二句：卖唱的歌女不懂得亡国之恨，仍在岸边的酒家里唱《后庭花》这首亡国之乐。《后庭花》：《玉树后庭花》的简称，南朝陈后主（陈叔宝）所作。因陈后主是亡国之君，所以后人又把他所喜爱的《玉树后庭花》称为亡国之音。

## 赏 析

诗中第一句,烟、水、月、沙四者,被两个"笼"字融合在一起,绘成一幅淡雅的水边夜色。"夜泊秦淮近酒家",前四个字为上一句的景色点出时间、地点,也照应了诗题;后三个字又为下文打开了道路,由于"近酒家",才引出"商女""亡国恨""后庭花",也由此才触动了诗人的情怀。因此,这句诗承上启下,体现了诗人构思的细密、精巧。

"商女不知亡国恨,隔江犹唱《后庭花》",表现出辛辣的讽刺,深沉的悲痛和无限的感慨。这两句说明:较为清醒的封建知识分子对国事非常担忧,而官僚贵族正以声色歌舞、纸醉金迷的生活来填补他们腐朽而空虚的灵魂。商女,是侍候他人的歌女。她们唱什么是由听者的趣味而定,可见诗说"商女不知亡国恨",乃是一种曲笔,真正"不知亡国恨"的是那些座中的欣赏者——封建贵族、官僚、豪绅。他们不以国事为怀,反用《玉树后庭花》这种亡国之音来寻欢作乐,这怎能不使诗人产生历史又将重演的隐忧呢!"隔江"二字,承上"亡国恨"故事而来,指当年隋兵陈师江北,一江之隔的陈朝小朝廷危在旦夕,而陈后主依然沉湎于声色。"犹唱"二字,微妙而自然地把历史、现实和想象中的未来串成一线,意味深长。

## 练 习

**一、填空题**

1. 李白在黄鹤楼送的那位故人是_____。这位故人要去的地方是_____。题目的意思是_____。
2. 《春望》一诗杜甫移情于花鸟,以"_____,_____"这两句表达了忧国伤时的复杂情怀。
3. 《石壕吏》中表明捕吏凶暴、老妇凄苦的语句是:_____,_____。
4. 《春望》中表现长安城春日满目凄凉、国都残破的语句是:_____,_____。
5. 《泊秦淮》表现诗人忧患意识,点明全诗主旨的诗句是_____,_____。
6. 李商隐《无题》中通过神话传说表达一点慰藉的诗句是:_____,_____。
7. 杜甫《春夜喜雨》中的名句是:_____,_____。
8. 白居易《赋得古原草送别》中的名句:_____,_____。
9. 白日依山尽,黄河入海流。_____,_____。
10. 白居易《买花》中道出中唐社会巨大的贫富差距的诗句是:_____,_____。

**二、连线题**

① 诗 仙　　　A. 王 维
② 诗 圣　　　B. 李 白
③ 诗 佛　　　C. 杜 甫
④ 诗 鬼　　　E. 刘禹锡
⑤ 诗 豪　　　F. 李 贺

**三、选择题**

1. 对王昌龄诗《芙蓉楼送辛渐》的赏析,不正确的是(　　)。
   A. 这是一首送别诗,首句从昨夜秋雨写起,为送别设置了凄清的气氛。

B. 第二句中的"平明"点明送客的时间;"楚山孤",既写出了友人的去向,又暗寓了自己送客时的心情。
C. 三、四句,写的全是自己,表明自己的品格,与送别之意略有脱离。
D. "一片冰在玉壶"比喻自己玉洁冰清的节操。

2. 下列诗人,不属于"初唐四杰"的是(　　)。
　　A. 王维　　　B. 杨炯　　　C. 卢照邻　　　D. 骆宾王

3. 有关李白,下列说法不正确的是(　　)。
　　A. 李白是屈原之后我国最为杰出的浪漫主义诗人,有"诗仙"之称。
　　B. 李白号青莲居士,与杜甫齐名,世称"李杜"。
　　C. 李白诗歌有《蜀道难》《宣州谢朓楼饯别校书叔云》《将进酒》等。
　　D. 李白因诗才受玄宗赏识,一生为官,衣食无忧,不像杜甫那样到处漂泊。

4. 盛唐"边塞诗派"的代表作家是(　　)。
　　A. 王维　孟浩然　　　　　　B. 元稹　白居易
　　C. 高适　岑参　　　　　　　D. 韩愈　柳宗元

5. 对诗句"感时花溅泪,恨别鸟惊心"的解说最恰当的是(　　)。
　　A. 诗人因感伤时事,牵挂亲人,看到花开、听到鸟鸣,都会落泪、心惊。
　　B. 诗人因受感动而泪落到花上,因有怨恨,所以鸟叫声让自己烦心。
　　C. 诗人因感伤时事,牵挂亲人,看到花开、听到鸟鸣,都很怨恨、心烦。
　　D. 诗人因受感动而泪落到花上,听到鸟叫声而产生了遗憾。

6. 下列哪一首诗被谱成古曲"阳关三叠"而传颂不衰?(　　)。
　　A. 李白《黄鹤楼送孟浩然之广陵》　　B. 王维《送元二使安西》
　　C. 白居易《赋得古原草送别》　　　　D. 王昌龄《芙蓉楼送辛渐》

7. 称赞唐代王维的诗画为"诗中有画,画中有诗"的宋代人是(　　)。
　　A. 欧阳修　　　B. 王安石　　　C. 苏轼　　　D. 李清照

8. 对《泊秦淮》这首诗的赏析,不正确的是(　　)。
　　A. 这首诗即景感怀,金陵曾是六朝都城,繁华一时。目睹如今的唐朝国势日衰,当权者昏庸荒淫,不免要重蹈六朝覆辙,无限感伤。
　　B. 首句写景,先竭力渲染水边夜色的朦胧;二句叙事,点明夜泊地点。
　　C. 三、四句感怀,批评了歌女们在国家衰微之时竟然唱亡国之音的行为。
　　D. 诗歌最后借陈后主的史实鞭笞权贵荒淫误国的行径。

9. 下面对《登幽州台歌》一诗的赏析有误的是(　　)。
　　A. 诗中"古人""来者"指的是礼贤下士的贤明君主。
　　B. "念天地之悠悠"是以空间宽阔衬托孤寂之感。
　　C. "怆然而涕下"是因为时间的消逝,空间的寂寥。
　　D. "幽州台"是古时燕昭王礼贤下士所筑,诗人因此有感而发。

10. 下面对《泊秦淮》的赏析,下列说法最恰当的是(　　)。
　　A. 这首诗描绘的是社会歌舞升平,国家蒸蒸日上的繁荣景象。
　　B. 这首诗描绘了江南处处春景,抒发了诗人流连忘返的心情。
　　C. 这首诗表现了商女只知歌唱,不懂国破家亡之恨的现状。
　　D. 这首诗表现了诗人不忘历史教训,忧国忧民的思想感情。

11. 对李商隐《无题》赏读有误的是（　　）。
    A. 首联融情入景,两个"难"概括万千内容,渲染了凄婉忧伤的离别氛围。
    B. 颔联两个比喻新颖贴切,意义双关,感人至深,表明相思之切,爱情之深。
    C. 颈联中"应觉月光寒"是借生理上冷的感觉反映心理上的凄凉之感。
    D. 尾联用典故寄托宽慰和希望:虽是离别却相距很近,沟通信息的机会很多。

12. 对白居易《买花》赏析不正确的是（　　）。
    A. 《买花》通过对"京城贵游"买花的描写,揭露了社会矛盾的某些本质。
    B. "灼灼百朵红,戋戋五束素。"一株开了百朵花的红牡丹,竟要付五匹白绢的价钱,说明花市之盛,花开之艳。
    C. "偶来买花处"的田舍翁"长叹"与富贵闲人为买花而挥金如土形成强烈的对比。
    D. 诗人借助"田舍翁"的一声"长叹",尖锐地反映了剥削与被剥削的矛盾。

13. 对下列诗句解说错误的是（　　）。
    暮投石壕村,有吏夜捉人。老翁逾墙走,老妇出门看。
    A. 第一句写捉人的差役乘着夜色向石壕村急奔而来。
    B. 第二句交代了故事的发生,预示将有一场灾难降临。
    C. 三、四句写老翁逃跑避难,老妇出门周旋。
    D. 三、四句反映了人民长期深受抓丁之苦,昼夜不安的情景。

14. 对《宿五松山下荀媪家》赏析错误的是（　　）。
    A. 诗中诉说了劳动的艰难,倾诉了自己的感激和惭愧,流露出真挚的感情。
    B. "田家秋作苦,邻女夜舂寒"中"寒"字,既是形容舂米声音的凄凉,也推想寒秋时节,邻女感到身上的寒冷。
    C. "月光明素盘",是对荀媪手中盛饭的盘子的突出描写,在月光的照耀下,这盘菰米饭就像一盘珍珠那么晶莹。
    D. 李白诗风豪迈飘逸,这首诗正体现了这一点。

15. 提出"文章合为时而著,歌诗合为事而作"的诗人是（　　）。
    A. 陶渊明　　B. 陈子昂　　C. 白居易　　D. 苏轼

四、下面是对古诗《送元二使安西》的默写,看一看有哪些错误

　　胃城朝雨邑清晨,客社清清柳色新。
　　劝军更进一杯酒,西出洋关无顾人。

五、问答题

1. 《登鹳雀楼》一诗,揭示了什么哲理?
2. 《游子吟》一诗,表达了怎样的主题?
3. 李商隐的诗《无题》,可理解为"没有题目",请根据诗意,给这首诗拟一个题目。

六、论述题

　　本课十五首唐诗中,有哪些写到了送别?试比较它们在表达情感、艺术手法方面有什么异同。

七、发挥想象,合情合理地续写《石壕吏》

八、背诵这些唐诗

# 第十七课　唐代散文

## 第一节　马　说

韩　愈

### 题解

韩愈(768—824年),字退之。河南河阳(今河南孟州)人,郡望河北省昌黎县,故世称韩昌黎。晚年任吏部侍郎,故又称韩吏部。谥号"文",又称韩文公。唐代文学家、哲学家。

在文学上,韩愈诗文兼精。他是韩孟诗派的代表人物,又与柳宗元同为当时文坛盟主,世称"韩柳"。他是唐代古文运动的倡导者,提出了"气盛言宜""不平则鸣""词必己出"等著名观点,是唐宋八大散文家(即唐代的韩愈、柳宗元和宋代的欧阳修、苏洵、苏轼、苏辙、王安石、曾巩)之一,对后世散文影响极大,有《韩昌黎集》传世。

《马说》是作者《杂说》的第四篇。"马说"这个标题,是后人加的。"说"是古代的一种议论体裁,用以陈述作者对社会上某些问题的看法。写法十分灵活,可以叙事,可以议论,都是为了说明一个道理。它讲究文采,和现在的杂文大致相近。

这篇文章以马为喻,谈的是人才问题。《马说》从字面上可以解作"说说千里马"或"说说千里马的问题。"这是一篇寓言式杂文,以伯乐和千里马为喻,对执政者不能识别人才,表达了强烈的愤慨。

### 正文

世有伯乐①,然后有千里马。千里马常有,而伯乐不常有。故虽有名马,祇辱于奴隶人之手②,骈死于槽枥之间③,不以千里称也④。

马之千里者⑤,一食或尽粟一石⑥。食⑦马者不知其能千里而食也。是马也,虽有千里之能,食不饱,力不足,才美不外见⑧,且欲与常马等不可得⑨,安⑩求其能千里也?

---

① 伯乐:本名孙阳,春秋时人,善相马。
② 祇(zhǐ)辱于奴隶人之手:只是辱没在奴仆们的手里。祇,只是。
③ 骈(pián)死于槽枥(lì)之间:(和普通的马)一同死在槽枥之间。骈死,并列而死。骈,两马并驾。槽枥,喂牲口的槽。
④ 不以千里称:意思是不以千里马著称,即人们并不认识这是千里马。
⑤ 马之千里者:马(当中)能日行千里的。
⑥ 一食:吃一顿。或:有时候。尽粟一石(dàn):吃尽一石食料。石,古代计量单位,十斗为一石。
⑦ 食(sì):通"饲",喂养。下文"而食""食之"的"食"都念 sì。
⑧ 才美不外见:才能和长处不能表现在外面。见,通"现",表现。
⑨ "且欲"句:是说千里马想和寻常的马得同等待遇也不可。且,尚且。
⑩ 安:怎么,哪里。

策之不以其道⑪,食之不能尽其材⑫,鸣之而不能通其意⑬,执策而临之⑭,曰:"天下无马!"呜呼⑮!其真无马邪⑯?其真不知马也⑰。

**参考译文**

世间有了伯乐,这样之后才会有千里马。千里马是经常有的,可是伯乐却不会经常有。因此,即使是很名贵的马,也只是辱没在奴隶们的手里,跟普通的马一起死在槽枥之间,不能获得千里马的称号。

日行千里的马,吃一顿有时能吃完一石粮食。喂马的人不懂得要根据它日行千里的本领喂养它。(所以)这样的马,虽然有日行千里的才能,但是吃不饱,力气不足,它的才能和美好的素质也就表现不出来,想要跟普通的马同等待遇尚且办不到,又怎么能要求它日行千里呢?

鞭策它,不按正确的方法,喂养它,又不能使它充分发挥自己的才能,听它嘶叫却不懂得它的意思,拿着鞭子站到它跟前说:"天下没有千里马!"唉!真的没有千里马吗?恐怕是他们真不识得千里马啊!

**赏析**

第一段,从千里马对伯乐的依赖关系出发,说明千里马被埋没是不可避免的。

文章开篇用"世有伯乐,然后有千里马"点出论证的前提。这句话还包含着一个反题,即"无伯乐,则无千里马",实际上指明了千里马对伯乐的依赖关系。下面提出"千里马常有,而伯乐不常有"这一论断,突出了"常有"和"不常有"之间的尖锐矛盾,说明千里马被埋没是不可避免的。然后用"祗辱于奴隶人之手,骈死于槽枥之间"描绘了千里马被埋没的具体情形,引人深思。这一段,从全篇来看,目的是提出问题。它之所以要强调知马者唯伯乐这个意思,是为下文揭露"食马者"的"不知马"铺垫。

第二段,揭示千里马被埋没的根本原因是"食马者"的"不知马"。

本段开头用"马之千里者,一食或尽粟一石,食马者不知其能千里而食也"点出问题的要害。"一食或尽粟一石"是夸张的说法,强调千里马的食量大大超过常马。"不知其能千里而食",是说"食马者"只是按照常马的食量来喂养它,说明这种人的无知。导致"是马也,虽有千里之能",但"才美不外见",原因正是"食不饱,力不足"所造成的恶果。最后又用反问句"且欲与常马等不可得,安求其能千里也",对"食马者"的无知发出强烈的谴责。这是从反面证明"世有伯乐,然后有千里马"的道理。

---

⑪ 策之:鞭打马。策,用鞭子打。之,指千里马。以其道:按照(驱使千里马的)正确办法。
⑫ 尽其材:竭尽它的才能。指喂饱马,使它日行千里的能力充分发挥出来。材,通"才"。
⑬ 通其意:通晓它的意思。
⑭ 临之:面对千里马。临,面对。
⑮ 呜呼:表示惊叹,相当于"唉"。
⑯ 其真无马邪:真的没有(千里)马吗? 邪,通"耶",表示疑问,相当于"吗"。
⑰ 其:可译为"恐怕",表推测语气。

第三段,归纳全文中心,对"食马者"的无知妄说进行辛辣的嘲讽。

这段先刻画"食马者"的形象:"策之不以其道,食之不能尽其材,鸣之而不能通其意",这三句紧承上文,全面总结了这种人"不知马"的表现。"执策而临之",写他们洋洋自得、以"知马者"自居的神情。他们在千里马跟前竟然宣称"天下无马"!对比之中,生动地揭露了这种人的愚蠢、荒唐。然后用"呜呼"引出作者的感慨:"其真无马邪"承上文"天下无马",是作者对"食马者"的反问,也是向读者发问,用来为下句蓄势;最后以"其真不知马也"作答,结束全文。

## ※第二节 小石潭记

柳宗元

### 题解

柳宗元(773—819年),字子厚,河东(今山西永济)人,世称柳河东。贞元九年(793年)中进士,又登博学鸿词科,授集贤殿正字。曾为蓝田尉,后任监察御史。积极参与王叔文集团政治革新,迁礼部员外郎。永和元年(805年),革新失败,贬为永州(今湖南零陵)司马。元和十年(815年)春回京师,又出为柳州刺史,政绩卓著。元和十四年(819年),卒于柳州任所。世又称"柳柳州"。

柳宗元是唐代杰出的思想家,古文运动的倡导者。诗文兼擅,在山水游记和寓言方面,尤具创造性。有《柳河东集》。

柳宗元被贬为永州司马,政治上的失意,使他寄情于山水,并通过对景物的具体描写,抒发自己的愤懑之情。在永州时,他前后共写了八篇山水游记,后称《永州八记》。本篇为"八记"的第四篇。

### 正文

从小丘西行百二十步,隔篁竹①,闻水声,如鸣珮环②,心乐之。伐竹取道,下见小潭③,水尤清洌④。全石以为底⑤,近岸,卷石底以出⑥,为坻,为屿,为嵁,为岩⑦。青树翠蔓⑧,蒙络摇缀,参差披拂⑨。

---

① 篁(huáng)竹:竹林。
② 如鸣珮(pèi)环:好像人身上佩戴的珮环相碰击发出的声音。珮与环都是玉质装饰物。
③ 下见(xiàn):下面出现。见,同"现"。
④ 水尤清洌(liè):水格外清凉。尤,格外。洌,凉。
⑤ 全石以为底:潭以整块石头为底。
⑥ 近岸,卷(quán)石底以出:靠近岸的地方,石底向上弯曲,露出水面。卷,弯曲。以,而。
⑦ 为坻(chí),为屿(yǔ),为嵁(kān),为岩:成为坻、屿、嵁、岩等不同的形状。坻,水中高地。屿,小岛。嵁,不平的岩石。
⑧ 翠蔓(màn):翠绿的藤蔓。
⑨ 蒙络摇缀,参差披拂:(树枝藤蔓)遮掩缠绕,摇动下垂,参差不齐,随风飘拂。

潭中鱼可百许头⑩,皆若空游无所依⑪。日光下澈,影布石上⑫,怡然不动⑬,俶尔远逝⑭,往来翕忽⑮。似与游者相乐。

潭西南而望,斗折蛇行,明灭可见⑯。其岸势犬牙差互⑰,不可知其源。

坐潭上,四面竹树环合,寂寥无人,凄神寒骨⑱,悄怆幽邃⑲。以其境过清⑳,不可久居,乃记之而去。

同游者:吴武陵,龚古,余弟宗玄㉑。隶而从者㉒,崔氏二小生㉓:曰恕己,曰奉壹。

### 参考译文

从小土丘向西走约一百二十步,隔着竹林,就能听到流水的声音,好像人身上佩带的玉珮玉环相碰击发出的声音,我心情高兴起来。砍倒竹子,开辟出一条小路,沿着小路往下走,就出现一个小小的石潭,潭水格外清凉。小潭以整块石头作为潭底,靠近岸边的地方,石底有些部分翻卷上来露出水面,形成水中高地、小岛、不平的岩石等各种不同的形状。青青的树枝,翠绿的藤蔓,遮掩缠绕,摇动下垂,参差不齐,随风飘拂。

潭中的鱼大约有一百来条,它们都好像在空中游动,没有什么依靠的东西。阳光直照到潭底,鱼的影子映在水底的石头上,呆呆地停在那里一动也不动;忽然间又向远处游去了,来来往往轻快敏捷。好像在同游人一起嬉戏。

向石潭的西南方向望去,看到溪水像北斗星那样曲折,像蛇那样蜿蜒前行,时隐时现。小溪两岸的地势像狗的牙齿那样互相交错,不知道溪水的源头在什么地方。

我坐在石潭边上,这里四周被竹子和树木围绕着,静悄悄的,没有旁的游人,这样的环境使人感到心情凄凉,寒气透骨,寂静极了,幽深极了,这氛围令人感到忧伤。因为这里的环境过于冷清,不能够长时间停留,于是我记下这番景致后就离开了。

一同去游览的人有:吴武陵,龚古,我的弟弟宗玄。作为随从跟着去的,有姓崔的两个年轻人:一个叫恕己,一个叫奉壹。

### 赏 析

柳宗元的山水游记在中国文学史上具有独特的地位。他的山水游记把自己的身世遭遇、思想感情融合于自然风景的描绘中,投入作者本人的身影,借被遗弃于荒远地区的美

---

⑩ 可百许头:大约有一百来条。可,大约。许,用在数词后表示约数,相当于同样用法的"来"。
⑪ 皆若空游无所依:都好像在空中游动,什么依靠也没有(好像水都没有)。
⑫ 日光下澈,影布石上:阳光照到水底,鱼的影子映在水底的石上。
⑬ 怡(yí)然不动:(鱼影)呆呆地一动不动。怡然,呆呆的样子。
⑭ 俶(chù)尔远逝:忽然间向远处游去了。俶尔,忽然。
⑮ 往来翕(xī)忽:来来往往轻快敏捷。
⑯ 斗折蛇行,明灭可见:看到溪水像北斗星那样曲折,像蛇那样蜿蜒前行,时隐时现。斗折,像北斗七星那样曲折。蛇行,像蛇爬行那样弯曲。明灭可见,时而看得见,时而看不见。
⑰ 犬牙差(cī)互:像狗的牙齿那样参差不齐。
⑱ 凄神寒骨:感到心情凄凉,寒气透骨。
⑲ 悄怆(qiǎo chuàng)幽邃(suì):幽静深远,弥漫着忧伤的气息。悄怆,忧伤的样子。
⑳ 清:凄清。
㉑ 吴武陵:作者的朋友,也被贬在永州。龚古:作者的朋友。宗玄:作者的堂弟。
㉒ 隶而从:附属跟从的人。
㉓ 二小生:两个年轻人。

好风物,寄寓自己的不幸遭遇,倾注怨愤抑郁的心情。

  本文是柳宗元《永州八记》中的第四篇,它生动地描写了小石潭环境的幽美和静穆,抒发了作者贬官失意后的孤凄之情。语言简练、生动,景物刻画细腻、逼真,全篇充满了诗情画意。

  第一段,"从小丘西行……心乐之。"文章一开头,便引导我们向小丘的西面步行一百二十步。来到一处竹林,隔着竹林,能听到水流动的声音。"伐竹取道,下见小潭。"在浓密的竹林之中,砍伐出一条小道来,终于见到一汪小小的潭水。至此,小石潭呈现在我们面前。这一番由小丘到篁竹,闻水声,再由水声寻到小潭,既是讲述发现小潭的经过,同时也充满了悬念和探奇的乐趣。接下来,作者便对小石潭进行精细描写。"水尤清冽,全石以为底,近岸,卷石底以出,为坻,为屿,为嵁,为岩。"小石潭的水格外清凉,整个小潭全部由石头构成。整个潭底便是一块大石头,在靠近潭岸的地方,水底的石头翻卷向上露出水面。这些石头千姿百态,形状各异。这完全是一个由各种形态的石头围出的小潭,所以,作者为它起名曰小石潭。"青树翠蔓,蒙络摇缀,参差披拂。"就是作者对于池潭上景物的描绘了。有青青的树和翠绿的藤蔓,它们缠绕在一起,组成一个绿色的网,点缀在小潭的四周,参差不齐的枝条,随风摆动。这潭上的描绘仅12个字,便将小石潭周围的清幽的景致展现在读者面前,令读者更加觉出小潭的美妙。

  第二段,作者描写的是潭水和游鱼。这是一幅极美的画面:在水中游动的鱼儿,不像是在水里,而是像在空中游动。太阳光照下来,鱼儿的影子落在了潭底的石头上。从字面上看,作者是在写鱼,但透过字面,却让我们对那清澈的潭水留下极深的印象。这种游鱼和潭水相互映衬的写法,收到了很好的艺术效果。后面,作者进一步对鱼儿进行描述。先是鱼儿呆呆地一动不动,忽然,有的鱼飞快地窜向远处,一会儿游到这儿,一会儿又游到那儿,好像是在与游人嬉戏。这里,读者又能从游鱼联想到作者的欢悦心情。

  第三段探究小石潭的水源及潭上景物。向西南望过去,一条小溪流过,形状像是北斗七星那样曲折,又像是一条蛇在游动,有的地方亮,有的地方暗。小溪两岸高高低低,凸凹不平,犬牙交错。这里,作者非常成功地使用了比喻的手法,用北斗七星的曲折和蛇的爬行来形容小溪的形状,用狗的牙齿来形容小溪的两岸,形象逼真。

  第四段写作者对小石潭总的印象和感受。坐在小石潭上,四周环抱着密密的竹子和树木,非常寂静,见不到人,令人神色凄凉,骨彻心寒,精神上也不免悲怆幽凉。因为它的境况太清幽了,不适宜让人长久地待下去,便记下这番景物后离开了。在这一段中,作者突出地写了一个"静"字,并把环境中的静深入到心神中去,情景相融,写出了一种凄苦孤寂的心境。这也曲折地反映了作者被贬后的心情。

  最后一段记下与作者同游小石潭的人。

  《小石潭记》是一篇语言精美,含义丰富,形象逼真的山水游记。它表现了作者对于事物的深刻观察力和独特体验。文章中所使用的那些描绘景物的手法和巧妙、形象的比喻,都值得我们很好地学习。

## 练 习

### 一、填空题

  1. 韩愈,字_____,唐代_____家。其散文尤为著名,有"_____"的美誉。是唐代_____的领袖。

2. 《小石潭记》按游览的顺序生动地描写出小石潭环境的_____，抒发了作者贬官失意的孤凄之情。此文写于作者_____期间，这一时期所写山水游记统称_____。
3. 用原文语句回答下列问题。
  (1) 千里马被埋没的根本原因是：_____。
  (2) 千里马被埋没的直接原因是：_____。
  (3) 千里马有怎样可悲的遭遇：_____，_____。
  (4) 点明全文主旨的句子是：_____。
  (5) 揭示千里马被埋没的原因，表达了才能之士的悲愤的句子：_____！_____？_____。
  (6) 文中韩愈说明庸者"不知马"的具体表现的句子是：_____，_____，_____。
4. 《小石潭记》中表现地理环境使作者内心忧伤凄凉的句子是：_____。
5. 摘录《小石潭记》有关写"鱼"的句子。
  (1) 写鱼静态的句子：_____
  (2) 写鱼动态的句子：_____
  (3) 写鱼情态的句子：_____

二、选择题
1. 下列句子中画线词解释有错误的是（　　）。
  A. ①骈死于槽枥之间（并列而死）　　②不以千里称也（著称）
  B. ③一食或尽粟一石（吃一顿）　　　④是马也，虽有千里之能（这）
  C. ⑤且欲与常马等不可得（并且）　　⑥策之不以其道（鞭打）（道理）
  D. ⑦执策而临之（面对）　　　　　　⑧鸣之而不能通其意（通晓）
2. 下列是对《小石潭记》的分析，其中不准确的是（　　）。
  A. 文章开头采用未见其形，先闻其声的方法展示小石潭环境的清幽。
  B. 文中采用了特写镜头描绘游鱼和潭水，用笔简洁，语言优美。
  C. 文章抓住小石潭的景物，烘托出"水尤清冽"的特征和小石潭的幽深之美。
  D. 本文所写景物，始终透露着作者与同游人的高兴愉悦的心情。
3. 对《小石潭记》的分析理解，不恰当的是（　　）。
  A. 作者隔着篁竹能找到小石潭，是小潭的流水声吸引了他。
  B. "全石以为底"就是说潭底全部都是石头。
  C. "寂寥""凄""寒"等词其实都是写心境的，暗示作者的遭遇，流露出一种孤独感。
  D. 柳宗元被贬失意，心情抑郁，所以认为小石潭"不可久居"。
4. 对《马说》的分析理解，不恰当的是（　　）。
  A. 这篇文章以伯乐和千里马为喻，对执政者不能识别人才表达了强烈的愤慨。
  B. "祗辱于奴隶人之手，骈死于槽枥之间"描绘了食马者的无耻。
  C. 导致千里马"才美不外见"的原因是"食不饱，力不足"。
  D. "策之不以其道，食之不能尽其材，鸣之而不能通其意"，这三句生动地揭露了食马者的愚蠢、荒唐。

5. 《小石潭记》中,作者坐潭上感到"凄神寒骨"的原因是(　　)。
    A. 深秋时节出游,天气凉了。
    B. 游的时间长了,接近黄昏,下了寒气。
    C. 小石潭四周没有多少游人,潭水很凉。
    D. 自己的心境凄苦孤寂。

### 三、翻译下列句子

1. 是马也,虽有千里之能,食不饱,力不足,才美不外见。

2. 隔篁竹,闻水声,如鸣珮环,心乐之。

3. 策之不以其道,食之不能尽其材,鸣之而不能通其意。

4. 日光下澈,影布石上,佁然不动,俶尔远逝,往来翕忽。

5. 且欲与常马等不可得,安求其能千里也。

### 四、问答题

1. "千里马常有,而伯乐不常有"揭示了当时怎样的社会现象?
2. 作者是怎样发现小石潭的?
3. 《小石潭记》抓住了小石潭的哪些特点?作者对小石潭的整体感受是什么?

### 五、论述题

1. 学完《马说》后,你认为应该怎样"识才和选才"。结合现实谈一谈。
2. 郦道元的《三峡》和本文都是描绘山水的优美文章,试比较一下两篇文章的异同。

# 第十八课 陋室铭

刘禹锡

## 题解

刘禹锡(772—842年),字梦得,洛阳人,一说彭城(今江苏徐州)人。幼年随父寓居江南,从师僧皎然、灵澈学诗,贞元九年(793年)进士,官至监察御史,曾参与王叔父领导的改革运动,但遭遇失败,被贬为朗州司马,又转连州、夔州和州刺史。文宗时被召回京。晚年任太子宾客等职。

刘禹锡是中唐进步的思想家,又是杰出的文学家,诗、词、文均擅长。被贬期间与柳宗元诗书往来,并称"刘柳";晚年与白居易唱和,合称"刘白"。诗风豪迈,白居易称之为"诗豪",有《刘梦得文集》四十卷传世。

铭,本是古代刻于金属器具和碑文上用于歌功颂德或昭申鉴戒的文字。后来逐渐发展演变为一种独立的文体。这种文体一般都是用韵的,并且具有篇制短小、文字简约、寓意深刻等特点。陋室,是简陋的屋子。

本文是他贬为和州刺史时在任上写的,文章抒发了作者洁身自好,不随波逐流的志趣。

## 正文

山不在高,有仙则名①。水不在深,有龙则灵②。斯是陋室,惟吾德馨③。苔痕上阶绿,草色入帘青④。谈笑有鸿儒,往来无白丁⑤。可以调素琴,阅金经⑥。无丝竹之乱耳⑦,无案牍之劳形⑧。南阳诸葛庐,西蜀子云亭⑨。孔子云:"何陋之有⑩?"

---

① 有仙则名:有了仙人就成了名山。
② 有龙则灵:有了龙就成为灵异的(水)了。
③ 斯是陋定,惟吾德馨(xīn):这是简陋的屋子,只是我(住屋的人)的品德好(就不感到简陋了)。斯,这。惟,只。吾,我。馨,香气,这里指品德高尚。
④ 苔痕上阶绿,草色入帘青:苔痕碧绿,长到阶上;草色青葱,映入帘里。
⑤ 鸿儒:博学的人。鸿,大。儒,旧指读书人。白丁:平民。这里借指没有什么学问的人。
⑥ 调素琴:这里指弹琴。调,调弄。素琴,不加装饰的琴。金经:指佛经。
⑦ 丝竹:琴瑟、箫管等乐器。这里指奏乐的声音。乱耳:使耳朵受到扰乱。乱,使……扰乱。
⑧ 案牍(dú):官府的公文。劳形:使身体劳累。形,形体、身体。劳,使……劳累。
⑨ 南阳诸葛庐,西蜀子云亭:南阳有诸葛亮的草庐,西蜀有杨子云的亭子。这句话是说,诸葛庐和子云亭都很简陋,但因为主人很有名,所以受到人们的景仰。南阳,郡名。诸葛亮的隐居躬耕之地在邓县(今邓州市)隆中,属于南阳郡。诸葛,指诸葛亮,三国时蜀国的丞相,著名的政治家。西蜀,现在的四川。子云,指扬雄,西汉文学家。
⑩ 何陋之有:有什么简陋的呢?

### 参考译文

山不在于高,有了仙人就成了名山;水不在于深,有了龙(居住)就成为灵异的(水)了。这是简陋的屋子,只是我(住屋的人)的品德好(就不感到简陋了)。

苔痕碧绿,长到阶上;草色青葱,映入帘里。与我谈笑的都是博学的人,往来的没有无学问的人。可以弹奏素朴的古琴,阅读佛经。没有奏乐的声音使我的耳朵受到扰乱;没有官府的公文使我身体劳累。(我这里有陋室,好比)南阳有诸葛亮的草庐,西蜀有杨子云的亭子。用孔子的话说:有什么简陋的呢?

### 赏析

《陋室铭》开篇以山水起兴,山可以不在高低,水可以不在深浅,只要有了仙、龙就可以出名、就可以成为灵异之水。居处虽然简陋,却因主人的有"德"而"馨",也就是说陋室因有道德高尚的人居住而声名远播。作者以仙龙点睛山水,构思奇妙。接下来,作者笔锋一转,引出了主题"斯是陋室,唯吾德馨",由山水仙龙入题的对比句,引出主题句。

"苔痕上阶绿,草色入帘青。谈笑有鸿儒,往来无白丁。可以调素琴,阅金经。无丝竹之乱耳,无案牍之劳形。"这几句写陋室环境与丰富多彩的日常生活。"苔痕上阶绿,草色入帘青"是陋室的环境。在这儿交的朋友,都是同道高洁之士。抚琴研经,生活从容,远离嘈杂的音乐,远离伤神的公务,这种闲暇的生活实在让人羡慕。这几句表达了陋室主人雅致淡泊的生活情趣。

"南阳诸葛庐,西蜀子云亭"。作者借这南阳诸葛亮的草庐,西蜀扬子云的亭子作类比,引出自己的陋室,及诸葛亮与扬雄为自己同道的意思。也表明了作者以此二人为自己的楷模,希望自己也能同他们一样拥有高尚的德操,这既反映了他以古代贤人自况,同时也暗示了陋室不陋。

实际上刘禹锡这样写还有另一层深意,即诸葛亮是闲居隆中草庐以待明主出山。而扬雄呢?却是淡薄于功名富贵,潜心修学之士,虽官至上品,然而他对于官职的起起落落与金钱的淡泊,却是后世的典范。刘禹锡引此二人,想要表达:处变不惊、处危不屈、坚守节操、荣辱从容的意思。作者既不愿与世俗同流合污,又想逢明主一展抱负,若无明主,也甘于平淡的那种志向吧。这结合刘禹锡官场的起起落落,是比较符合实际情况的。

结句引用孔子之言,收束全篇,说明陋室"不陋"。用圣人肯定的操守来规范自己,无疑在当时是最好的论据,充分而不可辩驳。

这篇短文通过对陋室的描绘和歌颂,表达了作者甘于淡泊、不为物役的高尚情操,反映了他不与权贵同流合污的高洁清峻的品格。

### 练习

一、填空题

1. 刘禹锡是中唐_____家,_____家。白居易称之为_____。
2. 铭,本是古代刻于_____和_____上用于_____或_____的文字。后来逐渐发展演变为一种独立的文体。这种文体一般都是用韵的,并且具有_____、_____、_____等特点。

3. 《陋室铭》的主题句是：＿＿＿＿＿＿＿＿，＿＿＿＿＿＿＿＿。
4. 描写陋室环境清幽的句子是：＿＿＿＿＿＿＿＿，＿＿＿＿＿＿＿＿。
5. 描写陋室主人日常交往不俗的句子是：＿＿＿＿＿＿＿＿，＿＿＿＿＿＿＿＿。
6. 描写陋室主人生活情趣高雅的句子是：＿＿＿＿＿＿＿＿。

## 二、选择题

1. 下列对文章内容赏析有错误的一项是（　　）。
   A. "山不在高，有仙则名。水不在深，有龙则灵。"表现了作者希望为国效力、建功立业的远大志向。
   B. "苔痕上阶绿，草色入帘青。"写出了环境的清幽雅致。
   C. "谈笑有鸿儒，往来无白丁。可以调素琴，阅金经。"写出了作者交游不俗与生活情趣的高雅。
   D. 文章举诸葛庐、子云亭的例子，是为了说明"陋室"不陋的道理。

2. 下面对文章内容和写法分析，不正确的是（　　）。
   A. 本文托物言志，以陋室不陋，表达了作者对高洁情操的追求。
   B. 选文在描写"陋室"时，重点突出了"陋室"环境之清幽宁静和室内主人生活情趣之高雅。
   C. "无丝竹之乱耳，无案牍之劳形"表明了作者对官场生活的厌弃。
   D. 结尾处引用孔子的话，意在表明只要环境清幽宁静，生活闲适，"陋室"就不陋。

## 三、翻译下列句子

1. 斯是陋室，唯吾德馨。

   ＿＿＿＿＿＿＿＿＿＿＿＿＿＿＿＿＿＿＿＿＿＿＿＿＿＿＿＿＿＿＿＿＿＿＿＿＿＿

2. 谈笑有鸿儒，往来无白丁。

   ＿＿＿＿＿＿＿＿＿＿＿＿＿＿＿＿＿＿＿＿＿＿＿＿＿＿＿＿＿＿＿＿＿＿＿＿＿＿

3. 山不在高，有仙则名。水不在深，有龙则灵。

   ＿＿＿＿＿＿＿＿＿＿＿＿＿＿＿＿＿＿＿＿＿＿＿＿＿＿＿＿＿＿＿＿＿＿＿＿＿＿

## 四、问答题

1. 《陋室铭》表达了怎样的主题？
2. 文中说"斯是陋室"，而结尾却说"何陋之有"，到底这屋子陋还是不陋呢？
3. 有人认为本文反映了作者消极避世的心态，你同意这种说法吗？为什么？

## 五、背诵这篇课文

# 第十九课　虞美人

李 煜

## 题 解

　　李煜(937—978年),字重光,初名从嘉,号钟隐。五代十国时南唐国君,也是五代时出色的词人。南唐中主李璟第六子,中主建隆二年(961年)继位,史称后主。开宝八年(975年),国破降宋,俘至汴京,被封为违命侯。后被宋太宗毒死。

　　李煜工书法,善绘画,精音律,诗和文均有一定造诣,尤以词的成就最高。李煜词可分前后两期,前期为降宋之前所写,主要反映宫廷生活和男女情爱,题材较窄;降宋后,李煜将亡国的深痛、对往事的追忆、自身的感受倾注于词中,使其后期作品的成就远远超过前期。其中的杰作包括《虞美人》《浪淘沙》《乌夜啼》等。其词主要收集在《南唐二主词》中。

　　《虞美人》这首词表达了作者对故国的深切怀念。是他的绝笔词,相传七夕之夜命歌伎唱此词,宋太宗知道这件事后,赐酒将他毒死。虞美人,唐教坊曲名,最初是咏项羽所宠虞姬的。后用作词牌名,又名《一江春水》《玉壶冰》等。

　　词是唐代出现的一种新文体,到宋代进入全盛时期。词又称曲子词、长短句、诗余,是配合宴乐乐曲而填写的歌诗。词有词牌,词牌是词的调子的名称,不同的词牌在总句数、句数、每句的字数、平仄上都有规定。一般来说,词可以没有题目,但要有词牌。

## 正 文

　　　　　　春花秋月何时了,往事知多少①。
　　　　　　小楼昨夜又东风,故国不堪回首月明中②。
　　　　　　雕栏玉砌应犹在③,只是朱颜改④。
　　　　　　问君能有几多愁?恰似一江春水向东流⑤。

## 参考译文

　　春花、秋月,什么时候才能了结,往事又能记起多少。昨夜小楼上又吹来了春风,在这皓月当空的夜晚,怎承受得了回忆故国的伤痛。
　　精雕细刻的栏杆、玉石砌成的台阶应该还在吧,只是所怀念的人已容颜衰老。要问我

---

① 春花秋月:指良辰美景。了:完结。
② 故国:灭亡了的国家。
③ 雕栏玉砌:指故国华丽的宫殿。雕栏,雕花的栏杆。玉砌,像白玉一样的台阶。
④ 朱颜改:红润的面容变得憔悴了。这里指因愁而衰老。
⑤ "问君"二句:要问我心中有多少哀愁,那哀愁正像春天的江水,滔滔滚滚,不断地向东流去。

心中有多少哀愁?就哀愁就像这不尽的滔滔春水,滚滚东流。

### 赏 析

  这首词描写了强烈的故国之思。"春花秋月"这些最容易勾起人们美好联想的事物却使李煜倍感烦恼。他怨问苍天:年年春花开,岁岁秋月圆,什么时候才能了结呢?一语读来,令人不胜好奇。但只要我们设身处地去想象词人的处境,就不难理解了:一个亡国之君,这些美好的事物只会让他触景伤情,勾起对往昔美好生活的无限追思。今昔对比,徒生伤感,转而自问,"往事知多少。""往事"当指往昔为人君时的美好生活,但是这一切都已消逝,化为虚幻了。

  "小楼昨夜又东风,故国不堪回首月明中。""东风"带来春的消息,却引起词人"不堪回首"的嗟叹。让我们来想象:夜阑人静,明月晓风,幽囚在小楼中的不眠之人,不由凭栏远望,对着故国家园的方向,多少凄楚之情,涌上心头,又有谁能忍受这其中的况味?一"又"字包含了多少无奈、哀痛的感情!"故国不堪回首月明中"是"月明中不堪回首故国"的倒装。"不堪回首",但毕竟回首了。回首处"雕栏玉砌应犹在,只是朱颜改",想象中,故国的江山、旧日的宫殿都还在吧,只是物是人非,江山易主。回想时,多少悲恨在其中。

  以上六句在结构上运用两相对比和隔句呼应的手法,反复强调自然界的轮回更替和人生的短暂易逝,富有哲理意味。一二两句春花秋月的无休无止和人间事的一去难返对比;三四两句"又东风"和"故国不堪回首"对比;五六两句"应犹在"和"改"对比。"又东风""应犹在"又呼应"何时了";"不堪回首""朱颜改"又呼应"往事"。如此对比和回环,形象逼真地传达出词人心灵上的波涛起伏和忧思难平。

  最后,词人的满腔幽愤再难控制,汇成了旷世名句"问君能有几多愁?恰似一江春水向东流"。以水喻愁,把愁思比作"一江春水"就使抽象的情感显得形象可感。愁思如春水奔放倾泻,又如春水不舍昼夜,无尽东流。以这样声情并茂的词句作结,大大增强了作品的感染力。

  全词抒写亡国之痛,意境深远,感情真挚,结构精妙,语言清新。词虽短小,余味无穷。

### 练 习

**一、填空题**

1. 李煜是_____时南唐国君,也是著名的_____。杰出的词作有《_____》《_____》《_____》等。
2. 《虞美人》这首词表达了_____。
3. 词是_____出现的一种新文体,到_____进入全盛时期。词又称_____、_____、_____,是配合_____而填写的歌诗。
4. 词牌是_____的名称。一般来说,词可以没有_____,但要有_____。
5. "小楼昨夜又东风"的下句是:_____。

6. 李煜词《虞美人》中以水喻愁的名句是：_____，_____。

二、选择题

1. 对下面诗句中画线词语的解释，正确的是（　　）。
   A. 春花秋月何时<u>了</u>　　　　　了：了结，终止
   B. <u>雕栏玉砌</u>应犹在　　　　　雕栏玉砌：指所在的羁押处
   C. 只是<u>朱颜</u>改　　　　　　　朱颜：红润的容颜
   D. 问<u>君</u>能有几多愁　　　　　君：你

2. 下面对《虞美人》的理解，不正确的是（　　）。
   A. "春花秋月何时了"是因为李煜不喜欢春、秋季节，所以盼望它快点过去。
   B. "故国不堪回首月明中"是"月明中不堪回首故国"的倒装。
   C. "雕栏玉砌应犹在，只是朱颜改"，想象中，故国的江山、旧日的宫殿都还在吧，只是物是人非，江山易主。
   D. 全词抒写亡国之痛，意境深远，感情真挚，结构精妙，余味无穷。

三、翻译下列句子

1. 春花秋月何时了，往事知多少

   _____。

2. 雕栏玉砌应犹在，只是朱颜改

   _____。

3. 问君能有几多愁？恰似一江春水向东流

   _____。

四、问答题

1. 《虞美人》表达了词人怎样的思想感情？
2. "往事知多少"中的"往事"具体指什么？
3. "春花秋月"本是美好事物，作者为什么希望它结束呢？
4. 请说说"问君能有几多愁？恰似一江春水向东流"两句妙在何处。

五、背诵这首词

# 宋辽金元文学作品选读

## 概说

公元960年,宋王朝建立。公元1368年,元朝被朱元璋领导的义军推翻,元顺帝逃离大都。宋辽金元时期的文学,大致即是从960年至1368年这一历史时期的文学。

### 一、宋代的文学概况

宋王朝的建立,结束了唐末以来的混乱分裂局面,基本上实现了统一。鉴于中唐以来藩镇割据的历史教训,宋王朝采用崇文抑武的基本国策。宋代思想文化呈现出儒、释、道三家合流的趋向,并在整合佛道学说的基础上,建立了以儒家思想为本位的独具特色的理学,对后世产生了深远影响。宋代文学在中国文学发展史上处于转型时期,一方面传统的诗、文和词已经高度成熟、定型,另一方面新兴的话本小说、戏剧等叙事文学开始登上文学殿堂,为后世元、明、清文学重心的转移奠定了坚实的基础。

宋代文学主要是词、诗、文、话本小说、戏剧。其中词是宋代"一代之文学"的标志。诗、文成就也很高,话本小说次之。戏剧尚处在萌芽状态,成就相对较差。

(1) 宋词

在词史上,宋词占有无与伦比的巅峰地位。

宋词流派众多,名家辈出,自成一家的词人就有几十位,如柳永、张先、苏轼、晏几道、秦观、贺铸、周邦彦、李清照、朱敦儒、张元干、张孝祥、辛弃疾、刘过、姜夔、吴文英、王沂孙、蒋捷、张炎等,他们均取得了独特的艺术成就。

宋词的总体成就十分突出:首先,完成了词体的建设,艺术手段日益成熟。小令和长调中最常用的词调都定型于宋代。其次,宋词在题材和风格倾向上,开拓了广阔的领域。晚唐五代词,大多是风格柔婉的艳词,宋代词人继承并改造了这个传统,创作出大量的抒情意味浓郁的词作。此外,经过苏轼、辛弃疾等人的努力,宋词的题材范围,几乎达到了与五七言诗同样广阔的程度,咏物词、咏史词、田园词、爱情词、赠答词、送别词,应有尽有。艺术风格上,也是争奇斗艳,婉约与豪放并存。无论是题材还是风格,后代词人很少能超出宋词的范围。

一般认为,宋词存在两大流派:婉约派与豪放派。婉约派的代表词人有柳永、秦观、李清照、姜夔等;豪放派代表词人是苏轼和辛弃疾,二人被称为"苏辛"。当然,婉约词人也有豪放之作,豪放词人也有婉约之作。所谓婉约、豪放之分,是针对词人的最主要风格而言的。

北宋前期,主要词人有晏殊、欧阳修、范仲淹、柳永等。晏殊、欧阳修拉开了宋代词作的序幕。他们的词是五代特别是南唐词风的延续,同时又有所拓展,多以小令抒写男女情事。范仲淹则突破了晏、欧婉约之格局,别树一帜,其边塞词苍凉开阔,豪放悲壮,下开东坡之词风。此期词坛成就最大、贡献最大者首推柳永。柳永自创新调,以长调慢词取代先前的小令,扩展了词的容量;以清新俚俗的市井风情取代先前精致典雅的贵族格调,开拓了词的领域;讲究铺叙,喜用白描,丰富了词的艺术表现手法。这些创造性的贡献,使柳永成为词史上一个里程碑式的人物。北宋中期,最主要的词人是苏轼。宋词至柳永而一变,至苏轼而再变。苏轼以诗为词,打破了词体的题材内容的局限,拓新了词的意境,冲破了词为艳科的藩篱,在婉约词家之外另立豪放一派。北宋后期,主要词人有黄庭坚、秦观、贺铸、周邦彦等。黄庭坚词雅俗并存;秦观词多写男女情爱的悲苦与失志文士的幽怨;贺铸词英雄豪气与儿女柔情并存;周邦彦是与苏轼前后相继的词坛领袖,自铸伟辞,别具一格。

南宋前期,主要词人有李清照、朱敦儒、张元干等。这些词人大都由北宋入南宋。成就最高、卓然自立的是女词人李清照,她主张词"别是一家",进一步确立了词体的独立地位。其词号称"易安体",与秦观等一起被推为婉约正宗。南宋中期,主要词人有辛弃疾、姜夔等。辛弃疾以文为词,空前地解放了词体,增强了词的艺术表现力;辛词题材广泛,内容丰富,以抒写报国之志与失意之悲为主调;词风不拘一格,多种多样,但以豪放雄健为主。在两宋词史上,辛弃疾的作品数量最多,成就、地位也最高。姜夔上承周邦彦之精工,下开吴文英、张炎之风雅,被奉为雅词之典范。南宋后期,词坛出现了两大流派。一派继承苏、辛词风,主要词人有刘克庄、刘辰翁、文天祥等。另一派以姜夔"雅词"为典范,重要词家有吴文英、周密、王沂孙、张炎等。总的看来,这两派词人因袭过多而创新不足,他们作为两宋词史的终结者,写下了重要的最后一页。

(2)宋诗

宋诗创作是在唐诗的巨大影响下进行的,唐诗的灿烂辉煌在一定程度上激活了宋人的创新意识。宋诗的发展历程,从根本上说是对唐诗不断突破和超越,逐渐形成自己独特风格的历程。

北宋初期,主要是中晚唐诗风的沿袭,大致可归为三体。最初是效法白居易诗风的白体,主要诗人是李昉、徐铉、王禹偁等,其中王禹偁成就最高。白体稍后,流行诗坛的是师承贾岛、姚合的晚唐体,主要诗人有林逋、潘阆、寇准等,其中林逋诗名最盛。此期诗坛声势最为浩大的一派是推崇李商隐的西昆体,代表诗人有杨亿、刘筠、钱惟演。北宋中期,随着诗文革新运动的展开和深入,欧阳修、王安石、苏轼等开创了宋诗的新局面,宋诗已趋于成熟并基本定型。欧阳修提出了"诗穷而后工"的诗歌理论;王安石的早期之作注重反映社会现实,精于议论;晚年之作讲求技巧,诗律精严。苏轼才思横溢,题材丰富,风格多样,各体兼擅,无事不可入诗,无言不可入诗,大大开拓了宋诗新的境界,代表了宋诗的最高成就。江西诗派在两宋诗歌的发展史上起到了承前启后的重要作用。江西诗派的主要诗人有陈与义、吕本中、曾几等。诗派成员多数学习杜甫,又以黄庭坚、陈师道为核心,其中最突出的又是陈与义。因此,宋末的方回提出了江西诗派的"一祖三宗"之说,"一祖"即杜甫,"三宗"则指黄庭坚、陈师道、陈与义。南宋中期,诗坛的代表诗人是"中兴四大家"的杨万里、范成大、尤袤、陆游。杨万里的诗形成了别开生面的"诚斋体";陆游和辛弃疾成为这个时代最著名的诗人。南宋后期,是宋诗的颓败和终结期,主要有永嘉四灵(徐照、徐玑、

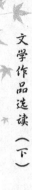

赵师秀和翁卷)和江湖诗派。

(3) 宋代散文

唐宋散文八大家中,宋占其六。与唐代散文相比,宋代散文的特色在于:内容上,和现实紧密结合,多论政与论道之文,带有强烈的忧患感与危机感;风格上,趋于平易自然;艺术表现上,喜好议论并善于议论,一些政论、史论往往借题发挥。宋代散文从总体上看以古文为主,宋代古文实现了实用文章的全面艺术化,达到了实用价值和审美价值的高度统一。首先起来倡导创作古文而力排浮华艰涩文风的是柳开与王禹偁。继之而起的是文坛领袖欧阳修,另有曾巩、王安石、苏洵、苏辙。苏轼是继欧阳修之后又一位杰出的文坛领袖,代表了宋文的最高成就。北宋后期的作家大都是沿着欧、苏开辟的道路前行的。南宋散文发扬了北宋诗文革新运动的优良传统,虽风格不一,但都呈现出强烈的现实主义精神和爱国主义热情。

(4) 宋代通俗文学

宋代的通俗文学也特别繁荣。在宋代,说话分为四家,即小说、说经、讲史、合生。其中"说经"讲演佛禅道理;"合生"可能属即兴性的滑稽技艺;小说讲述脂粉灵怪、传奇公案故事;讲史讲述前代历史、兴废战争;后两者均属有情节有人物的叙事文学。

宋代的话本小说是在当时说话艺术的基础上产生的。它是中国白话小说的开端,标志着"小说史上的一大变迁"(鲁迅语)。

王国维说:"真正之戏剧,起于宋代。"宋代戏剧为元杂剧创作高潮的到来奠定了基础。

宋金时期还流行一种说唱文学:诸宫调。现存唯一完整的诸宫调作品是董解元的《西厢记诸宫调》。它对后来王实甫的《西厢记》创作影响较大。

## 二、辽金的文学概况

辽是契丹民族建立的北方政权,起于907年,迄于1125年,恰与整个五代、北宋时期相终始。辽诗留存下来的作品只有七十余首,作者既有契丹人,也有汉人。较有名气的诗人有耶律倍,女诗人萧观音、萧瑟瑟。契丹诗作中,最具典型意义的是《醉义歌》,作者署名"寺公大师",当是一位僧人。原诗用契丹文写成,运用了许多汉文化的典故,是古代诗歌中各民族文化互相融合的生动例证。后由元初的耶律楚材译为汉文。

金是女真族建立的政权,始于1115年,迄于1234年。金在灭辽侵宋以后,占据了淮河以北的广大地区,在文化上比辽有显著的进步。女真统治者在政治制度、文化建设诸方面广泛地吸收了汉文化的要素,使金朝的封建化进程发展很快,其文学成就更远远超过了辽代。金代诗坛,诗人辈出,作品繁多。早期有由辽、宋入金的文士宇文虚中、吴激、蔡松年等;中期有被元好问称之为"国朝文派"的蔡珪、王庭筠、党怀英、周昂等;后期有赵秉文、李纯甫为代表的两个不同诗歌流派。尤其是这时期出现了金代最杰出的诗人、诗论家元好问。元好问擅长各种诗体,尤以七律成就最突出。金亡之后,他编成《中州集》,成为金代历史的宝贵资料,具有重要的文献价值。

## 三、元代的文学概况

元朝的大统一,结束了长达三百多年的分裂格局,建立起中国历史上第一个在全国领域内居统治地位的少数民族政权。这是一个空前统一、幅员辽阔的朝代。元朝立国,程朱理学的统治地位虽然得到确认,但同时对各种宗教信仰兼收并蓄。信仰的多元化,削弱了儒家思想的影响。实质上,程朱理学独尊的局面也是发生了变化的,这些都给元代文学带来深刻的影响。

元代科举考试时行时辍,大批儒生失去仕进之路,文士地位低下。随着农业的恢复,都市经济逐渐繁荣,市民阶层也不断壮大。仕途失落的知识分子,或为生计,或为抒愤,大量涌向勾栏瓦肆,许多文人参与剧本创作,促进了元代戏剧的发展。

在中国古代文学的演进历程中,元代文学处于一个新的转折期:即新兴的通俗的戏剧和小说开始取代传统的典雅的诗文辞赋的正宗地位。从此,叙事性文学逐渐成为文坛创作的主流。

(1) 元曲

元曲一向与唐诗、宋词并举,为元代文学之主流。人们通常所说的元曲,包括剧曲与散曲。

剧曲指的是杂剧的曲辞,它是戏剧这一在舞台上表演的综合艺术的密不可分的组成部分。

散曲则是继诗、词之后兴起的新诗体。散曲大体上可以分为小令和套数。它产生于民间的俗谣俚曲。自从散曲兴起以后,作品繁多,内容涉及歌咏男女爱情,描绘江山景物,感慨人情世态,揭露社会黑暗,抒发隐逸之思,乃至怀古咏史、刻画市井风情等方面。元代散曲作家,据不完全统计,约有200余人,存世作品小令3800多首,套数470余套。以元仁宗延祐年间为界,分为前后两个时期,前期的创作中心在北方,代表作家有关汉卿、白朴和被誉为"曲状元"的马致远等;后期的创作中心向南方转移,代表作家有张可久、乔吉、张养浩、睢景臣、贯云石和徐再思等。

(2) 元代戏剧

元代,我国戏剧艺术走向成熟。元代戏剧包括杂剧和南戏,其剧本创作成就,代表了当时文学的最高水平。

元代创作的剧本,数量颇多。据统计,现存剧本名目,杂剧有530多种,南戏有210多种,可惜大部分均已散失。至于当时投身于剧本创作的作家,现在已无法准确统计。仅据《录鬼簿》和《续录鬼簿》所载,有名有姓者220多人,而"无闻者不及录",估计还有许多遗漏。许多剧作家具有高度的文化水平,像关汉卿、王实甫、白朴、马致远等人。从现存剧本看,元代戏剧的题材,包括爱情婚姻、历史、公案、豪侠等许多方面。戏剧演出也非常频繁,拥有大量观众,城乡演出异常活跃。

元代的戏剧活动,实际上形成两个戏剧圈。

北方戏剧圈以大都为中心,包括长江以北的大部分地区,流行杂剧。著名的戏剧作家及作品有关汉卿《窦娥冤》《救风尘》《单刀会》,王实甫《西厢记》,马致远《汉宫秋》,纪君祥《赵氏孤儿》等。一般说来,北方戏剧圈的剧作,较多以水浒故事、公案故事、历史传说为题材,有较多作家敢于直面现实的黑暗,渴望有清官廉吏或英雄豪杰为被压迫者撑腰。至于各个作家的艺术风格,则绚丽多彩。他们以不同的风情,不同的韵味,缔造出灿烂辉煌的剧坛。就总体来看,北方戏剧圈的作品,更多给人以激昂、明快的感受。

南方戏剧圈以杭州为中心,包括温州、扬州、建康,乃至江西、福建等东南地区。和北方情况不同,这里城乡舞台,既流行南戏,也演出北方传来的杂剧,呈现出两个剧种相互辉映的局面。南戏产生于浙江永嘉(温州)一带,所以又被称为"永嘉杂剧"。1276年,元军占领杭州,结束了长期南北分裂的局面。南北经济文化交流更加频繁,杂剧的影响也扩大到南方。南方的风土名物,吸引了大批北方人士,许多剧作家包括关汉卿、白朴、马致远等都先后到过杭州。居住在杭州一带的作家像曾瑞、施惠、乔吉、秦简夫等,也加入到杂剧的创作队伍中。在南方戏剧圈中除了演出从北方传入的杂剧剧目外,较多剧作注重表现爱情婚姻和家庭伦理等社会问题。堪称代表作品的有郑光祖的杂剧《倩女离魂》,南戏《琵琶记》和《荆钗记》《拜月记》等。其中元末高明创作的《琵琶记》代表了南戏艺术的最高成就,后人称之为"词曲之祖"。元代南戏著名的作品还有被后人称之为四大南戏的《荆钗记》《刘知远白兔记》《拜月亭记》《杀狗记》,简称为荆、刘、拜、杀。这些南戏作品为明清传奇的繁荣奠定了基础。

(3) 元代诗文

相对于元曲和戏剧,元代正统的诗文创作要逊色许多。元代前期的诗文作家情况比较复杂,有由金入元者,如元好问李俊民等;有由宋入元者,如方回、戴表元等;还有元王朝的开国功臣,如耶律楚材、郝经等;而著名的理学家刘因、许衡等在诗文创作上也颇有成就。元代中期,社会渐趋稳定,诗文创作也活跃起来,出现了虞集、杨载、范梈、揭傒斯"元诗四大家"。元代后期,作家们的写实倾向大大增强,主要诗人有王冕、杨维桢等。

另外,值得重视的是,在民族文化的交流和融合中,元末诗坛还涌现出一批成就较高的少数民族诗人,如突厥人迺贤、回族人丁鹤年、维吾尔族人贯云石、回族人萨都剌(一说蒙古族)等,他们笔力遒劲,声调雄放,标奇竞秀,为元代文学的发展作出了重要的贡献。

(4) 宋元话本

到元代,"说话"继续盛行,目前我们所能见到的话本,以讲史居多,像《全相平话五种》《新编五代史平话》《宣和遗事》《薛仁贵征辽事略》等。当然,和明清两代的小说相比,宋元话本还显粗糙,但作者已注意到情节安排以及人物的心理描写。

宋元小说话本第一次用白话文来描写社会日常生活,主要演述市民生活的悲欢离合,表现市民情感的喜怒哀乐,反映了市民阶层的思想观念和审美情趣。它为明代拟话本短篇白话小说的出现开了先路。宋元讲史话本成为后来长篇白话章回小说的滥觞。如《大宋宣和遗事》为《水浒传》提供了最初的蓝本,《全相平话五种》中的《三国志平话》已粗略具备《三国志通俗演义》的主要情节和基本倾向。讲经话本《唐三藏取经诗话》对《西游记》的成书也有直接影响。总之,宋元话本小说在中国文学史上的地位是不可忽视的。

# 第二十课  诗四首

## 第一节  泊船瓜洲

王安石

### 题解

王安石(1021—1086年),字介甫,晚号半山,临川(今属江西省)人。元丰三年(1080年)封荆国公,世称王荆公。谥文,又称王文公。北宋政治家、文学家。唐宋八大家之一。

宋神宗熙宁二年(1069年)任参知政事,次年拜相。在神宗支持下,推行"熙宁变法",但遭到保守派的反对。两度罢相。晚年退居金陵。有《临川先生文集》。

这是一首著名的抒情小诗,抒发了诗人眺望江南、思念家园的深切感情。

瓜洲:古渡口,在长江北岸,今属扬州,和京口(在长江南岸,今江苏镇江)相对。

### 正文

京口瓜洲一水间,钟山只隔数重山①。
春风又绿江南岸②,明月何时照我还。

### 参考译文

从京口到瓜洲仅是一江之隔,离南京也只隔着几座山。
春风又吹绿了大江南岸,明月什么时候照着我回到家乡呢?

### 赏析

诗以"泊船瓜洲"为题,点明诗人的立足点。首句"京口瓜洲一水间"写了望中之景,诗人站在瓜洲渡口,放眼南望,看到了南边岸上的"京口"与"瓜洲"这么近,中间隔一条江水。由此诗人联想到家园所在的钟山也只隔几座山了,也不远了。次句"钟山只隔数层山"暗示诗人归心似箭的心情。

第三句为千古名句,再次写景,点出了时令已经是春天,描绘了长江南岸的景色。"绿"字是吹绿的意思,用得绝妙。传说王安石为用好这个字改动了十多次,从"到""过"

---

① 钟山:又名紫金山,现在南京市东南。
② "春风"句:洪迈《容斋随笔》卷八"初云'又到江南岸',圈去'到'字,注曰'不好'。改为'过',复圈去而改为'入'。旋改'满'。凡如是十许字,始定为'绿'。"

"入""满"等十多个动词中最后选定了"绿"字。因为其他文字只表达春风的到来,却没表现春天到来后千里江南一片新绿的景物变化。结句"明月何时照我还",诗人眺望已久,不觉皓月初上,诗人用疑问的句式,想象出一幅"明月""照我还"的画面,进一步表现诗人思念家园的心情。

关于本诗,也可以这样理解:从字面上看,是流露着对故乡的怀念之情,大有急欲飞舟渡江回家和亲人团聚的愿望。其实,联系王安石生平政治理想,会发现这首诗在字里行间也寄寓着他重返政治舞台、推行新政的强烈愿望。

## 第二节 晓出净慈寺送林子方

杨万里

### 题 解

杨万里(1127—1206年),字廷秀,号诚斋,吉州吉水(今属江西)人。晚年闲居。工诗,南宋"中兴四大诗人"之一。初学江西派,后学王安石及晚唐诗,终自成一家,号"诚斋体"。他的诗以那些描写自然风光为题材的成就最高。有《诚斋集》。

《晓出净慈寺送林子方》一诗,题为送人,实则写景。净慈:寺名,在杭州。

### 正 文

毕竟西湖六月中,风光不与四时同①。
接天莲叶无穷碧,映日荷花别样红②。

### 参考译文

到底是西湖的六月时节,此时的风光与四季不同。碧绿的莲叶无边无际好像与天相接,在太阳的映照下荷花显得格外艳丽鲜红。

### 赏 析

"毕竟西湖六月中,风光不与四时同",诗人开篇即说六月的西湖,风光毕竟与四时不相同,这两句质朴无华,说明六月西湖的风光,是足可留恋的。"毕竟"二字,突出了六月西湖风光的独特,给人以丰富美好的想象。

"接天莲叶无穷碧,映日荷花别样红",这两句具体地描绘了"毕竟"不同的风景图画:随着湖面而伸展到尽头的荷叶与蓝天相接,气象宏大,既写无边无际的碧色,又渲染了天地之壮阔,造成了"无穷"的空间。诗人用一"碧"一"红"突出了莲叶和荷花给人的视觉带来的强烈色彩对比。即:在这一片碧色的背景上,点染出阳光映照下的朵朵荷花,红得那

---

① 不与四时同:是说西湖的六月有独特之美。
② 无穷碧:无边无际的碧绿色。别样:格外。

么娇艳、那么明丽。"无穷碧"的荷叶和"别样红"的荷花,不仅是春、秋、冬三季见不到,就是夏季也只有在六月中荷花最旺盛的时期才能看到。诗人抓住了这盛夏时特有的景物,概括而又贴切。

## 第三节　芦花被　并序

贯云石

### 题解

贯云石(1286—1324年),原名小云石海涯,以父名贯只哥,遂以贯为姓。字浮岑,号酸斋、芦花道人。出身维吾尔贵族,生于大都(今北京)。祖阿里海牙为元世祖重臣,父官江西省平章政事。年少臂力过人,善骑射。袭父官为两淮万户府达鲁花赤,不久让于其弟。北上,拜当时散文大家姚燧为师,学汉语文学,深受器重。姚桐寿《乐郊私语》中说:"云石翩翩公子,无论所制乐府、散套,骏逸为当行之冠;即歌声高引,上彻云汉。"仁宗皇庆二年(1313年),贯云石做了翰林侍读学士、中奉大夫、知制诰。不久,称疾辞官,浪迹江南,隐居于钱塘(今浙江杭州)。泰定元年卒,年三十九。贯云石擅长散曲、诗文和书法。后人辑有《酸斋乐府》。

《元史》卷一四三载:(贯云石)"偶过梁山泺,见渔父织芦花为被,欲易之以紬。渔父疑其为人,阳曰:'君欲吾被,当更赋诗。'遂援笔立成,竟持被去。人间喧传芦花被诗。"《芦花被》诗,是贯云石称疾辞官,下江南途经梁山泊时所作。

### 正文

仆过梁山泊①,有渔翁织芦花为被,仆尚其清②,欲易之以绸者③。翁曰:"君尚吾清,愿以诗输之④。"遂赋,果却绸⑤。

采得芦花不浣尘⑥,翠蓑聊复藉为茵⑦。
西风刮梦秋无际,夜月生香雪满身⑧。
毛骨已随天地老,声名不让古今贫⑨。
青绫莫为鸳鸯妒⑩,欸乃声中别有春⑪。

---

① 梁山泊:本为古代大野泽的一部分,在今山东梁山、郓城一带。
② 清:指清香。有脱俗、高洁意。
③ 欲易之以绸者:想要用绸缎被子来换取它。
④ 愿:表示请求。输:更换。
⑤ 却:辞却。
⑥ 浣(wò)尘:沾染尘埃。浣,污染。
⑦ "翠蓑"句:姑且用蓑衣作为坐席。翠蓑,蓑衣。藉,垫在下面。茵,坐垫,坐席。
⑧ 雪满身:形容身上披满洁白如雪的芦花。
⑨ 毛骨:指芦苇。老:指年老。让:避让,推辞。这句以芦苇之老喻指渔翁。
⑩ 青绫:薄而有花纹的青色丝织品,富贵人家常用以制被服或帷帐。
⑪ 欸(ǎi)乃:象声词,摇橹声。这里指棹歌声。

### 参考译文

我经过梁山泊,有个渔翁编织芦花当作被子,我喜欢芦花被的清香,想要用绸缎被子来换取这条芦花被。渔翁说:"您喜欢我这芦花被的清香,请用你的诗来换取(芦花被)吧。"于是写下这首诗,(渔翁)果然退回了绸缎被子。

采来的芦花没有沾染尘土,姑且用蓑衣作为坐席。(盖着芦花被)西风吹着我入睡,梦里都是一派天高气爽的秋色,月夜之中,身上披满洁白如雪的芦花,感觉香气扑鼻。渔翁年纪已老,但他高洁脱俗的名声却不亚于古今高洁的贫士。绣满鸳鸯的青绫被不要妒恨主人要拿你来换取芦花被啊,因为在芦花被中别有另一番春意(饱含着渔翁虽然清贫但高洁脱俗的品格)。

### 赏析

这是一首咏物诗。诗写渔人织芦花为被,借此歌颂渔人安于清贫、不羡慕富贵的高尚品质。而诗人用诗换取芦花被,也足可以看出诗人潇洒旷达的襟怀。此诗一出,传为文坛佳话。贯云石定居杭州后,即以"芦花道人"为号。可见,他是极为喜爱《芦花被》一诗的。

全诗紧扣"芦花被"的"清"与"香"来抒情言志。序文中"仆尚其清"四字,明确表达了诗人以锦缎换芦花被的真实动因。一个"清"字,具有双重意蕴。既指洁白清纯而颇含淡淡香味的芦花被;又指渔翁远避世俗、自食其力、虽清贫但雅洁的高尚情操,此乃诗人所"尚"渔翁之处。

首联"采得芦花不浣尘,翠蓑聊复藉为茵",第一句便突出芦花一尘不染的清纯特征,隐寓着诗人"尚清"的思想情结。诗人将渔翁用芦叶编织成的青翠的蓑衣铺垫在船舱内当作褥子,他躺在这条没有尘埃的褥子上,盖着一尘不染、松软如绵的芦花被,似乎觉得自身也通体洁净起来。

颔联"西风刮梦秋无际,夜月生香雪满身",进一步描写诗人身盖芦花被神奇美妙的感受。在古典诗文中,"西风"这个意象给人的感觉总是萧瑟凄凉的。然而,在贯云石笔下的"西风",此刻却似乎平添了一分温馨与多情。"西风"不但没有"刮"凉诗人的心境,反而将他温柔地"刮"进了秋高气爽、寥廓无垠、晶莹澄澈的美妙梦境中去了。在夜月清辉的朗照下,诗人拥盖着洁白松软的芦花被,闻着其中散发出来的淡淡的芦花清香,他已完全融化在如此纯净香美的世界里了。"西风刮梦秋无际",既是直接写天地的辽阔,也委婉地表达了诗人心胸的豁达。"夜月生香雪满身",实写芦花被一尘不染的清香,也比喻纯洁无瑕人品的可贵。它既是对渔翁高洁美德的赞扬,又是对自身追求高洁情操的写照。诗人置身于这似梦非梦的纯美世界里,驾着"西风"梦游于寥廓的天空,尽情地享受着芦花的清香,真是无与伦比的人生之乐。

颈联"毛骨已随天地老,声名不让古今贫",这二句采用的是双关、拟人的手法。"毛骨"之"老",是实写芦苇已干枯,又是喻指渔翁年纪已老,但他虽清贫但高洁的名声却不亚于古今高洁的贫士。诗人由芦花被想到"毛骨已随天地老"的芦苇,又由芦苇之"老"想到饱经风霜的年迈渔翁,进而想到他"声名不让古今贫"的淡泊、高洁、质朴。这就是诗人所要歌颂与追慕的美好情操与人格。

尾联"青绫莫为鸳鸯妒,欸乃声中别有春",诗人宕开一笔,极富幽默情调地安慰绣满鸳鸯的"青绫"(锦缎)说:你不要妒恨主人当初拿你来交换芦花被的举动啊,因为在芦花被中饱含着渔翁淡泊的隐逸生活与高洁的思想情操,这就是我所向往与追慕的人生境界啊。从这一拟人化的劝慰中,更见出诗人厌浊尚清、矢志隐逸的执着人生态度。"欸乃声中别有春"句,化用柳宗元《渔翁》诗:"烟销日出不见人,欸乃一声山水绿",增添了浓厚的隐逸情趣。诗人通过与渔翁的接触,又通过拥盖芦花被美妙神奇的感受,写出了尘世间的富贵荣华不足羡慕。只有像渔翁那样无拘无束地出没于江湖、驰骋于天地之间的隐逸生活,才是人生最理想最美好的归宿。这或许是诗人决意弃官的原因吧,也是诗人后来隐居杭州至死不仕的原因吧。诗人以"欸乃声中别有春"收尾,情思悠悠,如余音绕梁,三日不绝,令人回味无穷。

## ※第四节 临安春雨初霁

### 陆 游

**题 解**

陆游(1125—1210年),字务观,号放翁,越州山阴(今浙江绍兴)人。高宗时应礼部试,名列前茅,但为秦桧所黜。孝宗时赐进士出身。中年入蜀,投身军旅生活。晚年退居家乡。创作诗歌今存九千四百多首,内容极为丰富。"中兴四大家"之一。著有《渭南文集》《剑南诗稿》《放翁词》等。

这首诗写于淳熙十三年(1186年),这一年春天,在家乡山阴赋闲多年的陆游又被起用为严州(今浙江建德)知府,赴任之前,先到临安(今浙江杭州)去觐见皇帝,住在西湖边上的客栈里听候召见,在百无聊赖中,写下了这首广泛传诵的名作。

**正 文**

世味年来薄似纱,谁令骑马客京华。
小楼一夜听春雨,深巷明朝卖杏花。
矮纸斜行闲作草,晴窗细乳戏分茶①。
素衣莫起风尘叹,犹及清明可到家②。

**参考译文**

世态人情这些年来薄得像透明的纱,谁令我骑着马来京城客居呢?只身住在客楼上,一夜里听到春雨淅淅沥沥,明天早上,深幽的小巷中会传来卖杏花的声音。短小的纸张上斜着运笔,闲时写写草书,在小雨初晴的窗边,看着沏茶时水面呈白色的小泡沫,以分辨茶的等级为戏来打发时间。不要慨叹风尘会玷污我白色的衣服,等到清明就可以回家了。

---

① "矮纸"二句:写客居京华,消遣时光的生活。矮纸,短纸。草:草书。这里指写草书打发时间。乳,沸水冲茶时水面泛起的白沫,其形色似乳,故名。分茶,鉴别茶味,即品茶。
② "素衣"二句:写清明节前即可回家,不必慨叹官场风气会污染自己。

## 赏析

"世味年来薄似纱,谁令骑马客京华",诗的开头用了一个独具匠心的比喻,感叹世态人情薄得像透明的纱。世情既然如此浇薄,何必出来做官?所以下句说:是谁令你骑马到京城里来,过这客居寂寞与无聊的生活呢?诗一开始就流露出不得已而来京的意思。

"小楼一夜听春雨,深巷明朝卖杏花",在住处的小楼上听到一夜的春雨声,第二天早上,雨过天晴,小巷深处已有人叫卖杏花了。一夜春雨,到第二天一早的卖花声,正是"初霁"的情景。这两句是写临安春雨和街头风光。绵绵的春雨,由诗人的听觉中写出;而淡荡的春光,则在卖花声里透出。写得形象而有深致。传说这两句诗后来传入宫中,深为孝宗所称赏,可见一时传诵之广。

"矮纸斜行闲作草,晴窗细乳戏分茶",是写他在临安客居时的生活。闲来无事,只有用短纸来写草书。在窗下品茶,以消闲解闷。"细乳",据《茶谱》说,好茶叶,其片甚细,煎出的茶呈碧绿色或乳白色。这里是代指好茶。"分茶",这里指的是品茶。陆游并不是对品茶感兴趣,也并不认为这是消闲的雅事,所以他说"戏分茶","戏"字正表明了他矛盾而复杂的心情。把这些与前面诗意联系起来,可以看出这是一种无可奈何地打发日子的反映。

"素衣莫起风尘叹,犹及清明可到家",晋代陆机诗中说"京洛多风尘,素衣化为缁",意思是京城中尘土多,白衣也因此变黑了。这里是暗用这个典故。不要感叹白衣在京城中变黑,清明节还赶得上回到家里呢!所谓白衣变黑,不只是说自然中的尘土,更指官场上的污浊。"犹及清明可到家"实为激愤之言,偌大一个京城,竟然容不得诗人有所作为,悲愤之情见于言外。

## 练 习

### 一、填空题

1. 南宋中期,诗坛的代表诗人是"中兴四大家",这四位诗人是_____,_____,_____和_____。
2. 江西诗派的"一祖三宗"之说中,"一祖"是指_____,"三宗"是指_____、_____和_____。
3. 王安石,北宋时期_____家、_____家,唐宋八大家之一。
4. 《临安春雨初霁》中的名句是:_____,_____。
5. 贯云石,_____族,擅长_____、诗文和_____。
6. "西风刮梦秋无际"的下句是:_____。

### 二、选择题

1. 诗句中横线处应填的是(    )。

    春风又_____江南岸,明月何时照我还。

    A. 吹    B. 到    C. 过    D. 绿

2. 诗句中横线处应填的是(　　)。

　　小楼一夜听春雨,深巷明朝卖_____。

　　A. 杏花　　B. 桃花　　　　C. 荷花　　　　　D. 菊花

3. 下列是对《泊船瓜洲》的赏析,不正确的是(　　)。

　　A. 这首诗抒发了诗人眺望江南、思念家园的深切感情。

　　B. "钟山只隔数层山"是望中之景,诗人站在瓜洲渡口,放眼南望,看到了钟山和自己的家乡也只有几座山之隔了。

　　C. 第三句用"绿"字,表现出春天到来后千里江南一片新绿的景物变化。

　　D. "明月何时照我还",诗人想象出一幅"明月""照我还"的画面,进一步表现诗人思念家园的心情。

4. 对《晓出净慈寺送林子方》的分析理解,不恰当的是(　　)。

　　A. 《晓出净慈寺送林子方》一诗,题为送人,实则写景。

　　B. "毕竟"二字,突出了六月西湖风光的独特,给人以丰富美好的想象。

　　C. 一"碧"一"红"突出了莲叶和荷花给人的视觉带来的强烈色彩对比。

　　D. "风光不与四时同"是说这种风光与四季都不同,可这就是六月的风光,因此这句有内在的矛盾。

5. 对《芦花被》的分析理解,不恰当的是(　　)。

　　A. 这首咏物诗写渔人织芦花为被,借此歌颂渔人安于清贫、不羡慕富贵的高尚品质。

　　B. 第一句突出芦花一尘不染的清纯特征,隐寓着诗人"尚清"的思想情结。

　　C. "西风刮梦秋无际"是说西风萧瑟凄凉,让人梦中都感觉到秋的寒意。

　　D. 诗人由芦花被联想到淡泊、高洁、质朴,这就是他所要歌颂与追慕的美好情操与人格。

6. 对《临安春雨初霁》赏析错误的是(　　)。

　　A. 诗的开头用一个比喻,写出他所住的小楼纱窗太薄。

　　B. 一夜春雨,到第二天一早的卖花声,正是"初霁"的情景。

　　C. "矮纸斜行闲作草,晴窗细乳戏分茶",是写他在临安客居时的生活。

　　D. 尾联中所谓白衣变黑,不只是说自然中的尘土,更指官场上的污浊。

三、背诵这四首诗

# 第二十一课 宋代散文

## 第一节 伤仲永

王安石

### 题解

《伤仲永》选自《临川先生文集》。伤,是"哀伤,叹息"的意思。伤仲永,是怜惜方仲永这个幼时天资聪颖的神童由于没有学习,以致成年后竟成为默默无闻的庸人。

本文通过叙述方仲永因为父亲"不使学",而从神童到"泯然众人"的变化过程,说明天资固然重要,但没有好的后天教育,再好的天赋也不可能得以发挥。告诉我们后天学习和教育的重要性。

### 正文

金溪民方仲永,世隶耕①。仲永生五年,未尝识书具,忽啼求之②。父异焉,借旁近与之③,即书诗四句,并自为其名④。其诗以养父母、收族为意,传一乡秀才观之⑤。自是指物作诗立就,其文理皆有可观者⑥。邑人奇之,稍稍宾客其父⑦,或以钱币乞之⑧。父利其然也⑨,日扳仲永环谒于邑人,不使学⑩。

余闻之也久。明道中,从先人还家⑪,于舅家见之,十二三矣。令作诗,不能称前时之闻⑫。又七年,还自扬州,复到舅家问焉。曰:"泯然众人矣⑬!"

---

① 金溪:地名,今江西金溪。世隶耕:世代耕田为业。隶,属于。
② 尝:曾经。书具:书写工具,指笔、墨、纸、砚等。
③ 异焉:对此(感到)诧异。旁近:附近。这里指邻居。与之:给他。
④ 书:写。自为其名:自己题上自己的名字。
⑤ 收族:和同一宗族的人搞好关系。收,聚,团结。
⑥ 自是:从此。立就:立刻完成。文理:文采和道理。
⑦ 邑人:同县的人。稍稍:渐渐。宾客其父:请他父亲去做客。宾客,这里是以宾客之礼相待的意思。
⑧ 或:有人。乞:求取,意思是花钱求仲永题诗。
⑨ 利其然:以此为有利可图。利,认为……有利可图。
⑩ 扳(pān):通"攀",牵,引。环谒(yè):四处拜访。使:让。
⑪ 明道:宋仁宗年号(1032—1033年)。先人:这里指王安石死去的父亲。
⑫ 称(chèng):相当。
⑬ 泯(mǐn)然众人矣:完全如同常人了。泯然,消失。指原有的特点完全消失了。众人,常人。

王子⑭曰：仲永之通悟，受之天也⑮。其受之天也，贤于材人远矣⑯。卒之为众人，则其受于人者不至也⑰。彼其⑱受之天也，如此其贤也，不受之人，且为众人；今夫不受之天，固众人，又不受之人，得为众人而已耶⑲？

**参考译文**

金溪百姓方仲永，世代耕田为业。仲永出生五年，不曾认识笔、墨、纸、砚，（有一天）忽然哭着要这些东西。父亲对此感到惊异，从邻近人家借来给他，（仲永）当即写了四句诗，并且题上自己的名字。这首诗以赡养父母、团结同宗族的人为内容，传送给全乡的读书人观赏。从此，指定物品让他作诗，（他能）立刻完成，诗的文采和道理都有值得看的地方。同县的人对他感到惊奇，渐渐以宾客之礼对待仲永的父亲，有的人还花钱求仲永题诗。他的父亲认为这样有利可图，每天拉着仲永四处拜访同县的人，不让（他）学习。

我（王安石）听说这件事很久了。明道年间，我随先父回到家乡，在舅舅家里见到他，（他已经）十二三岁了。让（他）作诗，（写出来的诗已经）不能与从前的名声相称。又过了七年，（我）从扬州回来，再次到舅舅家，问起方仲永的情况。回答说："（他的）才能已经完全消失，成为普通人了。"

王先生说：仲永的通达聪慧是天赋的。他的天资比一般有才能的人高得多。他最终成为一个平常的人，是因为他后天所受的教育没有达到要求。像他那样天生聪明，如此有才智的人，没有受到后天的教育，尚且要成为平常的人；那么，现在那些不是天生聪明，本来就平常的人，又不接受后天的教育，想成为一个平常的人恐怕都不能够吧？

**赏析**

本文借事说理，以方仲永的实例，说明后天教育对成才的重要性。

文章分两部分：叙事部分写方仲永幼年时天资过人，却因其父"不使学"而最终"泯然众人"，变得平庸无奇；议论部分则表明作者的看法，指出方仲永才能衰退是由于"受于人者不至"，强调了后天教育的重要。

叙事部分叙述了方仲永从五岁到二十岁间才能变化的过程。第一段，首句交代籍贯、身份、姓名、家世。"世隶耕"三字是对"未尝识书具""不使学"的必要铺垫，既衬托了方仲永的非凡天资，又暗示了造成他命运的家庭背景。一个"啼"字，生动地写出方仲永要书具时的儿童情态。"忽""即""立"三个副词，使一个天资非凡、文思敏捷的神童形象跃然纸上。"日扳仲永环谒于邑人"，仅一句话就刻画出方仲永父亲贪图小利而自得的可悲可叹的愚昧无知之态。"不使学"三字，看似平淡，却为方仲永的变化埋下伏笔，点出方仲永命运变化的关键。第二段叙事极为简要，仅以一"见"一"闻"一"问"就交代了方仲永后来的变化和结局。结尾的议论部分，言简意深，说理严谨。

---

⑭ 王子：王安石的自称。
⑮ 通悟：通达聪慧。受之天："受之于天"的省略，意思是先天得到的。受，承受。
⑯ 贤于材人：胜过有才能的人。贤，胜过、超过。材人，有才能的人。
⑰ 受于人：指后天所受的教育。天、人对举，一指先天的禀赋，一指后天的教育。不至：没有达到（要求）。
⑱ 彼其：他。
⑲ 得为众人而已耶：能够成为普通人就为止了吗？意思是比普通人还要不如。

本文语言平实而又不乏感情色彩。文章以"伤仲永"为题,写的是可"伤"之事,说的是何以可"伤"的道理。字里行间流露着作者对一个神童最终"泯然众人"的惋惜之情,对"受之天"而"受于人者不至"者的哀伤之情,并以鲜明的态度表明了作者的观点。

## 第二节 记承天寺夜游

苏 轼

### 题 解

苏轼(1037—1101年),字子瞻,号东坡居士,眉州眉山(今四川眉山)人。曾辗转多地为官。神宗元丰二年(1079年)知湖州时,乌台诗案发,被贬黄州团练副使。哲宗元佑元年(1086年)还朝,先后为中书舍人、翰林学士、知制诰等。后又辗转多地为官。苏轼一生多次被贬,曾被远贬惠州(今属广东)、儋州(今属海南),后被召北归。卒于常州。

苏轼是北宋著名的文学家,唐宋八大家之一。他的思想杂糅儒、释、道三家。他学识渊博,多才多艺,在书法、绘画、诗词、散文等各方面都有很高造诣。是北宋继欧阳修之后的文坛领袖。与其父苏洵、其弟苏辙合称"三苏"。有《东坡集》《东坡乐府》等。

《记承天寺夜游》作于元丰六年(1083年)被贬黄州时,以寥寥数语,描绘了月夜小景,传达了作者的微妙心境,语言朴素而意味深长。承天寺:在今湖北黄冈南。

### 正 文

元丰六年十月十二日夜①,解衣欲睡,月色入户,欣然起行。念无与为乐者②,遂至承天寺寻张怀民③。怀民亦未寝,相与步于中庭④。庭下如积水空明⑤,水中藻、荇交横,盖竹柏影也⑥。何夜无月?何处无竹柏?但少闲人如吾两人者耳⑦。

### 参考译文

元丰六年十月十二日夜晚,(我)脱下衣服想要睡觉,(恰好看见)月光透过窗户洒入屋内,(于是我)高兴地起来出门散步。想到没有(可以与我)交谈取乐的人,于是(我)到承天寺去找张怀民。张怀民也没有睡,我们便一同在庭院中散步。庭院中充满着月光,像积水充满院落,清澈透明,水中的水藻、荇菜交横错杂,原来是竹子和柏树的影子啊。哪一个夜晚没有月光?(又有)哪个地方没有松柏树呢?只是缺少像我们两个这样清闲的人罢了。

---

① 元丰六年:公元1083年。元丰,宋神宗年号。
② 念无与为乐者:想到没有可以交谈取乐的人。念,考虑,想到。
③ 遂:于是,就。至:到。寻:寻找。张怀民:作者的朋友,当时也被贬到黄州。
④ 相与步于中庭:一同走到庭院中。相与,共同,一起。中庭,院里。
⑤ 庭下如积水空明:意思是月色洒满庭院,如同积水充满院落,清澈透明。空明,形容水的澄澈。在这里形容月色如水般澄净明亮的样子。
⑥ 藻(zǎo)、荇(xìng):均为水生植物。交横:交错纵横。盖:句首语气词,这里可以译为"原来是"。
⑦ 但少闲人:只是缺少清闲的人。但,只是。闲人,清闲的人。

## 赏析

《记承天寺夜游》表达的感情是微妙而复杂的,贬谪的悲凉,人生的感慨,赏月的欣喜,漫步的悠闲都包含其中。作者"解衣欲睡"的时候,"月色入户",于是"欣然起行",月光难得,不免让人欣喜。可是没有人和自己共同赏月,只好去找同样被贬的张怀民。这里面有多少贬谪的悲凉与人生的感慨呀!两人漫步中庭,又自比"闲人",所有意味尽含其中。这一层叙事,朴素、淡泊而又自然流畅。

"庭下如积水空明,水中藻、荇交横,盖竹柏影也"。这一层写景,作者惜墨如金,只用十八个字,就营造出一个月光清澈透明、竹影斑驳、幽静迷人的夜景。读者可以发挥想象:月光清朗,洒落庭中,那一片清辉好似积水空潭一般,更妙的是,"水"中还有水草漂浮,游荡。作者以竹、柏之影与月光两种事物互相映衬,比喻手法精当、新颖,恰如其分地渲染了景色的幽美肃穆。更体现出了月光清凉明净的特点,衬托出作者闲适的心境,也折射出作者旷达乐观的胸怀。

第三层转入议论。作者感慨道,何夜无月,何处无竹柏,可是有此闲情逸致来欣赏这番景色的,除了他与张怀民外,恐怕就不多了。整篇的点睛之笔是"闲人"二字,它委婉地反映了苏轼宦途失意的苦闷;从另一个方面来看,月光至美,竹影至丽,他们二人能有幸领略,岂非快事!这在逆境中的篇章,更折射出苏轼的人格魅力!

## 练习

**一、填空题**

1. 苏轼,字子瞻,号_____,是_____朝的_____家。他与父亲_____、弟弟_____合称为"_____",都被列入"唐宋八大家"之中。
2. 《记承天寺夜游》描写承天寺优美夜景的句子是_____。
3. 《伤仲永》中描写仲永小时文思敏捷、天资过人的句子是:_____,_____。
4. 《记承天寺夜游》中用水草比喻月光下竹柏摇曳的句子是:_____。
5. 《伤仲永》中最终造成仲永"泯然众人矣"的原因是:_____。

**二、选择题**

1. 对下列句子翻译正确的是(    )。
   稍稍宾客其父,或以钱币乞之。
   A. 悄悄地把他的父亲当作宾客,或者用钱物求他作诗。
   B. 悄悄地请他的父亲去做客,有的人就用钱物求他作诗。
   C. 渐渐地请他的父亲去做客,或者用钱物求他作诗。
   D. 渐渐地请他的父亲去做客,有的人还用钱物请他作诗。

2. 下面对画线词解释不正确的是(    )。
   A. <u>念</u>无与为乐者　　　　念:思念
   B. <u>遂</u>至承天寺　　　　　遂:于是,就
   C. 怀民亦未<u>寝</u>　　　　　寝:睡觉
   D. <u>相与</u>步于中庭　　　　相与:共同,一起

3. 《伤仲永》的议论部分,表明了作者的人才观,下列对其解说正确的是(　　)。
   A. 一个人的才能全靠后天学习,而不是先天就有的。
   B. 一个人即使有很高的天赋,如果后天不努力学习,也不会取得成就。
   C. 一个人的才能是先天就有的,没有天赋,要想成才是不可能的。
   D. 一个人如果先天很好,即使后天不够努力,也可能取得好的成绩。
4. 对《记承天寺夜游》的分析理解,错误的是(　　)。
   A. 本文表达的感情微妙而复杂:贬谪的悲凉,人生的感慨,赏月的欣喜,漫步的悠闲都包含其中。
   B. 作者营造了一个月光清澈透明、竹影斑驳、幽静迷人的夜景。
   C. 作者以竹、柏之影与月光两种事物互相映衬,恰如其分地渲染了景色的幽美肃穆。
   D. "何夜无月?何处无竹柏?"作者意在说明没有月亮的晚上会更令人感到贬谪的痛苦。

### 三、翻译下列句子

1. 怀民亦未寝,相与步于中庭。

2. 其诗以养父母、收族为意,传一乡秀才观之。

3. 庭下如积水空明,水中藻、荇交横,盖竹柏影也。

4. 父利其然也,日扳仲永环谒于邑人,不使学。

5. 何夜无月?何处无竹柏?但少闲人如吾两人者耳。

6. 今夫不受之天,固众人,又不受之人,得为众人而已耶。

### 四、问答题

1. 方仲永的变化经历了哪几个阶段?
2. 方仲永由天资过人变得"泯然众人矣",原因是什么?
3. 《记承天寺夜游》中哪些语句表现了"闲"?
4. 《伤仲永》中的最后一段议论,说明了什么道理?

### 五、论述题

学完《伤仲永》后,结合现实谈一谈"先天禀赋"与"后天教育"哪个更重要?为什么?两者之间存在什么关系?

# 第二十二课 宋 词

## 第一节 浣溪沙

晏 殊

### 题 解

晏殊(991—1055年),字同叔。抚州临川(今江西抚州)人,少年时以"神童"入试,赐进士出身(1005年),晏殊历任朝廷各种要职,更兼提拔后进,范仲淹、韩琦、欧阳修等皆出其门。谥号元献,世称晏元献。

晏殊是北宋政治家、文学家。他以词著于文坛,有"北宋倚声家初祖"之称。有《珠玉词》传世。

晏殊《浣溪沙》词,在伤春怀人的表层意象中,蕴含着强烈的时间意识和生命意识。"夕阳""落花"两种流逝难返的意象,象征着年华的流逝和情爱的失落,体现出作者对时光短促、生命有限的沉思和体悟。其中"无可奈何花落去,似曾相识燕归来"成为流传千古的名句。浣溪沙,词牌名。

### 正 文

一曲新词酒一杯,去年天气旧亭台①。夕阳西下几时回?
无可奈何花落去,似曾相识燕归来。小园香径独徘徊。

### 参考译文

听一曲用新词谱成的歌,饮一杯酒。天气、亭台都和去年一样。眼前的夕阳西下了,不知何时会再回来。

无可奈何之中,春花正在凋落。而去年似曾见过的燕子,如今又飞回到旧巢来了。(自己不禁)在园中落花遍地的小径上惆怅地徘徊起来。

### 赏 析

这首词既饱含伤春惜时之意,也是在感慨抒情。词中对宇宙人生的深思,给人以哲理性的启迪和美的艺术享受。

"一曲新词酒一杯,去年天气旧亭台",写对酒听歌的情境。词人面对这情境时,开始应该是怀着轻松喜悦的感情,带着潇洒安闲的意态的。但边听边饮,这情境却又触发他对"去年"类似情境的追忆:也是和今年一样的暮春天气,面对的也是和眼前一样的楼台,一

---

① 去年天气旧亭台:是说天气、亭台都和去年一样。

样的清歌美酒。然而,似乎在一切依旧的表象下又分明感觉到有的东西已经起了难以逆转的变化。这便是悠悠流逝的岁月和与此相关的一系列人事。于是词人不由得从心底涌出这样的喟叹:"夕阳西下几时回?"夕阳西下,是眼前景。但词人由此触发的,却是对美好景物与往事的流连,对时光流逝的怅惘。这是即景兴感,但所感实际上已不限于眼前的情景,而是扩展到整个人生,其中包含着某种哲理性的沉思。夕阳西下,是无法阻止的,只能寄希望于它的东升再现,而时光的流逝、人事的变更,却再也无法重复。

"无可奈何花落去,似曾相识燕归来",花的凋落,春的消逝,时光的流逝,都是不可抗拒的自然规律。即使惋惜流连也无济于事,所以说"无可奈何",这一句承上"夕阳西下"。在这暮春天气中,所感受到的还有令人欣慰的重现:那归来的燕子不就像是去年曾在此处安巢的旧相识吗?这一句应上"几时回"。花落、燕归虽也是眼前景,但一经与"无可奈何""似曾相识"相联系,它们的内涵便变得非常广泛,带有美好事物的象征意味。在惋惜与欣慰的交织中,蕴含着某种生活哲理:一切必然要消逝的美好事物都无法阻止其消逝,但消逝的同时仍然有美好事物的再现,生活不会因消逝而变得一片虚无。只不过这种重现毕竟不等于美好事物的原封不动地重现,它只是"似曾相识"罢了。

此词之所以广为传诵,其根本的原因于情中有思。词中似乎于无意间描写司空见惯的现象,却有哲理的意味,启迪人们从更高层次思索宇宙、人生的问题。词中涉及时间永恒而人生有限这样深广的意念,表现得十分含蓄。

## 第二节 水调歌头

苏 轼

### 题 解

苏轼因为与当权者政见不同,自求外放,辗转在各地为官。这首词是宋神宗熙宁九年(1076年)中秋作者在密州时所作。

上片写人望月,表现作者想逃避现实但又难于做到的矛盾心理;下片写月照人,把人生现象与自然规律等量齐观,从而从大自然中得到慰藉与解脱。这首词把情、景、理三者融合在一起,让人回味无穷。胡仔《苕溪渔隐丛话》中说:"中秋词自东坡《水调歌头》一出,余词尽废。"

这年中秋,苏轼的弟弟苏辙(字子由)在济南,兄弟不见有六年了。因此词人面对中秋的明月,心潮起伏,乘着酒兴,挥笔写下了这首名篇。水调歌头:词牌名。词前的小序交代了写词的过程,同时也反映了作者复杂而又矛盾的思想感情。

### 正文

丙辰中秋,欢饮达旦。大醉,作此篇,兼怀子由。

明月几时有?把酒问青天①。不知天上宫阙,今夕是何年②?我欲乘风归去,又恐琼

---

① 把酒:端起酒杯。
② 宫阙:宫殿。

楼玉宇,高处不胜寒③。起舞弄清影,何似在人间④。

转朱阁,低绮户,照无眠⑤。不应有恨,何事长向别时圆⑥?人有悲欢离合,月有阴晴圆缺,此事古难全⑦。但愿人长久,千里共婵娟⑧。

**参考译文**

明月什么时候出现的?(我)端着酒杯问青天。不知道天上神仙住的宫殿里,现在是什么年代了?我想乘着风回到天上,只怕玉石砌成的美丽月宫,在高空中让我经受不住寒冷。我在月光下起身跳舞,身影也跟着我做出各种舞姿,(置身天上)哪里比得上在人间。

转过朱红楼阁,月光低洒在雕着花纹的窗前,照着没有睡意的人。明月不该对人们有什么怨恨吧,为何总在别人离别的时候圆呢?人事有悲欢离合的变化,月有阴晴圆缺的转换,这种事自古以来难于周全。但愿离别的人能平安康健,即使远隔千里,也能共享这明媚的月色。

**赏析**

《水调歌头·明月几时有》是独具特色,脍炙人口的传世名篇。1076年苏轼贬官密州,他政治上很不得志。时值中秋佳节,非常想念自己的弟弟子由。内心颇感忧郁,情绪低沉,于是有感而发,写了这首词。词人通过对月宫仙境的想象,表现了自己的思想矛盾与波折,人生体验与认识。这种表现超凡脱俗,构成本篇浪漫主义的色调和旷达飘逸的风格。

上片"明月几时有?把酒问青天。"这两句是从李白的《把酒问月》中"青天有月来几时?我今停杯一问之。"脱化而来的。举着酒杯询问青天,天上的月亮是何时有的?此句充分显露出作者率真的性情,也隐藏着内心的痛惜和伤悲。接下来两句:"不知天上宫阙,今夕是何年"是问的内容,把对于明月的赞美与向往之情更推进了一层。从明月诞生的时候起到现在已经过去许多年了,不知道在月宫里今晚是一个什么日子。诗人想象那一定是一个好日子,所以月才这样圆、这样亮。他很想去看一看,所以接着说:"我欲乘风归去,又恐琼楼玉宇,高处不胜寒。"他想乘风回到月宫,又怕那里的凄凉,受不住那儿的寒冷,这是何等奇特的想象,这里表达了词人"出世"与"入世"的矛盾心情。"乘风归去"说明词人对世间不满,好像他本来住在月宫里只是暂住人间。一"欲"一"恐"显露了词人的内心矛盾。"起舞弄清影,何似在人间?"与上紧密相接,写词人在月光下翩翩起舞,影子也在随人舞动,天上虽有琼楼玉宇也难比人间的幸福美好。这里由脱尘入圣一下子转为喜欢人间生活,起伏跌宕,写的出神入化。

下片由中秋的圆月联想到人间的离别。"转朱阁,低绮户,照无眠。"转和低都是指月亮的移动,暗示夜已深。月光转过朱红的楼阁,低低地穿过雕花的门窗,照着屋里失眠的人。"无眠"是泛指那些和自己一样不能和亲人团圆而感到忧伤,以致不能入睡的人。月

---

③ 归去:回到天上去。琼楼玉宇:美玉砌成的楼宇。指想象中的仙宫。不胜:经受不住。
④ 弄清影:意思是月光下的身影也跟着做出各种舞姿。何似:哪里比得上。
⑤ 转朱阁,低绮户,照无眠:月光转过朱红色的楼阁,低映在雕花的窗户上,照着没有睡意的人。
⑥ 不应有恨,何事长向别时圆:(月儿)不该(对人们)有什么怨恨吧,为什么偏在人们分离时圆呢?何事,为什么。
⑦ 此事:指人的"欢""合"和月的"晴""圆"。
⑧ 千里共婵娟:虽然相隔千里,也能共享这美好的月光。婵娟,指月亮。

圆而人不能圆,这是多么遗憾的事啊!于是诗人埋怨明月说:"不应有恨,何事长向别时圆?"明月您总不该有什么怨恨吧,为什么总是在人们离别的时候才圆呢?这是埋怨明月故意与人为难,给人增添忧愁,却又含蓄地表达了对于不幸分离的人们的同情。词人思想是豁达的,他需要自我解脱,所以他用质问的语气发泄佳节思亲的情感。接着,诗人把笔锋一转,说出了一番宽慰的话来为明月开脱:"人有悲欢离合,月有阴晴圆缺,此事古难全。"人世间总有悲、欢、离、合,像天上的月亮有阴、晴、圆、缺一样,这些自古以来都是难以周全圆满的。此句流露出了词人悟透人生的洒脱和旷达的性格,也是对人生无奈的一种感叹,包含着无数的痛苦、欢乐的人生经验。结束句"但愿人长久,千里共婵娟。"只希望人们能够永远健康平安,即使相隔千里也能在中秋之夜共同欣赏天上的明月。这里是对远方亲人的怀念,也是一种祝福。

全词情感放纵奔腾,跌宕有致,结构严谨,脉络分明,情景交融,紧紧围绕"月"字展开,语句精练自然,显示了词人高超的语言能力及浪漫洒脱、豪放飘逸的词风。

## ※第三节 念奴娇 赤壁怀古

苏 轼

### 题 解

苏轼属于豪放派词人,与南宋辛弃疾并称"苏辛"。这首词是他豪放词的代表。它写于神宗元丰五年(1082年),是苏轼贬居黄州时游黄州城外的赤鼻矶时所作。

这首词怀念古代英雄豪杰,感叹现实功业难成,抒发世事苍茫的悲壮情怀。念奴娇:词牌名。赤壁:三国时周瑜破曹操之地。具体所在,其说不一,今人多认为当是嘉鱼(今湖北嘉鱼西南、蒲圻西北)。苏轼所写赤壁,是黄州(今湖北黄冈)赤鼻矶,非赤壁古战场。

### 正 文

大江东去,浪淘尽,千古风流人物①。故垒西边②,人道是,三国周郎赤壁③。乱石穿空,惊涛拍岸,卷起千堆雪。江山如画,一时多少豪杰。

遥想公瑾当年,小乔初嫁了④,雄姿英发⑤。羽扇纶巾⑥,谈笑间,樯橹灰飞烟灭⑦。故国神游⑧,多情应笑我,早生华发⑨。人生如梦,一尊还酹江月⑩。

---

① 大江:指长江。
② 故垒:古时军队营垒的遗迹。
③ 周郎:周瑜,字公瑾,孙权军中指挥赤壁大战的将领。24岁时即出任孙策的中郎将。军中皆呼之为"周郎"。
④ 小乔:乔玄的小女儿,嫁给了周瑜。
⑤ 雄姿英发:姿容雄伟,英气勃发。
⑥ 羽扇纶(guān)巾:(手持)羽扇,(头戴)纶巾。这是儒者的装束,形容周瑜有儒将风度。纶巾:佩有青丝带的头巾。
⑦ 樯(qiáng)橹(lǔ):这里代指曹操的水军。樯,挂帆的桅杆。橹,一种摇船的桨。
⑧ 故国神游:即神游故国,作者神游于古战场。
⑨ 多情应笑我,早生华发:应笑我多愁善感,过早地长出花白的头发。
⑩ 尊:同"樽",酒杯。酹(lèi):将酒洒在地上,以表示凭吊。

### 参考译文

长江向东流去,千百年来,所有才华横溢的英雄豪杰,都被长江滚滚的波浪(历史的波涛)冲洗掉了。那旧营垒的西边,人们说:那是三国时周郎大破曹兵的赤壁。陡峭不平的石壁插入天空,惊人的巨浪拍打着江岸,击起的层层浪花像大风卷起千堆雪似的。江山如画,那一时期该有多少英雄豪杰!

遥想当年周公瑾,小乔刚刚嫁了过来,周公瑾姿容雄伟,英气勃发。手里拿着羽毛扇,头上戴着青丝帛的头巾,谈笑之间,曹操的无数战船在浓烟烈火中烧成灰烬。神游于故国古战场,该笑我太多愁善感了吧,以致过早地长出花白的头发。人的一生就像做了一场大梦,还是把一杯酒献给江上的明月吧!

### 赏 析

开篇即景抒情,时越古今,地跨万里,把倾注不尽的大江与功成名就的历史人物联系起来,展开了一个极为广阔而悠久的空间、时间背景。它既使人看到大江的汹涌奔腾,又使人想见风流人物的气概,并将读者带入历史的沉思之中,唤起人们对人生的思索,气势恢宏。接着"故垒"两句,点出这里是传说中的古赤壁战场,借怀古以抒情。"人道是",是听别人说。"周郎赤壁",既符合词题,又为下片缅怀公瑾埋下伏笔。以下"乱石"三句,集中描写赤壁雄奇壮阔的景物:陡峭的山崖散乱地直插云霄,汹涌的波浪猛烈地拍打着江岸,滔滔江水卷起的浪花像狂风卷起千堆雪一样。这种描写,把读者带进一个惊心动魄的奇险境界,使人心胸为之开阔,精神为之振奋!"江山如画,一时多少豪杰"一句,承上启下,由上片写景转入下片怀古。

下片由"遥想"领起五句,集中笔力塑造青年将领周瑜的形象。作者在历史事实的基础上,挑选足以表现人物个性的素材,从几个方面把人物刻画得栩栩如生。"小乔初嫁了"这一生活细节,是以美人烘托英雄,更见出周瑜的丰姿潇洒、年轻有为。"雄姿英发,羽扇纶巾",是从肖像仪态上描写周瑜装束儒雅,风度翩翩。"谈笑间,樯橹灰飞烟灭",抓住了火攻水战的特点,概括了整个战争的胜利场景。词中只用"灰飞烟灭"四字,就将曹军的惨败情景形容出来。接下来三句,由凭吊周郎而联想到作者自身,表达了词人壮志未酬的郁闷和感慨。"多情应笑我,早生华发"为倒装句,实为"应笑我多情,早生华发"。此句感慨身世,悲叹生命短促,人生无常。"人生如梦",表达了词人对坎坷身世的无限感慨。"一尊还酹江月",借酒抒情,思接古今,是全词余音袅袅的尾声。

这首词感慨古今,风格雄浑苍凉,大气磅礴,把人们带入江山如画、奇伟雄壮的景色和深邃的历史沉思中,唤起读者对人生的无限感慨和思索,融景物、人事、哲理于一体,给人以震撼。

## ※第四节 鹊 桥 仙

秦 观

### 题 解

秦观(1049—1100年),字太虚,后改字少游,又号淮海居士。高邮(今属江苏)人。宋神宗元丰八年(1085年)进士。他与黄庭坚、晁补之、张耒同为"苏门四学士",颇得苏轼赏识。他是北宋后期著名婉约派词人,其词对后来另外两位婉约派代表词人李清照、周邦彦都有直接影响。其代表作多是"将身世之感打并入艳情"(周济《宋四家词选》)。有《淮海集》。

关于牛郎织女的传说由来已久。本词的内容也是咏牛郎、织女故事的词作,但能翻出新意,对真正的爱情进行了崇高的赞美,格调也明快热情。《鹊桥仙》,另题《七夕》。

## 正 文

纤云弄巧①,飞星传恨②,银汉迢迢暗度③。
金风玉露一相逢④,便胜却、人间无数。

柔情似水,佳期如梦,忍顾鹊桥归路⑤。
两情若是久长时,又岂在朝朝暮暮⑥。

## 参考译文

彩云变幻,巧妙多姿,流星飞渡,传情达意。即使那银河迢迢,鹊桥上牛郎织女终又相逢。相逢在金风习习、白露出现的七夕,这胜过了人间多少凡俗的情意。

含情脉脉似流水,美好的时光恍如梦。不忍心回头看那归路,归路意味着分离。真正的爱情能长久于心中,又何必时时刻刻在一起。

## 赏 析

这首词借牛郎织女悲欢离合的故事,歌颂坚贞诚挚的爱情。结尾句"两情若是久长时,又岂在朝朝暮暮"最有境界。这两句既指牛郎、织女爱情的特点,又表述了作者的爱情观,是高度凝练的名言佳句。

"纤云弄巧",轻柔多姿的云彩,变化出许多优美巧妙的图案,显示出织女手艺的精巧。"飞星传恨",那些流星仿佛也在传递着牛郎织女间的离愁别恨。"银汉迢迢暗度",以"迢迢"二字形容银河的辽阔,牛郎、织女相距之遥远。迢迢银河水,把两个相爱的人隔开,相见多么不容易!"暗度"二字点出他们千里迢迢来相会。接下来词人以富有感情色彩的议论赞叹道:"金风玉露一相逢,便胜却、人间无数!"一对久别的情侣在金风玉露之夜相会了,这美好的时刻,就抵得上人间千遍万遍的相会。"金风玉露"的意象,是词人把这珍贵的相会,映衬于金风玉露、冰清玉洁的背景之下,显示出这种爱情的高尚纯洁和超凡脱俗。

"柔情似水",那柔情就像悠悠无声的流水,是那样的温柔缠绵。佳期竟然像梦幻一般倏然而逝,才相见又分离,怎不令人心碎!"忍顾鹊桥归路",写分离,刚刚借以相会的鹊桥,转瞬间又成了和爱人分别的归路。不说不忍离去,却说怎忍看鹊桥归路,婉转语意中,含有无限惜别之情!"两情若是久长时,又岂在朝朝暮暮。"这两句词揭示了爱情的真谛:

---

① 纤云弄巧:秋云巧妙多姿。也暗指这些云仿佛是织女巧手织出的,同时点出节令。
② 飞星传恨:流星飞渡银河,为牛郎、织女传达情意。
③ "银汉"句:指牛郎、织女于七夕在天河相会。
④ 金风:秋风。玉露:白露。
⑤ 忍顾:不忍心回头看。
⑥ 朝朝暮暮:时时刻刻,特指男女相会。

真正的爱情要经得起长久分离的考验,只要能彼此真诚相爱,哪怕终年天各一方。这种高尚的精神境界,是十分可贵的。

## 第五节 如梦令

李清照

**题解**

李清照(1084—1155年)号易安居士,济南章丘(今属山东)人。父亲李格非是著名的学者兼散文家。丈夫赵明诚是著名的金石家。靖康事变后,避难江南,明诚病卒。李清照流徙各地,晚年居临安。

李清照多才多艺,博通经史。以词著名,兼工诗文,并著有词论。主张词"别是一家",其词号称"易安体"。其前期词以描写闺中生活为主,后期词更多表现南渡后的曲折经历和痛苦感情。词风细腻委婉,是秦观后婉约词派又一大家,著有《漱玉词》。

这首小令只选取了几个片断,把移动着的风景和作者怡然的心情融合在一起,写出了青春年少时荷丛荡舟,沉醉不归的好时光。富有一种自然之美。如梦令:词牌名。

**正文**

常记溪亭日暮①,沉醉不知归路。
兴尽晚回舟,误入藕花深处②。
争渡,争渡③,惊起一滩鸥鹭④。

**参考译文**

经常记起在溪边的亭子游玩,直到太阳落山的时候,喝得大醉不知道回家的路。游兴满足了,天黑往回划船,错误地划进了荷花深处。怎么划出去呀,怎么划出去呀,惊动满滩的水鸟,都飞起来了。

**赏析**

这是一首回忆往昔的词。开头两句,写沉醉兴奋之情。接着写"兴尽"归家,又"误入"荷塘深处,别有天地,更令人流连。最后一句,纯洁天真,言尽而意不尽。

"常记"明确表示追述,地点在"溪亭",时间是"日暮",作者饮宴以后,已经醉得连回去的路径都辨识不出了。"沉醉"二字露出了作者心底的欢愉,"不知归路"也曲折传出作者流连忘返的情致,看起来,这是一次给作者留下了深刻印象的十分愉快的游玩。兴尽方才回舟。而"误入"一句,同前面的"不知归路"相呼应,显示了主人公的忘情心态。

---

① 溪亭:溪边的亭子。日暮:黄昏时候。
② 藕(ǒu)花:荷花。
③ 争渡:怎么能把船划出去。争,怎。
④ 鸥鹭(lù):水鸟名。

一连两个"争渡",表达了主人公急于从迷途中找寻出路的焦灼心情。正是由于"争渡",所以又"惊起一滩鸥鹭",把停栖在沙洲上的水鸟都吓飞了。至此,词戛然而止,言尽而意未尽,耐人寻味。

## 第六节 一剪梅

李清照

### 题解

李清照和赵明诚婚后不久,赵明诚"负笈远游",李清照不忍离别,找来锦帕,写下了《一剪梅》词送给赵明诚。寄寓着作者不忍离别的一腔深情。

这首词重在写别后的相思。上片虽没有一个离情别绪的字眼,却句句包孕,极为含蓄。下片则是直抒相思与别愁。词以浅近明白的语言,表达深思挚爱之情,缠绵感人。

### 正文

红藕香残玉簟秋①,轻解罗裳,独上兰舟②。
云中谁寄锦书来③?雁字回时④,月满西楼。

花自飘零水自流。一种相思,两处闲愁。
此情无计可消除。才下眉头,却上心头。

### 参考译文

红色的荷花已经开败,香气已经消失,冷滑如玉的竹席,透出深秋的凉意,轻轻脱换下薄纱罗裙,独自泛一叶兰舟。仰头凝望天上云端,白云飘过,谁会将锦书寄来?正是雁群排成"人"字、"一"字,一行行南归的时候,月光皎洁,洒满这西边的闺楼。

花,自在地飘零,水,自在地漂流,一种离别的相思,牵动起你与我两处的闲愁。啊,这无法排除的相思与离愁,刚从眉间消失,又隐隐缠绕上了心头。

### 赏析

"红藕香残玉簟秋",上半句"红藕香残"写户外之景,下半句"玉簟秋"写室内之物。全句不仅刻画出四周景色,而且烘托出词人情怀,意境清幽。

接下来的五句,按顺序写词人一天内所作之事、所触之景、所生之情。前两句"轻解罗裳,独上兰舟",写的是白天在水面泛舟之事,以"独上"二字暗示处境,暗示离情。下面"云中谁寄锦书来"一句,则明写别后的思念。"雁字回时,月满西楼"两句,写词人因惦念游子行踪,盼望锦书到达,于是从遥望云空引出鸿雁传书的遐想。

---

① 玉簟(diàn):光华如玉的席子。簟,竹席。
② 兰舟:用木兰做的小船,小船的美称。
③ 锦书:称夫妻间的书信为锦书或锦字。
④ 雁字:指雁群飞时排成"一"或"人"形。相传雁能传书。

"花自飘零水自流"一句,承上启下。它既是写景,又兼比兴。其所描写的花落水流之景所比喻的人生、年华、爱情、离别,给人以凄凉无奈之恨。下片到此转为直接抒情,用内心独白的方式展开。"一种相思,两处闲愁"二句,在写自己的相思之苦、闲愁之深的同时,由己身推想到对方,深知这种相思与闲愁不是单方面的,而是双方面的,以见两心之相印。这两句也是上片"云中"句的补充和引申,说明尽管天长水远,锦书未来,而两地相思之情却一致,可见双方爱情之笃与彼此信任之深。下句"此情无计可消除",紧接这两句。正因人已分在两处,心中有相思,此情就当然难以排遣,而是"才下眉头,却上心头"了。

"此情无计可消除,才下眉头,却上心头。""眉头"与"心头"相对应,"才下"与"却上"成起伏,语句结构十分工整,表现手法也十分巧妙,在艺术上独具魅力。

## 第七节　西江月 夜行黄沙道中

辛弃疾

### 题解

辛弃疾(1140—1207年),原字坦夫,后改字幼安,中年后号稼轩居士。济南历城(今山东济南)人。曾献《美芹十论》《九议》,都未得到采纳和施行。曾在江西上饶一带长期闲居。

辛弃疾是宋代存词最多的词人,词作内容丰富,以抒发爱国情怀为内容的最突出。风格以豪放为主。与苏轼并称苏辛。有《稼轩长短句》。

本篇是作者闲居上饶带湖时的作品。西江月:词牌名。黄沙为上饶地区一地名。

### 正文

明月别枝惊鹊,清风半夜鸣蝉。
稻花香里说丰年,听取蛙声一片。

七八个星天外,两三点雨山前。
旧时茅店社林边①,路转溪桥忽见。

### 参考译文

明月照到斜枝上的喜鹊,使它惊飞不安。半夜的清风中夹杂着一阵阵的蝉鸣。稻花的香气,送来丰收的信息,蛙声连成一片。

七八颗星星,闪烁在远处天边,两三点雨滴,洒落山前。往日,社林旁边的小茅屋哪里去了?转过溪边石桥,突然出现在面前。

### 赏析

这是一首描写田园风光的词。读后让我们感受到一种恬静的生活美。它通过词人夜行黄沙道中的具体感受,描绘出农村夏夜的幽美景色,形象生动逼真,感受亲切细腻,笔触

---

① 社林:社庙附近的树林。

轻快活泼,使人有身临其境的真实感。全词散发着浓郁的生活气息,表现了词人丰收之年的喜悦和对乡村生活的热爱之情。

词的上阕写月明风清的夏夜,以蝉鸣、蛙噪这些山村特有的声音,展现了山村乡野特有的情趣。词的下阕以轻云小雨,天气时阴时晴和旧游之地的突然出现,表现夜行乡间的乐趣。

这首词共八句,前六句都在写景,只有最后两句才写出有人在夜行。有了这两句,让我们感觉全词每句都是在写夜行。先藏锋不露,到最后才一针见血,收尾便有画龙点睛之妙。

## 第八节 卜算子 咏梅

陆 游

### 题 解

这首词不描述梅花的形貌,而是着重摄取梅花的神韵:自甘寂寞,不同凡流,独自承受风雨的袭击,永保自己幽香的本色。当然,这也是词人自我精神世界的写照。这首词是咏梅的上乘之作。卜算子:词牌名。

### 正 文

驿外断桥边①,寂寞开无主②。已是黄昏独自愁,更著风和雨③。

无意苦争春,一任群芳妒④。零落成泥碾作尘,只有香如故⑤。

### 参考译文

在驿站的外面,在断桥旁边,无人过问的梅花寂寞地开放了。黄昏时候,梅花本已经受不起孤独与忧愁,哪里还能再忍受狂风暴雨的摧残。

梅花不想在春天里与百花争妍斗艳,任凭百花去妒忌怨恨。即使凋谢后被踏成泥土,碾作尘埃,沁人心脾的幽香也永远不会消散。

### 赏 析

这是一首咏梅的词,词中以梅喻人,是陆游自己的咏怀之作。

上片写梅花的遭遇:它植根的地方,是荒凉的驿站之外,断桥旁边。寂寞无主,加上黄昏时候的风风雨雨的摧残,这环境多么冷落凄凉!写梅花的遭遇,也是作者自写被排挤的政治遭遇。

下片写梅花的品格:一任百花嫉妒,却无意与它们争春斗艳。即使凋零飘落,成泥成尘,依然保持那一份清香!词中所写的梅花是词人高洁、坚贞品格的化身。

---

① 驿:驿站。古代大路上的交通站。断桥:残破的桥。这句写的是幽僻无人来往的地方。
② 寂寞:冷清。无主:无人过问,无人欣赏。
③ 更著:又遭受。著,同"着",遭受的意思。
④ 一任:任凭。
⑤ 零落:凋谢。作尘:变成灰土。香如故:香气还是照旧不消失。

## 练习

**一、填空题**

1. 人有悲欢离合，_____，此事古难全，_____，_____。
2. 秦观《鹊桥仙》中的名句是：_____，_____。
3. 有"北宋倚声家初祖"之称的词人是：_____
4. "苏门四学士"指的是：_____、_____、_____和_____。
5. 主张词"别是一家"的词人是：_____
6. 宋代存词最多的词人是：_____，存诗最多的诗人是：_____。
7. 陆游《卜算子·咏梅》中，最能揭示梅花高洁品性始终会保持的句子是：_____，_____。
8. 苏轼《水调歌头·明月几时有》中，蕴涵着人生哲理的词句是_____，_____。
9. 李清照《如梦令》中，_____明确表示追述，地点在_____，时间是_____。_____二字露出了作者心底的欢愉，_____也曲折传出作者流连忘返的情致。

**二、选择题**

1. 下列对《水调歌头》赏析，不正确的是（　　）。
   A. 首句作者把酒问月，表现出对明月的赞美与向往，彰显出豪放的气魄和浪漫的情怀。
   B. 上片一个"我欲"、一个"又恐"、一个"何似"，情感波澜起伏，含蓄地写出了诗人既向往天上又留恋人间的矛盾心理。
   C. 下片"无眠"指的是因欣赏中秋明月而不想入睡的人。
   D. 下片"人有悲欢离合，月有阴晴圆缺，此事古难全"一句蕴含深刻的哲理：世上难有十全十美的事，不必为暂时的不完美感到忧伤，表现了作者乐观旷达的情怀。

2. 下列不属于"婉约派"词人的是（　　）。
   A. 秦观　　B. 辛弃疾　　C. 周邦彦　　D. 李清照

3. "一门三父子，都是大文豪，诗赋传千古，峨眉共比高"说的可能是（　　）。
   A. 曹操　曹丕　曹植　　　B. 苏洵　苏轼　苏辙
   C. 班彪　班固　班超　　　D. 杜审言　杜甫　杜牧

4. 宋代"豪放词派"的代表作家是（　　）。
   A. 苏　轼　辛弃疾　　　　B. 苏　轼　秦　观
   C. 秦　观　李清照　　　　D. 陆　游　李清照

5. 关于辛弃疾《西江月·夜行黄沙道中》，说法正确的是（　　）。
   A. 这首词的作者是唐代的辛弃疾。
   B. "西江月"是词的题目。
   C. "见"，读 jiàn，见到的意思。
   D. 这首词表达了作者对农村生活的喜爱和对农村丰收的喜悦之情。

6. 对李清照词《一剪梅》的赏析,不正确的是(　　)。
   A. 这首词是一首写别情的词作,寄寓着别后的相思之情。
   B. 全词直接写别离之愁,对在外不归的丈夫既怀有思念又有一点不满。
   C. "花自飘零水自流"一句,既是即景,又兼比喻,所比喻的人生、年华、爱情、离别,给人以凄凉无奈之恨。
   D. "一种相思,两处闲愁"写自己的相思之苦的同时,由己身推想到对方,深知这种相思与闲愁不是单方面的,而是双方面的,以见两心之相印。

7. 对《念奴娇·赤壁怀古》中语句的解读,不正确的是(　　)。
   A. "故垒"两句,点出这里是传说中的古赤壁战场,借怀古以抒情。
   B. "乱石"三句,集中描写赤壁雄奇壮阔的景物。
   C. "江山如画,一时多少豪杰"一句,承上启下,由上片写景转入下片怀古。
   D. "多情应笑我,早生华发"感慨自己生不逢时,不能像周瑜那样名垂青史。

8. 对陆游《卜算子·咏梅》的赏析,不正确的是(　　)。
   A. 这首词着重描述梅花的形貌,是描写梅花词中最好的作品。
   B. 上片写梅花的遭遇,也是作者自写被排挤的政治遭遇。
   C. 下片写梅花的品格,也是词人高洁、坚贞品格的化身。
   D. 这首词以梅喻人,是陆游自己的咏怀之作。

### 三、问答题

1. 晏殊《浣溪沙》一词,哪些意象表现了时间的流逝?
2. 晏殊《浣溪沙》中,"无可奈何花落去,似曾相识燕归来"两句告诉我们怎样的生活哲理?
3. 苏轼《念奴娇·赤壁怀古》抒发了词人怎样的感情?

### 四、论述题

我们前面学习过《古诗十九首·迢迢牵牛星》,本课又学习了秦观的《鹊桥仙》,两篇作品均写了牛郎织女的爱情。试自选角度,比较一下两篇作品的异同。

### 五、背诵这些宋词

# 第二十三课　散曲二首

## 第一节　天净沙 秋思

马致远

### 题解

马致远,生卒年不详,号东篱,大都(今北京)人。早年曾任江浙省务提举,晚年则归隐田园。他是元代著名的戏剧家,有杂剧十五种,现存《汉宫秋》、《青衫泪》等七种。他也是一个散曲名家,辑本有《东篱乐府》一卷(近人辑)。有"曲状元"之称。与关汉卿、白朴、郑光祖并称"元曲四大家"。

《天净沙·秋思》被称为"秋思之祖"。篇幅虽短,却为千古绝唱。这首小令刻画出一幅生动的秋晚行旅图,或者说是一幅悲绪四溢的"游子思归图",淋漓尽致地传达出漂泊羁旅的游子心境。天净沙:曲牌名。思:思绪。

### 正文

枯藤老树昏鸦①,
小桥流水人家,
古道西风瘦马。
夕阳西下,
断肠人在天涯②。

### 参考译文

枯藤缠绕的老树上栖息着黄昏归巢的乌鸦,小桥旁潺潺的流水,附近几户人家,荒凉的古道上,一匹瘦马(游子或牵、或骑着)在西风中行走。夕阳已经西下,特别思念故乡亲人的游子还漂泊在天涯。

### 赏析

这支小令以断肠人触景生情组成。"枯藤老树昏鸦,小桥流水人家",12个字画出一幅深秋僻静的村野图景。"古道西风瘦马",诗人描绘了一幅秋风萧瑟苍凉凄苦的意境,为

---

① 昏鸦:黄昏时的乌鸦。
② 断肠人:这里指漂泊孤寂的旅人。断肠,形容内心极度悲伤。

僻静的村野图又增加一层荒凉感。"夕阳西下",使这幅昏暗的画面有了几丝惨淡的光线,更加深了悲凉的气氛。诗人把九种平淡无奇的客观景物,巧妙地连缀起来,通过枯、老、昏、古、西、瘦六个字,将诗人的无限愁思自然地寓于图景中。

最后一句"断肠人在天涯"是点睛之笔。在深秋村野图的画面上,出现了一位漂泊天涯的游子,在残阳夕照的荒凉古道上,牵着(或骑着)一匹瘦马,迎着凄苦的秋风,信步漫游,愁肠寸断,透露了诗人悲凉的情怀。

这首小令采用寓情于景的手法来渲染气氛,完美地表现了漂泊天涯的旅人的愁思。

## 第二节 山坡羊 潼关怀古

张养浩

### 题解

张养浩(1270—1329年),字希孟,号云庄,济南(今属山东)人。曾任监察御史,因批评时政为权贵所忌,被罢官。复职后官至礼部尚书。以直言敢谏著称。后辞官归隐。张养浩是元代后期著名的散曲家。著有《云庄休居自适小乐府》一卷。

元文宗天历二年(1329年),关中大旱,张养浩应召出任陕西行台中丞,忙于赈灾事务,积劳成疾,不久病故。《山坡羊·潼关怀古》就是他赴任途中经过潼关时所作。

这首《山坡羊·潼关怀古》表现了作者对民间疾苦的关心和同情。以深邃的历史眼光一针见血地揭示出兴亡后面的历史真谛:"兴,百姓苦;亡,百姓苦!"即不管封建王朝如何更迭,蒙受灾难的还是那些无辜的老百姓。山坡羊:曲牌名。潼关:关名,在陕西东部。

### 正文

峰峦如聚,波涛如怒,山河表里潼关路①。望西都②,意踌躇③。伤心秦汉经行处④,宫阙万间都做了土。兴,百姓苦;亡,百姓苦。

### 参考译文

像是群峰众峦在这里会合,像是大浪巨涛在这里发怒,外有黄河,内有华山,潼关地势险要。遥望西都长安,思绪起起伏伏。当年秦汉时曾经辉煌过的地方,现在令人伤感,万间宫殿早已化作了尘土。一朝建立,百姓受苦;一朝灭亡,百姓还受苦。

### 赏析

诗人站在潼关要塞,眼前是华山群峰,脚下是黄河奔腾。群峰高低参差地簇拥着,攒

---

① 山河表里:指潼关外有黄河,内有华山。极写潼关一带地势险要。表里,即内外。
② 西都:指长安。
③ 意踌躇:这里是心潮起伏,百感交集的意思。踌躇,原指犹豫、徘徊。
④ "伤心"句:是说当年秦汉时曾经辉煌过的地方,现在令人伤感。经行处,经历过秦汉辉煌历史的地方。

动着,仿佛集合到这里。黄河就像暴怒疯狂的兽群在狂奔。

想起古代,诗人不禁向潼关以西望去,西都长安,从秦汉到隋唐,好几个朝代在那一带建都。一望之中,诗人在脑海里浮现出一座座巍峨壮观的古都,一簇簇富丽堂皇的宫殿。多少帝王将相、英雄豪杰曾在那里龙争虎斗,威震一时,然而如今踪影全消,剩下来的只有黄土一片!

诗人不只是为"宫阙万间都做了土"而伤心,他最伤心的是历代人民。无论秦汉,无论隋唐,尽管改朝换代,人民的苦难却从来没有消除过。"兴,百姓苦;亡,百姓苦。"这是对几千年历史一针见血的总评。

这首散曲,从潼关要塞想到古都长安,又从古都长安想到历代兴亡,地域远近数百里,时间上下千余年,思绪驰骋纵横,最后归结为"百姓苦"一句,反复咏叹,兼有山水诗的意境和历史家的眼光。

## 练 习

### 一、填空题

1. 有"曲状元"之称的是:_____。
2. 《天净沙·秋思》被称为_____。这首小令淋漓尽致地传达出_____。
3. 张养浩《山坡羊·潼关怀古》中对几千年历史一针见血的总评的句子是:_____;_____。
4. 《天净沙·秋思》中,暗含题中"秋"字的三个最直接的景象是:_____、_____、_____;最能触发旅人(游子)思乡之情的景物是:_____。体现全文主旨"思"字的一句是:_____。
5. "元曲四大家"是_____、_____、_____、_____。

### 二、选择题

1. 对《天净沙·秋思》的解说,不正确的是( )。
   A. 这首曲子刻画出一幅"游子思归图","秋思"意为"秋天的思考"。
   B. 诗人通过枯、老、昏、古、西、瘦六个字,将诗人的无限愁思自然的寓于图景中。
   C. "小桥"一句读来令人亲切,可仔细想去,却更增添了"断肠人"的愁绪。
   D. 最后一句是点睛之笔,恰当地表现了漂泊天涯的旅人的愁思。

2. 对《山坡羊·潼关怀古》的分析理解,错误的是( )。
   A. 《山坡羊·潼关怀古》表现了作者对民间疾苦的关心和同情。
   B. "峰峦如聚,波涛如怒,山河表里潼关路",用比喻写出潼关地势的险要。
   C. 诗人是为"宫阙万间都做了土"而伤心。
   D. "兴,百姓苦;亡,百姓苦。"这是对几千年历史一针见血的总评。

### 三、背诵这两支曲子

## 第二十四课 《窦娥冤》节选

关汉卿

### 题 解

关汉卿,生卒年不详,号已斋叟,金末元初大都(今北京)人。他一生"不屑仕进",生活在底层人民中间。他是当时杂剧界的领袖人物,与当时许多戏曲作家、杂剧演员有着密切联系。他的戏曲作品题材广泛,大多暴露了封建统治的黑暗腐败,表现了古代人民特别是青年妇女的苦难遭遇和反抗斗争。人物性格鲜明,结构完整,情节生动,语言本色而精练,对元杂剧和后来戏曲的发展有很大影响。

关汉卿一生创作的杂剧有六十多种,今存十八种。作品主要有《窦娥冤》《救风尘》《望江亭》《单刀会》等。还有散曲创作,今存小令五十七首,套曲十四套。1958年,世界和平理事会把关汉卿与达·芬奇等同列为世界文化名人。

《窦娥冤》全名《感天动地窦娥冤》。写窦娥被无赖诬陷,又被官府错判斩刑的冤屈故事。全剧四折一楔子。课文选的第三折,是全剧矛盾冲突的高潮部分,写窦娥被押赴刑场的悲惨情景,揭露了当时吏治的腐败、社会的黑暗,歌颂了窦娥的善良和反抗精神。

## 第 三 折

(外扮监斩官上,云)下官监斩官是也。今日处决犯人,着做公的把住巷口,休放往来人闲走。(净扮公人,鼓三通,锣三下科,刽子磨旗、提刀、押正旦带枷上,刽子云)行动些,行动些,监斩官去法场上多时了。(正旦唱)

【正宫·端正好】没来由犯王法,不提防遭刑宪,叫声屈动地惊天!顷刻间游魂先赴森罗殿,怎不将天地也生埋怨?

【滚绣球】有日月朝暮悬,有鬼神掌著生死权。天地也只合把清浊分辨,可怎生糊突了盗跖颜渊?为善的受贫穷更命短,造恶的享富贵又寿延。天地也!做得个怕硬欺软,却原来也这般顺水推船!地也,你不分好歹何为地?天也,你错勘贤愚枉做天!哎,只落得两泪涟涟。

(刽子云)快行动些,误了时辰也。(正旦唱)

【倘秀才】则被这枷纽的我左侧右偏,人拥的我前合后偃。我窦娥向哥哥行有句言。(刽子云)你有甚么话说?(正旦唱)前街里去心怀恨,后街里去死无冤,休推辞路远。

(刽子云)你如今到法场上面,有甚么亲眷要见的,可教他过来见你一面也好。(正旦唱)

【叨叨令】可怜我孤身只影无亲眷,则落的吞声忍气空嗟怨。(刽子云)难道你爷娘家也没的?(正旦云)止有个爹爹,十三年前上朝取应去了,至今杳无音信。(唱)早已是十年多不睹爹爹面。(刽子云)你适才要我往后街里去,是什么主意?(正旦唱)怕则怕前街里被我婆婆见。(刽子云)你的性命也顾不得,怕他见怎的?(正旦云)俺婆婆若见我披枷带锁赴法场餐刀去呵,(唱)枉将他气杀也么哥,枉将他气杀也么哥。告哥哥,"临危好与人行方便"。

(卜儿哭上科,云)天哪,兀的不是我媳妇儿!(刽子云)婆子靠后。(正旦云)既是俺婆婆来了,叫他来,待我嘱付他几句话咱。(刽子云)那婆子近前来,你媳妇要嘱付你话哩。(卜儿云)孩儿,痛杀我也。(正旦云)婆婆,那张驴儿把毒药放在羊肚儿汤里,实指望药死了你,要霸占我为妻。不想婆婆让与他老子吃,倒把他老子药死了。我怕连累婆婆,屈招了药死公公,今日赴法场典刑。婆婆,此后遇着冬时年节,月一十五,有瀽不了的浆水饭,瀽半碗儿与我吃;烧不了的纸钱,与窦娥烧一陌儿。则是看你死的孩儿面上。(唱)

【快活三】念窦娥葫芦提当罪愆,念窦娥身首不完全,念窦娥从前已往干家缘;婆婆也,你只看窦娥少爷无娘面。

【鲍老儿】念窦娥伏侍婆婆这几年,遇时节将碗凉浆奠;你去那受刑法尸骸上烈些纸钱,只当把你亡化的孩儿荐。(卜儿哭科,云)孩儿放心,这个老身都记得。天哪,兀的不痛杀我也。(正旦唱)婆婆也,再也不要啼啼哭哭,烦烦恼恼,怨气冲天。这都是我做窦娥的没时没运,不明不暗,负屈衔冤。

(刽子做喝科,云)兀那婆子靠后,时辰到了也。(正旦跪科)(刽子开枷科)(正旦云)窦娥告监斩大人,有一事肯依窦娥,便死而无怨。(监斩官云)你有什么事?你说。(正旦云)要一领净席,等我窦娥站立,又要丈二白练,挂在旗枪上。若是我窦娥委实冤枉,刀过处头落,一腔热血休半点儿沾在地下,都飞在白练上者。(监斩官云)这个就依你,打什么不紧。(刽子做取席站科,又取白练挂旗上科)(正旦唱)

【耍孩儿】不是我窦娥罚下这等无头愿,委实的冤情不浅。若没些儿灵圣与世人传,也不见得湛湛青天。我不要半星热血红尘洒,都只在八尺旗枪素练悬。等他四下里皆瞧见,这就是咱苌弘化碧,望帝啼鹃。

(刽子云)你还有甚的说话?此时不对监斩大人说,几时说那?(正旦再跪科,云)大人,如今是三伏天道,若窦娥委实冤枉,身死之后,天降三尺瑞雪,遮掩了窦娥尸首。(监斩官云)这等三伏天道,你便有冲天的怨气,也召不得一片雪来,可不胡说!(正旦唱)

【二煞】你道是暑气暄,不是那下雪天,岂不闻飞霜六月因邹衍?若果有一腔怨气喷如火,定要感得六出冰花滚似绵,免着我尸骸现;要什么素车白马,断送出古陌荒阡!

(正旦再跪科,云)大人,我窦娥死的委实冤枉,从今以后,着这楚州亢旱三年。(监斩官云)打嘴!那有这等说话!(正旦唱)

【一煞】你道是天公不可期,人心不可怜,不知皇天也肯从人愿。做什么三年不见甘霖降?也只为东海曾经孝妇冤。如今轮到你山阳县。这都是官吏每无心正法,使百姓有口难言。

(刽子做磨旗科,云)怎么这一会儿天色阴了也?(内做风科,刽子云)好冷风也!(正旦唱)

【煞尾】浮云为我阴,悲风为我旋,三桩儿誓愿明题遍。(做哭科,云)婆婆也,直等待雪飞六月,亢旱三年呵,(唱)那其间才把你个屈死的冤魂这窦娥显!

(刽子做开刀,正旦倒科)(监斩官惊云)呀,真个下雪了,有这等异事!(刽子云)我也道平日杀人,满地都是鲜血,这个窦娥的血,都飞在那丈二白练上,并无半点落地,委实奇怪。(监斩官云)这死罪必有冤枉,早两桩儿应验了,不知亢旱三年的说话,准也不准?且看后来如何。左右,也不必等待雪晴,便与我抬他尸首,还了那蔡婆婆去罢。(众应科,抬尸下)

**【剧情简介】**

　　书生窦天章因无力偿还蔡婆的债,把七岁的女儿窦娥卖给蔡婆当童养媳来抵债。窦娥长大后与蔡婆婆儿子成婚,婚后不久,她丈夫病死。十七岁的窦娥成了寡妇,与婆婆相依为命。后来蔡婆向赛卢医讨债,赛卢医对蔡婆起了杀害之心,蔡婆在危难之际,意外地被张驴儿父子撞见,因而被救。张驴儿父子不怀好意,乘机强迫蔡婆与窦娥招他父子入赘,遭到窦娥的坚决反对。蔡婆有病,张驴儿把毒药倒在羊肚儿汤里,企图毒死蔡婆后再胁迫窦娥。结果蔡婆未吃,那羊肚儿汤让张驴儿的父亲吃了,这样就把老驴儿毒死了。张驴儿嫁祸于人,告到官府。窦娥一身清白,不怕与张驴儿对簿公堂。岂料贪官桃杌是非不分,屈斩窦娥,造成千古奇冤。

　　窦娥在临刑之时指天为誓,死后将血溅白练、六月降雪、大旱三年,以明己冤,后来果然都应验。

　　后来,窦天章考取进士,官至肃政廉访使,窦娥的鬼魂向她父亲诉冤,窦天章查明事实,为窦娥昭雪了冤案。

**【相关知识】**

1. 元杂剧剧本结构

　　元杂剧剧本的结构,通常是由四折组成,或外加一个楔子。

　　每折均由曲词、宾白、科范组成。

　　折:是故事情节单元,接近现在戏剧中的一幕。折同时又是戏曲音乐组织单元,每折由属于同一宫调的若干支曲子组成。

　　楔子:加在第一折之前或折与折之间,以交待、衔接剧情。楔子一般较短,除宾白外,仅有一二支曲子。

　　曲词:曲词就是唱词,主要用于抒情。曲词有格律要求,不同曲子的曲词有不同的句数、字数、平仄规定,同一折的曲词必须押同一个韵。

　　宾白:即道白,是剧中人物所说的话。

　　科范:演员在舞台表演时按固定规范(程式)作某种动作或表情。近似于后世剧本中的"指示动作"。

2. 元杂剧角色

　　外:是"外末"的简称,扮演老年男子。

　　净:扮演性格恶劣、举止粗野的人物。净的次要角色叫副净。

　　正旦:扮演女主角。

　　卜儿:扮演老年妇人。

　　冲末:男配角。

　　孛老:老年男性。

　　孤:官员。

3. 宫调与曲牌

正宫：宫调之一。宫调，我国古代音乐以宫、商、角、变徵、徵、羽、变宫为七声，以其中任何一声为主，均可构成一种调式。凡以宫声为主的调式称"宫"，以其他各声为主的称"调"，合称"宫调"。杂剧的每一折，由同一宫调的若干曲牌联成一套曲子。

端正好：曲牌名。文中出现的"滚绣球""倘秀才""叨叨令""快活三""鲍老儿""耍孩儿""二煞""一煞""煞尾"都是曲牌名。

4. 本文中的几处典故

[盗跖颜渊] 跖：传说是春秋末年奴隶起义的首领，过去被诬称为"盗跖"；颜渊：孔子的弟子，被推崇为"贤人"。这里用这两个人泛指好人和坏人。

[苌弘化碧] 苌弘是周朝的贤臣。传说他无罪被杀，他的血被蜀人藏起来，三年后变成了碧玉。

[望帝啼鹃] 望帝，古代神话中蜀王杜宇的称号。传说他因水灾让位给他的臣子，自己隐居山中，死后化为杜鹃，日夜悲啼，直到吐血。

[飞霜六月因邹衍] 邹衍，战国时人。相传他对燕惠王忠心耿耿，燕惠王却听信谗言把他囚禁了。他入狱时仰天大哭，正当夏天，竟然下起霜来。后来常用"六月飞霜"来表示冤狱。

[东海曾经孝妇冤] 事见《汉书·于定国传》，记东海孝妇蒙冤被杀，郡中大旱三年。

## 赏析

《窦娥冤》的"第三折"可分为三个部分：

## 第一部分

开折，通过监斩官和其他人的行为，描写了一副阴森肃杀的刑场气氛。窦娥便在这种气氛下以犯人的身份上场了。一上场，窦娥便唱了两只曲子：[端正好]、[滚绣球]。窦娥首先把自己的冤枉呈现出来，说明自己无辜被判死刑，冤屈惊天动地，临死之前，把控诉的对象指向了天和地。窦娥控诉天地一场戏，极具思想性和艺术性的好文章，千古流传。看这段唱词："有日月朝暮悬，有鬼神掌著生死权。"一句是说现实世界有它固有的统治秩序，人们的命运掌握在天地的秩序之中。下一句，一个"天地也！"一声感叹，蕴涵着窦娥无限的感情：有愤激，有委屈，有埋怨，有抗争，有指责，有期待。下一句"只合""可怎生"两个表强烈反问语气的词，表达了窦娥对天地强烈的质问。作为主宰万物、维持现实世界秩序的最高统治者——天地，本应该使社会清明，公正无私，却是非不分，曲直不明。"为善的受贫穷更命短，造恶的享福贵又寿延。"用非常肯定的语气直接指明现实中存在的不公平现象：坏人得志，好人受欺。这种现实世界的不公平和天地间应该存在的公理形成鲜明的对比，不禁使人对主宰万物的天地产生怀疑。"天地也！作得个怕硬欺软，却原来也这般顺水推船！"这一句是对前几句的总括性结论，指明了天地并不像人们期望或相信的那样维持现实的公平合理，相反，却和社会上的邪恶残暴的坏人一样，助纣为虐，为虎作伥，残害善良弱小的平民百姓。这句指责，推翻了天地在人们心目中的崇高而神圣的地位，对人们现实和精神世界的最高统治者——天地——作了深刻的批判。紧接下来，悲愤之气达到极点，便是对天地的直接而强有力的指责和痛斥。"地也，你不分好歹何为地，天也，你错勘贤愚枉做天!"这不仅是要推翻天地在人们心目中的地位,更进一步要推翻天地在现实世界中的地位。这种对天地的大胆的指责批判在古代以天为上的社会里是不多见的,中国古代人民因为以农业为生,特别重视"天"。现实世界的最高统治者皇帝被认为是承接天的命令,代替天来行使统治权,因此被称为"天子"。窦娥的这一段唱词,把自己受冤屈的原因直接归结到了天的身上,矛头直指封建统治者所赖以维系的精神支柱。既是对整个封建专制制度的彻底否定,也是对传统的封建专制思想的否定。最后一句"哎,只落得两泪涟涟。"是愤怒的控诉达到极点之后的转折,无法改变自己命运的悲愤而又无奈的叹息。

这段话之所以具有非常高的艺术感染力,是因为它用精辟而非常概括的语言表达了长期以来人们对社会不平等的强烈愤慨,表达了普通老百姓要求维持社会公平,惩恶扬善的愿望。在句式上,几乎全用口语,既贴近老百姓的语言,又自然流畅,气势充沛,具有很强的艺术感染力。因此,千百年来盛传不衰。

在去刑场的途中,窦娥向刽子手提出一个小小的请求,要求从后街走,原因是怕婆婆看见伤心难过,这个小小的细节显示了窦娥的善良细心。

## 第二部分

在刑场上,窦娥再次重申了事实真相和自己的冤情。最后,窦娥向蔡婆婆提出了请求,希望婆婆能在自己死后看在婆媳情分上祭奠一下自己。这段哭诉,哀哀怨怨,与前面的愤怒控诉形成鲜明的对比,是窦娥性格的另一方面的体现,也是窦娥在现实中的真实生活和真实性格的写照。它说明窦娥在日常生活中,只是一个勤劳善良,命运孤苦,没有过多要求的普通劳动妇女。她忍受了命运最艰难困苦的打击,从小失去母亲,七岁时又与相依为命的父亲分离,作了蔡婆婆家的童养媳。结婚不久丈夫又去世。在这种种的命运打击面前,窦娥都忍受了,她只希望能够和婆婆相依为命,过安安稳稳的日子。但现实是如此黑暗,即使这样对生活最起码的要求也难以得到满足,最后落得个无辜受刑的结局。窦娥的请求,体现了作为一个普通人的最基本的要求,也增强了人们对窦娥的同情,对社会黑暗的愤怒。最后,窦娥劝解婆婆,说自己是"没时没运"才落得"不明不暗,负屈衔冤。"这只是窦娥安慰婆婆的话,并不是说窦娥自己没有怨恨了。因为她的冤屈完全是人为造成的,是因为社会的黑暗,官吏的腐败,邪恶势力的横行。窦娥也从自己身上认识到这一点,所以在临刑时提出了三桩誓愿。

## 第三部分

关汉卿采用浪漫主义的手法,概括丰富的现实社会内容,大胆而精巧地构思出三桩誓愿。这三桩誓愿由小到大,由弱到强,一步步递升,创造出浓厚的悲剧气氛。

窦娥是无辜的,她不甘心屈从于现实的冤屈,她坚信自己的死定会"感天动地",在人间以奇迹的方式显示出来。第一桩,"血飞白练",通过这种方式,窦娥向世人显示她的清白无辜。第二桩,"六月飞雪",如果说第一桩是通过她自身的奇迹来表明她的冤屈,第二桩则是通过违反常规的自然现象来证明社会的不公平。第三桩,"亢旱三年",矛头更直接地对准昏聩的官府,"这都是官吏们无心正法,使百姓有口难言。"窦娥希望通过第三桩誓愿,直接惩罚残暴昏聩的官府,也希望有一天自己的冤屈能够得到昭雪。三桩誓愿,从时间的延续上,一桩比一桩更久长;从空间范围上,一桩比一桩更扩大。三桩誓愿依次递进的过程,也是窦娥反抗精神依次上升的过程,是她斗争的矛头更加明确的过程。行刑尚未开始,第二桩誓愿就已显示出预兆,更说明了窦娥的冤屈感天动地。三桩誓愿的实现是窦娥反抗的最终结果,也是悲剧高潮的结束。窦娥死去了,但给人们留下了一个勤劳善良、坚强不屈、富于反抗精神的感人形象。

## 练习

### 一、填空题

1. 《窦娥冤》全名《_____》。
2. 《窦娥冤》的作者是_____,他的主要作品还有《_____》《_____》《_____》等,1958年,世界和平理事会把他列为_____。
3. 元杂剧剧本的结构,通常是由_____组成。
4. 元杂剧剧本中的"科"是指_____。
5. 元杂剧中"正旦"是_____。

### 二、选择题

对文中曲词"滚绣球"的解说,不正确的是( )。

A. "有日月朝暮悬,有鬼神掌著生死权。"一句是说现实世界有它固有的统治秩序,人们的命运掌握在天地的秩序之中。

B. "天地也!"一声感叹,蕴涵着窦娥无限的感情。有愤激,有委屈,有埋怨,有抗争,有指责,有期待。

C. "只合""可怎生"两个表强烈反问语气的词,表达了窦娥对贪官和刽子手们的质问。

D. "天地也!作得个怕硬欺软,却原来也这般顺水推船!"指明了天地并不像人们期望或相信的那样维持现实的公平合理。

### 三、问答题

用自己的话概括一下《窦娥冤》的故事情节。

# 明清近代文学作品选读

## 概 说

明朝从太祖朱元璋洪武元年(1368年)开国,到思宗朱由检崇祯十七年(1644年)自缢,共计277年。在李自成攻陷北京,明王朝灭亡之际,已在东北地区称帝立国号的清朝统治者,挥军进入山海关,后定都北京。到辛亥革命(1911年)清王朝灭亡,清朝共计267年。文学史上,一般以1840年鸦片战争为开端,到1919年"五四"新文化运动兴起为止,这一时段的文学称为近代文学。

本书所述明清近代时期的文学,即是从1368年至1919年这一历史时期的文学。

### 一、明代的社会与文学概况

明朝建立以后,进一步巩固并发展了中央集权的统治。在思想文化上实行专制主义,大力提倡程朱理学,采用八股取士制度。这在一定程度上钳制了文人的思想,对文学的创作极为不利。明代中叶,社会情况发生了显著变化。政治上,阶级矛盾、统治者内部的矛盾趋向尖锐、激化;经济上,城市商业经济逐渐繁荣,市民阶层日益壮大;思想上,前期的控制有所松动,出现了王学(王阳明发展了宋代陆九渊的"心学"),尤其是王学左派(泰州学派)与理学相抗衡,这些都对文学创作产生了深远的影响。明代末年,随着国事多艰,经世实学思潮抬头,部分作家又重新强调文学的社会功用,开启了清代文学思潮的转变。

明代前期文学创作的主要成就体现在新兴的长篇小说和传统的诗文两方面。《三国志演义》与《水浒传》是划时代的作品,它们分别成为历史演义小说和英雄传奇小说创作的楷模。宋濂、刘基、高启等由元入明的诗文作家,也写出了一些揭露现实黑暗、反映民生疾苦的优秀作品,使明初文学取得令人瞩目的成就。但此后的一百多年,文学创作在整体上出现停滞不前甚至倒退的局面。在诗文领域占统治地位的是"台阁体",继之而起的是李东阳的茶陵派,保留有台阁体的痕迹。

明代中后期文学,逐渐走出了沉寂枯滞的局面。特别是在嘉靖以后,文学创作在各个方面都取得了较为卓著的成就。

首先是小说创作得到空前的发展。在长篇小说创作上,神魔小说的代表作《西游记》和世情小说的发轫之作《金瓶梅》是这一时期最杰出的作品。这一时期兴起了编著章回体通俗小说的热潮。在短篇小说创作上,冯梦龙的"三言"(《喻世明言》《警世通言》《醒世恒言》)和凌濛初的"二拍"(《初刻拍案惊奇》《二刻拍案惊奇》)的出版,标志着白话短篇小说的整理与创作达到了高峰,它们进一步推动了拟话本创作的热潮。

其次是戏曲创作方面,传奇的体制逐渐定型,涌现了以《宝剑记》(李开先)、《浣沙记》(梁辰鱼)、《鸣凤记》(署名王世贞等人)为代表的三大传奇,产生了两大戏曲流派:即以沈璟为代表的吴江派和以汤显祖为代表的临川派。汤显祖的代表作《牡丹亭》,是我国戏曲史上浪漫主义的优秀作品,吹响了个性解放的时代最强音。徐渭是明杂剧的代表作家,代表作《四声猿》是明代杂剧创作的最高成就。

第三是诗文创作,其先是以李梦阳、何景明为首的"前七子"公开反对台阁体,主张"文必秦汉,诗必盛唐",掀起文学复古运动。后有以李攀龙、王世贞为首的"后七子"继续推波助澜,将诗文复古运动再次推向高潮。介于前后七子之间的唐宋派以归有光为代表,则提倡宗法唐宋散文。

杰出的思想家、文学家李贽提出了具有启蒙主义色调的进步观念,给当时的文坛吹进了一股新鲜的空气,他的"童心说"成为文学解放的号角。在他的影响下,以袁宏道为代表的公安派首先起来反对复古,主张创新,要求文学独抒性灵,成为晚明诗文革新运动中的一支劲旅。公安派之后,锺惺、谭元春所代表的竟陵派崛起于文坛,他们在继承公安派的某些主张的同时,也试图补救公安派的肤浅之弊。

值得一提的是小品文创作在晚明盛极一时,它形式自由活泼,文字轻灵隽永,多表现日常生活中的闲情逸趣,代表作家有张岱、王思任等。

明代末年,随着政局的动荡变化,诗风、文风也开始转变。以陈子龙、夏完淳为代表的一批作家重新倡导复古,反对公安派与竟陵派的抒写性灵,他们的诗文创作具有强烈的现实意义与慷慨雄健的风格。

此外,"挂枝儿""山歌"等明代民间文学得到了系统的搜集和整理,也体现了新的时代特征。

## 二、清代的社会与文学概况

清王朝是我国最后一个封建王朝,它从定都北京起,经过 40 年的征服战争,统一了中国。为巩固政权,它采取了恢复生产、安定社会的措施,一度国势增强,社会繁荣,版图辽阔,出现了"康乾盛世"。清王朝提倡尊孔崇儒,除沿袭明制以八股取士外,康、乾两朝均特开博学鸿词科以网罗天下名士,组织编纂各种大型图书。但清王朝为控制社会思想,大兴文字狱,案件之多,株连之广,惩治之残酷,超过历史上任何一个朝代。上述种种,在清初的文学创作中均有反映。清代中期学术思潮的一大变化是乾嘉学派的兴起。乾嘉学派重视训诂、考据,对古代文献的整理有卓越的贡献,乾嘉学风多方面地影响到当时的文学创作。

待到 19 世纪中叶的道光年间,中国受到了西方列强的侵略,清王朝的架子虽然没有倒塌,社会性质却发生了根本性的变化,中国历史进入了近代。

清代文学较之以往各代,异常繁富。一方面是元明以来新兴的小说、戏曲,入清之后依然蓬勃发展;另一方面是元明以来已经呈现弱势的诗、古文,乃至已经衰落下来屈居于陪衬地位的词、骈文,入清之后又重新振兴起来。举凡以往各代曾经盛行过、辉煌过的文学样式,大都在清代文坛上占有一席之地。各类文体大都拥有众多的作者,写出了大量的作品。各类文体曾经有过的类型、出现过的风格,清代作者也大都承袭下来,相当多的作者达到了很高的造诣,写出了许多优秀的作品。清代文学可以说是以往各类文体之总汇,呈现出一种集大成的景象。

清初诗人,在诗歌艺术方面有所拓新,钱谦益主盟虞山诗派;吴伟业领袖娄东诗派,其"梅村体"开拓出叙事诗的新境界;王士禛标榜神韵;这些诗人共同促成清初诗坛万紫千红的局面。清代中期,沈德潜力主格调,效仿汉魏、盛唐;翁方纲倡导肌理,注重义理、考据;袁枚标举性灵,追求诗歌解放;各派之间相互争胜,皆有所成就。经历元明两代的萎靡消沉之后,词至清代又出现了中兴气象,词人云集,词派纷呈。清代初年,陈维崧取法苏、辛,雄放恣肆,为阳羡词派之宗主;朱彝尊推崇姜夔,执浙西词派之牛耳;纳兰性德推崇南唐二主,纯任性灵,自成一家。清代中期,张惠言、周济提倡词的比兴、寄托,强调词的社会作用,开创了常州词派,其影响直至清末。

清初散文可分两类:一类是黄宗羲、顾炎武、王夫之等为代表的学人之文,以学术修养为根基,以政论、史论见长;一类是侯方域、魏禧、汪琬等为代表的文人之文,其文风各具特色,表现出较高的艺术价值。清代中叶出现了影响最大、延续最长的散文流派——桐城派,代表人物是方苞、刘大櫆、姚鼐。他们提倡义理、考据和辞章,使古文理论系统化、规范化,在创作上取得很大成就。桐城派从康熙年间创立,直到晚清还非常活跃,几乎与清朝相始终。骈文经过唐宋古文运动的打击与明代复古思潮的排斥,在文坛上虽并未绝迹,但已呈衰弱之势。直到清代,骈文的创作才再度兴盛,也出现了一大批优秀作家和传诵一时的作品。如清初的陈维崧、毛奇龄等揭开了骈文复兴的序幕。尔后有汪中、洪亮吉、袁枚等"骈文八大家"出现,一时间呈现中兴气象,形成与桐城古文尖锐对立的格局。其中汪中的骈文在清代骈文中成就最高。

清代小说是中国古典小说的全面成熟期,也是清代文学辉煌的标志。清代初年,蒲松龄的《聊斋志异》"用传奇法,而以志怪"(鲁迅语),使花妖狐魅人格化,幽冥世界现实化,大大拓展了文言小说的叙事功能与表现功能,成为文言小说发展史上前无古人后无来者的艺术典范。清代中期,纪昀的《阅微草堂笔记》是清代笔记体小说的代表作品。清初白话长篇章回体小说,有英雄传奇小说《水浒后传》;有才子佳人小说《好逑传》《平山冷燕》等;还产生了《醒世姻缘传》等以家庭及社会生活为题材,描写现实人生的世情小说。清代中叶,《儒林外史》和《红楼梦》两部巨著把我国古典小说的创作推向顶峰。《儒林外史》既是一部批判现实主义杰作,又是讽刺小说的典范,将讽刺艺术发展到极致。《红楼梦》的出现,更具有划时代的意义,它是古代小说的最高艺术典范。另外,《镜花缘》《歧路灯》等长篇小说也取得了较高的成就。

清初剧坛,以吴伟业、尤侗为代表的文人化剧作家,往往是借剧中的故事和人物,抒发个人怀才不遇的苦闷。李渔对我国喜剧艺术的建构做出了重要贡献。康熙年间洪昇的《长生殿》和孔尚任的《桃花扇》是两部传奇杰作,它们"借离合之情,写兴亡之感",在思想上和艺术上都代表了清代戏剧的最高成就。清代中期,是戏剧创作从元明以来的兴盛繁荣走向衰落的转折阶段。传奇、杂剧的创作转入低潮,代之而起的是植根于民间的地方戏曲。地方戏的蓬勃发展和京剧的兴起,标志着中国戏曲艺术进入了一个新的历史阶段。

## 三、近代社会与文学概况

1840年第一次鸦片战争后,中国社会进入剧烈动荡的时代。中国社会进入半封建半殖民地的社会。社会主要矛盾由帝国主义和中华民族、封建主义和人民大众两对矛盾组成。同时,在欧风美雨的冲击之下,这一时期的文化也开始了向现代转型的艰难进程。西学东渐、中西文化的冲突与交汇构成了近代文学的文化背景。求新、求变、求用是中国近代文学的主要特征。反帝反封建和争取民主独立的救亡启蒙是近代文学的灵魂与基本主题。近代文学在中国社会空前巨变、矛盾尖锐复杂的八十年中,转化了古典文学,孕育了现代文学,以迅猛的速度完成了中西交流、新旧交替的伟大使命。

近代文学大体可以1894年中日甲午战争为界,分为前后两期。

前期的文坛流派纷呈、新旧交错。

在诗词文等雅文学领域,一方面带有拟古、复古色彩的诗文流派极为活跃:以程恩泽、祁寯藻为代表的宋诗运动;周济继承常州词派并予以发扬光大;姚门四大弟子继续固守桐城阵地,曾国藩开创湘乡派并把桐城古文推向中兴。另一方面,龚自珍、魏源作为近代思想的先行者,以符合时代前进步伐的新思想和高度的爱国激情,给当时的文坛注入活力。林则徐的诗作也突出地表现了爱国激情。

在小说、戏剧等俗文学领域,就小说而言,产生了一批侠义公案小说和写人情世态的小说,前者以《三侠五义》《儿女英雄传》等为代表,后者以《品花宝鉴》《海上花列传》等为代表。就戏剧而言,传统戏曲创作继续呈现出衰微的趋势,而各地方戏随着各声腔剧种的广泛流布,不断地繁衍、融合,其中一些剧种逐渐走向成熟和定型。特别是京剧,成为全国影响最大的一个剧种。

后期是近代文学的全面繁荣时期,此期的文学风貌发生了具有历史转折性的变化,虽然旧的文学形态与旧的文学流派并没有销声匿迹,但新的文学风气与充满新思想的文学作品,已成为文坛的主导潮流。

在诗词文领域,最引人注目的现象是出现了由资产阶级改良派倡导的"诗界革命""文界革命"等文学改良运动。其中黄遵宪锐意开辟"新派诗",堪称"诗世界之哥伦布";梁启超致力创造"新文体",以比较通俗而富有煽动力的文字介绍新思想。黄、梁等人将近代诗文推向了高峰。此后,资产阶级民主革命的蓬勃发展,又促使文坛发生显著变化,涌现出以秋瑾、章炳麟、邹容等为代表的革命文人和以"南社"为代表的革命文学团体,他们的创作真正体现了20世纪初的时代潮流和诗歌艺术的发展方向。与当时进步潮流并行,旧的诗文流派仍在文坛上继续活动,有以陈三立、沈曾植为代表的同光体,以王闿运为代表的汉魏六朝派,以樊增祥、易顺鼎为代表的晚唐诗派,其作品虽不乏可取之处,但都未能摆脱拟古藩篱,只能成为复古诗歌没落的标志。近代后期词的创作基本是在常州词派的笼罩之下,其中被称为"清季四大词人"的王鹏运、朱祖谋、况周颐、郑文焯以及异军突起的文廷式最为突出。

在小说、戏剧领域,梁启超等人掀起了声势浩大的"小说界革命",有力地推动了小说创作,其中《官场现形记》《二十年目睹之怪现状》《老残游记》《孽海花》四大谴责小说代表了近代小说创作的最高成就。此外,陈天华、黄世仲等人的革命小说,林纾的翻译小说,苏曼殊的哀情小说,也都各具特色,在当时产生过较大的影响。辛亥革命以后,以消遣、游戏为创作主旨的鸳鸯蝴蝶派,因迎合城市市民阶层的审美趣味,满足他们的文化娱乐需要而盛行一时。其影响波及20世纪40年代。就戏剧而言,此期戏曲改良运动全面展开,在传奇杂剧等传统形式中注入新的思想内容,具有鲜明的时代特征。更为重要的是,话剧这种新的艺术剧种引入中国并扎根发芽,它彻底突破了旧形式,获得全新的生命,虽然没有杰作产生,却为"五四"以后新话剧的发展开辟了道路。

# 第二十五课 "四大古典名著"选读

## 第一节 用奇谋孔明借箭[①]

罗贯中

### 题 解

《三国志演义》,近人常简称为《三国演义》,是我国第一部长篇章回小说,也是历史演义小说的开山之作,标志着历史演义小说的辉煌成就。它是依据有关三国的历史、杂剧,在广泛吸取群众传说和民间艺人创作成果的基础上,经由文人加工、再创作而形成的。一般认为,《三国志演义》大约成书于明初。

《三国志演义》的作者是罗贯中。罗贯中,名本,号湖海散人。元末明初人。生卒年及生平不详。

本文节选自《三国演义》第四十六回,原回目是"用奇谋孔明借箭 献密计黄盖受刑"。这里选的一段是赤壁大战前夕,周瑜因嫉妒诸葛亮之才而找借口要杀他,限期让他造十万支箭。诸葛亮凭借自己的智谋和才华,从曹操那儿获得十余万支箭,从而完成任务的故事。文章重点突出了诸葛亮的智慧。

### 选 文

却说鲁肃领了周瑜言语,径来舟中相探孔明。孔明接入小舟对坐。肃曰:"连日措办军务,有失听教。"孔明曰:"便是亮亦未与都督贺喜。"肃曰:"何喜?"孔明曰:"公瑾使先生来探亮知也不知,便是这件事可贺喜耳。"谈得鲁肃失色问曰:"先生何由知之?"孔明曰:"这条计只好弄蒋干,曹操虽被一时瞒过,必然便省悟,只是不肯认错耳。今蔡、张两人既死,江东无患矣,如何不贺喜!吾闻曹操换毛玠、于禁为水军都督,则这两个手里,好歹送了水军性命。"鲁肃听了,开口不得,把些言语支吾了半晌,别孔明而回。孔明嘱曰:"望子敬在公瑾面前勿言亮先知此事。恐公瑾心怀妒忌,又要寻事害亮。"鲁肃应诺而去,回见周瑜,把上项事只得实说了。瑜大惊曰:"此人决不可留!吾决意斩之!"肃劝曰:"若杀孔明,却被曹操笑也。"瑜曰:"吾自有公道斩之,教他死而无怨。"肃曰:"何以公道斩之?"瑜曰:"子敬休问,来日便见。"

次日,聚众将于帐下,教请孔明议事。孔明欣然而至。坐定,瑜问孔明曰:"即日将与曹军交战,水路交兵,当以何兵器为先?"孔明曰:"大江之上,以弓箭为先。"瑜曰:"先生之

---

[①] 选自《三国演义》(全二册),著者:罗贯中,点评者:毛纶、毛宗岗,中华书局,2006年第1版。

言,甚合愚意。但今军中正缺箭用,敢烦先生监造十万枝箭,以为应敌之具。此系公事,先生幸勿推却。"孔明曰:"都督见委,自当效劳。敢问十万枝箭,何时要用?"瑜曰:"十日之内,可完办否?"孔明曰:"操军即日将至,若候十日,必误大事。"瑜曰:"先生料几日可完办?"孔明曰:"只消三日,便可拜纳十万枝箭。"瑜曰:"军中无戏言。"孔明曰:"怎敢戏都督!愿纳军令状:三日不办,甘当重罚。"瑜大喜,唤军政司当面取了文书,置酒相待曰:"待军事毕后,自有酬劳。"孔明曰:"今日已不及,来日造起。至第三日,可差五百小军到江边搬箭。"饮了数杯,辞去。鲁肃曰:"此人莫非诈乎?"瑜曰:"他自送死,非我逼他。今明白对众要了文书,他便两胁生翅,也飞不去。我只分付军匠人等,教他故意迟延,凡应用物件,都不与齐备。如此,必然误了日期。那时定罪,有何理说?公今可去探他虚实,却来回报。"

肃领命来见孔明。孔明曰:"吾曾告子敬,休对公瑾说,他必要害我。不想子敬不肯为我隐讳,今日果然又弄出事来。三日内如何造得十万箭?子敬只得救我!"肃曰:"公自取其祸,我如何救得你?"孔明曰:"望子敬借我二十只船,每船要军士三十人,船上皆用青布为幔,各束草千余个,分布两边。吾别有妙用。第三日包管有十万枝箭。只不可又教公瑾得知,若彼知之,吾计败矣。"肃允诺,却不解其意,回报周瑜,果然不提起借船之事,只言:"孔明并不用箭竹、翎毛、胶漆等物,自有道理。"瑜大疑曰:"且看他三日后如何回覆我!"却说鲁肃私自拨轻快船二十只,各船三十余人,并布幔束草等物,尽皆齐备,候孔明调用。第一日却不见孔明动静;第二日亦只不动。至第三日四更时分,孔明密请鲁肃到船中。肃问曰:"公召我来何意?"孔明曰:"特请子敬同往取箭。"肃曰:"何处去取?"孔明曰:"子敬休问,前去便见。"遂命将二十只船,用长索相连,径望北岸进发。

是夜大雾漫天,长江之中,雾气更甚,对面不相见。孔明促舟前进,果然是好大雾!前人有篇《大雾垂江赋》曰:

大哉长江!西接岷、峨,南控三吴,北带九河。汇百川而入海,历万古以扬波。至若龙伯、海若,江妃、水母,长鲸千丈,天蜈九首,鬼怪异类,咸集而有。盖夫鬼神之所凭依,英雄之所战守也。时也阴阳既乱,昧爽不分。讶长空之一色,忽大雾之四屯。虽舆薪而莫睹,惟金鼓之可闻。初若溟濛,才隐南山之豹;渐而充塞,欲迷北海之鲲。然后上接高天,下垂厚地;渺乎苍茫,浩乎无际。鲸鲵出水而腾波,蛟龙潜渊而吐气。又如梅霖收溽,春阴酿寒;溟溟漠漠,洁洁漫漫。东失柴桑之岸,南无夏口之山。战船千艘,俱沉沦于岩壑;渔舟一叶,惊出没于波澜。甚则穹吴无光,朝阳失色;返白昼为昏黄,变丹山为水碧。虽大禹之智,不能测其浅深;离娄之明,焉能辨乎咫尺。于是冯夷息浪,屏翳收功,鱼鳖遁迹,鸟兽潜踪。隔断蓬莱之岛,暗围阊阖之宫。恍惚奔腾,如骤雨之将至;纷纭杂沓,若寒云之欲同。乃能中隐毒蛇,因之而为瘴疠;内藏妖魅,凭之而为祸害。降疾厄于人间,起风尘于塞外。小民遇之夭伤,大人观之感慨。盖将返元气于洪荒,混天地为大块。

当夜五更时候,船已近曹操水寨。孔明教把船只头西尾东,一带摆开,就船上擂鼓呐喊。鲁肃惊曰:"倘曹兵齐出,如之奈何?"孔明笑曰:"吾料曹操于重雾中必不敢出。吾等只顾酌酒取乐,待雾散便回。"

却说曹寨中,听得擂鼓呐喊,毛玠、于禁二人慌忙飞报曹操。操传令曰:"重雾迷江,彼军忽至,必有埋伏,切不可轻动。可拨水军弓弩手乱箭射之。"又差人往旱寨内唤张辽、徐晃各带弓弩军三千,火速到江边助射。比及号令到来,毛玠、于禁怕南军抢入水寨,已差弓弩手在寨前放箭,少顷,旱寨内弓弩手亦到,约一万余人,尽皆向江中放箭,箭如雨发。

孔明教把船吊回，头东尾西，逼近水寨受箭，一面擂鼓呐喊。待至日高雾散，孔明令收船急回。二十只船两边束草上，排满箭枝。孔明令各船上军士齐声叫曰："谢丞相箭！"比及曹军寨内报知曹操时，这里船轻水急，已放回二十余里，追之不及。曹操懊悔不已。

却说孔明回船谓鲁肃曰："每船上箭约五六千矣。不费江东半分之力，已得十万余箭。明日即将来射曹军，却不甚便！"肃曰："先生真神人也！何以知今日如此大雾？"孔明曰："为将而不通天文，不识地利，不知奇门，不晓阴阳，不看阵图，不明兵势，是庸才也。亮于三日前已算定今日有大雾，因此敢任三日之限。公瑾教我十日完办，工匠料物，都不应手，将这一件风流罪过，明白要杀我。我命系于天，公瑾焉能害我哉！"鲁肃拜服。船到岸时，周瑜已差五百军在江边等候搬箭。孔明教于船上取之，可得十余万枝，都搬入中军帐交纳。鲁肃入见周瑜，备说孔明取箭之事。瑜大惊，慨然叹曰："孔明神机妙算，吾不如也！"后人有诗赞曰："一天浓雾满长江，远近难分水渺茫。骤雨飞蝗来战舰，孔明今日伏周郎。"少顷，孔明入寨见周瑜。瑜下帐迎之，称羡曰："先生神算，使人敬服。"孔明曰："诡谲小计，何足为奇。"

瑜邀孔明入帐共饮。瑜曰："昨吾主遣使来催督进军，瑜未有奇计，愿先生教我。"孔明曰："亮乃碌碌庸才，安有妙计？"瑜曰："某昨观曹操水寨，极是严整有法，非等闲可攻。思得一计，不知可否。先生幸为我一决之。"孔明曰："都督且休言。各自写于手内，看同也不同。"瑜大喜，教取笔砚来，先自暗写了，却送与孔明；孔明亦暗写了。两个移近坐榻，各出掌中之字，互相观看，皆大笑。原来周瑜掌中字，乃一"火"字；孔明掌中，亦一"火"字。瑜曰："既我两人所见相同，更无疑矣。幸勿漏泄。"孔明曰："两家公事，岂有漏泄之理。吾料曹操虽两番经我这条计，然必不为备。今都督尽行之可也。"饮罢分散，诸将皆不知其事。

却说曹操平白折了十五六万箭，心中气闷。荀攸进计曰："江东有周瑜、诸葛亮二人用计，急切难破。可差人去东吴诈降，为奸细内应，以通消息，方可图也。"操曰："此言正合吾意。汝料军中谁可行此计？"攸曰："蔡瑁被诛，蔡氏宗族，皆在军中。瑁之族弟蔡中、蔡和现为副将。丞相可以恩结之，差往诈降东吴，必不见疑。"操从之，当夜密唤二人入帐嘱付曰："汝二人可引些少军士，去东吴诈降。但有动静，使人密报，事成之后，重加封赏。休怀二心！"二人曰："吾等妻子俱在荆州，安敢怀二心，丞相勿疑。某二人必取周瑜、诸葛亮之首，献于麾下。"操厚赏之。次日，二人带五百军士，驾船数只，顺风望着南岸来。

且说周瑜正理会进兵之事，忽报江北有船来到江口，称是蔡瑁之弟蔡和、蔡中，特来投降。瑜唤入。二人哭拜曰："吾兄无罪，被操贼所杀。吾二人欲报兄仇，特来投降。望赐收录，愿为前部。"瑜大喜，重赏二人，即命与甘宁引军为前部。二人拜谢，以为中计。瑜密唤甘宁分付曰："此二人不带家小，非真投降，乃曹操使来为奸细者。吾今欲将计就计，教他通报消息。汝可殷勤相待，就里提防。至出兵之日，先要杀他两个祭旗。汝切须小心，不可有误。"甘宁领命而去。

鲁肃入见周瑜曰："蔡中、蔡和之降，多应是诈，不可收用。"瑜叱曰："彼因曹操杀其兄，欲报仇而来降，何诈之有！你若如此多疑，安能容天下之士乎！"肃默然而退，乃往告孔明。孔明笑而不言。肃曰："孔明何故哂笑？"孔明曰："吾笑子敬不识公瑾用计耳。大江隔远，细作极难往来。操使蔡中、蔡和诈降，刺探我军中事，公瑾将计就计，正要他通报消息。兵不厌诈，公瑾之谋是也。"肃方才省悟。

## 赏 析

《三国志演义》用"依史以演义"(李渔《三国志演义序》)的独特的文学样式,描写了起自汉末黄巾起义,终至西晋统一的近百年历史。详细描写了这一时期曹魏、蜀汉、孙吴三个封建统治者间政治、军事、外交等各方面的复杂斗争。统观全书,作者显然是以儒家的政治道德观念为核心,同时也糅合着千百年来广大民众的心理,表现了对于导致天下大乱的昏君贼臣的痛恨,谴责了统治阶级的残暴与奸诈,揭露了社会的黑暗与腐朽,反映了人民在动乱时代的苦难和对于创造清平世界的明君良臣的渴慕。但不能忽略的是,该作品也反映了作者对农民起义的偏见,以及因果报应和宿命论等思想。

《三国志演义》在战争描写和人物塑造方面的成就尤为突出:

### 一、《三国志演义》的战争描写

《三国志演义》是一幅全景式的战争文学。它描写战争的时间之长、次数之多、形式之多样、规模之宏大,在世界文学史中是罕见的。全书共写四十多次战役,上百个战斗场面,包容了这一历史时期所有重大的战役,写得各具特色,绝少雷同:既有排山倒海的血战,又有惊心动魄的厮杀;既有旷日持久的对垒,又有短兵相接的速决……其中,官渡、赤壁、彝陵三战,是历史上著名的以少胜多的战役,更是写得有声有色,充分显示了战争的多样性和复杂性。《三国志演义》描写战争,还突出智斗,它形象地刻画了一大批谋略人才以及他们之间的谋略斗争。全书"瑰伟动人"。(鲁迅语)作者笔下的战争,多数并不表现得惨烈可怕,而如一首英雄的史诗,在激扬高昂的格调中,往往洋溢着诗情画意。在激烈的战争中,有时又穿插着一些比较轻松的场面。如在赤壁之战的进程中,作者大写群英会蒋干中计、庞统挑灯夜读、曹操横槊赋诗等。本文即是赤壁之战时,诸葛亮与鲁肃乘雾联舟,用草船向曹操"借箭"的故事。这种写法,把战争写得有张有弛,富有节奏感。

### 二、《三国志演义》的人物塑造

作者描写人物,善于抓住基本特征,突出主要方面,加以夸张,并用对比、衬托的方法,使人物个性鲜明生动。如奸诈雄豪的曹操、忠义勇武的关羽、仁爱宽厚的刘备、谋略超人的诸葛亮、浑身是胆的赵云、心地狭窄的周瑜、忠厚老实的鲁肃、老奸巨滑的司马懿……这些典型的艺术形象都具有鲜明的个性。历来有所谓"三绝"的说法:即曹操的"奸绝",关羽的"义绝",孔明的"智绝"。可见,这些人物,都给读者留下了鲜明、深刻的印象。

例如本文,主要写了诸葛亮、鲁肃、周瑜。对于诸葛亮,作者把他描写成智慧的化身,他神机妙算,料事如神,几乎成了无所不知、半人半神的超人形象。鲁肃,则是一位忠厚长者。周瑜,虽有大才,但气量狭小,智谋也总是逊诸葛亮一筹。文中他对诸葛亮,总是欲找机会杀之,但终被诸葛亮破解。

需要说明的是,《三国志演义》虽以历史为题材,但它毕竟不是史书而是文学作品。因为它经过了艺术加工,有不少虚构。在人物形象上,它与史书《三国志》有很大差异。比如,对诸葛亮、刘备的塑造,就有很多不合情理的夸张,鲁迅说:"欲显刘备之长厚而似伪,状诸葛之多智而近妖。"这种评价非常中肯。再如,曹操是中国历史上第一流的政治家、军事家、文学家。但在《三国志演义》中,曹操是奸诈、残忍、多疑的反面人物。历史上的周瑜"性度恢廓",谦让服人,有"雅量高致"。刘备称他"文武筹略,万人之英"。孙权则赞他有"王佐之资"。但在《三国志演义》中,周瑜成了诸葛亮的陪衬。写周瑜,是为了抬高诸葛亮。因此,《三国志演义》中的周瑜就不像苏轼所歌颂的历史上的周瑜那样"雄姿英发",是"千古风流人物"。历史上的鲁肃"虽在军阵,手不释卷""思度宏远""有过人之明"。在东吴,鲁肃实为诸葛亮式人物,孙权对他也极为欣赏。但在《三国志演义》中,他却成了诸葛亮与周瑜两人智斗的牺牲品。

清代的章学诚认为《三国志演义》是"七分事实,三分虚构",这一说法被普遍认可。

### 三、《三国志演义》的结构和语言

《三国志演义》结构宏伟而又严密精巧。时间长达百年,人物多至数百,事件错综,头绪纷繁。描述既要符合基本事实,又要注意艺术情节的连贯。因此,在结构的安排上是有很大困难的。可是作者却能写得井井有条,脉络分明,各回能独立成篇,全书又是一个完整的艺术整体。这主要得力于作者构思的宏伟而严密。

《三国志演义》"文不甚深,言不甚俗"。叙述语言简洁、明快、生动、有力,雅俗共赏,人物语言有个性化特色。

## 第二节　吴用智取生辰纲[①]

### 施耐庵[②]

**题 解**

《水浒传》又题为《忠义水浒传》,通行本又简称《水浒》,它是一部英雄传奇小说,也是描写农民起义的长篇小说。它取材于北宋末年宋江起义的故事。史籍曾载宋江等三十六人造反的事迹。从南宋起,宋江的故事就在民间广泛流传。宋元以来,以水浒故事为题材的话本、戏剧丰富多样。在此基础上,最后由文人加工整理、再创作而成为《忠义水浒传》。

关于《水浒传》的作者,明代人记载不一。目前,一般认为是施耐庵。有关施耐庵的事迹,明代人除了较为一致地肯定他是杭州人外,未曾提供任何可信的材料。

本文节选自《水浒》第十六回,原回目是"杨志押送金银担　吴用智取生辰纲"。这里选的一段是写杨志受北京大名府(今河北大名东)留守梁世杰(蔡京的女婿)的派遣,押送生辰纲往东京,在途中被晁盖、吴用等夺取的经过。生辰纲:编队运送的大批寿礼。纲,为运送大批货物而编的队。

**选 文**

此时正是五月半天气,虽是晴明得好,只是酷热难行。杨志这一行人要取六月十五日生辰,只得在路上趱行。自离了这北京五七日,端的只是起五更,趁早凉便行,日中热时便歇。五七日后,人家渐少,行客又稀,一站站都是山路。杨志却要辰牌起身,申时便歇。那

---

[①] 选自《水浒》(七十一回本),人民文学出版社,1952年版。
[②] 关于《水浒传》的作者,说法不一。也有人认为《水浒传》的作者是施耐庵和罗贯中。明代嘉靖年间最早著录此书的高儒《百川书志》题作"钱塘施耐庵的本,罗贯中编次"。此外还另有他说,不一而足。本文采用目前较为通行的说法。

十一个厢禁军,担子又重,无有一个稍轻;天气热了,行不得,见着林子便要去歇息。杨志赶着催促要行,如若停住,轻则痛骂,重则藤条便打,逼赶要行。两个虞候虽只背些包裹行李,也气喘了行不上。杨志也嗔道:"你两个好不晓事!这干系须是俺的!你们不替洒家打这夫子,却在背后也慢慢地挨。这路上不是耍处!"那虞候道:"不是我两个要慢走,其实热了行不动,因此落后。前日只是趁早凉走,如今怎地正热里要行?正是好歹不均匀!"杨志道:"你这般说话,却似放屁!前日行的须是好地面;如今正是尴尬去处,若不日里赶过去,谁敢五更半夜走?"两个虞候口里不言,肚中寻思:"这厮不值得便骂人!"

　　杨志提了朴刀,拿着藤条,自去赶那担子。两个虞候坐在柳阴树下等得老都管来;两个虞候告诉道:"杨家那厮强杀只是我相公门下一个提辖!直这般会做大!"老都管道:"须是相公当面分付道,'休要和他别拗',因此我不做声。这两日也看他不得。权且耐他。"两个虞候道:"相公也只是人情话儿,都管自做个主便了。"老都管又道:"且耐他一耐。"当日行到申牌时分,寻得一个客店里歇了。那十一个厢禁军雨汗通流,都叹气吹嘘,对老都管说道:"我们不幸做了军健!情知道被差出来。这般火似热的天气,又挑着重担;这两日又不拣早凉行,动不动老大藤条打来。都是一般父母皮肉,我们直恁地苦!"老都管道:"你们不要怨怅,巴到东京时,我自赏你。"那众军汉道:"若是似都管看待我们时,并不敢怨怅。"又过了一夜。次日,天色未明,众人起来,都要乘凉起身去。杨志跳起来喝道:"那里去!且睡了!却理会!"众军汉道:"趁早不走,日里热时走不得,却打我们!"杨志大骂道:"你们省得甚么!"拿了藤条要打。众军汉忍气吞声,只得睡了。当日直到辰牌时分,慢慢地打火吃了饭走。一路上赶打着,不许投凉处歇。那十一个厢禁军口里喃喃呐呐地怨怅。两个虞候在老都管面前絮絮聒聒地搬口,老都管听了,也不着意,心内自恼他。

　　话休絮繁。似此行了十四五日,那十四个人没一个不怨怅杨志。当日客店里辰牌时分,慢慢地打火吃了早饭行,正是六月初四日时节,天气未及晌午,一轮红日当天,没半点云彩,其日十分大热,当日行的路都是山僻崎岖小径,南山北岭,却监着那十一个军汉,约行了二十余里路程。那军人们思量要去柳阴树下歇凉,被杨志拿着藤条打将来,喝道:"快走!教你早歇!"众军人看那天时,四下里无半点云彩,其实那热不可当。杨志催促一行人在山中僻路里行。看看日色当午,那石头上热了脚疼,走不得。众军汉道:"这般天气热,兀的不晒杀人!"杨志喝着军汉道:"快走!赶过前面冈子去,却再理会。"

　　正行之间,前面迎着那土冈子。一行十五人奔土冈子来,歇下担仗,那十一人都去松林树下睡倒。杨志说道:"苦也!这里是甚么去处,你们却在这里歇凉!起来,快走!"众军汉道:"你便剁做我七八段,也是去不得了!"杨志拿起藤条,劈头劈脑打去。打得这个起来,那个睡倒。杨志无可奈何。只见两个虞候和老都管气喘急急,也巴到冈子上松树下坐了喘气。看这杨志打那军健,老都管见了,说道:"提辖!端的热了走不得!休见他罪过!"杨志道:"都管,你不知。这里正是强人出没的去处,地名叫做黄泥冈,闲常太平时节,白日里兀自出来劫人,休道是这般光景。谁敢在这里停脚!"两个虞候听杨志说了,便道:"我见你说好几遍,只管把这话来惊吓人!"老都管道:"权且教他们众人歇一歇,略过日中行,如何?"杨志道:"你也没分晓了!如何使得?这里下冈子去,兀自有七八里没人家。甚么去处。敢在此歇凉!"老都管道:"我自坐一坐了走,你自去赶他众人先走。"杨志拿着藤条,喝道:"一个不走的吃俺二十棍!"众军汉一齐叫将起来。数内一个分说道:"提辖,我们挑着百十斤担子,须不比你空手走的。你端的不把人当人!便是留守相公自来监押时,也容我们说一句。你好不知疼痒！只顾逞辩！"杨志骂道："这畜生不怄死俺！只是打便了！"拿起藤条，劈脸又打去。老都管喝道："杨提辖，且住，你听我说！我在东京太师府里做奶公时，门下军官见了无千无万，都向着我喏喏连声。不是我口浅，量你是个遭死的军人，相公可怜，抬举你做个提辖，比得芥菜子大小的官职，直得恁地逞能！休说我是相公家都管，便是村庄一个老的，心合依我劝一劝！只顾把他们打，是何看待！"杨志道："都管，你须是城市里人，生长在相府里，那里知道路途上千难万难！"老都管道："四川、两广，也曾去来，不曾见你这般卖弄！"杨志道："如今须不比太平时节。"都管道："你说这话该剜口割舌！今日天下怎地不太平？"

  杨志却待要回言，只见对面松林里影着一个人，在那里舒头探脑价望。杨志道："俺说甚么，兀的不是歹人来了！"撇下藤条，拿了朴刀，赶入松林里来，喝一声道："你这厮好大胆！怎敢看俺的行货！"赶来看时，只见松林里一字儿摆着七辆江州车儿；六个人脱得赤条条的，在那里乘凉；一个鬓边老大一搭朱砂记，拿着一条朴刀。见杨志赶入来，七个人齐叫一声"阿也！"都跳起来。杨志喝道："你等是甚么人？"那七人道："你是甚么人？"杨志道："你等莫不是歹人？"那七人道："你颠倒问！我等是小本经纪，那里有钱与你！"杨志道："你等小本经纪人，偏俺有大本钱！"那七人问道："你端的是甚么人？"杨志道："你等且说那里来的人？"那七人道："我等弟兄七人是濠州人，贩枣子上东京去；路途打从这里经过，听得多人说，这里黄泥冈上时常有贼打劫客商。我等一面走，一头自说道：'我七个只有些枣子，别无甚财货，只顾过冈子来。'上得冈子，当不过这热，权且在这林子里歇一歇，待晚凉了行，只听得有人上冈子来。我们只怕是歹人，因此使这个兄弟出来看一看。"杨志道："原来如此，我也是一般的客人。却才见你窥望，唯恐是歹人，因此赶来看一看。"那七个人道："客官请几个枣子了去。"杨志道："不必。"提了朴刀，再回担边来。

  老都管坐着道："既是有贼，我们去休。"杨志说道："俺只道是歹人，原来是几个贩枣子的客人。"老都管别了脸对众军道："似你方才说时，他们都是没命的！"杨志道："不必相闹；俺只要没事便好。你们且歇了，等凉些走。"众军汉都笑了。杨志也把朴刀插在地上，自去一边树下坐了歇凉。

  没半碗饭时，只见远远地一个汉子，挑着一副担桶，唱上冈子来，唱道：

  赤日炎炎似火烧，野田禾稻半枯焦。
  农夫心内如汤煮，公子王孙把扇摇！

  那汉子口里唱着，走上冈子来，松林里头歇下担桶，坐地乘凉。众军看见了，便问那汉子道："你桶里是甚么东西？"那汉子应道："是白酒。"众军道："挑往那里去？"那汉子道："挑去村里卖。"众军道："多少钱一桶？"那汉子道："五贯足钱。"众军商量道："我们又热又渴，何不买些吃？也解暑气。"正在那里凑钱，杨志见了，喝道："你们又做甚么？"众军道："买碗酒吃。"杨志调过朴刀杆便打，骂道："你们不得洒家言语，胡乱便要买酒吃！好大胆！"众军道："没事又来鸟乱！我们自凑钱买酒吃，干你甚事？也来打人！"杨志道："你这村鸟理会得甚么！到来只顾吃嘴！全不晓得路途上的勾当艰难！多少好汉被蒙汗药麻翻了！"

  那挑酒的汉子看着杨志冷笑道："你这客官好不晓事！早是我不卖与你吃，却说出这般没气力的话来！"

  正在松树边闹动争说，只见对面松林里那伙贩枣子的客人，都提着朴刀走出来问道："你们做甚么闹？"那挑酒的汉子道："我自挑这酒过冈子村里卖，热了在此歇凉。他众人要问我买些吃,我又不曾卖与他。这个客官道我酒里有甚么蒙汗药,你道好笑么?说出这般话来!"那七个客人说道:"呸!我只道有歹人出来。原来是如此。说一声也不打紧。我们正想酒来解渴,既是他们疑心,且卖一桶与我们吃。"那挑酒的道:"不卖!不卖!"这七个客人道:"你这鸟汉子也不晓事!我们须不曾说你。你左右将到村里去卖,一般还你钱,便卖些与我们,打甚么要紧?看你不道得舍施了茶汤,便又救了我们热渴。"那挑酒的汉子便道:"卖一桶与你不争,只是被他们说的不好。又没碗瓢舀吃。"那七人道:"你这汉子忒认真!便说了一声,打甚么不紧?我们自有椰瓢在这里。"只见两个客人去车子前取出两个椰瓢来,一个捧出一大捧枣子来。七个人立在桶边,开了桶盖,轮替换着舀那酒吃,把枣子过口。无一时,一桶酒都吃尽了。七个客人道:"正不曾问你多少价钱?"那汉道:"我一了不说价,五贯足钱一桶,十贯一担。"七个客人道:"五贯便依你五贯,只饶我们一瓢吃。"那汉道:"饶不得,做定的价钱!"一个客人把钱还,一个客人便去揭开桶盖,兜了一瓢,拿上便吃。那汉去夺时,这客人手拿半瓢酒,望松林里便走,那汉赶将去。只见这边一个客人从松林里走将出来,手里拿一个瓢,便来桶里舀了一瓢酒。那汉看见,抢来劈手夺住,望桶里一倾,便盖了桶盖,将瓢望地下一丢,口里说道:"你这客人好不君子相!戴头识脸的,也这般啰唣!"

那对过众军汉见了,心内痒起来,都待要吃。数中一个看着老都管道:"老爷爷,与我们说一声!那卖枣子的客人买他一桶吃了,我们胡乱也买他这桶吃,润一润喉也好。其实热渴了,没奈何;这里冈子上又没讨水吃处。老爷方便!"老都管见众军所说,自心里也要吃得些,竟来对杨志说:"那贩枣子客人已买了他一桶吃,只有这一桶,胡乱教他们买吃了避暑气。冈子上端的没处讨水吃。"杨志寻思道:"俺在远远处望这厮们都买他的酒吃了;那桶里当面也见吃了半瓢,想是好的。打了他们半日,胡乱容他买碗吃罢。"杨志道:"既然老都管说了,教这厮们买吃了,便起身。"众军健听这话,凑了五贯足钱,来买酒吃。那卖酒的汉子道:"不卖了!不卖了!这酒里有蒙汗药在里头!"众军陪着笑,说道:"大哥,值得便还言语?"那汉道:"不卖了!休缠!"这贩枣子的客人劝道:"你这个鸟汉子!他也说得差了,你也忒认真,连累我们也吃你说了几声。须不关他众人之事,胡乱卖与他众人吃些。"那汉道:"没事讨别人疑心做甚么?"这贩枣子客人把那卖酒的汉子推开一边,只顾将这桶酒提与众军去吃。那军汉开了桶盖,无甚舀吃,陪个小心,问客人借这椰瓢用一用。众客人道:"就送这几个枣子与你们过酒。"众军谢道:"甚么道理!"客人道:"休要相谢,都一般客人,何争在这百十个枣子上?"众军谢了,先兜两瓢,叫老都管吃一瓢,杨提辖吃一瓢。杨志那里肯吃?老都管自先吃了一瓢,两个虞候各吃一瓢。众军汉一发上。那桶酒登时吃尽了。杨志见众人吃了无事,自本不吃,一者天气甚热,二乃口渴难熬,拿起来,只吃了一半,枣子分几个吃了。那卖酒的汉子说道:"这桶酒被那客人饶了一瓢吃了,少了你些酒,我今饶了你众人半贯钱罢。"众军汉凑出钱来还他。那汉子收了钱,挑了空桶,依然唱着山歌,自下冈子去了。

那七个贩枣子的客人立在松树旁边,指着这一十五人,说道:"倒也!倒也!"只见这十五个人,头重脚轻,一个个面面厮觑,都软倒了。那七个客人从松树林里推出这七辆江州车儿,把车子上枣子都丢在地上,将这十一担金珠宝贝都装在车子内,遮盖好了,叫声"聒噪!"一直望黄泥冈下推去了。杨志口里只叫苦,软了身体,挣扎不起,十五个人眼睁睁地看着那七个人把这金宝装了去,只是起不来,挣不动,说不得。

我且问你：这七人端的是谁？不是别人，原来正是晁盖、吴用、公孙胜、刘唐、三阮这七个。却才那个挑酒的汉子便是白日鼠白胜。却怎地用药？原来挑上冈子时，两桶都是好酒，七个人先吃了一桶，刘唐揭起桶盖，又兜了半瓢吃，故意要他们看着，只是叫人死心塌地。次后吴用去松林里取出药来，抖在瓢里，只做走来饶他酒吃，把瓢去兜时，药已搅在酒里，假意兜半瓢吃，那白胜劈手夺来，倾在桶里。这个便是计策。那计较都是吴用主张。这个唤做"智取生辰纲。"

## 赏析

《水浒传》最早的名字叫《忠义水浒传》，甚至就叫《忠义传》。明杨定见《忠义水浒全书小引》认为："《水浒》而忠义也，忠义而《水浒》也。"

《忠义水浒传》描写了一批"大力大贤有忠有义之人"，未能"酷吏赃官都杀尽，忠心报答赵官家"，却被奸臣贪官逼上梁山，沦为"盗寇"；接受招安后，这批"共存忠义于心，同著功勋于国"的英雄，仍被误国之臣、无道之君一个个逼向绝路。"煞曜罡星今已矣，谀臣贼相尚依然！"作者为这样的现实深感不平，发愤而谱写了这一曲忠义的悲歌。在歌颂宋江等梁山英雄"全仗忠义"的同时，深刻地揭露了上自朝廷、下至地方的一批批贪官污吏、恶霸豪绅的"不忠不义"。从而深刻揭露了封建社会的黑暗和腐朽，以及统治阶级的罪恶，说明造成农民起义的根本原因是"官逼民反"。也揭示了农民起义的发生、发展和失败的全过程。

《水浒传》中用以组织群众和团结群众的思想基础是"忠义"。所描写起义军的政治主张，虽然说得不十分明确，却可以看到他们有着"八方共域，异姓一家"，不管什么出身"都一般儿哥弟称呼，不分贵贱"的理想。这表现了人民反对封建经济的贫富悬殊和政治上的等级贵贱之分，反对封建社会的阶级剥削和政治压迫，反映了广大受压迫人民的愿望。

《水浒传》如一幅长长的历史画卷，展示了宋代的政治文化，市井风情，社会景观。梁山好汉最引人注目，他们侠肝义胆，敢报天下不平。其性格光彩照人，令世人敬仰。

### 一、《水浒传》中的人物塑造

金圣叹在《读第五才子书法》中说："独有《水浒传》，只是看不厌，无非为他把一百八个人性格都写出来。"尤为难能可贵的是，它能将性格相近的一类人物写得各个不同。正如明代批评家叶昼所说："《水浒传》文字，妙绝于古，全在同而不同处有辨。如鲁智深、李逵、武松、阮小七、石秀、呼延灼、刘唐等众人，都是急性的，渠形容刻画来，各有派头，各有光景，各有家数，各有身份，一毫不差，半些不混，读去自有分辨，不必见其姓名，一睹事实，就知某人某人也。"（容与堂本《水浒传》第三回回评）作者对于梁山英雄，予以充分的肯定和热情的讴歌，歌颂了他们的反抗精神、正义行动，也歌颂了他们超群的武艺和高尚的品格。与此相反，作者对于统治阶级的人物，则将他们写得丑恶不堪，和梁山英雄形成鲜明的对比。金圣叹评论《水浒传》"无美不归绿林，无恶不归朝廷。"作者给梁山好汉们每人都送了个绰号，绰号形象地概括了人物或外貌、或性格方面的特点，如杨志，绰号青面兽，既形容他外貌特征，也概括了他粗暴的性格；吴用绰号智多星，概括了他智慧过人。这也是《水浒传》在塑造人物方面的一个特色。

### 二、《水浒传》的结构与语言

《水浒传》结构很有特点，作者采取了先分后合的链式结构，先讲述单个英雄人物的故事，然后百川汇海，逐步发展到水泊梁山大聚义。最后又写他们归顺朝廷，走向失败。这使小说环环相扣,头绪众多而线索分明。

语言上,《水浒传》用的是元、明间的白话,还夹杂着一些方言,生动形象,活灵活现。但其中有些词语,书写上跟现代汉语完全一样,但意思却不同,要根据上下文来理解。这一点阅读时要注意。

### 三、《水浒传》的局限性

《水浒传》歌颂梁山义军,却反对方腊起义。说明作者同情、歌颂的是一种不彻底的农民起义,也就是不去推翻封建王朝的起义。"只反贪官,不反皇帝",这也是《水浒》英雄们最终走上悲剧结局的原因之一。宋江招安之后,又奉朝廷之命去镇压方腊,正如鲁迅说的:"替国家打别的强盗——不'替天行道'的强盗去了。"这是对《水浒》的尖锐批评,也揭示了作者思想的局限。

### 四、对节选内容的赏读

前半部分主要写杨志与老都管、虞候及众军士的矛盾,为以后生辰纲被劫埋下了伏笔。杨志为了应付不测,可以说是处处小心,事事留意。开始还是趁凉行路,后来到了"人家渐少,行客又稀"的山路地带,为安全起见,改为天正热时赶路。这本是顺应地势的防范之策。怎耐天气酷热、担子沉重、山路难行,他又不讲究方式方法,"轻则痛骂,重则藤条便打",军汉们"雨汗通流",苦不堪言,怨声载道。他与兵士矛盾的激化构成了杨志失败的一个重要因素。

后半部分是全文的高潮,主要写杨志与晁盖等人的斗智斗勇。吴用利用酷热难耐的天气,知道赶了半天路的杨志一行会口渴,于是设计在酒中下蒙汗药。当杨志一行在松林里歇息时,晁盖等人出现了,他们扮成行商的客人。然后,由白胜挑着满桶诱人的白酒走上了山冈。果然,军汉们垂涎欲滴。当杨志怀疑里面有蒙汗药时,白胜欲擒故纵,立刻表示不卖了。然后由晁盖等人过来先吃掉一桶,一则表明此酒无药,让杨志放松警惕;二则借舀酒作掩护,前一瓢装作要占便宜,后一瓢下药。而白胜竟和平常小贩卖酒一样,毫不露破绽,这样做戏给杨志看,杨志也不由得有点相信这是好酒了,于是同意买。但白胜又一次欲擒故纵,一个劲儿不卖,这就彻底麻痹了杨志的警惕心理,导致他们全被麻倒,眼睁睁看着生辰纲被劫走。

在这段文字中,杨志和吴用等人的斗智斗勇被表面上的"兵士买酒"和"杨志阻止喝酒"的争斗所遮盖。杨志处在不听话的想喝酒的军汉们和一心想引诱他们喝酒的吴用等人中间,虽然小心谨慎,却也是疲于应付。更重要的是,吴用等人"计"高一等,无论杨志怎么提防,最终还是中了圈套。这故事引人入胜。

## 第三节　乱蟠桃大圣偷丹①

吴承恩

**题 解**

玄奘取经原是唐代的一个真实的历史事件。贞观三年(629年),他为追求佛家真义,

---

① 选自《西游记》(新课标学生版),著者:吴承恩,点校:晓晨,浙江文艺出版社,1999年1月第1版。

历时十七载,前往天竺取回梵文大小乘经论律 657 部。这一非凡的壮举,本身就为人们的想象提供了广阔的天地。归国后,他口述所见所闻,由门徒辩机辑录成《大唐西域记》。后来,他的弟子慧立、彦悰撰写《大唐大慈恩寺三藏法师传》,在赞颂师父、弘扬佛法的过程中,不时地用夸张神化的笔调去穿插一些离奇的故事。于是,取经故事在社会上越传越神。唐末就有了玄奘取经的神奇故事。再历经宋、元,取经故事在民间广为流传,更加神魔化,陆续有了行者、八戒和沙僧的加入。在这基础上,有文人经过再创造,完成了这部伟大的文学巨著。

《西游记》的最后写定者,一般认为是吴承恩。吴承恩(约 1500—约 1582 年),字汝忠,号射阳居士,怀安山阳(今江苏淮安)人。吴承恩自幼聪明过人,《淮安府志》记载他"性敏而多慧,博览群书,为诗文下笔立成。"但他科考不利,至中年才补上"岁贡生",后流寓南京,晚年出任长兴县丞,由于看不惯官场的黑暗,不久愤而辞官,贫老以终。

《西游记》是一部神魔小说,主要叙述了唐玄奘与徒弟孙悟空、八戒、沙僧、白龙马,经过八十一次磨难,到西天取回真经,最后修成正果的故事。

本文节选自《西游记》第五回,原回目是"乱蟠桃大圣偷丹 反天宫诸神捉怪"。这里选的一段是孙悟空无事闲游,玉帝派他管理蟠桃园。待园中桃熟,大半被他偷吃。王母娘娘做"蟠桃盛会"时花果稀疏。他又赴瑶池,偷喝仙酒,偷吃太上老君葫芦内的金丹,然后逃回花果山。玉帝大怒,派天兵天将前去捉拿。

### 选 文

话表齐天大圣到底是个妖猴,更不知官衔品从,也不较俸禄高低,但只注名便了。那齐天府下二司仙吏早晚伏侍,只知日食三餐,夜眠一榻,无事牵萦,自由自在。闲时节会友游宫,交朋结义。见三清,称个"老"字;逢四帝,道个"陛下"。与那九曜星、五方将、二十八宿、四大天王、十二元辰、五方五老、普天星相、河汉群神,俱只以弟兄相待,彼此称呼。今日东游,明日西荡,云去云来,行踪不定。

一日,玉帝早朝,班部中闪出许旌阳真人,頫囟启奏道:"今有齐天大圣,日日无事闲游,结交天上众星宿,不论高低,俱称朋友。恐后来闲中生事。不若与他一件事管了,庶免别生事端。"玉帝闻言,即时宣诏。那猴王欣欣然而至,道:"陛下诏老孙,有何升赏?"玉帝道:"朕见你身闲无事,与你一件执事。你且权管那蟠桃园,早晚好生在意。"大圣欢喜谢恩,朝上唱喏而退。

他等不得穷忙,即入蟠桃园内查勘。本园中有个土地,拦住问道:"大圣何往?"大圣道:"吾奉玉帝点差,代管蟠桃园,今来查勘也。"那土地连忙施礼,即呼那一班锄树力士、运水力士、修桃力士、打扫力士都来见大圣磕头,引他进去。但见那:

夭夭灼灼,颗颗株株。夭夭灼灼桃盈树,颗颗株株果压枝。果压枝头垂锦弹,花盈树上簇胭脂。时开时结千年熟,无夏无冬万岁迟。先熟的酡颜醉脸,晚结的带蒂青皮。凝烟肌带绿,映日显丹姿。树下奇葩并异卉,四时不谢色齐齐。左右楼台并馆舍,盈空常见罩云霓。不是玄都凡俗种,瑶池王母自栽培。

大圣看玩多时,问土地道:"此树有多少株数?"土地道:"有三千六百株:前面一千二百株,花微果小,三千年一熟,人吃了成仙了道,体健身轻;中间一千二百株,层花甘实,六千年一熟,人吃了霞举飞升,长生不老;后面一千二百株,紫纹缃核,九千年一熟,人吃了与天地齐寿,日月同庚。"大圣闻言,欢喜无任。当日查明了株树,点看了亭阁回府。自此后,三五日一次赏玩,也不交友,也不他游。

一日,见那老树枝头桃熟大半,他心里要吃个尝新。奈何本园土地、力士并齐天府仙吏紧随不便。忽设一计道:"汝等且出门外伺候,让我在这亭上少憩片时。"那众仙果退。只见那猴王脱冠服,爬上大树,拣那熟透的大桃摘了许多,就在树枝上自在受用,吃了一饱。却才跳下树来,簪冠着服,唤众等仪从回府。迟三二日,又去设法偷桃,尽他享用。

一朝,王母娘娘设宴,大开宝阁,瑶池中做蟠桃盛会,即着那红衣仙女、青衣仙女、素衣仙女、皂衣仙女、紫衣仙女、黄衣仙女、绿衣仙女,各顶花篮,去蟠桃园摘桃建会。七衣仙女直至园门首,只见蟠桃园土地、力士同齐天府二司仙吏都在那里把门。仙女近前道:"我等奉王母懿旨,到此摘桃设宴。"土地道:"仙娥且住。今岁不比往年,玉帝点差齐天大圣在此督理,须是报大圣得知,方敢开园。"仙女道:"大圣何在?"土地道:"大圣在园内,因困倦,自家在亭子上睡哩。"仙女道:"既如此,寻他去来,不可迟误。"土地即与同进,寻至花亭不见,只有衣冠在亭,不知何往,四下里都没寻处。

原来大圣耍了一会,吃了几个桃子,变做二寸长的个人儿,在那大树梢头浓叶之下睡着了。七衣仙女道:"我等奉旨前来,寻不见大圣,怎敢空回?"旁有仙使道:"仙娥既奉旨来,不必迟疑。我大圣闲游惯了,想是出园会友去了。汝等且去摘桃,我们替你回话便是。"那仙女依言,入树林之下摘桃。先在前树摘了三篮,又在中树摘了三篮,到后树上摘取,只见那树上花果稀疏,止有几个毛蒂青皮的。原来熟的都是猴王吃了。七仙女张望东西,只见向南枝上止有一个半红半白的桃子。青衣女用手扯下枝来,红衣女摘了,却将枝子望上一放。原来那大圣变化了,正睡在此枝,被他惊醒。大圣即现本相,耳朵里掣出金箍棒,幌一幌,碗来粗细,咄的一声道:"你是那方怪物,敢大胆偷摘我桃!"慌得那七仙女一齐跪下道:"大圣息怒。我等不是妖怪,乃王母娘娘差来的七衣仙女,摘取仙桃,大开宝阁,做蟠桃盛会。适至此间,先见了本园土地等神,寻大圣不见。我等恐迟了王母懿旨,是以等不得大圣,故先在此摘桃,万望恕罪。"

大圣闻言,回嗔作喜道:"仙娥请起。王母开阁设宴,请的是谁?"仙女道:"上会自有旧规,请的是西天佛老、菩萨、圣僧、罗汉,南方南极观音,东方崇恩圣帝、十洲三岛仙翁,北方北极玄灵,中央黄极黄角大仙,这个是五方五老。还有五斗星君,上八洞三清四帝、太乙天仙等众,中八洞玉皇九垒、海岳神仙,下八洞幽冥教主、注世地仙。各宫各殿大小尊神,俱一齐赴蟠桃嘉会。"大圣笑道:"可请我么?"仙女道:"不曾听得说。"大圣道:"我乃齐天大圣,就请我老孙做个席尊,有何不可?"仙女道:"此是上会旧规,今会不知如何。"大圣道:"此言也是,难怪汝等。你且立下,待老孙先去打听个消息,看可请老孙不请。"

好大圣,捻着诀,念声咒语,对众仙女道:"住,住,住"。这原来是个定身法,把那七衣仙女一个个睖睖睁睁,白着眼,都站在桃树之下。大圣纵朵祥云,跳出园内,竟奔瑶池路上而去。正行时,只见那壁厢:

一天瑞霭光摇曳,五色祥云飞不绝。白鹤声鸣振九皋,紫芝色秀分千叶。

中间现出一尊仙,相貌昂然丰采别。神舞虹霓幌汉霄,腰悬宝篆无生灭。

名称赤脚大罗仙,特赴蟠桃添寿节。

那赤脚大仙觌面撞见大圣,大圣低头定计,赚哄真仙,他要暗去赴会,却问:"老道何往?"大仙道:"蒙王母见招,去赴蟠桃嘉会。"大圣道:"老道不知。玉帝因老孙筋斗云疾,着老孙五路邀请列位,先至通明殿下演礼,后方去赴宴。"大仙是个光明正大之人,就以他的言语作真,道:"常年就在瑶池演礼谢恩,如何先去通明殿演礼,方去瑶池赴会?"无奈,只得拨转祥云,径往通明殿去了。

大圣驾着云,念声咒语,摇身一变,就变做赤脚大仙模样,前奔瑶池。不多时,直至宝阁,按住云头,轻轻移步,走入里面,只见那里:

琼香缭绕,瑞霭缤纷。瑶台铺彩结,宝阁散氤氲。凤翥鸾翔形缥缈,金花玉萼影浮沉。上排着九凤丹霞扆,八宝紫霓墩。五彩描金桌,千花碧玉盆。桌上有龙肝和凤髓,熊掌与猩唇。珍馐百味般般美,异果嘉肴色色新。

那里铺设得齐齐整整,却还未有仙来。这大圣点看不尽,忽闻得一阵酒香扑鼻,忽转头见右壁厢长廊之下,有几个造酒的仙官,盘糟的力士,领几个运水的道人、烧火的童子,在那里洗缸刷瓮,已造成了玉液琼浆,香醪佳酿。大圣止不住口角流涎,就要去吃,奈何那些人都在那里。他就弄个神通,把毫毛拔下几根,丢入口中嚼碎,喷将出去,念声咒语,叫"变!"即变做几个瞌睡虫,奔在众人脸上。你看那伙人,手软头低,闭眉合眼,丢了执事,都去盹睡。大圣却拿了些百味八珍,佳肴异品,走入长廊里面,就着缸挨着瓮,放开量痛饮一番。吃勾了多时,酕醄醉了,自揣自摸道:"不好,不好!再过会请的客来,却不怪我?一时拿住,怎生是好?不如早回府中睡去也。"

好大圣,摇摇摆摆,仗着酒,任情乱撞,一会把路差了:不是齐天府,却是兜率天宫。一见了,顿然醒悟道:"兜率宫是三十三天之上,乃离恨天太上老君之处,如何错到此间?也罢,也罢!一向要来望此老,不曾得来,今趁此残步,就望他一望也好。"即整衣撞进去。那里不见老君,四无人迹。原来那老君与燃灯古佛在三层高阁朱陵丹台上讲道,众仙童、仙将、仙官、仙吏都侍立左右听讲。这大圣直至丹房里面,寻访不遇,但见丹灶之旁,炉中有火。炉左右安放着五个葫芦,葫芦里都是炼就的金丹。大圣喜道:"此物乃仙家之至宝,老孙自了道以来,识破了内外相同之理,也要炼些金丹济人,不期到家无暇。今日有缘,却又撞着此物,趁老子不在,等我吃他几丸尝新。"他就把那葫芦都倾出来,就都吃了,如吃炒豆相似。

一时间丹满酒醒,又自己揣度道:"不好,不好!这场祸比天还大,若惊动玉帝,性命难存。走,走,走!不如下界为王去也!"他就跑出兜率宫,不行旧路,从西天门,使个隐身法逃去,即按云头,回至花果山界。但见那旌旗闪灼,戈戟光辉,原来是四健将与七十二洞妖王在那里演习武艺。大圣高叫道:"小的们!我来也!"众怪丢了器械,跪倒道:"大圣好宽心!丢下我等,许久不来相顾。"大圣道:"没多时,没多时。"且说且行,径入洞天深处。四健将打扫安歇,叩头礼拜毕,俱道:"大圣在天这百十年,实受何职?"大圣笑道:"我记得才半年光景,怎么就说百十年话?"健将道:"在天一日,即在下方一年也。"大圣道:"且喜这番玉帝相爱,果封做齐天大圣,起一座齐天府,又设安静、宁神二司,司设仙吏侍卫。向后见我无事,着我去管蟠桃园。近因王母娘娘设蟠桃大会,未曾请我,是我不待他请,先赴瑶池,把他那仙品仙酒,都是我偷吃了。走出瑶池,踉踉跄跄误入老君宫阙,又把他五个葫芦金丹也偷吃了。但恐玉帝见罪,方才走出天门来也。"

众怪闻言大喜,即安排酒果接风,将椰酒满斟一石碗奉上。大圣呷了一口,即咨牙倈嘴道:"不好吃,不好吃!"崩、芭二将道:"大圣在天宫吃了仙酒仙肴,是以椰酒不甚美口。常言道:'美不美,乡中水。'"大圣道:"你们就是'亲不亲,故乡人'。我今早在瑶池中受用时，见那长廊之下有许多瓶罐，都是那玉液琼浆，你们都不曾尝着。待我再去偷他几瓶回来，你们各饮半杯，一个个也长生不老。"众猴欢喜不胜。大圣即出洞门，又翻一筋斗，使个隐身法，径至蟠桃会上。进瑶池宫阙，只见那几个造酒、盘糟、运水、烧火的，还鼾睡未醒。他将大的从左右胁下挟了两个，两手提了两个，即拨转云头回来，会众猴在于洞中，就做个仙酒会，各饮了几杯，快乐不题。

却说那七衣仙女，自受了大圣的定身法术，一周天方能解脱。各提花篮，回奏王母，说："齐天大圣使术法困住我等，故此来迟。"王母问道："汝等摘了多少蟠桃？"仙女道："只有两篮小桃，三篮中桃。至后面，大桃半个也无，想都是大圣偷吃了。及正寻间，不期大圣走将出来，行凶拷打，又问设宴请谁。我等把上会事说了一遍，他就定住我等，不知去向。直到如今，才得醒解回来。"

王母闻言，即去见玉帝，备陈前事。说不了，又见那造酒的一班人，同仙官等来奏："不知什么人，搅乱了蟠桃大会，偷吃了玉液琼浆，其八珍百味，亦俱偷吃了。"又有四个大天师来奏上："太上道祖来了。"玉帝即同王母出迎。老君朝礼毕，道："老道宫中炼了些九转金丹，伺候陛下做丹元大会，不期被贼偷去，特启陛下知之。"玉帝见奏悚惧。少时，又有齐天府仙吏叩头道："孙大圣不守执事，自昨日出游，至今未转，更不知去向。"玉帝又添疑思，只见那赤脚大仙又颡囟上奏道："臣蒙王母诏昨日赴会，偶遇齐天大圣，对臣言万岁有旨，着他邀臣等先赴通明殿演礼，方去赴会。臣依他言语，即返至通明殿外，不见万岁龙车凤辇，又急来此俟候。"玉帝越发大惊道："这厮假传旨意，赚哄贤卿，快着纠缉灵官缉访这厮踪迹！"

灵官领旨，即出殿遍访，尽得其详细，回奏道："搅乱天宫者，乃齐天大圣也。"又将前事尽诉一番。玉帝大恼，即差四大天王，协同李天王并哪吒太子，点二十八宿、九曜星官、十二元辰、五方揭谛、四值功曹、东西星斗、南北二神、五岳四渎、普天星相，共十万天兵，布一十八架天罗地网，下界去花果山围困，定捉获那厮处治。众神即时兴师，离了天宫。

### 赏析

《西游记》向人们展示了一个绚丽多彩的神魔世界。全书共一百回。可分为三大部分：第一部分（一到七回）写孙悟空学得本领和大闹天宫；第二部分（八到十二回）叙述三藏取经的缘起；第三部分（十三到一百回）是全书故事的主体，写唐僧师徒西天取经，一路降妖除怪，最终取回真经，修成正果。

《西游记》既深邃难解，但也可做童话读，是一部奇书。

鲁迅先生在《中国小说史略》中说《西游记》"讽刺揶揄则取当时世态，加以铺张描写"。又说："作者禀性，'复善谐剧'，故虽述变幻恍忽之事，亦每杂解颐之言，使神魔皆有人情，精魅亦通世故。"大致意思是说，尽管《西游记》是神魔小说，其内容也是当时一定社会生活的反映。我们通过《西游记》中虚幻的神魔世界，处处可见当时社会现实的投影。如孙悟空那种不屈不挠的斗争精神、大无畏的气概，代表了一种正义的力量，反映了人民的愿望和要求。又如取经路上遇到的那些妖魔，或是自然灾难的幻化，或是邪恶势力的象征。他们的贪婪、凶残、阴险和狡诈，也正是封建社会黑暗势力的特点。不仅如此，玉皇大帝统治的天宫，如来佛祖管辖的西方极乐世界，也都浓浓地涂上了人间社会的色彩，甚至还借助孙悟空这一形象宣扬当时流行的"三教合一"化了的"心学"思想。可见，《西游记》的整体内涵是十分丰富的。

《西游记》不仅有深刻的思想内容,艺术上也取得了很高的成就。它以丰富奇特的艺术想象、生动曲折的故事情节,栩栩如生的人物形象,幽默诙谐的语言,构筑了一座独具特色的《西游记》艺术宫殿。《西游记》艺术上的最大成就,是成功地创造了孙悟空这个艺术形象。孙悟空有着人性,神性和猴性三重特点。英雄主义的气度,对师父师弟有情有义,也有爱听恭维话的缺点,机智勇敢又诙谐好闹,是为人性;毛脸雷公嘴、山大王则是猴性,而七十二变、筋斗云等,则是神性。他桀骜不驯,敢于斗争,张扬了人的自我价值。对于唐僧、八戒、沙僧,作者也把他们写得各具特色。至于天上地下、龙宫冥界、仙地佛境等处的各路神仙鬼怪等,有些也是个性鲜明,读来非常吸引人。

《西游记》是古代长篇小说浪漫主义的高峰,在世界文学史上,它也是浪漫主义的杰作。《美国大百科全书》认为它是"一部具有丰富内容和光辉思想的神话小说",《法国大百科全书》说:"全书故事的描写充满幽默和风趣,给读者以浓厚的兴味。"它被译为日、英、法、德、俄等十多种文字在世界各地广为流传。在中国乃至亚洲部分地区,《西游记》更是家喻户晓。几百年以来,西游记被改编成了各种地方戏曲,广泛流传。现在电影、电视剧、动画片、漫画等取材于《西游记》的更是不胜枚举。以孙悟空为主角的文艺作品,样式众多,数量惊人。

## 第四节  林黛玉抛父进京都[①]

曹雪芹

### 题 解

《红楼梦》是成书于清代乾隆年间的一部章回体长篇小说,曾用名《石头记》《情僧录》《风月宝鉴》《金陵十二钗》等。全书 120 回,前 80 回是曹雪芹所作,后 40 回由高鹗续写。

曹雪芹(约 1715—约 1763 年)名霑,字梦阮,号雪芹,又号芹圃、芹溪。祖籍辽阳(一说河北丰润)。先世原是汉人,明末入满洲籍,属满洲正白旗。后随清兵入关,成为显赫一时的世家。后来其父因事获罪,被革职抄家,家道衰落。曹雪芹生长在南京,少年时代曾经历过一段富贵繁华的贵族生活。在他十三四岁时,随全家迁至北京。境遇潦倒,过着"举家食粥"的日子。曹雪芹多才多艺,能诗善画,擅长写作,以坚韧不拔的毅力专心从事小说《红楼梦》的写作和修订,"披阅十载,增删五次",写出了这部文学巨著。《红楼梦》写到 80 回时,曹雪芹因贫病交迫,加之爱子夭折,含恨而逝,使《红楼梦》成为未完稿的著作。

高鹗(1738—1815 年),字兰墅,祖籍辽东铁岭,属汉军镶黄旗。著有《高兰墅集》《兰墅诗抄》等。高鹗续写了《红楼梦》后 40 回,使《红楼梦》成为一个完整的故事。

本文节选自《红楼梦》第三回,原回目是"贾雨村夤缘复旧职  林黛玉抛父进京都"。这里选的是林黛玉在母亲去世后,来到外祖母家(贾府)。文章通过她一路所见所闻,详细描写了荣、宁二府的格局布置,交代了人物的活动环境,而且也第一次生动刻画了贾母、贾氏三姐妹、凤姐、宝玉和黛玉等作品中的几个主要人物。

---

[①] 选自《红楼梦》,著者:曹雪芹 高鹗,人民文学出版社,1992 年版。

## 选文

　　且说黛玉自那日弃舟登岸时,便有荣国府打发了轿子并拉行李的车辆久候了。这林黛玉常听得母亲说过,他外祖母家与别家不同。他近日所见的这几个三等仆妇,吃穿用度,已是不凡了,何况今至其家。因此步步留心,时时在意,不肯轻易多说一句话,多行一步路,惟恐被人耻笑了他去。自上了轿,进入城中,从纱窗向外瞧了一瞧,其街市之繁华,人烟之阜盛,自与别处不同。又行了半日,忽见街北蹲着两个大石狮子,三间兽头大门,门前列坐着十来个华冠丽服之人。正门却不开,只有东西两角门有人出入。正门之上有一匾,匾上大书"敕造宁国府"五个大字。黛玉想道:这必是外祖之长房了。想着,又往西行,不多远,照样也是三间大门,方是荣国府了。却不进正门,只进了西边角门。那轿夫抬进去,走了一射之地,将转弯时,便歇下退出去了。后面的婆子们已都下了轿,赶上前来。另换了三四个衣帽周全十七八岁的小厮上来,复抬起轿子。众婆子步下围随至一垂花门前落下。众小厮退出,众婆子上来打起轿帘,扶黛玉下轿。林黛玉扶着婆子的手,进了垂花门,两边是抄手游廊,当中是穿堂,当地放着一个紫檀架子大理石的大插屏。转过插屏,小小的三间厅,厅后就是后面的正房大院。正面五间上房,皆雕梁画栋,两边穿山游廊厢房,挂着各色鹦鹉、画眉等鸟雀。台矶之上,坐着几个穿红着绿的丫头,一见他们来了,便忙都笑迎上来,说:"刚才老太太还念呢,可巧就来了。"于是三四人争着打起帘笼,一面听得人回话:"林姑娘到了。"

　　黛玉方进入房时,只见两个人搀着一位鬓发如银的老母迎上来,黛玉便知是他外祖母。方欲拜见时,早被他外祖母一把搂入怀中,心肝儿肉叫着大哭起来。当下地下侍立之人,无不掩面涕泣,黛玉也哭个不住。一时众人慢慢解劝住了,黛玉见拜见了外祖母。——此即冷子兴所云之史氏太君,贾赦贾政之母也。当下贾母一一指与黛玉:"这是你大舅母;这是你二舅母;这是你先珠大哥的媳妇珠大嫂子。"黛玉一一拜见过。贾母又说:"请姑娘们来。今日远客才来,可以不必上学去了。"众人答应了一声,便去了两个。

　　不一时,只见三个奶嬷嬷并五六个丫鬟,簇拥着三个姊妹来了。第一个肌肤微丰,合中身材,腮凝新荔,鼻腻鹅脂,温柔沉默,观之可亲。第二个削肩细腰,长挑身材,鸭蛋脸面,俊眼修眉,顾盼神飞,文彩精华,见之忘俗。第三个身量未足,形容尚小。其钗环裙袄,三人皆是一样的妆饰。黛玉忙起身迎上来见礼,互相厮认过,大家归了坐。丫鬟们斟上茶来。不过说些黛玉之母如何得病,如何请医服药,如何送死发丧。不免贾母又伤感起来,因说:"我这些儿女,所疼者独有你母,今日一旦先舍我而去,连面也不能一见,今见了你,我怎不伤心!"说着,搂了黛玉在怀,又呜咽起来。众人忙都宽慰解释,方略略止住。

　　众人见黛玉年貌虽小,其举止言谈不俗,身体面庞虽怯弱不胜,却有一段自然的风流态度,便知他有不足之症。因问:"常服何药,如何不急为疗治?"黛玉道:"我自来是如此,从会吃饮食时便吃药,到今日未断,请了多少名医修方配药,皆不见效。那一年我三岁时,听得说来了一个癞头和尚,说要化我去出家,我父母固是不从。他又说:'既舍不得他,只怕他的病一生也不能好的了。若要好时,除非从此以后总不许见哭声;除父母之外,凡有外姓亲友之人,一概不见,方可平安了此一世。'疯疯癫癫,说了这些不经之谈,也没人理他。如今还是吃人参养荣丸。"贾母道:"正好,我这里正配丸药呢。叫他们多配一料就是了。"

一语未了，只听后院中有人笑声，说："我来迟了，不曾迎接远客！"黛玉纳罕道："这些人个个皆敛声屏气，恭肃严整如此，这来者系谁，这样放诞无礼？"心下想时，只见一群媳妇丫鬟围拥着一个人从后房门进来。这个人打扮与众姑娘不同，彩绣辉煌，恍若神妃仙子：头上戴着金丝八宝攒珠髻，绾着朝阳五凤挂珠钗；项上带着赤金盘螭(chī)璎珞圈；裙边系着豆绿宫绦，双衡比目玫瑰佩；身上穿着缕金百蝶穿花大红洋缎窄裉(kèn)袄，外罩五彩刻丝石青银鼠褂；下着翡翠撒花洋绉裙。一双丹凤三角眼，两弯柳叶吊梢眉，身量苗条，体格风骚，粉面含春威不露，丹唇未启笑先闻。黛玉连忙起身接见。贾母笑道："你不认得他。他是我们这里有名的一个泼皮破落户儿，南省俗谓作'辣子'，你只叫他'凤辣子'就是了。"黛玉正不知以何称呼，只见众姊妹都忙告诉他道："这是琏嫂子。"黛玉虽不识，也曾听见母亲说过，大舅贾赦之子贾琏，娶的就是二舅母王氏之内侄女，自幼假充男儿教养的，学名王熙凤。黛玉忙陪笑见礼，以"嫂"呼之。这熙凤携着黛玉的手，上下细细打谅了一回，仍送至贾母身边坐下，因笑道："天下真有这样标致的人物，我今儿才算见了！况且这通身的气派，竟不像老祖宗的外孙女儿，竟是个嫡亲的孙女，怨不得老祖宗天天口头心头一时不忘。只可怜我这妹妹这样命苦，怎么姑妈偏就去世了！"说着，便用帕试泪。贾母笑道："我才好了，你倒来招我。你妹妹远路才来，身子又弱，也才劝住了，快再休提前话。"这熙凤听了，忙转悲为喜道："正是呢！我一见了妹妹，一心都在他身上了，又是喜欢，又是伤心，竟忘记了老祖宗。该打，该打！"又忙携黛玉之手，问："妹妹几岁了？可也上过学？现吃什么药？在这里不要想家，想要什么吃的、什么玩的，只管告诉我；丫头老婆们不好了，也只管告诉我。"一面又问婆子们："林姑娘的行李东西可搬进来了？带了几个人来？你们赶早打扫两间下房，让他们去歇歇。"

说话时，已摆了茶果上来。熙凤亲为捧茶捧果。又见二舅母问他："月钱放过了不曾？"熙凤道："月钱已放完了。才刚带着人到后楼上找缎子，找了这半日，也并没有见昨日太太说的那样的，想是太太记错了？"王夫人道："有没有，什么要紧。"因又说道："该随手拿出两个来给你这妹妹去裁衣裳的，等晚上想着叫人再去拿罢，可别忘了。"熙凤道："这倒是我先料着了，知道妹妹不过这两日到的，我已预备下了，等太太回去过了目好送来。"王夫人一笑，点头不语。

当下茶果已撤，贾母命两个老嬷嬷带了黛玉去见两个母舅。时贾赦之妻邢氏忙亦起身，笑回道："我带了外甥女过去，倒也便(biàn)宜。"贾母笑道："正是呢，你也去罢，不必过来了。"邢夫人答头了一声"是"字，遂带了黛玉与王夫人作辞，大家送至穿堂前。出了垂花门，早有众小厮们拉过一辆翠幄(wò)青绸车，邢夫人携了黛玉，坐在上面，众婆子们放下车帘，方命小厮们抬起，拉至宽处，方驾上驯骡，亦出了西角门，往东过荣府正门，便入一黑油大门中，至仪门前方下来。众小厮退出，方打起车帘，邢夫人搀着黛玉的手，进入院中。黛玉度其房屋院宇，必是荣府中花园隔断过来的。进入三层仪门，果见正房厢庑(wǔ)游廊，悉皆小巧别致，不似方才那边轩峻壮丽；且院中随处之树木山石皆在。一时进入正室，早有许多盛妆丽服之姬妾丫鬟迎着，邢夫人让黛玉坐了，一面命人到外面书房去请贾赦。一时人来回话说："老爷说了：'连日身上不好，见了姑娘彼此倒伤心，暂且不忍相见。劝姑娘不要伤心想家，跟着老太太和舅母，即同家里一样。姊妹们虽拙，大家一处伴着，亦可以解些烦闷。或有委屈之处，只管说得，不要外道才是。'"黛玉忙站起来，一一听了。再坐一刻，便告辞。邢夫人苦留吃过晚饭去，黛玉笑回道："舅母爱惜赐饭，原不应辞，只是还要过去拜见二舅舅，恐领了赐去不恭，异日再领，未为不可。望舅母容谅。"邢夫人听说，笑道："这倒是了。"遂令两三个嬷嬷用方才的车好生送了姑娘过去。于是黛玉告辞。邢夫人送至仪门前，又嘱咐了众人几句，眼看着车去了方回来。

一时黛玉进了荣府，下了车。众嬷嬷引着，便往东转弯，穿过一个东西的穿堂，向南大厅之后，仪门内大院落，上面五间大正房，两边厢房鹿顶耳房钻山，四通八达，轩昂壮丽，比贾母处不同。黛玉便知这方是正经正内室，一条大甬路，直接出大门的。进入堂屋中，抬头迎面先看见一个赤金九龙青地大匾，匾上写着斗大的三个大字，是"荣禧堂"，后有一行小字："某年月日，书赐荣国公贾源"，又有"万几宸（chén）翰之宝"。大紫檀雕螭案上，设着三尺来高青绿古铜鼎，悬着待漏随朝墨龙大画，一边是金蜼（wěi）彝，一边是玻璃盍（hǎi）。地下两溜十六张楠木交椅，又有一副对联，乃乌木联牌，镶着錾（zàn）银的字迹，道是：

座上珠玑昭日月，堂前黼黻（fǔfú）焕烟霞。

下面一行小字，道是："同乡世教弟勋袭东安郡王穆莳拜手书。"

原来王夫人时常居坐宴息，亦不在这正室，只在这正室东边的三间耳房内。于是老嬷嬷引黛玉进东房门来。临窗大炕上铺着猩红洋罽（jì），正面设着大红金钱蟒靠背，石青金钱蟒引枕，秋香色金钱蟒大条褥。两边设一对梅花式洋漆小几。左边几上文王鼎匙箸香盒；右边几上汝窑美人觚（gū）——觚内插着时鲜花卉，并茗碗痰盒等物。地下面西一溜四张椅上，都搭着银红撒花椅搭，底下四副脚踏。椅之两边，也有一对高几，几上茗碗瓶花俱备。其余陈设，自不必细说。老嬷嬷们让黛玉炕上坐，炕沿上却有两个锦褥对设，黛玉度其位次，便不上炕，只向东边椅子上坐了。本房内的丫鬟忙捧上茶来。黛玉一面吃茶，一面打谅这些丫鬟们，妆饰衣裙，举止行动，果亦与别家不同。

茶未吃了，只见一个穿红绫袄青缎掐牙背心的丫鬟走来笑说道："太太说，请林姑娘到那边坐罢。"老嬷嬷听了，于是又引黛玉出来，到了东廊三间小正房内。正房炕上横设一张炕桌，桌上磊着书籍茶具，靠东壁面西设着半旧的青缎靠背引枕。王夫人却坐在西边下首，亦是半旧的青缎靠背坐褥。见黛玉来了，便往东让。黛玉心中料定这是贾政之位。因见挨炕一溜三张椅子上，也搭着半旧的弹墨椅袱，黛玉便向椅上坐了。王夫人再四携他上炕，他方挨王夫人坐了。王夫人因说："你舅舅今日斋戒去了，再见罢。只是有一句话嘱咐你：你三个姊妹倒都极好，以后一处念书认字学针线，或是偶一顽笑，都有尽让的。但我不放心的最是一件：我有一个孽根祸胎，是家里的'混世魔王'，今日因庙里还愿去了，尚未回来，晚间你看见便知了。你只以后不要睬他，你这些姊妹都不敢沾惹他的。"

黛玉亦常听得母亲说过，二舅母生的有个表兄，乃衔玉而诞，顽劣异常，极恶读书，最喜在内帏厮混；外祖母又极溺爱，无人敢管。今见王夫人如此说，便知说的是这表兄了。因陪笑道："舅母说的，可是衔玉所生的这位哥哥？在家时亦曾听见母亲常说，这位哥哥比我大一岁，小名就唤宝玉，虽极憨顽，说在姊妹情中极好的。况我来了，自然只和姊妹同处，兄弟们自是别院另室的，岂得去沾惹之理？"王夫人笑道："你不知道原故：他与别人不同，自幼因老太太疼爱，原系同姊妹们一处娇养惯了的。若姊妹们有日不理他，他倒还安静些，纵然他没趣，不过出了二门，背地里拿着他两个小幺（yāo）儿出气，咕唧一会子就完了。若这一日姊妹们和他多说一句话，他心里一乐，便生出多少事来。所以嘱咐你别睬他。他嘴里一时甜言蜜语，一时有天无日，一时又疯疯傻傻，只休信他。"

黛玉一一的都答应着。只见一个丫鬟来回："老太太那里传晚饭了。"王夫人忙携黛玉从后房门由后廊往西，出了角门，是一条南北宽夹道。南边是倒座三间小小的抱厦厅，北边立着一个粉油大影壁，后有一半大门，小小一所房室。王夫人笑指向黛玉道："这是你凤姐姐的屋子，回来你好往这里找他来，少什么东西，你只管和他说就是了。"这院门上也有四五个才总角的小厮，都垂手侍立。王夫人遂携黛玉穿过一个东西穿堂，便是贾母的后院了。于是，进入后房门，已有多人在此伺候，见王夫人来了，方安设桌椅。贾珠之妻李氏捧饭，熙凤安箸，王夫人进羹。贾母正面榻上独坐，两边四张空椅，熙凤忙拉了黛玉在左边第一张椅上坐了，黛玉十分推让。贾母笑道："你舅母你嫂子们不在这里吃饭。你是客，原应如此坐的。"黛玉方告了座，坐了。贾母命王夫人坐了。迎春姊妹三个告了座方上来。迎春便坐右手第一，探春左第二，惜春右第二。旁边丫鬟执着拂尘、漱盂、巾帕。李、凤二人立于案旁布让。外间伺候之媳妇丫鬟虽多，却连一声咳嗽不闻。寂然饭毕，各有丫鬟用小茶盘捧上茶来。当日林如海教女以惜福养身，云饭后务待饭粒咽尽，过一时再吃茶，方不伤脾胃。今黛玉见了这里许多事情不合家中之式，不得不随的，少不得一一改过来，因而接了茶。早见人又捧过漱盂来，黛玉也照样漱了口。盥手毕，又捧上茶来，这方是吃的茶。贾母便说："你们去罢，让我们自在说话儿。"王夫人听了，忙起身，又说了两句闲话，方引凤、李二人去了。贾母因问黛玉念何书。黛玉道：只刚念了《四书》。"黛玉又问姊妹们读何书。贾母道："读的是什么书，不过是认得两个字，不是睁眼的瞎子罢了！"

一语未了，只听外面一阵脚步响，丫鬟进来笑道："宝玉来了！"黛玉心中正疑惑着："这个宝玉，不知是怎生个惫懒人物，懵懂顽童？"——倒不见那蠢物也罢了。心中想着，忽见丫鬟话未报完，已进来了一位年轻的公子：头上戴着束发嵌宝紫金冠，齐眉勒着二龙抢珠金抹额；穿一件二色金百蝶穿花大红箭袖，束着五彩丝攒花结长穗宫绦(tāo)，外罩石青起花八团倭缎排穗褂；登着青缎粉底小朝靴。面若中秋之月，色如春晓之花，鬓若刀裁，眉如墨画，面如桃瓣，目若秋波。虽怒时而若笑，即瞋视而有情。项上金螭璎珞，又有一根五色丝绦，系着一块美玉。黛玉一见，便吃一大惊，心下想道："好生奇怪，倒像在那里见过一般，何等眼熟到如此！"只见这宝玉向贾母请了安，贾母便命："去见你娘来。"宝玉即转身去了。一时回来，再看已换了冠带：头上周围一转的短发，都结成小辫，红丝结束，共攒至顶中胎发，总编一根大辫，黑亮如漆，从顶至梢，一串四颗大珠，用金八宝坠角；身上穿着银红撒花半旧大袄，仍旧带着项圈、宝玉、寄名锁、护身符等物；下面半露松花撒花绫裤腿，锦边弹墨袜，厚底大红鞋。越显得面如敷粉，唇若施脂；转盼多情，语言常笑。天然一段风骚，全在眉梢；平生万种情思，悉堆眼角。看其外貌最是极好，却难知其底细。后人有《西江月》二词，批宝玉极恰，其词曰：

无故寻愁觅恨，有时似傻如狂。纵然生得好皮囊，腹内原来草莽。潦倒不通世务，愚顽怕读文章。行为偏僻性乖张，那管世人诽谤！

富贵不知乐业，贫穷难耐凄凉。可怜辜负好韶光，于国于家无望。天下无能第一，古今不肖无双。寄言纨绔与膏粱：莫效此儿形状！

贾母因笑道："外客未见，就脱了衣裳，还不去见你妹妹！"宝玉早已看见多了一个姊妹，便料定是林姑妈之女，忙来作揖。厮见毕归坐，细看形容，与众各别：两弯似蹙非蹙胃烟眉，一双似喜非喜含情目。态生两靥(yè)之愁，娇袭一身之病。泪光点点，娇喘微微。闲静时如姣花照水，行动处似弱柳扶风。心较比干多一窍，病如西子胜三分。宝玉看罢，因笑道："这个妹妹我曾见过的。"贾母笑道："可又是胡说，你又何曾见过他？"宝玉笑道："虽然未曾见过他,然我看着面善,心里就算是旧相识,今日只作远别重逢,亦未为不可。"贾母笑道："更好,更好,若如此,更相和睦了。"宝玉便走近黛玉身边坐下,又细细打量一番,因问："妹妹可曾读书?"黛玉道："不曾读,只上了一年学,些须认得几个字。"宝玉又道："妹妹尊名是那两个字?"黛玉便说了名。宝玉又问表字。黛玉道："无字。"宝玉笑道："我送妹妹一妙字,莫若'颦颦'二字极妙。"探春便问何出。宝玉道："《古今人物通考》上说:'西方有石名黛,可代画眉之墨。'况这林妹妹眉尖若蹙,用取这两个字,岂不两妙!"探春笑道："只恐又是你的杜撰。"宝玉笑道："除《四书》外,杜撰的太多,偏只我是杜撰不成?"又问黛玉："可也有玉没有?"众人不解其语,黛玉便忖度着因他有玉,故问我有也无,因答道："我没有那个。想来那玉是一件罕物,岂能人人有的。"宝玉听了,登时发作起痴狂病来,摘下那玉,就狠命摔去,骂道："什么罕物,连人之高低不择,还说'通灵'不'通灵'呢!我也不要这劳什子了!"吓的众人一拥争去拾玉。贾母急的搂了宝玉道："孽障!你生气,要打骂人容易,何苦摔那命根子!"宝玉满面泪痕泣道："家里姐姐妹妹都没有,单我有,我说没趣;如今来了这们一个神仙似的妹妹也没有,可知这不是个好东西。"贾母忙哄他道："你这妹妹原有这个来的,因你姑妈去世时,舍不得你妹妹,无法处,遂将他的玉带了去了:一则全殉葬之礼,尽你妹妹之孝心;二则你姑妈之灵,亦可权作见了女儿之意。因此他只说没有这个,不便自己夸张之意。你如今怎比得他?还不好生慎重带上,仔细你娘知道了。"说着,便向丫鬟手中接来,亲与他带上。宝玉听如此说,想一想大有情理,也就不生别论了。

当下,奶娘来请问黛玉之房舍。贾母说："今将宝玉挪出来,同我在套间暖阁儿里,把你林姑娘暂安置碧纱橱里。等过了残冬,春天再与他们收拾房屋,另作一番安置罢。"宝玉道："好祖宗,我就在碧纱厨外的床上很妥当,何必又出来闹的老祖宗不得安静。"贾母想了一想说："也罢了。"每人一个奶娘并一个丫头照管,余者在外间上夜听唤。一面早有熙凤命人送了一顶藕合色花帐,并几件锦被缎褥之类。

黛玉只带了两个人来:一个是自幼奶娘王嬷嬷,一个是十岁的小丫头,亦是自幼随身的,名唤作雪雁。贾母见雪雁甚小,一团孩气,王嬷嬷又极老,料黛玉皆不遂心省力的,便将自己身边的一个二等丫头,名唤鹦哥者与了黛玉。外亦如迎春等例,每人除自幼乳母外,另有四个教引嬷嬷,除贴身掌管钗钏盥沐两个丫鬟外,另有五六个洒扫房屋来往使役的小丫鬟。当下,王嬷嬷与鹦哥陪侍黛玉在碧纱橱内。宝玉之乳母李嬷嬷,并大丫鬟名唤袭人者,陪侍在外面大床上。

### 赏析

《红楼梦》是一部"说不尽"的奇书。是曹雪芹以毕生的血泪写成的。脂砚斋说："壬午除夕,书未成,芹为泪尽而逝。"曹雪芹也说："满纸荒唐言,一把辛酸泪。都云作者痴,谁解其中味!"显然,《红楼梦》的主题内容是蕴涵着深意的。鲁迅曾说："《红楼梦》单是命意,就因读者的眼光而有种种:经学家看见《易》,道学家看见淫,才子看见缠绵,革命家看见排满,流言家看见宫闱秘事。"(《鲁迅全集》卷七《绛洞花主小引》)

总体看来,《红楼梦》以贾、王、史、薛四大家族的兴衰为背景,以贾宝玉和林黛玉的爱情悲剧、贾宝玉与薛宝钗的婚姻悲剧为主线,描写了悲剧产生的社会环境,牵涉到封建社会政治、宗法、妇女、道德、婚姻等多方面的问题,昭示了封建社会末期的世态,暴露了封建贵族阶级及其统治的腐朽与罪恶,歌颂了追求光明的叛逆人物,通过叛逆者的悲剧命运宣告了这一社会必然走向灭亡。可以说,《红楼梦》是一部我国封建社会后期社会生活的百科全书。

《红楼梦》是一部悲剧,它展示了一个多重层次、又互相融合的悲剧世界:宝黛钗爱情婚姻悲剧;大观园内众多青春女子的人生悲剧;封建大家族没落的悲剧。从整部作品看,《红楼梦》笼罩着一层由好到了,由色到空的感伤色彩。

《红楼梦》艺术上的巨大成就,突出表现在塑造出一大批个性鲜明的人物形象。小说中有名姓的人物就多达四百八十多人,其中给人以深刻印象的典型人物,至少也有几十个人。而贾宝玉、林黛玉、薛宝钗、王熙凤则成为千古不朽的典型。

《红楼梦》的叙述语言是接近口语的通俗浅显的北方官话,它用词准确生动、新鲜传神,富有立体感。描写人物神态时,把人物的动作感情和心灵状态都描写出来了。

《红楼梦》是世情小说最伟大的作品,备受社会欢迎。以《红楼梦》为题材的各种剧种、曲种多不胜数。近年来的电影、电视剧更是把它普及到千家万户,成为家喻户晓的名著。不仅在国内已有数以百万计的发行量,而且在国际上已有十几种语种的译本。

《红楼梦》问世后,引起人们对它评论和研究的兴趣,并形成一种专门的学问——红学。在国外也有不少人对它进行研究,写出不少论著。

## 练习

**一、填空题**

1. 《红楼梦》曾用名有《_____》《_____》《_____》等,全书共_____回,前80回作者是_____代的_____。
2. 《西游记》的最后写定者,一般认为是_____。
3. 《_____》是我国第一部长篇章回小说,是历史演义小说的开山之作。
4. 玄奘取经原是_____代的一个真实的历史事件。贞观三年,他为追求佛家真义,历时_____年,前往_____取回梵文大小乘经论律657部。
5. 《水浒传》又题为《_____》,它取材于_____的故事。
6. 《三国志演义》作者是_____,号湖海散人。

**二、连线题**

①《三国演义》　　　A. 英雄传奇
②《水浒传》　　　　B. 世情小说
③《西游记》　　　　C. 历史演义
④《红楼梦》　　　　D. 神魔小说

**三、选择题**

1. 下列不属于中国古典"四大名著"的是(　　)。
   A.《聊斋志异》　B.《三国演义》　C.《西游记》　D.《红楼梦》
2. 有关《三国演义》,下列说法不正确的是(　　)。
   A. 代表着古代历史演义小说的最高成就。
   B. 其艺术成就主要体现在战争描写和人物塑造上。
   C. 《三国演义》中的人物性格源于《三国志》中的人物,两者基本相同。
   D. 鲁迅说《三国演义》:"欲显刘备之长厚而似伪,状诸葛之多智而近妖。"

3. 关于《水浒传》,下列说法不正确的是( )。
   A. 《水浒传》又题为《忠义水浒传》,它以杰出的艺术描写手段,揭示了封建社会农民起义的发生、发展和失败的过程。
   B. 史籍曾载宋江等三十六人造反的事迹,而后这史实就被编成了话本、戏剧在民间广泛流传,施耐庵将这些历史整理在一起,成为名著《水浒传》。
   C. 《水浒传》如一幅长长的历史画卷,展示了宋代的政治文化,市井风情,社会景观。梁山好汉最引人注目,他们侠肝义胆,敢报天下不平,其性格光彩照人,令世人敬仰。
   D. "吴用智取生辰纲"写杨志受北京大名府留守梁世杰的派遣,押送生辰纲往东京,在途中被晁盖、吴用等夺取的经过。

4. 关于《红楼梦》,下列说法不正确的是( )。
   A. 《红楼梦》是清代曹雪芹创作的一部章回体长篇小说,曾用名《石头记》《情僧录》《风月宝鉴》《金陵十二钗》。
   B. 《红楼梦》以贾、王、史、薛四大家族为背景,以宝黛钗的爱情婚姻悲剧为主线。
   C. 《红楼梦》暴露了封建贵族阶级及其统治的腐朽与罪恶,歌颂了追求光明的叛逆人物,通过叛逆者的悲剧命运宣告了这一社会必然走向灭亡。
   D. 曹雪芹创作《红楼梦》到80回时,因贫病交迫、爱子夭折,含恨而逝,离世前将手稿交给高鹗完成,使《红楼梦》成为120回的著作。

5. 关于《西游记》,下列说法不正确的是( )。
   A. 玄奘取经是唐代真实的历史事件。他历尽艰险前往天竺取经。归国后,他口述所见所闻,由门徒辨机辑录成古典名著《西游记》。
   B. 《西游记》是一部神魔小说,主要叙述唐玄奘与徒弟孙悟空、八戒、沙僧、白龙马,经过八十一次磨难,到西天取回真经,最后修成正果的故事。
   C. 《西游记》既深邃难解,但也可做童话读,是一部奇书。
   D. 《西游记》内容也是当时一定社会生活的反映,我们通过其中虚幻的神魔世界可见当时社会现实的投影。

6. 下列不属于《水浒传》中人物的是( )。
   A. 晁盖 吴用    B. 宋江 鲁肃    C. 杨志 梁中书    D. 公孙胜 白胜

四、问答题
   1. 《三国演义》与三国时期的史实有什么关系?
   2. 你是怎样评价《水浒传》中杨志这个人物的?
   3. 你认为《西游记》是怎样的一部书?
   4. 从课文所选"林黛玉进贾府"一节中,你能看出黛玉具有怎样的性格?

五、利用课余时间,有计划地阅读"四大名著"

# 第二十六课　诗词文三篇

## 第一节　长相思

纳兰性德

### 题解

纳兰性德(1655—1685年),原名成德,字容若,号楞伽山人。满洲正黄旗人,大学士明珠之子。康熙十四年(1675年)进士,官至一等侍卫。工诗,尤长于词。纳兰性德论词,推崇李煜。其词以小令见长,风格清婉。著有《纳兰词》。

这首词作于康熙二十一年(1682年)。据载,这一年作者随康熙东巡,此词是未出山海关时途中所作。词以白描手法,直抒胸臆,描绘了塞外旷野的夜景,及其思念故乡的情怀。

### 正文

山一程,水一程,身向榆关那畔行①,夜深千帐灯②。
风一更,雪一更③,聒碎乡心梦不成④,故园无此声。

### 参考译文

走过一条条山路,走过一条条水路,正向榆关那边走去。夜深了,军营众多的帐篷里都点起灯火。晚上又刮风又下雪,声音嘈杂,打碎了思乡的梦,家乡没有这样的声音。

### 赏析

上片"山一程,水一程",写出旅程的艰难曲折,遥远漫长。词人跋山涉水,一程又一程,越走离家乡越远。这两句运用反复的修辞方法,将"一程"二字重复使用,突出了路途的遥远。"身向榆关那畔行",点明了行旅的方向。词人在这里强调的是"身"向榆关,那也就暗示出"心"向京师,实际是表达对故乡的思念。"夜深千帐灯",写到了夜晚,在旷野上搭起帐篷休息。

下片"风一更,雪一更"描写荒寒的塞外,暴风雪彻夜不停。"山一程,水一程"与"风一

---

① 榆关:即山海关。在今河北秦皇岛市东北。那畔:那边,指山海关外。
② 千帐:形容卫军营地帐幕之多。
③ "风一更"二句:是说一夜风雪不断。更,旧时一夜分为五更,每更约两小时。
④ 聒(guō):喧扰;吵闹。

更,雪一更"的两相映照,又暗示出词人对风雨兼程的厌倦心态。山长水阔,路途本就漫长而艰辛,再加上塞上恶劣的天气,词人发出了悠长的慨叹,感到行旅的疲惫。"一更"二字反复出现,突出了塞外狂风暴雪交替扑着帐篷的情况。这怎不使词人发出怨言:"聒碎乡心梦不成,故园无此声"。夜深人静的时候,是想家的时候,更何况还是这塞上"风一更,雪一更"的苦寒天气。

这首词以白描手法,朴素自然的语言,在写景中寄寓了思乡的情怀。

## ※第二节 己亥杂诗

龚自珍

### 题 解

龚自珍(1792—1841年),字璱人,号定盦,又号羽琌山民。浙江仁和(今杭州)人。道光九年(1829年)中进士。曾先后任宗人府及礼部主事等职。道光十九年(1839年),龚自珍辞官南归,两年后,暴卒于丹阳。有《龚自珍全集》。

龚自珍是在近代历史开端之际得风气之先的杰出的思想家与文学家。他主张改革内政,抵制外国侵略,是近代改良主义运动的先驱者。

《己亥杂诗》均作于作者南归之时(写于己亥年),共315首,多咏怀和讽喻之作。本诗是第125首,表达了作者对当时沉寂窒息的社会现实不满,呼唤"风雷"的来临,以打破死气沉沉的局面,反映了作者要求重视革新人才、变革社会现状的思想愿望。

### 正 文

九州生气恃风雷①,万马齐喑究可哀②。
我劝天公重抖擞③,不拘一格降人才。

### 参考译文

只有风雷激荡般的巨大力量,才能使中国大地焕发生机,然而朝野上下,死气沉沉,毕竟是悲哀的事情。我奉劝天帝能重新振作精神,不要拘守一定陈规,降下更多的人才。

### 赏 析

这首诗可分两个层次:第一层,写万马齐喑,朝野噤声的死气沉沉的社会现实。作者指出,要改变这种沉闷,腐朽的现状,就必须依靠风雷激荡般的巨大力量。暗喻必须经历波澜壮阔的社会变革才能使中国变得生机勃勃。第二层,作者认为这样的力量来源于人才,而朝廷所应做的,就是破格荐用人才。只有这样,中国才有希望。诗中选用"九州""风雷""万马""天公"这样的具有壮伟特征的意象,寓意深刻,气势磅礴。

---

① 生气:生机,活力。恃(shì):依靠。
② 喑(yīn):哑。这里比喻当时沉闷的社会现实。究:毕竟。
③ 抖擞:振作精神。

## ※第三节 《少年中国说》节选[①]

梁启超

### 题解

梁启超(1873—1929年),字卓如,号任公,又号饮冰室主人。广东新会人。中国近代维新派领袖、学者。有《饮冰室合集》。

《少年中国说》以高度的爱国激情将希望寄托在中国少年身上,并且坚信中国少年必有志士,能使国家富强,雄立于地球。反映了作者渴望祖国繁荣昌盛的爱国思想和积极乐观的民族自信心。本文节选自《少年中国说》的结尾部分。这一部分运用排比句法,层层推进,写得极有感情,极有气势。

### 选文

故今日之责任,不在他人,而全在我少年。少年智则国智,少年富则国富,少年强则国强,少年独立则国独立,少年自由则国自由,少年进步则国进步,少年胜于欧洲则国胜于欧洲,少年雄于地球则国雄于地球。红日初升,其道大光;河出伏流,一泻汪洋。潜龙腾渊,鳞爪飞扬;乳虎啸谷,百兽震惶;鹰隼试翼,风尘吸张[②]。奇花初胎,矞矞皇皇[③];干将发硎,有作其芒[④]。天戴其苍,地履其黄[⑤],纵有千古,横有八荒[⑥],前途似海,来日方长。美哉我少年中国,与天不老;壮哉我中国少年,与国无疆。

### 参考译文

所以今天的责任,不在于他人,全在我们少年人的肩上。少年人有智慧,国家就有智慧;少年人富有,国家就富有;少年人强盛,国家就强盛;少年人独立,国家就独立;少年人自由,国家就自由;少年人进步,国家就进步;少年人胜过欧洲人,国家就胜过欧洲;少年人在世界上称雄,国家就在世界上称雄。旭日东升,前途一片光明;黄河从地下流出,一泻千里,势不可挡。潜藏的巨龙在深渊腾跃而起,各种水中生物纷纷散逃;幼虎在山谷吼叫,各种野兽无不震惊惶恐;雄鹰展翅试飞,掀起狂风。珍奇的鲜花含苞待放,生机勃勃;宝剑在磨刀石上磨出,发着耀眼的光芒。我们青年人头顶着青色的长天,脚踏着黄色的大地。从时间上看,有着千年的历史,从空间看,可通达四面八方,前途就像大海一样宽广,未来的岁月正长。美好啊,我们年轻的中国,跟青天一样不会衰老;壮丽啊,我们中国的少年,同国家一样万寿无疆。

---

[①] 节选自《梁启超全集》(第二卷),北京出版社,1999年版。
[②] 鹰隼(sǔn 笋):指鹰类猛禽。吸张:收缩扩大。
[③] 矞(yù)矞皇皇:光明盛大的样子。
[④] 干将发硎(xíng),有作其芒:意思是宝剑刚磨出来的,锋刃大放光芒。干将,这里指宝剑。硎,磨刀石。
[⑤] 天戴其苍,地履其黄:意思是头顶着青色的长天,脚踏着黄色的大地。戴,头顶着。履,踩。
[⑥] 纵有千古,横有八荒:意思是中国历史悠久,幅员辽阔。八荒,八方荒远之地。

## 赏析

《少年中国说》极力赞颂少年,鼓励少年发愤图强,肩负起建设少年中国的重任,表达作者热切盼望祖国繁荣富强的强烈愿望和积极进取的精神。

选文部分主要从智、富、强、独立、自由、进步、胜于欧洲、雄于地球方面,竭力强调国家命运系于少年。句子内容的排列,从小到大,从部分到全体,步步发展,并且合理运用反复、排比的修辞,使文章气势磅礴。

从"红日初升"至"来日方长",作者热烈讴歌少年中国。全用四字句写出,热烈赞颂我少年中国、中国少年的英姿及其光辉灿烂的前程。其中用了八种比喻来象征:以"红日初升",象征少年中国的灿烂前程;以"河出伏流",象征少年中国发展的不可限量;以"潜龙腾渊,鳞爪飞扬""乳虎啸谷,百兽震惶""鹰隼试翼,风尘吸张"等句,比喻中国少年创建的少年中国的英姿。"奇花"两句,是歌颂少年中国在发展中的壮丽前景;"干将"两句,以刚刚磨砺过的锋利的宝剑比拟为创建少年中国而立功的中国少年。"天戴""地履"句描写中国少年像顶天立地的巨人一样屹立在地球上,雄视整个世界。"纵""横"两句,一指时间之长,一指空间之广,为下句所表现的少年中国的"前途"展现了无比广阔的前景。

文章的最后,赞颂少年中国不断发展、与天地长存的壮美远景,讴歌中国少年永远向前的精神。"少年中国""与天不老",而"中国少年"则"与国无疆",表现两者的前途和命运是紧密地连结在一起的。这里,饱含着作者强烈的感情,歌颂为创建少年中国的中国少年,赞美有着无限壮丽前景的少年中国。语调高昂,给读者以巨大的震撼力量。

## 练习

### 一、填空题

1. 纳兰性德论词,推崇_____,其词以_____见长,著有《_____》。
2. 龚自珍是在近代历史开端之际得风气之先的杰出的_____家与_____家。他主张改革内政,抵制外国侵略,是近代_____的先驱者。
3. 梁启超是中国近代_____,著有《_____》。
4. 龚自珍《己亥杂诗》,共_____首,多_____和_____之作。
5. 纳兰性德《长相思》以_____手法,直抒胸臆,描绘了_____的夜景,及其_____的情怀。

### 二、选择题

1. 对《长相思》的解说,不正确的是(　　)。
   A. "山一程,水一程",写出旅程的艰难曲折,遥远漫长。
   B. "身向榆关那畔行",点明了行旅的方向,强调"身"向榆关,也就暗示"心"向京师。
   C. "夜深千帐灯",写到了夜晚,词人看到万家灯火,人们团聚的情景,触发了他的思乡之情。
   D. "山一程,水一程"与"风一更,雪一更"的两相映照,暗示出词人对风雨兼程的厌倦心态。

2. 对《己亥杂诗》(第 125 首)主旨的理解,错误的是(　　)。
　　A. 表达了作者呼唤"风雷"的来临,以打破死气沉沉的局面。
　　B. 反映了作者要求重视革新人才、变革社会现状的思想愿望。
　　C. 作者认为经历波澜壮阔的社会变革才能使中国变得生机勃发。
　　D. 作者认为中国的希望只能依靠苍天的照顾才会有。

三、问答题
　　1.《少年中国说》表现了作者怎样的思想感情?
　　2.《少年中国说》结尾段,作者运用了哪些比喻和象征?

四、背诵这三篇诗文

# ※第二十七课 《牡丹亭》节选

汤显祖

## 题解

汤显祖(1550—1616年),字义仍,号海若,别号若士,别署清远道人,晚年自号茧翁。江西临川人。出身书香门第,为人耿直,敢于直言,一生不肯依附权贵,曾任太常博士及一些下层官职,后弃官回临川隐居玉茗堂,致力著述。

汤显祖曾师从泰州学派(王学左派)的罗汝芳,其"至情"论主要源于泰州学派,同时也渗透着佛道的因缘。他反对程朱理学,主张文艺抒写性灵。

汤显祖是明代最伟大的戏剧家。作品有"玉茗堂四梦"("临川四梦")及《紫箫记》。"玉茗堂四梦"即《牡丹亭》《紫钗记》《邯郸记》《南柯记》。这四部作品中,汤显祖最得意,影响最大的当数《牡丹亭》。他曾说:"一生四梦,得意处惟在牡丹。"沈德符《万历野获编》中说:"汤义仍《牡丹亭梦》一出,家传户诵,几令《西厢》减价。"

《牡丹亭》通过杜丽娘和柳梦梅生死离合的爱情故事,洋溢着以情反理,赞美至情、肯定人性、提倡自由、崇尚个性解放的思想。并且暴露了封建礼教对人们幸福生活和美好理想的摧残。

本文节选自《牡丹亭》第十出。写杜丽娘走出深闺,来到后花园,看到了一片美丽的新天地。她惊叹于大好春光,痛惜自己的青春埋没在深闺之中。表现了她青春的觉醒。课文是第十出中"游园"一段。

## 选文

### 游 园

【绕地游】(旦上)梦回莺啭,乱煞年光遍①。人立小庭深院。(贴②)炷尽沉烟③,抛残绣线,恁今春关情似去年④?

【乌夜啼】(旦)晓来望断梅关⑤,宿妆残⑥。(贴)你侧着宜春髻子恰凭栏⑦。(旦)剪不

---

① 乱煞年光遍:到处都是撩乱人心的春光。
② 贴:指贴旦,剧中次要的女角,这里扮演侍女春香。
③ 炷(zhù):焚烧。沉烟:熏用的香料燃烧时的烟。沉,即下文所说的沉水香,也叫沉香。
④ "恁今春"句:为什么今年的春情比去年浓呢?
⑤ 望断:望尽。梅关:江西的大庾岭,从宋代开始,设有梅关。
⑥ 宿妆残:隔夜的梳妆已经残乱。
⑦ 宜春髻子:相传立春那天,妇女剪彩绸作燕子状,戴在髻上,上贴"宜春"两字。

断,理还乱⑧,闷无端。(贴)已分付催花莺燕借春看⑨。(旦)春香,可曾叫人扫除花径?(贴)分付了。(旦)取镜台衣服来。(贴取镜台衣服上)"云髻罢梳还对镜,罗衣欲换更添香"。镜台衣服在此。

【步步娇】(旦)袅晴丝吹来闲庭院⑩,摇漾春如线。停半晌整花钿⑪。没揣菱花,偷人半面,迤逗的彩云偏⑫。(行介⑬)步香闺怎便把全身现!

(贴)今日穿插的好⑭。

【醉扶归】(旦)你道翠生生出落的裙衫儿茜⑮,艳晶晶花簪八宝填⑯,可知我常一生儿爱好是天然⑰。恰三春好处无人见⑱。不提防沉鱼落雁鸟惊喧,则怕的羞花闭月花愁颤⑲。

(贴)早茶时了,请行。(行介)你看:"画廊金粉半零星,池馆苍苔一片青,踏草怕泥新绣袜,惜花疼煞小金铃⑳。"(旦)不到园林,怎知春色如许!

【皂罗袍】原来姹紫嫣红开遍㉑,似这般都付与断井颓垣㉒。良辰美景奈何天,赏心乐事谁家院㉓!恁般景致,我老爷和奶奶再不提起。(合)朝飞暮卷,云霞翠轩;雨丝风片,烟波画船㉔。锦屏人忒看的这韶光贱㉕!

(贴)是花都放了,那牡丹还早。

【好姐姐】(旦)遍青山啼红了杜鹃㉖,荼蘼烟丝醉软㉗。春香呵,牡丹虽好,他春归怎占的先!(贴)成对儿莺燕呵。(合)闲凝眄㉘,生生燕语明如剪㉙,呖呖莺歌溜的圆。

(旦)去罢。(贴)这园子委是观之不足㉚也。(旦)提他怎的!(行介)

---

⑧ 剪不断,理还乱:借用李煜词《乌夜啼》中的句子。形容空虚、寂寞、无聊的苦闷心情。
⑨ 已分付催花莺燕借春看:已经吩咐催促花开的莺燕将春色借来观赏。
⑩ 袅晴丝:晴空中的游丝在随风飘游。晴丝,昆虫吐出的丝缕,在空中飘游,春季晴天最易看见。
⑪ 花钿(diàn):古代妇女的装饰物。
⑫ "没揣菱花"三句:想不到菱花镜里照见了自己,羞怯地连忙躲闪,把发髻都弄歪了。没揣,不意间,蓦然地。菱花,镜子,古时铜镜,有的背面铸有菱花花纹,叫做菱花镜。迤逗,引惹。彩云,美丽的发髻的代称。
⑬ 介:传奇剧本中指示角色动作、表情和舞台效果的用语。
⑭ 穿插:穿戴。
⑮ 翠生生:极言色彩艳丽。出落的:衬托出,显出。茜(qiàn),红色,鲜亮。
⑯ 花簪八宝填:镶嵌着各种宝石的簪子。填,镶嵌。
⑰ 爱好(hǎo)是天然:爱美是(我的)天性。天然,指天性。
⑱ 三春好处:比喻自己的青春美貌。
⑲ 沉鱼落雁,羞花闭月:这两个词都形容女子惊人的美貌。这两句是说自己的美丽即使不会"沉鱼落雁",也能"闭月羞花"。
⑳ 泥:弄脏。惜花疼煞小金铃:形容极端珍惜花草。
㉑ 姹(chà)紫嫣(yān)红开遍:这里形容鲜花盛开,万紫千红。
㉒ 断井颓垣(yuán):枯竭的井,倒塌的墙。
㉓ "良辰美景"两句:大好春光,美丽景色,无人欣赏,有负苍天;赏心悦目,快意当前,又在哪一家呢?
㉔ "朝飞暮卷……烟波画船":这四句描绘了春天的宜人景色。朝飞暮卷,借用王勃《滕王阁诗》"画栋朝飞南浦云,朱帘暮卷西山雨"诗意,形容楼台亭阁的壮丽。翠轩,华丽的楼台亭阁。雨丝风片,微风细雨。
㉕ 锦屏人忒看的这韶光贱:深闺中的女子太不看重这大好春光了。锦屏人,深闺的女子。忒,太。韶光,美好的春光。
㉖ 遍青山啼红了杜鹃:此由杜鹃啼血引喻而出,意思是满山开遍了鲜红的杜鹃花。
㉗ 荼蘼(tú mí):花名,晚春开花。烟丝:游丝。
㉘ 凝眄(miǎn):注视。
㉙ "生生"句:形容燕语明快如剪。生生,燕子清脆的叫声。
㉚ 委:委实。观之不足:看不厌。

【隔尾】观之不足由他缱㉛,便赏遍了十二亭台是枉然。倒不如兴尽回家闲过遣。

(作到介)(贴)"开我西阁门,展我东阁床。瓶插映山紫㉜,炉添沉水香"。小姐,你歇息片时,俺瞧老夫人去也。(下)

### 剧情简介

《牡丹亭》全剧共五十五出。写南安太守杜宝的女儿杜丽娘在闺阁中深受封建礼教禁锢,但在一次游后花园时,为满园春色感召,始知原来"春色如许"。游园后,在梦中与书生柳梦梅相会,遂因相思成疾而死。她在弥留之际嘱咐丫鬟春香将其自画像藏在太湖石底。贫寒书生柳梦梅赴京应试,意外拾得杜丽娘画像,得知事情原委后,柳梦梅掘墓开棺,杜丽娘起死回生,有情人终成眷属。作者以这个浪漫故事说明"情不知所起,一往而深,生者可以死,死可以生"的"至情"。热情赞美真情之伟大,人性之美好,呼唤个性解放。

### 赏析

《牡丹亭》通过杜丽娘和柳梦梅生死不渝的爱情,歌颂了男女青年在追求自由幸福的爱情生活上所作的不屈不挠的斗争,表达了挣脱封建牢笼、粉碎宋明理学枷锁,追求个性解放、向往理想生活的愿望。

《牡丹亭》的爱情描写,具有过去一些爱情剧所无法比拟的思想高度和时代特色。作者明确地把爱情当作思想解放、个性解放的一个突破口来表现,不再是停留在反对父母之命、媒妁之言这一狭隘范围之内。作者让剧中的青年男女为了爱情,出生入死。除了浓厚的浪漫主义色彩之外,更重要的是赋予爱情能战胜一切、超越生死的巨大力量。

《牡丹亭》最突出的成就之一,是塑造了杜丽娘这一人物形象。杜丽娘性格中最大的特点是在追求爱情过程中表现出来的坚定执着。她为情而死,为情而生。她的死,既是当时现实社会中青年女子追求爱情的真实结果,同时也是她的一种超越现实束缚的手段。

《牡丹亭》的艺术成就也是非常卓越的。

一是把浪漫主义手法引入传奇创作。首先,贯穿整个作品的是杜丽娘对理想的强烈追求。其次,艺术构思具有离奇跌宕的幻想色彩,使情节离奇,曲折多变。第三,从"情"的理想高度来观察生活和表现人物。

二是在人物塑造方面注重展示人物的内心世界,发掘人物内心细腻的情感,从而赋予人物形象以鲜明的性格特征和深刻的文化内涵。

三是语言浓丽华艳,意境深远。全剧采用抒情诗的笔法抒发人物的情感。一些唱词至今仍脍炙人口。

《牡丹亭》在封建礼教制度森严的古代一经上演,就受到民众的欢迎,特别是感情受压抑的妇女。娄江女子俞二娘读《牡丹亭》后,层层批注,深有所感,乃因自伤身世,于17岁就悲愤而亡。汤显祖在得到其批注本后,曾十分惋惜地为俞二娘写过《哭娄江女子二首有序》的悼诗。冯小青读《牡丹亭》后,有"冷雨幽窗不可听,挑灯闲看《牡丹亭》,人间亦有痴如我,岂独伤心是小青"的绝命诗。杭州演员商小玲上演《寻梦》时气绝而亡。这些青年女

---

㉛ 缱(qiǎn):留恋。
㉜ 映山紫:映山红(杜鹃花)的一种。

子的死亡,正是封建势力长期压迫所致,同时也表明《牡丹亭》是她们的一部知音书和安魂曲。《牡丹亭》曾多次被拍摄成影视作品,它的艺术魅力和永恒的审美意蕴,已成为重要的精神文化财富。

### 练 习

**一、填空题**

1. 汤显祖是_____代最伟大的_____家。作品有_____及《_____》。
2. "玉茗堂四梦"即《_____》《_____》《_____》《_____》。这四部作品中,影响最大的是《_____》。
3. 《牡丹亭》全剧共_____出。
4. 《牡丹亭》中男女主人公的名字分别是:_____和_____。
5. 《牡丹亭》第十出"游园"一段,表现了杜丽娘_____。

**二、选择题**

对文中曲词"皂罗袍"的解说,不正确的是( )。

A. 这是杜丽娘走出深闺,来到后花园,看到一片美丽的新天地后对大好春光的赞颂。
B. "断井颓垣"一句与大好春光不和谐,说明春光之中也有难看的景色。
C. "朝飞暮卷……烟波画船"四句,描绘了春天的宜人景色。
D. "锦屏人忒看的这韶光贱",是对过去自己幽居深闺,未能领略大好春光的惋惜。

**三、问答题**

1. 用自己的话概括《牡丹亭》的故事情节。
2. 你怎样看待剧中"杜丽娘因爱起死回生"这一情节?